法国汉学经典译丛

汲喆 主编

中国古代的节庆与歌谣（新译本）

〔法〕葛兰言 著
赵丙祥 译
卢梦雅 校

商务印书馆
The Commercial Press

Marcel Granet

FÊTES ET CHANSONS ANCIENNES DE LA CHINE

Deuxième édition

Librairie Ernest Leroux, 1929

根据法国欧内斯特·勒鲁书店 1929 年版译出

《法国汉学经典译丛》
学术委员会

（以中文姓氏拼音为序）

程艾蓝（Anne Cheng, 法兰西公学）
戴思博（Catherine Despeux, 法国国立东方语言与文明学院）
杜德兰（Alain Thote, 法国高等研究实践学院）
高万桑（Vincent Goossaert, 法国高等研究实践学院）
汲　喆（法国国立东方语言与文明学院）
李　零（北京大学）
吕　敏（Marianne Bujard, 法国高等研究实践学院）
马　克（Marc Kalinowski, 法国高等研究实践学院）
渠敬东（北京大学）
施舟人（Kristofer Schipper, 法国高等研究实践学院）
王铭铭（北京大学）
魏　斌（武汉大学）
张广达（台湾政治大学）
赵丙祥（中国农业大学）

《法国汉学经典译丛》总序

汲 喆

  1893年6月，年仅28岁的沙畹带着他的《史记》法译稿，从北京赶回巴黎，就任法兰西公学"汉满鞑靼语言文学"第四任讲席教授，并由此开启了法国汉学的百年辉煌。沙畹以降，从伯希和到马伯乐、葛兰言、戴密微，再到康德谟、石泰安、谢和耐，塞纳河畔的数代学人薪火相传，积累了一大批堪称经典的杰作。然而，这些学者的诸多著述迄今未被译成英文或中文，从而未能与汉语学界形成有效对话。有鉴于此，我们将着力译介那些学术价值已经得到公认但尚无中文译本的专著，并根据研究主题，将同一作者的重要论文编辑成文选。我们还将整理部分学者的笔记、书信与时评，这类篇章虽非纯粹学术研究，但对理解法国汉学的历史和传统具有特殊的意义。针对每一部译著，译者也将以导论的形式，呈现出自己翻译和学习的心得。希望通过上述努力，能较为系统和全面地呈现法国汉学经典的成就与格局。
  在这项长期的翻译计划中，我们将优先出版19世纪末至20世纪中叶问世的那些奠基性作品。经典的产生自有其因缘。1890

《法国汉学经典译丛》总序

年之后的半个世纪,对法国汉学而言是一个伟大时代。法兰西第三共和国(1870—1940)虽然经历了"德雷福斯事件"和"第一次世界大战"等严峻的挑战与危机,但是凭借其相当稳定和日渐成熟的民主结构,保持了经济长期上升的势头,海外殖民地大幅扩张,思想、文化与艺术也极为繁荣。在这样的背景下,法国学界展现出了一派宏伟气象。知识精英秉承启蒙运动以来有关"人"与"世界"的普遍主义观念,雄心勃勃地尝试建构某种能够在整体上把握人类文明的新科学。众所周知,没有中国的世界文明史是不可想象的。这便为汉学在19世纪末期真正进入法国学术体系的核心提供了合法性:与异教徒风尚、远东秘闻或名流谈资纠缠不清的汉学,终于彻底摆脱了原来的业余性质,成为书写人类普遍历史的一项不可或缺的科学工作。

也正是在这个时期,汉学具备了综合理解中国的能力,能够呼应学术界对中国与日俱增的兴趣。早期汉学家们的探索已经提供了必要的文献学素材和语言学基础,汉语不再是难以克服的障碍,语文学逐步从研究对象转变为研究工具。沙畹的教席虽然名为语言文学,但是与其前任不同,他的研究重点从一开始就是中国的政治、宗教、道德与社会的内在逻辑和根本原则。他的门生弟子们,也都从各自角度,尝试从中国出发,提出并回答具有世界史意义或一般理论意义的新问题。如此工作显然只有第一流的人才方能胜任,而法国独特的教育和科研体制适时地满足了这种要求。19世纪后期启动的教育改革一面不断地扩大受教育者的范围,一面维持了严格的精英遴选机制,并高度重视哲学和古典学教育。法国培养出来的汉学家们大多受过良好的人文基础训练,

《法国汉学经典译丛》总序

对中西文明中的精微之处皆能有所领悟。他们一旦进入巴黎那些由政府设立但高度自主的学术机构中，唯一的任务就是自由地生产和传授有关人类文明的知识。这种国家"养士"的体制以及领先于西方各国的中文教育，将邻国一些杰出的汉学人才也吸引到了法国。

此外，法国汉学的兴起也得益于科际整合与中西交流。19世纪末到20世纪初是一个不同学科都在进行范式革命的时代。社会学、人类学、心理学等新学科各树大旗，哲学、文学、历史学、语言学等传统学科也都在开拓各自的新境界。学科之间虽有竞争但尚未建立起后来那种不可理喻的制度藩篱，学科会通被认为是理所当然之事。这一时期的法国汉学家们本来就与其他学科的精英具有相似的学术背景，甚至就是过从甚密的同学、校友，抑或有师生之谊，从而能够自然而及时地吸收其他学科的观念和方法。这不仅使汉学研究得以推陈出新，而且也提高了汉学在整个学术共同体中的能见度。最后，中西交通此时日渐繁荣。和前辈们不同，汉学家们在20世纪初已经可以相当方便地进入中国进行考古学和民族学调查，并与中国的硕学鸿儒直接交流。这促使汉学进一步反省过去基于西方的宗教关怀、政治理念或美学品味形成的种种分类与想象，将文献、文物与社会现实加以对照，在外部观察中融入本土理解。尽管这种交流在当时尚未充分展开，但足以深刻地改变汉学的性质，使之与那些对"无历史"民族和已逝文明的研究迥然有别，很早就成为东西之间的自我与他者对话的平台。

正是这一系列社会、学术和制度条件，造就了一个光前裕

《法国汉学经典译丛》总序

后的经典时代,催生了我们希望通过本丛书介绍给读者的经典作品。知识固然与时俱进,而学问自有其根据。这些著述已经问世数十载甚至上百年,它们绝非完美无缺,一些细节可能早已为后世学人所修正,但是,它们仍然是目前和未来的学术工作应当一再返回的出发点,因为它们所提出的问题历久弥新,而所做的分析也能直指要津。或许,那种从大处着眼、直入中国人精神世界的见识与气度,就是经典留给后人最宝贵的遗产。而且,在学术尚未庸俗化的时代所撰写的作品往往透着某种特有的信心和庄重,这也是我们今天阅读时可以细心体会的。希望我们的翻译,能够庶几传达出经典文字中蕴含的智慧与风骨。

事实上,就其重要性而言,本丛书所选的作品早就应当介绍到中国了。但是,种种条件的制约,尤其是翻译人才的匮乏,使相关的设想总是难以付诸实施。直到最近几年,一批兼具法语和学术能力的青年学人成长起来,译介工作才因他们的热情参与得以推进。而商务印书馆更是不遗余力,为丛书的出版提供了优越条件。与此同时,我们还要铭谢丛书学术委员会和山水论坛在诸多方面给予编者与译者的宝贵支持。

2020年6月,于法国薮园松鹨楼

重 译 序

赵丙祥

《中国古代的节庆与歌谣》（以下简称《节庆与歌谣》）为葛兰言之博士论文，于1919年刊行，面世至今，已逾百年，久负盛名。然自其学传入中国学界始，即引发持续争议，可谓毁誉参半，在国外汉学领域亦然。葛兰言著作鲜有译本，法兰西以外学者多不能见其全貌，致有两种极端品评，至今不绝，不为无因，亦属无奈何之事。于葛氏学术，攻其一端，不及其余，固不可取，而汲汲于辩护，似亦无必要。其学术得失欲得全面梳理，尚有俟来日，仅有汉学视野，恐有所不足，更需放宽眼量，超脱于今日分科藩篱。惟因本书为葛兰言首部专门著作，前有《中国上古婚俗考》论文为铺垫，又构成《中国人的宗教》（1922）、《中国文明》（1929）两著的重要内容（实际尚有论文《中国上古之情歌》，为本书内容之简要缩写，刊于《亚洲艺术杂志》1925年第2卷第3期），于后来诸书之主题、方法论等方面，实有肇启之地位，故不能不稍加演绎。

欧美社会学、人类学家多视葛兰言为汉学家或历史学家，谓中国文明研究为其所长而社会学理论及方法论不出涂尔干学说之范围，中国研究学者则多称葛兰言为社会学家，谓社会学方法论为其所长而于汉学贡献为其所短。葛兰言在本书中显示的社会学思考起点，如团结类型及其演进、职业分工社会之形成、社会形态学等，皆出于涂尔干及莫斯，此固无可疑者，而其研究于结构主义思想与方法形成之贡献，亦为学界所公认。然而若据此谓葛兰言之贡献仅止于理论，却不能不叹为一失。丁文江曾撰文批评《中国文明》，而其文中引用、评论该书之主要内容则已先见于《节庆与歌谣》，故亦可视为对于本书之意见。丁氏抨击葛兰言既轻信儒家理想为事实，又以《国风》为民间歌谣而非庙堂、士人之作。[①] 李安宅发表专门书评，对《节庆与歌谣》评价亦甚为低下，谓书中所述事实根本于史无据，而葛氏的兴趣与贡献在于社会学理论方面。[②] 此种意见在国内外学界颇具代表性，今日治经学者实则也多持此种看法。非独中国学者，即如曾师从沙畹而有同门之谊的高本汉，亦指葛兰言之民歌说为"空中楼阁"（《〈诗经〉诠注》"序"，1950）。而杨堃、夏白龙（W. Jablonski）、王静如、李璜、郑师许等又各自撰文为葛兰言辩护，其中尤以杨堃为最。

察分歧之所由起，固然与民国时期中国学人对涂尔干学派思想未能作全面而深入的了解有关，实则与葛兰言本人所发言论

[①] "葛兰言教授之《中国文明》"，《中国社会及政治学报》英文刊1931年第15卷第2期。

[②] 《评〈中国古代的节庆与歌谣〉》，《美国民俗学刊》1938年第151卷第202期。

也不无干系。葛兰言于本书开篇,指摘当时之汉学研究方法,言辞语气,确不宽容。其所批评之汉学方法,一为戴遂良等传教士不能跳出而轻易陷入的本土分类及观念,一为承袭19世纪(尤其是马克斯·缪勒)的德国语文学风格,于是高延(J. J. M. de Groot)以广负盛名的汉学家身份,不幸与戴遂良诸辈传教士兼汉学家一同成为葛氏火力所集对象之代表。葛兰言又于《中国古代的舞蹈与传说》(1926)撰成一纲领性的长篇导言,更为直接地指斥语文学派多有臆测历史之弊,鼓吹社会学方法取而代之。揆之当日,法兰西学人正欲与德意志学界一争雄长,学术思想新旧交替未已,涂尔干社会学派虽因一战痛失安德烈·涂尔干、罗伯特·赫兹等一干健将,学派众人仍以莫斯为领袖,奋力高擎涂尔干之旗帜,可称方兴未艾,终于成就1920年代之中兴局面。葛兰言以一新锐学者之意气,急于成一家之言,而张扬涂尔干社会学之精神,落笔时不免多有自矜,遂引发中国本土学者不满,况又掺杂以政治与学术派别、民族自尊等因素,也在情理之中。

时过境迁,至于今日,于葛兰言之学有重行审视之必要,惟此庶几有望得到公正评价,而有裨于将来。由学术师承论,葛兰言蒙沙畹亲炙数载(本书献词即献与沙畹与涂尔干),沙畹之学又以古典语文学为基础,葛氏如何可能全然抛弃语文学根底?试看第一编全部四章分析《国风》诸篇,必引毛、郑传笺,兼涉他家注疏,语文学方法自在其中耳。遑论全书布局,亦遵循古典学研究的习见方式,第一编为原典注解,第二编为诠释己见。此种语文学风格于其副博士论文《中国古代之媵制》(勒鲁书店,1920)更为显明。显见葛兰言并不如他所言那般忽视欧洲学界之语文学传统。

本书所运用之方法，又牵涉中国本土经学，盖因葛兰言既取材于《诗经》，则不能不言及《诗经》学史。葛兰言以《诗经》为"民歌"论，与高本汉等汉学家意见相左，又引发后者对葛氏之论大加讨伐。实则葛兰言仅说《国风》为民歌，并未扩之于三百零五篇。从经学史观之，葛氏之论迥非标新立异。所谓"民间"之论，原本萌发于经学内部，其所由来者渐矣，非一朝一夕之故。在宋之时，朱熹受郑樵启发，倡导"以诗解诗"，判定《国风》多为"民俗歌谣之诗"，其后有明清通俗文学思潮暗地推动，清人虽多非难朱子之学，卒经王夫之、姚际恒、崔东壁诸人之"疑古"，迨至清末民初，如方玉润等多家已惯于视《国风》之如乐府文学，而最终造成现代学术史上胡适、顾颉刚、闻一多、朱自清诸家之民歌论。在宋以后数百年经学演变中，本自有一股渐进式的"眼光向下的革命"趋势。葛兰言视《国风》为民歌，殊不足以大惊小怪，固然有当日欧陆社会科学之主要因素，实亦有合于中国本土经学变化之大势。葛氏先后两次至中国，又多与士人交往，彼虽不曾明言，然推测其受有清以来学风影响，当不出情理之外。丁文江有博学之称，且有民族语文著作，然而究竟并非专门的社会学与人类学家。由民族志观之，男女唱和习俗及其背后之二元组织等社会制度，乃世界范围内曾经普遍实行的社会形式。若谓古代中国社会没有此等习俗，即不啻视中国社会为世界诸民族中唯一不具普遍形式者，又何异于极端的"中国例外论"。况葛氏之所凭依，先有战国至汉时所载"陈诗""采诗"制度之说，洵非无据，又举南方诸族如苗、瑶、壮、彝、傣等例证，惟为避免以今证古之弊，乃置诸"附录"作为参照。此类民族志事实，恐怕不易轻轻放过。即如高本汉力辟葛氏民歌论，亦不得不承认《诗经》有乐官采诗于庶民的成分（《〈诗经〉诠注》"序"，斯德哥尔摩，1950）。此非为葛兰言之民歌论张目。葛兰言虽不否定《国风》诸篇多有贵族、士人改编或写定之形态，但其民歌论则最终不免有偏颇之嫌，失误在于以其源出或原初形态而断定其最终性质。若葛兰言当初稍退半步，谓《国风》诸篇有先时民歌之原型或遗留，庶几可立于不败之地矣。

从文本现存形态而论，《国风》非民歌论之合理确难击破。如近人朱东润撰"国风出于民间质疑"，即为一代表性专论。其考证《国风》所见人物、身份、名物、风俗、制度，并借鉴西方文学之演进规律，谓《国风》乃"上层阶级"所作，其间或"有出于民间而其后为上层阶级所采用"者，惟"一经改造，面目迥异"，故知《国风》必完成于"有相当之素养"的上层阶级（统治阶级）之手（《国立武汉大学文哲季刊》，第5卷第1期）。朱氏之论着眼于《国风》之最终形态，大为有理。《国风》诗篇之既成文本状态，早已非复先期"民俗歌谣"之原貌，有似于犬狼之别，谓犬演化自狼则可，呼犬为狼则不可，此即文类（genre）的区别。然而若据《国风》民歌论，指控葛兰言置经学于不顾，亦不无以偏概全之嫌。葛兰言于清代经学中尤为重视王先谦所纂大型丛书《皇清经解续编》。有清经学学风对葛兰言之影响，可见书中具体注解及分析部分，惜乎往往为其社会学分析所掩盖。若勉强作一比拟，差近于章学诚"六经皆史"之论。其处理经学之方法，在本卷中已有端倪，于后来之著作中更为明晰。于今观之，两种立场及方法实可互补，限于篇幅，此处不过略为点出，故以下论其社会学方法。

葛兰言借鉴当日社会学、人类学研究"无历史之民族"（peuples sans histoire）的方法（见《中国封建制度》首章，1952），借以推测上古时代之风俗与制度，是欲为"中国封建社会"奠定一"原史的"（protohistorique）社会事实基础。随时代之演变，此"原史的"综合性全体（complexe）方得分化为庶民与贵族两种阶级风尚，而儒家之编纂工作乃成为第二重的社会事实，盖此时早已脱离《国风》民歌反映的"社会学年代"（杨堃语）。学术发展至于今日，葛氏之社会演化论框架固然大可反思，然而若不能对其演化论叙述予以了解之同情，则势必不能明白其所遵循之轨迹。试举一例，《节庆与歌谣》所述唱和竞赛之山川节庆，迨至封建时代，其主题可演化为以贵族士人之祈雨仪式，或政治声望竞争之山地会盟（《中国古代的舞蹈与传说》），嗣后又演变为帝国政治威望与宇宙论之"名山大川"体系（《中国文明》第四编"帝国初始时代之社会"），遂构成后来中国微缩景观及山水艺术（园林、盆景、文学、绘画等）得以兴起的先在社会学前提与基础。故此书当与后来各部著作并置对读，方可给予确当的判断与定位：封建时代之贵族风尚既不能凭空产生，若无"原史"时代之风俗基础，又自何而来？明了这一关键处，可知葛兰言并非以经学为不然，如《舞蹈与传说》"夹谷之会"之分析便是一经典案例，《左传》《穀梁传》《公羊传》等儒家经典及子书有关记载实为王霸时代"荣誉竞赛"的呈现方式。李璜不明所以然，竟解为"伪中求真"而追索"心理之真实"（《古中国的跳舞与神秘故事》，1933），背离乃师之本义已远矣！故杨堃特为指出李璜所解为谬，又借评论而点出葛兰言之理路有近似于顾颉刚之古史研究，此非深知葛兰言思想者所不能道（《葛兰言研究导论》）。推而广之，"封建社会"研究本是葛氏所在学术共同体之宏大研究计划中的共同对象，试将其《中国封建制度》（1951）与密友马克·布洛赫（Marc Bloch）《封建社会》（1939—1949年印行）做一比较对读，可见得在"荣誉""武士""家族关系""依附关系""财产权之含混性质"诸主题方面几无二致。

故仅从狭义社会学，不能给予葛兰言思想以合理判断。在理解葛氏社会学思想方面，除涂尔干、莫斯外，尚有几个团体尤为重要。自1907年至1910年，涂尔干之师埃米尔·布特鲁（Emile Boutroux）所主持梯也尔基金会下设一小型学术团体，由葛兰言、路易·热尔奈（Louis Gernet）、马克·布洛赫和乔治·达维（Georges Davy）四人组成。在大陆学界，布洛赫早享大名，热尔奈则远不如其子谢和耐（Jacques Gernet）更为人所知，达维更是籍籍无名。在这个学术团体中，葛兰言年级最高，所起作用尤为显著，对热尔奈和布洛赫两人启发颇大。葛兰言又受饶勒斯密友吕西安·埃尔（Lucien Herr）影响，加入以涂尔干学派成员为主的社会主义研究小组，有莫斯、弗朗西斯·席米昂（François Simiand）、莫里斯·哈布瓦赫（Maurice Halbwachs）、赫兹、亨利·莱维-布留尔（Henri Lévy-Bruhl）诸人。在此种积极而活跃的政治与学术氛围中，围绕两个《年鉴》（《社会学年鉴》《经济社会史年鉴》）形成的多学科群体造就了当日最为杰出的社会学与历史学思想。

葛兰言与热尔奈之唱和共鸣，迨至1970年代才引起重视。先有皮埃尔·韦尔南编定热尔奈论文集《古希腊之人类学研究》（巴黎，1968），引发学界重新发现热尔奈，方有汉弗莱斯女士之论"路易·热尔奈的研究工作"（《历史与理论》1971年第10卷第2期），对热尔奈与葛兰言之学术关系有较为全面论述。而于汉学研究中首次意识到二人学术关系之重要性者，应是莫里斯·弗里德曼（见《中国人的宗教·导言》），自此又有美国汉学界德克·卜德（Derk Bodde）引申、发扬葛兰言学说（《古代中国之节日》，普林斯顿，1975），及莫顿·弗雷德（Morton Fried）、芮沃寿（Arthur Wright）、华生（James Watson）、约翰·曼弗雷迪（John Manfredi）、芮马丁（Emily Ahern）诸人连续发表评论，而葛氏学说遂迎来转折之命运。弗里德曼欲借葛兰言学说，倡导中国文明之整体研究，遂驻访巴黎，遍访葛氏亲属、友人，着手迻译《中国人的宗教》（伦敦，1975），并撰长篇导言，为葛氏之学大张旗鼓。弗里德曼意识到，仅以汉学家定位葛兰言的学术角色有所不足，故对莫斯给予葛兰言以"汉学历史学家"的"盖棺之论"表达不满之意，遂冠其英译本导言标题为"葛兰言，1884—1940，社会学家"。弗里德曼引申葛兰言学术，是否符合葛氏本义，可当别论，而其借汉弗莱斯女士文章，将葛氏之学重新置于涂尔干学派内部加以具体的审视，确有卓识。汉弗莱斯曰："若将热尔奈之古希腊研究与葛兰言之中国研究并置对读，只需比较两人研究中可互换的系统性言辞，定会造成某种戏剧性的效果，这可使我们知晓，涂尔干学派内之彼此咬合，究竟是何等的深切。"（前引汉弗莱斯文）将热尔奈论文《古代节日》(1928)及著作《希腊之宗教本原》(1932,尤其是"农民宗教"一章)与本书稍作比对,可见葛兰言影响之一斑:热尔奈在考察主题——社会组织之分节特征(segmentaire)、宗教与自然现象(山、川、湖、泉)之关联、宗教历法之节律性质等——甚至在方法论和修辞方面,与《节庆与歌谣》恰如一对双生子(热尔奈《古希腊之人类学研究》与达维《信誓论》(*La Foi jurée*)亦已列入出版计划,将由商务印书馆印行)。惜乎葛兰言英年早逝,未能完成中国封建制度之研究计划,从《中国封建制度》搜集到的散篇及石泰安整理遗稿大纲《帝王饮》(*Le Roi boit*, 1952),尚可一窥其学术雄图:将中国文明之研究置于诸古典文明社会的潜在比较视野下,远接梅因"由身份(status)到契约(contract)"之论,近承涂尔干对"契约论"之批判与再发明,而最终达成人类社会之一般原理的探索。

在理解本书主题及方法方面,巴黎当日之语言学群体亦颇值一提。该群体以安东尼·梅耶为首脑,已不愿继续使用"语文学"(philologie)之名,而代以"历史语言学"(linguistique historique),此是当日流行之总体风气。涂尔干学派成员与语言学家群体交往密切,如梅耶本人即参与《社会学年鉴》编辑与发表工作,莫斯之语言学家身份也得到承认,涂尔干之子安德烈师从梅耶学习语言学,梅耶门徒莫里斯·卡亨(M. Cahen)则与赫兹、莫斯交往甚为密切。视语言为一种"社会现象",不独是涂尔干、莫斯诸人的新观念,也为巴黎语言学家普遍接受(如索绪尔)。身为索绪尔之门徒,梅耶自不例外。语言既可作为社会中的独立系统,又因其本身独具特征而为社会之集体表现

（représentation collective）的专门系统，此是与旧派语文学家不同之处。试举葛兰言同仁之一例，梅耶门生埃米尔·本维尼斯特（Émile Benveniste）多与莫斯等人唱和，其《印欧社会的词汇与制度》（1969）（2016年英译本《印欧概念与社会词典》又收入增添三部分）乃是受涂尔干思想影响深切的历史-社会语言学作品，吉奥乔·阿甘本（Giorgio Agamben）誉之为20世纪语言学最具代表性的成就（见阿甘本撰英译本前言"词与音"），其中第二部分"予与取"，充分借鉴莫斯等涂尔干学派成员之丰富思想与成果，实为礼物制度研究之雄论。当此社会学与语言学密不可分之时，葛兰言既抨击（旧）语文学家，又在分析中处处贯穿（新）语文学方法，其中道理不言自明。试又举一例，《节庆与歌谣》前后各章皆贯穿以《诗经》诸篇之创作结构、节律及用韵分析，此即受索绪尔、梅耶等历史语言学家之深刻影响。索绪尔曾专门举荷马史诗为例讨论文字语言与口头语言之区别（《第三次普通语言学教程》），梅耶亦有荷马史诗程式问题之论述（《希腊格律之印欧起源》第八章，1923），最终催生米尔曼·帕里"口头程式理论"于1928年之提出。细读葛兰言在本书中各处分析，可知其早于帕里十年之前，已对源出"荷马问题"之"程式"叙事有深入探讨，此一方面几乎全然未曾引起国内外《诗经》研究者的关注。

  这个范围广阔的知识共同体不唯享有亲密的私人友谊，在政治理念和学术思想方面也因对涂尔干的崇敬而密切结合，研讨往还，共同分享研究主题，然后共同或分头写作。本书当然也应放入这种学术友谊和氛围中看待，如其中的重要主题"礼

重译序

物与交换"，即是如此。这是涂尔干在《宗教生活的基本形式》（1912）中所提出的经济价值之宗教起源问题，成为葛兰言（《节庆与歌谣》，1919）、莫里斯·卡亨（《古斯堪的纳维亚语的宗教语汇研究：奠酒》，1921）、乔治·达维（《信誓论》，1922）、塞勒斯坦·布格勒（《价值演化之社会学》，1922）、莫斯（《礼物》，1925）、雷内·莫尼埃（《北非之仪式性交换研究》，1925）、热尔奈（"希腊神话中之价值观念"，1948）等系列研究的起点、主题或内容。这些研究发表时间不一，不宜全然按时间顺序看待，实有共时的性质，可视为这个知识群体的集体智慧结晶。葛兰言在本书及《中国古代之媵制》中从古代中国社会提炼的道德、经济（礼物）和人之交换（约婚、"人质"）思想，连同1939年发表的《古代中国之婚姻类别与亲缘关系》、莫斯的《礼物》等著作再度成为列维-斯特劳斯《亲属关系的基本结构》之新的研究起点。

回到本书之方法论贡献，究其大者，杨堃为其师所下"意在纠偏"之断语（《葛兰言研究导论》），诚为中肯。葛氏本以社会学年鉴派方法，意在纠正语文学旧派之缺陷，而非全盘摒弃语文学。在此方面，葛兰言与沙畹治学路径确有不小差异。沙畹号称博学淹通，虽非不通社会学，在总体上却仍有近似于19世纪之语文学风格。这种差异并非葛兰言一人之批评，实是当日年鉴派诸人之共识。这要归功于涂尔干对葛兰言的社会学教诲，也是葛氏欲以涂尔干社会学思想，"纠偏"语文学派弊端之所在。对于涂尔干式社会系统论与传统语文学的差别，如何以社会学方法"解释文本"，专治印欧神话学之巨擘乔治·杜梅齐尔有深切体会。1930年代中期，正当葛氏学术创作最活跃时，杜氏与康德谟、石泰安、樊隆德等共同受教于葛兰言门下数年，其治学路径之转变正来自葛兰言社会学方法论之影响。杜梅齐尔对此有专门回忆，详述经过，颇堪玩味（《神话与史诗》第一卷"导论"）。

以上略述本书之思想和方法论贡献，并非刻意抬高葛兰言。无论何种学术，无不受他人之惠，又施惠于他人，脱开时代环境与同仁之思想贡献，无异于置其人其学于无立足地。孟子曰："颂其诗，读其书，不知其人，可乎？是以论其世也。"论其大，则一时代之学，一国之学，概莫能外；论其小，则一人之学，一书之学，亦复如是。故不揣谫陋，以葛兰言其书其人所处之当日学术脉络，略作陈述，虽不免挂一漏万之嫌，抑或有所裨益于读者。

自本书前译本印行，已近二十年，仍为学界使用较广版本。惟因当日学识浅薄，对葛兰言之理解多有不足，不免波及译文质量，缺漏错讹，不在少数。近年来，葛兰言再度引起国际学人重视，北京大学人文社会科学研究院、复旦大学哲学系等先后举办多场专门研讨。为学界贡献一新译本，确然有此必要，同仁亦多有勉励督促，于是决意全部推倒重来，依据勒鲁书店（Ernest Leroux）1929年重印本着手重译。

当译者于十余年前初译之时，曾觅得已有英、日、汉三部译本，以作参照，乃知三本之同异，实源出两种译本。英文本为首部译本，由劳特利奇出版社印行（*Festivals and Songs of Ancient China*, 1932），译者为时任伦敦大学东方学院汉学讲师之叶女士（E. D. Edwards），曾赴中国就学，后来接替庄士敦的汉学教席。

叶女士译文虽无大谬，而小错屡见，原著中多数讹误，或因译者学力未逮，也未能核正。惟悉数删除葛氏原著所引汉典原文，以专业人士眼光观之，自是一大瑕疵。然而在普及英文读者阅读方面，可称善事无疑。又过六年，东京弘文堂书房刊行内田智雄译本（《支那古代の祭禮と歌謠》，1938），嗣后如松本雅明、白川静、赤冢忠、家井真诸人皆受影响，在诗经研究领域引入、扩大了"グラネー氏（案：即葛兰言）の方法論"。内田智雄为治中国法律史名家，谙熟典籍，故能订正原著不少征引讹误，惟与叶女士英译本正相反处，凡涉《诗经》诸篇，皆径引原文，而弃原著者个人译法与理解于不顾，令人徒生美中不足之叹。首部汉译本出张铭远先生之手，略作对照，可知系据弘文堂本，故其短长亦如之，兹不赘述（《中国古代的祭礼与歌谣》，上海文艺出版社1989）。

此处对三部译本略作比较，关乎如何理解葛兰言之思想。葛兰言先引汉语原文，然后逐行对译，为彰显古典之美，其所用风格殊为古雅，与现代法语有相当差异。葛氏译文体现了他独具的方法和眼光，不唯往往有异于经学疏解，与20世纪以来流行的汉语白话译法，也多有不同处。故踌躇再三，仍延续前译本做法，先列诗经原文，次附葛氏译文，续置葛氏译文的白话回译。这种回译可谓费力不讨好，此亦无可奈何，不得不采用直译做法，也尽力借鉴些许南北方民歌风格，总以不违原著意旨为要。书中其他各处凡为前述英、日及汉译本或删或漏的内容（如献词、引诗、插图、表格等），亦均据原版译出或添补，有较为重要改订处，均作译者注，平常小处错讹则径作改

xvii

正，不复一一注出。

卢梦雅博士承担了校订工作，又慨允将所译《中国上古婚俗考》收作"附文"，以作前后比较之用。该文既可视作本书之雏形，又有本书不能涵盖的独到价值，已在按语中简略述及。她还援手制作了本书所附"《诗经》征引篇目对照表"，原表有多处编号错误，均已核对改订。王铭铭、渠敬东、李天纲、叶涛、刘瑞琳、张宏明、肖瑛、白中林、张原、张士闪、李放春、杜杰庸（Guillaume Dutournier）、谢晶、纪仁博（David Gibeault）、梁永佳、凌鹏、许卢峰、库浩辰诸师友，曾在与本书有关的翻译、演讲等过程中给予提携与帮助，尚有多位同仁，惠我良多，一并致谢。动笔重译之时，恰逢本书出版百年，因琐事累身，两载断续，幸赖倪咏娟女史，勤勉加工，商讨订正，终得呈书于读者。承老友汲喆教授收入《法国汉学经典译丛》，其中尚包括多卷葛兰言著作，假以时日，或可实现多年前编纂《葛兰言文集》之夙愿。前贤黄节先生有言："夫学术者，天下之公器也。"梁任公引以为至理。愚虽不敏，窃有效慕之心，聊以自警，并与同好共勉。

2022年1月25日，小年之日
柏树胡同寓所

谨纪念
爱弥尔·涂尔干和爱德华·沙畹

水在流淌,清明的天空下,
我们的歌音应答,如风飘过。
宛若两军对垒,离弦之箭
纷纷地,在空中往来穿梭。

——维克多·雨果《伯法其之歌》

目 录

导　论 ································ 1

第一编　《诗经》的情歌 ················ 11
　如何阅读古代经典 ··················· 11
　田园主题 ··························· 32
　乡村爱情 ··························· 65
　山川歌谣 ·························· 111

第二编　古代的节庆 ·················· 187
　地方节庆 ·························· 187
　事实与解释 ························ 198
　季候的节律 ························ 207
　圣地 ······························ 220
　赛会 ······························ 230

结　论 ·· 247

《诗经》征引篇目对照表 ·························· 280

附录一　《行露》注释 ···························· 284
附录二　《螽蟴》注释 ···························· 300
附录三　民族学注释 ······························ 306

附文：中国上古婚俗考 ············· 卢梦雅　蒯佳 译 341

导 论

在本帙中，我意在表明，了解与中国上古宗教相关之事并不是不可能的。涉及这些早期年代的可靠文献相当少，而这些文献的编纂也只能追溯到相当晚近的时期。我们知道，当帝国着手废除封建制度时，不惜摧毁了封建制度所依赖的种种爵位，至有焚书之举。然而，帝国一旦建立起来，马上着手创设与之相应的爵位，并且重启了典籍修撰工作①，盖因若要建立帝国制度，首先需要认识封建制度。这项工作可谓虔诚之极，修典者几乎没有随意改动文本，否则史学家将无法勘得原貌。② 有基于此，研究封建时代的组织是可能的，而且，已有人开始整理文本，尽力描述封建祭礼。③ 但是，在这一步完成后，我们对古代中国人的宗教生活究竟又了解多少呢？我们了解的还只是官方宗教。尽管这样的描述已经足够精彩，但我们还应知道，封建国家的祭祀活动究

---

① 参见沙畹（Chavannes）《史记》译本"序"及理雅各（Legge）"序"。
② 例子可见沙畹《泰山志》（Le T'ai Chan）一书第453页中关于封土仪式的规则。
③ 参见沙畹的研究，《社神考》（Le Dieu du Sol，见《泰山志·附论》[Le T'ai chan]，第437—525页），这是学术严谨和史实准确的一个范例。

竟是从哪些习俗和信仰中演变而成的。如果在这些文本的研究里面，只看到了国家宗教的贫乏形式，而无人致力于别有发覆，那么，只要一旦试图解释官方宗教，便会发现自己身陷困境。不止如此，事实上，当我们讨论了中国人的原始一神论，或断言中国人始终崇拜自然力并实行祖先崇拜时，就已经说尽了所有可言之事。[1]

如果我们仅止于这种平庸的一般性结论，就是令人失望的研究。一些研究者没想着如何把握中国盛行的宗教观念中的基本原理，而是满足于以时下所见事实为研究起点。[2]他们开列清单[3]，堆砌文献，但他们究竟得出了什么结论？有时候，我们会认同中国人自己对于习俗的解释，如果中国人说某种仪式是驱邪的，那么，研究者也会承认这种仪式确实是为这个目的设计的。[4]要不就将有待解释的习俗毫无来由或随意地塞进各种时髦之论，并依照时下流行的是自然崇拜论还是万物有灵论，要么用普遍的灵魂信仰，要么用未必不普遍的太阳及星辰崇拜解说这些习俗。[5]这是一种何其懒惰的法门！它不能对事实加以精确的分类，甚至会使对事实的描述变质。我们只需注意到：但凡某个节庆是在至点

---

[1] 这就是早期传教士雷维尔（Réville）、库朗（Courant）和弗兰克（Frank）的态度。

[2] 如高延:《吉美博物馆年刊》第12卷《厦门节令志》(de Groot, t. XII, *Anuales du Musée Guimet: les Fêtes annuellement célébrées à Emouy*，以下均作《厦门节令志》)，见序言。

[3] 如戴遂良:《中国风俗志》(Wieger, *Le Folk-lore Chinois*)一书中葛禄博（Grube）的"目录"。

[4] 参见高延《厦门节令志》第133页处对于春火的解释。

[5] 这就是高延在《厦门节令志》一书中所持的态度。

（冬至或夏至）或分点（春分或秋分）前后，他们就立刻宣称这是一个"太阳节"，然后再从这个给出的定义出发，绞尽脑汁地推演它的所有特征。①如果它还牵涉星辰崇拜，那就再好不过了②；只要怀有对于文明的好古之心，以及对于分点岁差的玄妙运用，还有什么不能解释呢！历史会时不时地将你拉回，人们会心怀好奇，为了释今而重游过去。这想法很了不起，但这得避过多少危险啊！追本溯源的做法常常误人不浅：在中国尤甚，那些本土学者致力于发现的不是事物的真实起源，而仅仅是用以指示这些事物的字词首次使用的年代。③不止如此，他们的目的仍然是要证实从习俗中产生的观念，这种证实与其说是通过实行那些习俗的人，不如说是通过那些记录习俗的人。对他们来说，证据越是古老，他们的满足感就越强烈。恰恰是出于对这种才智的尊崇，没人想到应该检讨这些观念。我们没有意识到，这些观念显然是事后构想出来的；我们甚至未曾想到，若要将它们转化为原级语言（langage positif），我们应当考察整个概念体系，及其作者们的所有表达习惯。

在我看来，无论是历史学家满足于仅仅依靠外在评注而整理文本，还是民俗学家满足于依据本土调查对象或某个学派的语言描述事实，都难说是方便法门，因为这两者都很难称得上是一

---

① 参见高延：《厦门节令志》，第311页及以下的"五月节庆"。
② 同上书，第436页及以下。
③ 同上书，第231页及以下的"春季研究"：关于"上巳之日"名称的研究是借助类书进行的，一旦这个词不再见于典籍时，对它的研究也随之结束了。

种真正的批判。我认为，只有采取双重的慎重态度，才有望取得成效：（1）对于我们希望从中提取事实的文献，先要下一番研究的功夫，判明这些文献的性质，这样我们才能定断事实的确切价值；（2）在掌握事实后，并且一旦有可能将之转化为原级语言，我们就要小心地避免到此之外寻找其他的解释。有鉴于此，我把这项研究分作两个部分：在第一部分，我尽力表明我所使用的主要文献的确切性质；在第二部分，在说明已确定的事实构成一个可供诠释的整体后，我尝试做出了诠释。

选择什么样的文献是非常重要的：我们为何选择《诗经》中的情歌作研究对象呢？《诗经》是一部古老的著作[①]，我们有望直接通过它充分了解中国宗教的古代形式。这一点十分重要；但对于古老文本不再怀有盲目崇信之心者，绝不能仅仅依靠《诗经》的这种优势而轻易做出判断。以我自己来说，我不打算到古代事实中寻求现代事实的源头。在这项研究中，我确信的一个事实是，要在相似事实与不同时代之间确立一种谱系性承续关系（succession généalogique），实乃无功之举。且举一例吧，一首在

[①] 在本项《诗经》研究中，我利用了以下版本：（1）宋本；（2）《毛诗注疏》；（3）《诗经精义集抄》。我还利用了文集《皇清经解》和《皇清经解续编》中收录的一些近代著作，尤其是《毛诗故训传》(《皇清经解》卷六百至六百二十九)、《毛郑诗考正》(同上书，卷五百五十七至五百六十)、《毛诗传笺通释》(《皇清经解续编》卷四百十六至四百四十七)、《毛诗后笺》(同上书，卷四百四十八至四百七十七)、《毛诗传疏》(同上书，卷七百七十八至八百七)、《鲁诗遗说考》(同上书，卷千百十八至千百三十七)、《齐诗遗说考》(同上书，卷千百三十八至千百四十九)、《韩诗遗说考》(同上书，卷千百五十至千百五十八)和《诗经四家异文考》(同上书，卷千百七十一至千百七十五)。

导 论

我们这个时代采录的客家山歌，在每一个细节上都与至少已有25个世纪之久的《诗经》中的一首歌谣十分相似①，但客家山歌绝不是对《诗经》歌谣的复制；两首歌谣皆是在相似的情况下即兴创作的，而且，在25个世纪的每一年里，人们无疑都在创作着类似的句子。②同样，风俗也会随时更新，绵绵不绝。我们不能靠展现昔日的类似习俗，以之解释当前的习俗；应当通过呈现出古今类似习俗之间的联系来解释，正是这种联系使得古老的习俗在特定条件下延续着。在有些情况下，正如在某些已有研究中，现代文献更适用于揭示信仰的根基，而我也会毫不犹豫地运用这些现代文献，当然，我也会慎重地用足够的古代事实加以证实，现在之为真者，于过去亦为真。我直接研究过去，无非是过去更易了解，舍此岂有他哉？

毋庸多说，《诗经》的文献价值，更确切说，《诗经》中那些情歌的文献价值，是可以相当准确地判定的。这是我选取《诗经》的首要原因。不止如此，这种价值关乎最高秩序：这才是选择的主要原因。

即使诗歌的采集相对较晚，诗歌也不太容易遭到诗集编纂者窜改。较之于散文，在诗歌中更容易区分诗歌的本义和那些会对

---

① 比较（一七）《候人》与《客家山歌选》第6篇（见附录三，下同）；（四四）《桑中》与《客家山歌选》第12篇；（二五）《蜉蝣》、（二八）《木瓜》与《客家山歌选》第27篇。值得注意的是，客家山歌比中国上古歌谣更具一种精致的风格。比较《卫风·伯兮》第三、四章与《客家山歌选》第3、4篇。

② 比较《王风·葛藟》（顾赛芬译本，第81页）"绵绵葛藟"与罗罗人的哭嫁歌（见附录三）"小草有小草来做伴"。

理解诗歌本义造成干扰的观念；注释无法混入诗歌的原文。①我们可以分别研究诗歌本身与人们做出的诸种注解。一方面，可以研究原文，另一方面，也可以研究原文的历史——正是在其历史中，原文越来越容易理解。

在原始文本中，因其古老，我们可以看到古老事物的投影。若能准确地理解原文，我们肯定也会了解古代的事物，但原文殊为难解，而且，若无注疏家的帮助，我们从中也看不出多少东西。首先，我要努力寻找一种方法，在注解之外，揭示诗歌的本义。若想了解各种注解的奥义，只需了解注疏家就够了：这不是说要去逐个重构他们的个人思想；他们形成了一个团体，其成员的组成对传统的注解原则有着决定性的意义。这种注解着重于象征的秩序，并且基于一种公法（droit public）理论：它假定在政府行为与自然事件（événement）之间存在着一种对应关系。

我将证明，这种象征主义（symbolisme）之癖（学者们深感这好像是在遵从一种职业道德的义务）将注疏家引入了连他们自己有时也不得不承认的荒唐境地。如此一来，我们会明白我们的注意力应放在何处。但也要注意，对诗歌所做的这些讽喻式注解揭示了诗歌创作的一条根本原则——关于形式的法则：这就是对称（symétrie）的法则，对仗（correspondance）的运用。懂得了这条法则，也就具备理解和翻译《诗经》的能力了。

一旦我们懂得了如何阅读原文，也了解了注疏家们的思想状况，再将原文和注释加以比较，一定可以获益匪浅。撇开注疏去

---

① 以散文体记述的仪礼文本有所不同，如《礼记·郊特牲》八蜡节，顾赛芬译本，卷一，第594页及以下。

读诗，我们会感到，《诗经》中的诗歌都是民间歌谣，尽管传统将这些歌谣变成了文人之作。"让我们抛弃传统的注解吧，因为有证据表明它会造成误解"，这样说说是很容易的。但更好的做法是追问误解究竟是如何产生的。学者们（而且是杰出的学者）竟然不能听出本族语言的言下之意，这到底是怎么回事？他们都不仅仅是学者；在他们身上，官员的成分比艺术爱好者的成分还要多一些；他们将诗歌服务于政治道德，于是没办法承认诗歌源自民间。对于一个政府的官员来说，道德只可能是自上而下的，并且，只要能在诗歌中感到教化之力，那么其作者一定是富有学识的。故此，用作道德教化的诗歌，绝不可能不是官方诗人的作品。但诗歌的教化之力从何而来呢？一种假设可以说明这一点。假如在古老的情歌中发现了人生之道，那是因为情歌的字里行间依然回荡着古老的道德教诲，不论我们对这些情歌的理解有多么欠缺。如果这些情歌不是源自仪礼，后世将它们运用于象征也就无据可依，也无法理解。

极有可能，初看很像古老民歌的诗歌，原本有着仪礼的价值。此外，从诗歌的象征论引出的道德是由如下观念激发的：人类必须如自然那样依时而行事。因而，在歌谣中，我们有可能发现季节规则的某些痕迹。最后，由于这些道德绝不是后世的道德，所以诗歌本身及其传达的道德都遭到了注疏家们的曲解：故此，我们可以认为，歌谣透露了先于传统道德教诲而存在的古老习俗。简言之，歌谣是一种绝佳的材料，可供我们开展信仰的研究，而中国古代的季节仪礼便是从这些信仰中产生的。

如果回到歌谣本身做研究，它们的文献价值将会大大增加。

通过这样的研究，我们会发现这些诗歌的民间创作过程，并且认识到这是一种传统的、集体的创作，是根据某些预先规定的主题在仪式舞蹈过程中的即兴创作。从诗歌的内容显然可以看到，歌谣创作的场合是古老农事节庆中重要的口头表演仪式，它们也由此成为一份直接的证据，证实了这些定期集会所能促成的情感。歌谣分析可以让我们发现季节仪式在上古时代的首要功能。

职是之故，我们对主要文献的研究不仅仅是为了建立事实，更是为了推进对事实的解释。

在本书第二编中，我将分析一些上古的节庆；从相关的诗歌中，我们可以看到一种一般性的图景。

首先，我将描述某些地方节庆。对于每一个节庆，我都会列出我所能收集到的所有文献，包括仪礼之细节及其实践之注解。这种文献组合不是一种栩栩如生的重现还原；它将证明，地方风俗的独特性不过是表面现象，是由于原文的缺憾或风俗本身的特征造成的。

我们可以重构四个节庆：两个是上古的形式，另外两个表现为封建时代的祭礼，它们与前两个节庆间的亲缘关系（la parenté）是清晰可见的。不止如此，在其中一个节庆中，我们还可以发现一些标志着正处于转变阶段的事实原型。这样我们就有可能研究乡民仪式是如何转化为官方祀典的。

在开展这项研究时，我们必须抱以审慎的精神。表现（représentation）初看起来像是能够解释事实，但我们必须明白，表现具有偶然性的特点。我们的首要任务就是要将真实的信仰与多少是个人化的解释区分开来,从这些个人化的解释中我们看不到什么真相。但即便就信仰本身而言,如果匆匆忙忙地把信仰和实践活动联系起来,也可能会令人失望。从未有人敢于断言,在信仰和仪式之间存在着直接的依赖关系。某项仪式或某种信仰的起源,可能并非一方起源于另一方——仪式起源于信仰,或信仰起源于仪式——而是两者皆发源于一个更早的现实;而且,它们是分别向前演化的,由此,它们处在不同的演化阶段上,但在某个时刻暂时共存在一起。

无论从对现代庆典的诠释出发,还是从庆典中的每一种活动被赋予的意义出发,在关于这些庆典所发源的原初集会的功能方面,或在与那种集会中发现的类似活动的价值方面,我们都不可能有某种确定的推论。每种实践都被赋予了多样的效用,而唯有习俗之力才是始终未变的。这正是在弄清楚习俗究竟如何适用于不同目的之前,首先应当意识到的。

有鉴于此,我将从上古仪式的整体入手,从其最一般的方面思考。从本质上说,上古的节庆是季候性的。我将举出一个恰当的例子说明这一点:正是由于这种特征,人类从自然事件中获得力量;这些节庆是协和(la concorde)的节庆,人们借此在社会中、同时也在自然界中确立良好的秩序。它们通常都在山岳与河川的神圣场景举行。通过考察那些包括在侯国的山川祭祀中的表现,我将说明:这些节庆被赋予的力量来自对山川圣地的崇拜,因为这些地点以前曾是社会公约(pacte social)的传统见证,而这种社会公约正是当地共同体(communauté)在季节集会上所要祝颂的对象。最后,这些节庆是由各种竞赛(joute)组成的，均伴有口头的即兴对歌。通过分析这些赛歌表达的情感，不难看到，为什么这些仪式竞赛可以用作一种联结个体和集团之友谊的手段。我还会试着解释，为什么是在春季，通过两性对抗的竞赛和共同缔约婚礼，那个将各地方集团融进一个传统共同体的联盟会得到强化。最后，通过分析中国上古的爱情和情歌的非个人性质，我们会看到这是如何成为可能的：这些以性爱仪礼为基本特征的节庆，除非到了较晚期，绝不是混乱无序的场景。

我相信，这项工作可以阐明中国人某些信仰的起源，对理解一种文学体裁的发生也不无裨益。这项工作将凸显象征论与中国思想的主导观念间的某些相通之处，可以为我们研究士礼（rituel savant）是如何从民间庆典中产生的过程做些铺垫。依我之见，这项工作似乎已经提供了准确地阐明过去的学者曾面对的诸多难题的方法，但单靠这方法，这些难题究竟不能获得完全的解决。就目前关于中国宗教史研究的状况而言，我不认为一项所谓详尽无遗的研究会是最有用的。如果我用恰当的方式点明了这些问题，并且起草了这项研究，就已经倍感欣慰了。①

---

① 埃尔（Herr）先生（1864—1926，巴黎高师图书馆馆长。——译者）和普鲁祖斯基（Przyluski）先生（1885—1944，法国汉学家，"汉藏语系"一词的提出者。——译者）校订了本书大部分样稿，在此谨致谢忱。

第一编 《诗经》的情歌

我预备研究《诗经》中的某些诗歌。这些诗歌大多出自《诗经》第一部分,即《国风》。它们都是情歌,情感率真,毫不晦涩。

如何阅读古代经典

《诗经》是一部古老的诗集,也是中国的经典之一[①],我们译为《颂诗集》(Livre des Odes)或《韵诗集》(Livre des Vers):共有四个部分,第一部分是按国别归类的地方歌谣的汇编[②],其余三部分大多是仪式诗歌。

按传统的说法,这些诗歌皆由孔子编次:从王室乐师保存的所有诗歌中,孔夫子认为只有三百多首值得编入他的集子。[③]据

---

① 有关《诗经》原文的历史,参见顾赛芬译本"序"和理雅各译"序"。
② 参见王充对该词的用法,我将"风"译为"歌谣"。参见本书第159页。(凡书内互引所示页码均为原书页码,即本书边码,下同。——译者)《国风》,即各方国的歌谣。
③ 参见理雅各译本"序"。

说在王室之下的封邑（"国"）中，都要定期采集各方歌谣（"国风"），由此可以观知诸侯治下的风俗（"风"，mœurs）。然而，《国风》前两部分（《周南》和《召南》）①中的诗歌通常都归为宫廷之作；此后，这些歌谣在各封邑的村庄中传诵流行，自可匡正风俗。

如果依据《论语》的说法②，我们可以看到，孔子曾极力主张学习他的诗选，其理由是，人们可以修习德行：道德反省的习惯，对社会责任的遵守，以及对恶行的憎恶——这都是学习的益处。除了这些道德训诫外，还可在《诗经》里面发现许多关于事物的教益，如"多识于鸟兽草木之名"。

由于《诗经》有益于君子修身，又有出自圣人之手的权威，因此成了一部教化经典。

《诗经》最初在那些孔门弟子的学派中使用③，这些有识之士以此探讨政治准则、道德戒律和礼仪规则④——这就是后来被称为"儒"的那批人⑤。这些未来的官员和礼仪专家将《诗经》作为道德反省的主题，进而建立了《诗经》文本阐释的深远传统。

这群诸侯国未来的臣僚将关于先例（précédents）的知识奉若圭臬，而且，依夫子的教诲，这种知识就是臣僚的力量之

---

① 描述周王室之德的《周南》被认为是周公之作，描述诸侯之德的《召南》被认为是召公之作。
② 参见《论语·阳货篇》第九章。
③ 参见《史记·孔子世家》（沙畹译本，卷五）。
④ 有关这些探讨，参见《论语》或《礼记》各处。
⑤ 值得注意的是，这里所用的这个词"儒"与原指最低等贵族的词"士"已经是一回事了。

第一编 《诗经》的情歌

所由出。① 可能这就是从很早的时代开始，学者们都渴望能明白《诗经》中的诗歌所暗示的历史之事（faits de l'histoire）的缘由，也是在史籍记载的辞令和文论中引用这些诗歌的缘由。事实上，《诗经》中几乎所有诗歌在《左传》中都有征引，② 反过来，几乎所有诗歌也都能用《左传》之事加以解释。③ 直到目前，对《诗经》的解释和对《左传》的编纂都公认是孔门学派所为。④

如此一来，《国风》歌谣就与历史轶事（anecdotes historiques）发生了关联，用以说明道德和政治的范例。

在中国封建时代，有过多家学派和学者。这些学派的学者或居于一地，或游历四方，但多少都是独立的。我们可以相信，在他们中间，产生了《诗经》的多重注解传统。当汉代重修遭秦始皇（公元前246—公元前209年在位）焚书之祸的诗选时⑤，出现了四家版本⑥。不过，这些版本只在字词的具体写法上有所差异，而原文的真实性是毋庸置疑的，但流传至今的只余一家，即毛（苌）氏注本。这家注本据说与孔门子夏有关，《毛序》这篇短注公认是子夏之作。他的解释始终有着历史的、道德的和象征的特点。

---

① 参见《国语》。这是一本演说、劝诫和训辞集。
② 参见理雅各译本"序"。
③ 更多内容，参见《诗经》"序"。
④ 参见理雅各译本"序"。
⑤ 有关焚书，见理雅各译本"序"，及沙畹《史记》译本"序"。
⑥ 指毛（现存）、鲁、齐、韩（仅留残篇）。参见《皇清经解续编》卷千百一十八至千百五十六。

由其他几家残篇可证，子夏的注解方法是通行的。假如上述版本都完整保存下来，就有可能做详尽的比较，从而把握各家学派的思想状况，了解每家学派的独到之处。其实，即便在目前的原文状况下，这项工作仍然是有望开展的，只要我们能从史籍尤其是《左传》和《列女传》中钩沉出所有源于《诗经》的引文，并善加使用。这种研究可以极大地有助于检讨中国历史的起源，但丝毫无助于深化对诗歌及其原义的理解。

我们要注意，在汉代，象征的注解是得到公认的，这是最根本的一点。诗集之教化价值由此进一步增强了。学《诗》不仅是为了了解自然的历史或民族的远古，也是为了理解王国的政治史——这种理解要远胜于从编年史籍中所获知的，这是由于从象征形式中不但可以发现事实，更可以发现价值判断。

在《诗经》中，甚至不乏有助于养成道德判断的实用方法。在封建时代，谏言（告）是臣子之本分，这是一种表明他的忠诚、与君主一体的方法。如果主子有恶行，讽谏乃是臣子之责。事实上，讽谏在很大程度上构成了历史的主题。[1] 为了不伤及君主之尊，讽谏必须是间接的，因此，恰当地引证和强调《诗经》的某些诗句实为良策[2]，在这些场合中，这些诗句随即获有了象征的价值。在约束绝对权力时，许多歌谣是必不可少的。在帝国的臣僚中间，引用《诗经》的习惯一直延续着。在那些因将来必

---

[1] 主要见《国语》。
[2] 例如，《左传·僖公二十年》，理雅各译本，第177页；《左传·文公二年》，理雅各译本，第234页；《左传·成公十二年》，理雅各译本，第378页。

第一编 《诗经》的情歌

享高位而受人尊崇的年轻王侯面前,用诗谏矫正他身上的不良癖好,不失为上策。公元前某年,有一个昏君遭到废黜。群臣皆受诛,其师也几于不免,但他自陈曾谏以"三百五篇"[①],终因申辩有据而免刑减死。

这种象征主义的运用可以说明《诗经》的起源,也说明了它的际遇。《诗经》成了一本供年轻人使用的教科书和道德手册。即使那些情歌本身,只要不去掉对它们的讽喻性注解,照样有助于小子立德。由于多个世纪以来,《诗经》一直服从于道德教化的目的,《诗经》的传统注解(这正是它成为经典的缘由)也随之不可撼动。无论是在发表正言,还是在尊正统之时,这一点是必须坚持的。当然,私下里为了消遣而读诗,倒可能有不同的解释。[②]

一本如此古老且与中国历史如此密切相关的书,当然会从方方面面引起西方学者的兴趣。

最早的传教士们主要有感于这些仪式诗的典雅风格。从某些诗歌中,他们读出了一种远古"启示录"的遗风[③];在谈到这整本书时,他们都会对它的命运颇有同情之感。顾赛芬神父(Couvreur)明确指出了经典注解的不足之处,他认为,老师们从未将诗集中的所有诗歌都解释给孩子们听,尽管按官方的说法,《诗》"无邪"。故此,顾赛芬决定要展示学校里是如何传

---

① 《前汉书·儒林传·王式》:"臣以三百五篇谏。"
② 更多内容见本书第25页及以下。
③ 参见顾赛芬《诗经》译本注释,第347、348页。

授的。①顾赛芬的译文忠实地反映了我们这个时代对《诗经》的传统解释，可以说是弥足珍贵的。

理雅各在着手研究经典时②，虽然更愿意从古代中国入手，但不得不说，他对这些经典的见解失之褊狭。他的工作似乎只是在整理一份孔子著作的目录，并确定他是否是一个圣人。一份没有意识到真正问题的过于简短的述评，一种没有方向之感的过于刻苦的学识，一种时而想显示旧注之荒谬、时而又凭一己之见选译旧注的欲望，所有这些因素都减损了其著作的价值，尽管这些工作是在具备了最有利的资料条件下完成的。在理雅各对《国风》的处理中，这些缺陷尤为显眼。

翟理斯（Giles）③和葛禄博（Grube）④在论中国文学的著作中提到，这些歌谣的自然简约之美或曰诗学魅力深深地打动了他们。他们还试着摘选一些诗歌，向大众传达这种感受。在努力让译作更具文学品味之时，他们的译文并不总能做到精确无误。比如，翟理斯在修订理雅各的译文时，以我的浅见，并未比原来增色多少，他不过是将那些注解中无用的解释换成了英式诗歌凑数的套语罢了。拉卢瓦（M. Laloy）也曾将一些诗篇改写为短章⑤，尽管有时读来也令人愉悦，但更多包含了我们自己的文学偏好，

---

① 参见《书经》，顾赛芬译"序"。
② 参见顾赛芬译著《中国经典》（*Chinese Classics*），也见其"序"。
③ 参见翟理斯：《中国文学史》（H. A. Giles, *A history of Chinese littérature*），第五章，第12页及以下。可参考他在正文第15页和前言第66页处的翻译。
④ 参见葛禄博：《中国文学史》（W. Grube, *Geschiehte der chinesischen Littérature*），第46页及以下。
⑤ 参见拉卢瓦（Laloy）译《国风》"序"及译文，载《新法兰西评论》（*Nouvelle Revue Française*），1909，第2期，第15、130、195页。

第一编　《诗经》的情歌

而汉语原文中的真情实感几乎荡然无存。

那些关注《诗经》的人有时是在寻求某些实际的寓意，不论是关乎历史的还是文学的，当然，他们也多少取得了一些成功。不过，他们不觉得为了从诗歌中获取原义而必须做出一种方法论的尝试，也不觉得这种尝试是必要的。实话说，这殊非易事。

《诗经》的语言既古老又晦涩，不论对一个精通汉语的汉学家，还是一个受过教育的中国人，都没有捷径可言。而这本书的第一部分尤为甚之。那么，它们如何才能被人理解呢？你可以找一个有文化的中国人，也可以求助于注疏本。不过，在使用这些注疏时，有时甚至是在声明了注疏之荒谬的同时，依然很可能受那些象征主义解释的左右。另一方面，如果你求助于一个受过良好教育的中国人，他很可能会感受到原文的魅力，但是，哪怕他已经摆脱了经典正统的束缚，他也肯定不会在满足其审美品位以外别有所求。他只会像解释一首令人愉悦的诗歌那般解释《诗经》中的任何一首诗，考究诗人的文学手法，指出作者的艺术技巧。他绝不会认为这些诗歌可能来自庶民大众的灵感。

我意在表明，我们可以超越简单的文学解释与象征主义注解，去探寻这些诗歌的原初含义。为了表明这种可能性，我想举一个有决定意义的例子。

在《周南》中有一首婚嫁歌，要理解它的意思一点都不难。在这首诗产生的侯国，"婚姻以时"乃由王室德化所致。这就是与该诗有关的历史主义传统。不过，这说法还是十分含混的，尚不足以将一种复杂的象征主义加在注疏家身上。且让我们依靠他们来翻译一下这首诗吧。①

（一）《桃夭》（《周南》6—C.10—L.12）*

*1. 桃之夭夭，	Le pêcher, comme il pousse bien!	桃树长得多么好，
*2. 灼灼其华。	qu'elles sont nombreuses, ses fleurs!	树上花朵多繁茂！
3. 之子于归，	La fille va se marier:	这个女子要出嫁：
4. 宜其室家。	il faut qu'on soit femme et mari!	结成夫妇正适宜！
*5. 桃之夭夭，	Le pêcher, comme il pousse bien!	桃树长得多么好，
6. 有蕡其实。	qu'ils ont d'abondance, ses fruits!	树上果实多充足！
7. 之子于归，	La fille va se marier:	这个女子要出嫁：
8. 宜其家室。	il faut qu'on soit mari et femme!	结成夫妇正宜当！
*9. 桃之夭夭，	Le pêcher, comme il pousse bien!	桃树长得多么好，

---

① 在下面所译诗歌中，各诗标题前的罗马数字（为方便汉语读者查阅，均已改为汉语数字。——译者）表示他们在本书中的引用顺序。接在罗马数字后面的阿拉伯数字（在必要时）表示诗的行数。诗后的注释包括：（1）中国人的解释，多为子夏序；（2）对单行诗句的说明，大部分选自毛苌（《毛传》）和郑康成（《郑笺》）的注疏本，这些注脚所有前引诗行数字；（3）有关该诗的含义，或其在仪式中的解释，或与其相关之信仰的一般说明；（4）基本主题。要想读懂一首诗甚至是一行诗并从中获益，必须将所有注解放在一起参考。

标题右侧的圆括号里包括：（1）该诗在《诗经》中的章节编号；（2）该诗在顾赛芬译本中的页码；（3）该诗在理雅各译本中的页码，本书最后附有所有诗歌的注解索引表。

本书所引诗歌，凡含有叠音词的诗句，葛兰言均在行数前以*为标记。——译者

*10. 其叶蓁蓁。son feuillage, quelle richesse!　　树上叶子多茂盛。
11. 之子于归，La fille va se marier:　　　　　这个女子要出嫁：
12. 宜其家人。il faut que l'on soit un ménage!　结成夫妇正合宜！

（一）《序》："《桃夭》，后妃之所致也。不妒忌，则男女以正，昏姻以时，国无鳏民也。"（后妃，言文王之妃太姒。）

1和2.《毛传》《郑笺》："兴。"中文用"夭夭"这个描写助词象征地表示，桃树指代之人（女子）已到适婚之龄（少壮）。参见《礼记·曲礼》（顾赛芬译本，卷一，第8页）："三十曰壮，有室。"妇人之"壮"则在二十岁。该诗又用一个描写助词"灼灼"描述花之繁茂状。《毛传》解作象征女子之美貌，"有华色"。《郑笺》则认为，这是指婚姻"年时俱当"，即婚姻应在适当的季节和年龄举行（郑玄认为仲春为婚姻之正时）。

3."于，往也。"

4.宜，该句指到结婚之时（《毛传》："无逾时"），因为年龄和季节（《郑笺》："年时俱当"）都是仪式规定好的。室家："有室家"，即结成夫妻。

6.实，《毛传》解作象征着女子"有妇德"，《郑笺》在前面对"华"已作解释，此处未作注。

8."家室，犹室家也。"（《郑笺》）

10.蓁蓁（描写助词，指"貌"），《毛传》认为表示女子之"形体至盛貌"。

12.家人，《毛传》解作"一家之人"，《郑笺》则认为与第4句和第8句的意思相同，即"犹室家也"。

《诗经传说汇纂》："治国在齐其家……又（文王施善政）必一国之女皆能宜室。"参见《礼记·大学》（顾赛芬译本，卷二，第626页）。

桃华：按历法古谚（dicton），开花节令为二月。"仲春之月……桃始华。"（参见《礼记·月令》，顾赛芬译本，卷一，第340页）关于桃树，见高延《厦门节令志》第88、480页。

文字考异（《皇清经解续编》卷千百七十一《诗经四家异文考》，第6、7页）：枖枖、蕡蕡、蓁蓁，均为描写助词。

婚嫁歌。

本诗主题：植物生长。

我遵循着那些注疏家的注解，但小心翼翼地避免将其评论掺进我的译文。若是仔细品读，你会发现，即使在这样一首简单的诗里，象征主义解释也会遇到很多困难。

由于文王的德行，婚姻才有规可循；但是，究竟何为这些诗句所喻指的婚姻规则呢？

初看上去，这牵涉夫妇双方的年龄问题；他们年纪不可能太大，所以用开花的桃树象征适宜的年龄。[①]我们可以更精确一点，相信这棵桃树象征着一位15到19岁的年轻女子。但是，既然它是有讽喻意义的，那么，为什么到此为止了呢？花朵代表女子之美貌，果实代表她的妇德，而叶子则代表她的形体之盛貌。

---

① 参见（一）《桃夭》第1、2句。

第一编　《诗经》的情歌

结婚不仅要在某个年龄，还必须在一年中的某个固定时节；有些学者认为是春季，因为桃树在春天开花。当然了，还有另一种可能的象征主义解释。①不错，是在提到花朵后才提到果实的：可是，难道到桃实成熟之时还要庆祝结婚吗？我们还是不要再追究了！就让我们满足于仅仅知道文王成功地让女子们在适宜的年龄和适当的季节结了婚吧。

这种解释很圆满，到此为止，古代注疏家们也都很满意。然而，近代注释家们②尤有过之。只要是在说教，再怎么强调道德也不过分。

每章第四行都在说结婚是适宜的或恰当的：每次都用同一个"宜"字，意思是"这是确当的，适宜的"，而且每章都换用不同的字指代丈夫和妻子。在第一章中，"妻子"用"室"借代，"丈夫"则用"家"借代，皆为两字的通常用法。在第二章中仍使用同样的字，只是颠倒了一下词序。而在第三章中却用了一个新的表达法，意指一家的所有成员，即一户人家。那些注疏家会不会假定这些诗句仅仅是为了押韵才有所变化呢？在此，再一次表明王室德化之功，就更有用了！要完成这一步其实很简单。只需把"室"的字面意思解作妻子，把"家"的字面意思解作丈夫，而"宜"作动词转义为建立适宜的秩序。因此，在文王的德化之下，女子有能力确当地安排她们的家及家人，清代编撰者正是这样解读诗歌的。职是之故，顾赛芬神父不得不这样翻译："这些年轻女子正打算结婚；她们将在自己的

---

① 参见（一）《桃夭》第1、2句。
② 《御纂七经》中的《诗经传说汇纂》。

21

居室和家里建立完美的秩序。"

象征主义解释确实会犯这类错误,即使是对这首最不容易曲解的诗歌也是如此。但如果我们抛弃象征主义而直接研究它,它无非是一首结婚歌而已,结婚的观念是与植物生长的观念尤其是与小桃树茁壮成长的观念联系在一起的。本诗包括三个几乎相同的章节,除了在每章第二行和第四行中稍加变化,其余全都一样。在第一章中"华"与"家"押韵,在第二章中"实"与"室"押韵,而在第三章则用了一个含糊的词表示丈夫和妻子。

现在让我们看另一首诗。在翻阅顾赛芬翻译的《诗经》时,等你在那首《隰有苌楚》中读到下面两句,定会大吃一惊:"(Arbuste), je te félicite d'être dépourvu de sentiment.(苌楚啊!)我恭喜你没有知觉。(乐子之无知。)""(Arbuste), je te félicite de n'avoir pas de famille.(苌楚啊!)我恭喜你没有家庭。(乐子之无家。)"据毛序之说,由于桧侯之淫恣,国中子民不得不承受苦难。故此,他们希望能像苌楚那样无知无觉,庶几稍减痛苦之感。

但是,苌楚还有其他优点:它正当青春,且充满活力,正如前引诗中的桃树;此外,它还长满了枝杈、花朵以及炫目的果实。有一点颇值得注意,正如这些诗告诉我们的,描述这种魅力的词"猗傩"与形容妻子之美德的词"柔顺"是同义语。[①]考虑到这一点,我们在诗中看到用苌楚树为象征恭喜那些无家之人

---

① 参见(二)《隰有苌楚》第1、2句。

第一编　《诗经》的情歌

时，就毫不为奇了。不想成家！这是何等反常！心怀这种想法的人们，该是活在何等恶王的治下！确实，如果人们既无情感，也无须顾家，邪恶时代的苦难确实更易忍受一些……但是，哪位王侯在细思这首苌楚之诗后，仍会恶毒到将子民逐入如此绝望的境地呢？一言以蔽之，这正是那位天才的象征主义诗人有心要在《隰有苌楚》中表达的文学意图。

不过，还是让我们逐字逐句地翻译一下这首诗吧。

（二）《隰有苌楚》（《桧风》3—C.154—L.217）

1. 隰有苌楚，	Au val est un carambolier;	谷中长下羊桃树；
2. 猗傩其枝。	douce est la grâce de ses branches!	枝干优雅多迷人！
*3. 夭之沃沃，	Que sa jeunesse a de vigueur!	年少青春有活力，
4. 乐子之无知。	quelle joie que tu n'aies pas de conuaissance!	你无知友，我多高兴！
5. 隰有苌楚，	Au val est un carambolier;	谷中长下羊桃树；
6. 猗傩其华。	douce est la grâce de ses fleurs!	花朵优雅多迷人！
*7. 夭之沃沃，	Que sa jeunesse a de vigueur!	年少青春有活力，
8. 乐子之无家。	quelle joie que tu n'aies pas de mari!	你无丈夫，我多高兴！
9. 隰有苌楚，	Au val est un carambolier;	谷中长下羊桃树；
10. 猗傩其实。	douce est la grâce de ses fruits!	果实优雅多迷人！
*11. 夭之沃沃，	Que sa jeunesse a de vigueur!	年少青春有活力，

12. 乐子之无室。quelle joie que tu n'aies pas de femme! 你无妻子，我多高兴！

（二）《序》："《隰有苌楚》，疾恣也。国人疾其君之淫恣，而思无情欲者也。"

1和2.《毛传》："兴。"描写枝叶的词，猗傩，柔顺也。这两个词均表示妇人之德行，也可指代女性。参见顾赛芬《法汉词典》，"柔"条。

《郑笺》："铫弋之性，始生正直，及其长大，则其枝猗傩而柔顺……喻人少而端悫，则长大无（恶的）情欲（只有循规蹈矩的欲望）。"

3."沃沃（描写助词），壮佼也。""夭，少也。"

4."知（我译为connaissance），匹也。"据《郑笺》："（人民）疾君之恣，故于人年少沃沃之时，乐其无妃匹之意。"

8.《郑笺》："无家，谓无夫妇室家之道（性关系）。"

朱熹将"知"解作感情："叹其不如草木之无知而无忧也。"

在清代版本中，"知"也解作感情：闻以未有室家为苦也，未闻以无室家为乐也。苌楚（所在地）之民，乐无室家，困之至矣。

朱熹和清代编撰者对"知"的解释颇为接近《序》的意思。由于《序》的意思有些含糊，郑玄为了不违背《序》而又要给出"知"的准确意思，于是提出了另外一种讽喻：据他的说法，王侯也应遵循那种以苌楚为标志的行为模式。

约婚的歌谣。

第一编 《诗经》的情歌

本诗主题：植物生长以及山谷中的邂逅。

　　这首诗的编排与《桃夭》惊人地相似。它也描述了一棵优美的树，说的也是婚姻之事。在《桃夭》前两章，"华"与"家"对仗押韵，"实"与"室"也对仗押韵。每一章第四行的最后一个字，有没有可能不那么严格地指代一对已经约婚的男女呢？或者，如果不特指是男是女，只是随意指他们中的任何一个呢？如果这样解读，根本无须借助象征主义，便可理解《隰有苌楚》；它与淫恣的桧侯毫无干系，不过是一首约婚歌。在第二章，女子用歌声表达了对她意中的年轻男子尚未与他人订婚的喜悦，而轮到那个年轻男子唱第三章时，他也唱出了同样的心声；不过，两个人都要唱第一章，而且毫无疑问，他们还要合唱："你没有知友（connaissance），我多么高兴！（乐子之无知。）"

　　当然，我不愿被人指摘是在用拙劣的法文双关语翻译汉文。无论译文如何乏味，也应该是严谨的，且在这个意义上，若用"知"表示"友"的话，我们定会将其视为二流的。在汉文里始终高雅之极的措辞，一旦迻译过来，是否仍可不失高雅文风呢？

　　事实上，只要翻开顾赛芬的辞典，便可理解知这个词，即知识（savoir）、感知（sentiment）、相知（connaissance），即使在严谨的著作当中，也常有朋友之义。故将这种解释用于此处，也无足讶异。但这是不够的。尤其在这首诗里，这个词真有朋友之义吗？到底是我错用双关语误译了呢，还是那些象征主义注疏家弄错了？

毛苌未对该字作注，在《序》中却说得很明白："国人……思无情（sentiment）欲（désirs）者也。"这篇序是孔门子夏所作；这样看来，该是我错了。不过，再让我们看看郑康成是如何笺注的："知，匹也。"①那么，郑康成会不会接受我的译法？不会，因为那会扰乱道德的解释。于是，他在后面又说："乐其无……"到底乐其无什么呢？是配偶，还是感知？除此之外，文中这一段没有别的提示了。但是，不，这不是郑氏所说的。他说的是："人乐无妃匹之意。"这句话的意思是说，在如此恶政之世，要恭喜他（大概是指苌楚）如此聪明，免于照顾妻子之苦。而且，这就是他无情欲的缘由，正好与《序》保持一致。因此，所有一切都是一致的：这些词都各有不能忽视的正确含义，道德也有它必须得到尊重的正当性。"知"确实是知友而非感知的意思，我根本没错。不过，在总体上，《隰有苌楚》却是对坏主子的讽刺，孔门子夏也是完全正确的。郑康成②见识独到，他既无须诋毁诗的教化意义，也避免了一个拙劣的误译。只对这段话稍微下了番功夫，他便让自己身为训诂学家的良知无悖于身为卫道士的审慎。

不止如此，他还向我们揭示了一个最重要的事实，即研究《诗经》的方法：在细节上，注疏家的训诂之学独立于他们的道德原则。在《序》中表明诗歌可用于匡正风俗是一回事，而准确地阅读原文是另一回事，二者不能混为一谈。《诗经》可以在教学和讽谏中加以解释、引用，也可以为艺术家和好古者击节叹

---

① （二）《隰有苌楚》第4句。
② 郑康成（127—200），最杰出的经典注疏家，学识渊博，精通古语。

第一编　《诗经》的情歌

赏。我不明白郑氏是如何剥去这些古老诗歌的道德外套的——这可是它们的正统装扮。但另一方面，我又很难相信，这位博学通识之士和洞达世事之人怎么会受传统注疏这种令人遗憾的象征主义之左右呢？郑氏以过人的才智，在不质疑那些社会信条之价值的同时，仍然坚持己见地阐释了《诗经》，包括那些解说性的轶事和《序》。他借助道德训诫，尽可能多地阐明历史的或戒律（droit）的要义；他借助事物之寓意，以无与伦比的学识考订了那些古老专词的意义；并且，若是象征注解已经到了过于曲解真正意义的地步，他就对这种象征解释做适度的修正，如此一来，即使有点挑剔的读者也不会误解词句的意思，而道德的解释也保留下来了。

在阅读《诗经》尤其是《国风》时，应遵循以下规则：

1. 无须考虑经典注解及其他版本的注释。只有当我们想要研究那些源于《诗经》的礼仪用法时，才使用这些注解，绝对不能依据后人的注解探求诗歌本文的原初含义。

2. 必须拒绝彰善之诗与瘅恶之诗的区分。确实，《诗经》中可能有一些讽喻诗[①]，但是，在一首《隰有苌楚》之类的诗中也能看出象征性的讽喻，那无疑是一种误解。

3. 相应地，我们不区分《国风》前两部分（即《周南》和《召南》）和其余部分；我们会毫不犹豫地在分别编入这两部分[②]的诗歌之间进行比较。我在前面已经指出了这种比较是多么有用，而且这种方法最终让我们发现：一首假想的政治讽喻诗只不

---

① （六二）《宛丘》可能是一个例子。
② 我采用的分类方法并非官方分类。

过是一首简单的约婚歌。

4.摒弃所有那些象征性的注解或暗示诗人有"微言大义"的解释。

5.尽可能搜集所有旨在证实象征注解的相关历史或风俗，但只能作为独立的资料加以利用。例如，对下列事实须加留意：按毛氏之说，女子必须在二十岁前结婚，而男子必须在三十岁前结婚；而按郑氏之说，婚礼必须在春天举行。但这些资料不能用于解释《桃夭》。

6.注意对词语或句法的注解，但要区分那些致力追求训诂之准确性的注解和那些仅用以证明经典解说之正当性的注解。这条规则不太容易遵守；要想恰到好处地遵循它，必须做到：第一，尽可能专注而仔细地阅读这些注解；第二，准确地了解每个注疏家对于原文的态度观念；第三，熟悉各个注疏学派特有的考据原理；第四，对于所要研究的诗歌，从一开始起就必须准确地把握它的主旨大意。若想取得良好效果，唯有一以贯之，并认真履行下述两条规则：

7.充分考虑歌谣的韵律。经验表明，这种押韵方式可以揭示表达方式之对偶与特定事物之对偶的关联①，这可以同时阐明语词的特殊意义和诗歌的整体意义。故在翻译时要尽力保留原始的韵律；翻译一定逐行进行，以展现其表达方式的复沓或平行②。

---

① 关于对偶的方法，将在后面做进一步研究。
② 为了遵循这条规则，我不得不采取直译。有时我只好牺牲原文的字词顺序，但仍然尽力让我翻译的这些词像原文那样彼此对应。

第一编　《诗经》的情歌

8.在比较相似诗歌的过程中,可以确定每首诗歌的含义。如果在有些情况下不好把握某首诗的大意,那么,这个系统至少也有助于搜集对偶的表达,因而也能确定一组诗歌的主题。

9.经验表明,如果依据一种经由后来的玄学宗教思想转化的或虔诚的考据家们重新编次的仪式规则,去解释《诗经》中那些只能传递给我们一些质朴事实的诗歌,是十分危险的。要尽量以《诗》解《诗》:与其冒险将《诗经》中的事实直接同那些与之既无渊源又无关联的观念或规则联系起来,还不如下决心只了解质朴的事实。

10.如果有必要求助于外在依据,宁可选择那些包含民俗事实的古典文本,当然时代越早越好;而如果是现代的文本,在必要时最好取自远东文明范围之内,它们的好处是极少遭到法律或宗教反思作用的扭曲。

11.《诗经》是一部人为编纂的诗集;所收诗歌来自不同地区,众所周知,其源始地、时间和作者各不相同。通晓《诗经》后,不难发现一个事实,即在《诗经》中,地方差别是不受关注的。确实,我们在研究《诗经》时,会对中国的一体性产生很深的印象。[1]但另一方面,如果我们在这部诗集甚至是在《国风》中竟然没有看出哪些是较晚成篇的或经学者加工的作品,那也是很危险的。[2]

12.比方说,一旦歌谣用文字写定,往往经过改编,这种

---

[1] 至少在诸侯邦国联盟内部是这样认为的。
[2] 参见(五)《何彼襛矣》和(六七)《小星》(特别是第三章)。

情况屡见不鲜。① 唯其如此，我们必须牢记：即使主题仍然保留着原貌，但诗歌本身可能已经被加工过了。

13.原初主题必然与当时的情感状态联结在一起，而这些主题又可能会出现在后来一些表达类似情感的诗歌当中。出于这种原因，这些后来的诗歌和原初主题源出的事实之间实际上是没有关联的。②

14.在某个特定时候，虽然某些主题甚至整首诗都没有经过改动，或只经过少许改动，却可以得到新的仪式性或实践性运用，而这些运用又反过来或多或少地赋予诗歌以新的价值或意义。③

15.由于婚姻制度随时间流逝而发生演变，或由于这些制度在从某一社会阶级移入另一社会阶级的过程中改变了自身之价值，情歌及其主题可能获有了新的含义。④

16.换个角度看，某些主题或诗歌，即便没有经过重大的改动，也可能会用于忠告或讽谏，这与前文所言"告"和"谏"的用法是一样的。⑤这种用法是由下述事实促成的：（1）表达战

---

① 参见（一七）《候人》和（五四B）《扬之水》。注意比如晨曲主题的演变。比较（四二）《女曰鸡鸣》（顾赛芬译本，第103页）与《小雅·庭燎》（顾赛芬译本，第212页）。

② 参见本书第140页。

③ 比较（三三）《郑风·扬之水》与《王风·扬之水》（顾赛芬译本，第128页）。

④ 参见（五六）《关雎》和（五九）《草虫》。参见葛兰言：《中国上古婚俗考》（« Coutumes matrimoniales de la Chine antique »，*T'oung Pao*，XIII，p. 533）。（见本书附文。——译者）

⑤ 比较一下马达加斯加歌谣的用法。参见让·波朗：《梅里纳民歌》"序"（Paulhan, *Les Hainteny Merinas*, 1913）。另见本书附录一。

第一编　《诗经》的情歌

友关系的语词也用以表达爱情①；（2）妇人谈及丈夫或女子谈及情人时，均称"子"或"君子"，而这也是诸侯们常用的称谓；（3）诗中通常都不说明性别，很难判明表白之人是男是女，故弃妇之怨（除了她们的多情外）亦可视为臣僚或友人的规谏。这种混淆的可能性本就是一种至为重要的事实；它揭示了不同的社会关系之间存在着亲缘关系，某种关系可能会被认作另一种关系。

一旦我们足够谨慎，仅就主题而言，对《诗经》的注解实际上是可以明了的，尽管从歌谣本身来说，并不是在每种情况下都能明了的。但这种局限在目前的研究中倒是没么严重，研究是为了揭示某类诗歌的基本要素，而不是逐篇考察它们的文学价值。站在这个立场上说，有意义的是主题，而不是诗歌本身。

本书迻译的诗歌都是《诗经》中最重要的情歌。我特意编排了一种顺序，按它们包含的基本主题加以归类，分为三组，在每一组后面，我都进行了必要的说明。

我们要读的第一部分歌谣都简短地描述了源于自然的主题。在古老的历法中，我们也能找到类似的描述。对这些田园主题的研究可以证明：这些歌谣的诗艺（la poésie）是与季节习俗密切相关的。倘若它的起源真的无关乎仪式，那倒要令人惊异了。

第二部分是描述乡村爱情的歌谣。这种田园诗是否出自学者之手？是否充满了道德训诫的意旨？我将表明：如果我们非要坚持这种看法，那不过是在证明《诗经》的教化之功是合理的。不

---

① 参见本书边码第207—208页。

过，持这种意见的之所以不乏其人，恰恰是由于对道德正统性的渴望妨害了对古老乡村风俗的理解。更确切地说，正是这些乡村风俗让我们明白，这些诗歌是在何种环境中创作而成的。这种田园歌谣的内容和创作方法仍有待研究，而且，唯有当我们发现了这些诗歌生自舞者唱和的氛围时，它们才会变得清晰起来。

最后，第三部分歌谣均以山丘或河边漫步为主题。这些歌谣让我们看到，情歌、爱情和诗艺是如何从季候节庆的仪式中产生的。在结论部分，我会简短地说明：情诗，即便是个人性的诗歌，也必定保存了歌谣的原始技法。

田园主题

(三)《隰桑》(《小雅》八·4—C.310—L.414)

1. 隰桑有阿，	Les mûriers du val, quelle force!	谷里桑树茂盛着，
2. 其叶有难。	leur feuillage, quelle beauté!	枝枝叶叶多婀娜！
3. 既见君子，	Sitôt que je vois mon seigneur,	一待见到我君子，
4. 其乐如何。	ma joie, quelle n'est-elle pas!	我的快乐没法说！
5. 隰桑有阿，	Les mûriers du val, quelle force!	谷中桑树多茂盛！
6. 其叶有沃。	leur feuillage, quelle douceur!	枝枝叶叶多迷人！
7. 既见君子，	Sitôt que je vois mon seigneur,	一待见到我君子，
8. 云何不乐。	allons ! quelle n'est pas ma joie!	我怎么会不快乐！
9. 隰桑有阿，	Les mûriers du val, quelle force!	谷中桑树多茂盛！

10. 其叶有幽。	leur feuillage, quel vert profond!	枝枝叶叶多碧绿!
11. 既见君子，	Sitôt que je vois mon seigneur,	一待见到我君子，
12. 德音孔胶。	son prestige, qu'il agit fort!	他的魅力大无边!
13. 心乎爱矣，	Celui donc que dans mon cœur j'aime,	他是至爱心中藏，
14. 遐不谓矣？	est-il trop loin pour y songer?	路远只在梦中见？
15. 中心藏之，	Lui, que du fond du cœur j'estime,	全心全意珍视他，
16. 何日忘之!	lui, quand pourrais-je l'oublier?	何日才能忘怀他？

（三）《序》："《隰桑》，刺幽王也。小人在位，君子在野，思见君子，尽心以事之。"（意思是说，王侯知君子之德。）

1和2.《毛传》："兴。"阿，描写助词（叠词，阿阿）（《郑笺》释"阿阿然"），指树木之美态。

6."沃，柔也。"（《毛传》）

10."幽，黑色也。"（《毛传》）

12."胶，固也。"（《毛传》）

14."遐，远。"（《郑笺》）

15.《郑笺》释"藏"为"善"。

对偶。13和14每句的末尾均用虚词"矣"，15和16两句也有虚词"之"。

文字考异：遐，《齐诗》作"瑕"。参见《礼记·表记》（顾赛芬译本，卷二，第504页）。

"君子"也有"贤人"之义，而诗的主题是关于忠贞和德音，这都说明了，在田野中寻找恋人，如何可能被说成寻访隐遁的贤人。

主题：植物生长。副主题是山谷里的约会；声望（12）；远离（14）；以及忠贞（16）。

（四）《东门之杨》（《陈风》5—C.148—L.209）

1.东门之杨，	Porte de l'est sont les peupliers!	东门外的杨树林，
*2.其叶牂牂。	qu'il est superbe leur feuillage!	满树叶子茂盛着。
3.昏以为期，	Au crépuscule on doit s'attendre!	约定见面在黄昏，
*4.明星煌煌。	qu'il est vif l'éclat des étoiles!	天上星光多明亮！

（四）《序》："《东门之杨》，刺时也。昏姻失时，男女多违，亲迎女尤有不至者也。"

1和2.《毛传》："兴。"牂牂（描写助词），言"男女失时（不遵守结婚季节的规定），不逮秋冬"。

《郑笺》："杨叶牂牂，三月中也。兴者，喻时晚也，失仲春之月。"

3和4.《郑笺》："亲迎之礼以昏时，女留他色，不肯时行，乃至大星煌煌然。"

煌煌，描写助词。

第二章与第一章仅仅在描写助词上有所不同。

6."肺肺，犹牂牂也。"

8."晢晢，犹煌煌也。"

在郑玄（毫无疑问，还有《序》）看来，本诗有两重讽刺含

第一编 《诗经》的情歌

义,即成婚既不在一年的规定季节内,也不在当日的规定时辰内。按《仪礼·士昏礼》的规定,婚礼应在黄昏时分。但毛氏认为婚期太早(此时是春季或夏季),在他看来,适当的季节应该是秋冬。而郑氏认为婚期太晚,只有仲春之月(春分)才是婚之正时。朱熹则将东门解作男女"相期之地也"。

"期",在婚姻用语中,即指定举行婚礼之日("请期"),在诗中则指幽会的时间或幽会本身。参见(四四)《桑中》第5句、(二○)《采绿》第7句、(六六)《氓》第7和10句。

主题:植物的生长;幽会;城东的树阴茂密之地。

(五)《何彼襛矣》(《召南》13—C.27—L.35)

1. 何彼襛矣,	N'est-ce pas une belle fleur,	如此秾丽又灿烂,
2. 唐棣之华。	la fleur du cerisier sauvage?	不是棠棣开花中?
3. 曷不肃雍?	Ne sent-on pas sa modestie	庄重谦和一时有,
4. 王姬之车。	à voir le char de la Princesse?	不是王姬车隆隆?

(五)这是该诗的前四句,描述一位王姬的婚姻。由于这桩婚姻是"王姬……下嫁于诸侯",她必得端庄、谦和("肃雍",新娘的仪式用语)。参见尧以二女妻舜的故事,《史记·五帝本纪》(沙畹译本,卷一,第53页)。

1. "襛,戎。"(《毛传》)
2. "唐棣,栘也。"(《毛传》)
3. "肃,敬。"(《毛传》)参见(六七)《小星》第3句。"雍,和。"(《毛传》)参见(五○)《匏有苦叶》第8句。

35

宫廷之诗。

主题：开花。

(六)《螽斯》(《周南》5—C.10—L.11)

1.螽斯羽，	Sauterelles ailées,	长长翅膀是草蜢，
*2.诜诜兮。	que vous voilà nombreuses!	堆堆片片这么多！
3.宜尔子孙，	Puissent vos descendants	祝愿你的好子孙，
*4.振振兮。	avoir grandes vertus!	仁厚美德何其多！

(六)《序》："《螽斯》，后妃子孙众多也。言若螽斯不妒忌，则子孙众多也。"

1和2."螽斯，蚣蝑也。"(《毛传》)

诜诜，描写助词，众多也。(《毛传》)《郑笺》："凡物有阴阳情欲（性欲）者，无不妒忌，维蚣蝑不耳，各得受（雄性之）气而生子，故能诜诜然众多。后妃之德能如是，则宜然。"

因后妃不存嫉妒之心，是以后宫众妾皆能自由进御于君（参见[五六]《关雎》序），因此为其夫（和她自己）生育众多子孙。

3和4.振振，描写助词，"仁厚也"。参见《周南·麟之趾》第2句及(一四)《殷其靁》第5句。

《郑笺》："后妃之德，宽容不嫉妒，则宜女之子孙，使其无不仁厚。"

第二和第三章仅是描写助词不同。

6."薨薨，众多也。"(《毛传》)

第一编 《诗经》的情歌

8. "绳绳，戒慎也。"（《毛传》）
10. "揖揖，会聚也。"（《毛传》）
12. "蛰蛰，和集也。"（《毛传》）

文字考异：斯、蜇及蜇。

描写助词考异："诜"又作"莘"，"绳"又作"憴"。《皇清经解续编》卷千百七十一，第6页。

比较（五九）《草虫》第1、2句；螽与两性结合的观念有关联。

主题：禽兽之情。

这首诗很难不给人这样的印象：它有一种祈愿和咒语的特征，旨在促进个体（人类和相关动物物种）的繁衍。

（七）《鹑之奔奔》（《鄘风》5—C.56—L.80）

*1.鹑之奔奔，	Les cailles vont par couples	鹑鹑配成对，
*2.鹊之彊彊。	et les pies vont par paires...	鹊鸟也成双。
3.人之无良，	D'un homme sans bonté	不是良善人，
4.我以为兄。	vais-je faire mon frère?	可做我兄长？
*5.鹊之彊彊，	Les pies s'en vont par paires	鹊鸟配成双，
*6.鹑之奔奔。	et les cailles par couples...	鹑鹑也成对。
7.人之无良，	D'un homme sans bonté	不是良善人，
8.我以为君。	ferais-je mon seigneur?	可做我君子？

（七）《序》："《鹑之奔奔》，刺卫宣姜（姜姓王姬，宣公〔公

元前718—公元前699年]之妃,参见(《史记》沙畹译本,卷四,第196页及以下)也。卫人以为宣姜(之所为),鹑鹊之不若也。"

《郑笺》:"宣姜(宣公的第二任妻子)……与公子顽(宣公之子)为淫乱,行不如禽鸟。"(参见孔颖达第3、4句注疏:"宣姜失其常匹,曾鹑鹊之不如矣。")

1和2.奔奔,彊彊,描写助词。《郑笺》:"言(鹑鹊)居有常匹(《孔疏》:'不乱其类。'[类:德:姓,见《国语·晋语》]即,近亲不婚),飞则相随之貌。"(这两个描写助词叙鹑鹊飞则相随之貌。)参见(五六)《关雎》第1、2句。

4.兄,谓"君之兄"顽,惠公(宣公的继任者)之兄(《毛传》《郑笺》)——兄亦指情人或丈夫,见(三三)《郑风·扬之水》第3句注及《邶风·谷风》第二章以下。

5."君,国小君。"(即王妃,非指国君)《郑笺》:"小君,谓宣姜。"

文字考异:之,而。

描写助词考异:奔、贲;彊、姜。《皇清经解续编》卷千百七十一,第46页。

政治的解释依靠其字面义"兄",以及政治义"君"。

主题:鸟兽之情;反讽式拒绝。

37 (八)《东山》(《豳风》3—C.167—L.235)

41.仓庚于飞,　Le loriot qui prend son vol　天上飞着哩是黄莺,

第一编　《诗经》的情歌

*42. 燡燡*其羽。	comme sont brillantes ses ailes !	一双翅子分外明！
43. 之子于归，	Cette fille qui se marie,	这个女子要出嫁，
44. 皇驳其马。	tachés de roux sont ses chevaux!	她的马儿黄又红！

（八）征役悲歌的片断。

41. 仓庚鸣，来自历法的主题。《夏小正》二月，《礼记·月令》（顾赛芬译本，第340页）。

44. 婚礼车马的主题，参见（四六）《汉广》。

（九）《鹊巢》（《召南》1—C.16—L.20）

1. 维鹊有巢，	C'est la pie qui a fait un nid:	喜鹊做好窠巢哩，
2. 维鸠居之。	ce sont ramiers qui logent là!	斑鸠住进窝里边。
3. 之子于归，	Cette fille qui se marie,	这个女子要出嫁，
4. 百两御之。	Avec cent chars accueillez-la!	百辆马车迎接她。
5. 维鹊有巢，	C'est la pie qui a fait un nid:	喜鹊做好窠巢哩，
6. 维鸠方之。	ce sont ramiers qui gîtent là!	斑鸠睡进窝里边。
7. 之子于归，	Cette fille qui se marie,	这个女子要出嫁，
8. 百两将之。	avec cent chars escortez-la !	百辆马车陪送她。

---

* 此句"燡燡其羽"在一般版本中作"熠燿其羽"。——译者

9. 维鹊有巢,	C'est la pie qui a fait un nid:	喜鹊做好窠巢哩,
10. 维鸠盈之。	ce sont ramiers plein ce nid-là!	斑鸠挤满窝里边。
11. 之子于归,	Cette fille qui se marie,	这个女子要出嫁,
12. 百两成之。	de cent chars d'honneur comblez-la!	百辆马车成全她。

（九）《序》："《鹊巢》，夫人之德也。国君积行累功，以致爵位。夫人起家而居有之，德如鳲鸠，乃可以配焉。"

1和2.《毛传》："兴。"鹊象征国君，鸠象征后妃。

4."百两，百乘也。诸侯之子嫁于诸侯，送御皆百乘。"（《毛传》）

"御，迎也。"（《郑笺》）注意在《仪礼·士昏礼》中，新郎的随从称"御"。

6."方，有之也。"（《毛传》）

8."将，送也。"（《毛传》）注意在《仪礼·士昏礼》中，新娘之随从称"媵"，意思是护送。

10."盈，满也。"（《毛传》）按《郑笺》，满者，言众媵姪娣之多。诸侯一次娶同姓九女，即：一个正妻的娣（从妹），一个正妻的姪（正妻的兄弟的女儿），再从其他两个同姓之国中各选出同样关系的三个女子，组成另外两组（每组长者称"媵"，其他两人称"娣"和"姪"）。主要参见：《左传·隐公元年》（理雅各译本，第3页）杜预注；《公羊传》何休注；及《穀梁传》。《春秋·成公八年》（理雅各译本，第366页）杜预注；《公羊传》注（理雅各译本，第370页）；《左传·成公九年》杜预注；

《公羊传》何休注。《春秋·庄公十九年》(理雅各译本,第98页);《公羊传》何休注。《仪礼·士昏礼》。(六一)《唐风·绸缪》和《召南·江有汜》(顾赛芬译本,第25页)。

12. 成,"成百两之礼也"。(《毛传》)第10句"盈"与之对称。

百,泛指总数。参见"百物",百物即万物。

鹊是吉兆的鸟,俗称"喜鹊",通常与结婚的观念有关。见其在牛郎织女成婚故事中的角色(参见高延:《厦门节令志》,第439—440页,及本书卷末附录)。鹊亦是夫妇忠贞的象征。参见(七)《鹑之奔奔》及《礼记·表记》(顾赛芬译本,卷二,第507页)。鹊在十二月初营巢。参见《礼记·月令》(顾赛芬译本,卷一,第405页)。

斑鸠在季春三月鸣叫(《礼记·月令》,顾赛芬译本,卷一,第350页),与采桑相联,共同催生了以春天为主题的歌谣。参见(四六)《汉广》第23、24句。仲春二月,鹰化为鸠(见《月令》,顾赛芬译本,卷一,第340页)。参见《夏小正》,孟春之月。(仲秋)八月,鸠化为鹰,见《礼记·王制》(顾赛芬译本,卷一,第283页)。

文字考异:雎、鹊;御、讶及迓。《皇清经解续编》卷千百七十一,第11页。

注意:韵律十分简单,从虚词的重复和词的对仗可以看出,如:第1句和2句的"维",第3句和4句的"之",第10句和12句的"盈""成"。

经典注疏虽然较接近诗的原意,但犹有曲解。 39

诗句格式的对称在鹊和新娘、鸠和"御"（所乘马车）之间建立了对称关系。在第三章，虽然郑、毛都承认，鸠是"御"的象征，但他们并不承认这也适用于第一章第一句，其目的是使他们能够像《序》那样强调新妇对丈夫的服从。

婚礼歌。

主题：鸟；新娘车马。

（一〇）《野有蔓草》(《郑风》20—C.101—L.147)

1.野有蔓草，	Aux champs sont liserons	乡间蔓草一片片，
2.零露漙兮。	tout chargés de rosée!	颗颗露珠都缀满。
3.有美一人，	Il est belle personne	有个美人在那边，
4.清扬婉兮。	avec de jolis yeux!	眉目清扬真好看。
5.邂逅相遇，	J'en ai fait la rencontre:	我们偶然相遇见，
6.适我愿兮。	elle est selon mes vœux!	有她满足我心愿。
7.野有蔓草，	Aux champs sont liserons	野间长满了蔓草，
*8.零露瀼瀼。	tout couverts de rosée!	草上缀满了露珠。
9.有美一人，	Il est belle personne	有个美人在那边，
10.婉如清扬。	avec de jolis yeux!	眉目清扬真好看。
11.邂逅相遇，	J'en ai fait la rencontre:	我们偶然相遇见，
12.与子偕臧。	avec toi tout est bien!	与你一起都完满。

（一〇）《序》："《野有蔓草》，思遇时也。君之泽不下流，民穷于兵革，男女失时，思不期（诸侯规定的男女集会）而会（个

人单独的幽会）焉。"参见《周礼·地官·媒氏》。(《郑笺》："不相与期而自俱会。")

1和2."漙，盛多也。"《毛传》：兴。天有陨落之露，漙漙然露润之，以喻君对民有恩泽之化。*

《郑笺》则认为，这两句表示时间，"谓仲春之时，草始生，霜为露也。"（在仲秋之时，正好相反，白露为霜，参见［五四］《蒹葭》。）引《周礼》可证："仲春之月，令会男女之无夫家者。"

(《毛传》：失时意为超龄。《郑笺》：失时意为错过了合适的仲春二月。)

4. 清扬，眉目之间。"婉，美。"(《毛传》)

5. 邂逅，指他们相逢在习俗规定的大聚会上，并没有预先的约定。(《毛传》：不期而会。)

6.《毛传》："适其时（适龄而婚）愿。"

8. 瀼瀼，描写助词，露"盛之貌"。

12. "臧，善也。"(《毛传》)

朱熹："男女相遇于野田草露之间。"

文字考异：漙、團及専；零、霝；婉、婠；扬、陽；逅、遘及觏（参见［五九］《草虫》第6句和［六〇］《车舝》第23、29句）。《皇清经解续编》卷千百七十二，第11、12页。这些注释十分重要：这表明，在中国学者看来，(《周礼》规定的）乡村青年男女集会并没有不道德的因素，但在乱世，这些集会实际上给个人约会提供了场合。参见本书"竞赛"一节，及卷末附录。

---

* 此为作者概述孔颖达注疏《毛传》之文，非《毛传》原文。——译者

主题：露水；春天的约会。比较（五四）《蒹葭》（[一一]《行露》第12、13、14句；见附录一）。

（一一）《行露》（《召南》6—C.20—L.27）

1.厌浥行露，	—Les chemins ont de la rosée!	潮湿路上有露水。
2.岂不夙夜？	pourquoi donc ni matin ni soir?	为何非早也非晚？
3.谓行多露。	—Les chemins ont trop de rosée.	道上露水何其多！

本诗全篇及注解，见附录一。

（一二）《北风》（《邶风》16—C.48—L.67）

1.北风其凉，	Le vent du nord, quelle froidure!	北风吹起多寒凉，
2.雨雪其雱。	pluie et neige, quelles bourrasques!	雨雪漫天正猖狂。
3.惠而好我，	Tendrement, oh! si vous m'aimez,	如果真心爱着我，
4.携手同行。	les mains jointes, allons ensemble.	与我携手来同行。
5.其虚其邪？	Pourquoi rester? Pouisquoi tarder?	为何逗留又延迟？
6.既亟只且！	le temps est venu! oui, vraiment!	时光匆匆不待人。
7.北风其喈，	Le vent du nord, quelle tempête!	北风一来多狂暴，
8.雨雪其霏。	pluie et neige, quels tourbillons!	雨雪遍地积成堆。
9.惠而好我，	Tendrement, oh! si vous m'aimez,	如果真心爱着我，
10.携手同归。	les mains jointes, partons ensemble!	与我携手一同归。
11.其虚其邪？	Pourquoi rester? Pouisquoi tarder?	为何逗留又延迟？

第一编 《诗经》的情歌

12.既亟只且！	le temps est venu! oui, vraiment!	时光匆匆不待人。
13.莫赤匪狐，	Rien n'est fauve comme un renard!	何物更比狐狸红！
14.莫黑匪乌。	rien n'est noir comme une corneille!	何物更比乌鸦黑！
15.惠而好我，	Tendrement, oh！si vous m'aimez,	如果真心爱着我，
16.携手同车。	les mains jointes, montons en char!	与我携手同乘车。
17.其虚其邪？	Pourquoi rester? Pouisquoi tarder?	为何逗留又延迟？
18.既亟只且。	le temps est venu! oui, vraiment!	时光匆匆不待人！

（一二）《序》："《北风》，刺虐也。卫国并为威虐，百姓不亲，莫不相携持而去焉。"

1和2.雱，叙风雨之"盛貌"。

《郑笺》："兴。"天气恶劣，为暴政之征兆，"寒凉之风，病害万物。兴者，喻君政教酷暴，使民散乱"。参见（一〇）《野有蔓草·序》，及第1、2句。

5."虚，虚也。"（《毛传》）"邪读如徐。"（《郑笺》）

6."亟，急也。"（《毛传》）

7."喈，疾貌。"（《毛传》）参见（一三）《风雨》第2句。

8."霏，同雱。"（《毛传》）

13和14.按《郑笺》，应译如下：

红色的都是狐狸，（赤则狐也，）

黑色的都是乌鸦。（黑则乌也。）

这是刺"君臣相承（臣受君恶之影响），为恶如一"。

天气的主题。劝诱的主题：携手之作用的征象。参见

45

(六八)《邶风·击鼓》第15句。

(一三)《风雨》(《郑风》16—C.98—L.143)

*1. 风雨凄凄，　Vent et pluie! oh! qu'ils font rage!　风雨交加好凄凄，
*2. 鸡鸣喈喈。　voici que chante le coq!　公鸡声声正打鸣！
3. 既见君子，　Sitôt que je vois mon seigneur,　一旦见到我君子，
4. 云胡不夷。　allons! ne suis-je pas tranquille!　我的心头得安宁！

(一三)《序》:"《风雨》，思君子也。乱世则思君子不改其度焉（不像其他人那样放纵无度）。"

1. 凄凄，描写助词，叙风雨之状。

2. 喈喈，描写助词，表示鸡鸣。参见（一二）《北风》第7句。

1和2. 按《毛传》和《郑笺》："风且雨，凄凄然，鸡犹守时而鸣。……喻君子虽居乱世，不变改其节度。"

4. "胡，何。夷，说也。"（《毛传》）参见（五九）《草虫》第21句。

第二章和第三章除脚韵外，皆与第一章同。

5. 潇潇，描写助词，叙风雨之状。

6. 胶胶，描写助词，"犹喈喈也"。

朱熹："淫奔之女言当此之时，见其所期之人，而心悦也。"

主题：天气；约会。

（一四）《殷其雷》(《召南》8—C.23—L.29)

1.殷其雷，	Voici que gronde le tonnerre	隐隐滚动有雷声，
2.在南山之阳。	à l'adret des monts du midi!	响在南山南坡边。
3.何斯违斯，	Pourquoi donc, reste-t-il au loin?	为何离开那么远？
4.莫敢或遑？	n'ose-t-il prendre du loisir?	不敢偷得一时闲？
*5.振振君子，	O mon bon, o mon bon seigneur,	我那厚道君子啊，
6.归哉归哉！	oh! viens-t'en donc! oh! viens-t'en donc!	归来归来莫迟延。

（一四）《序》："《殷其雷》，（以臣子对国君承担的义务）劝以义也。召南之大夫，远行（到他国）从政，不遑宁处，其室家能闵其勤劳，劝以义也。"

1."殷，雷声也。"（《毛传》）

2."山南曰阳。"（《毛传》）"山出云雨，以润天下。"（《毛传》）

《郑笺》解为喻召南大夫以王命施号令于四方，犹雷殷殷然发声于山之阳。

3."斯，此。""违，去"（《毛传》），"远"（《郑笺》）。

4."遑，暇也。"（《毛传》）

5. 振振，描写助词，信厚也。（《毛传》）参见（六）《螽斯》第4句，及《周南·麟之趾》第2句。

第二章和第三章，除第二句和第四句押韵不同，余皆相同。

文字考异：殷、隐；雷、霻；遑、偟。《皇清经解续编》卷

中国古代的节庆与歌谣（新译本）

千百七十一，第17页。
　　主题：离家；天气。

（一五）《萚兮》（《郑风》11—C.95—L.138）

1. 萚兮萚兮，	Feuilles flétries! feuilles flétries!	枯叶枯叶一片片，
2. 风其吹女。	le vent vient à souffler sur vous!	飘在空中风瑟瑟。
3. 叔兮伯兮，	Allons, messieurs! allons, messieurs!	叔啊伯啊一起来，
4. 倡予和女。	chantez! nous nous joindrons à vous!	你们唱起我们和。

5. 萚兮萚兮，	Feuilles flétries! feuilles flétries!	枯叶枯叶一片片，
6. 风其漂女。	le vent vient à souffler sur vous!	飘在空中风瑟瑟。
7. 叔兮伯兮，	Allons, messieurs! allons, messieurs!	叔啊伯啊一起来，
8. 倡予要女。	chantez! et puis nous après vous!	你们唱起我们和。

　　（一五）《序》："《萚兮》，刺忽（郑昭公，公元前696—公元前695年在位）也。君弱臣强，不倡而和也。"（《郑笺》："君臣各失其礼，不相倡和。"）

　　1和2."兴。木叶槁，待风乃落。"（《郑笺》）"人臣待君倡而后和。"（《毛传》）

　　3."言群臣长幼也。"（《毛传》）参见（三五）《丰》第9、13句。

　　4."君倡（只有这时候，才能由）臣和也。"
　　"和"是对"倡"之应答，即唱和歌中的答歌。

48

8. "要，成也。"表示歌唱之结束。

文字考异：倡、唱；漂、飘。《皇清经解续编》卷千百七十二，第6页。

参见（三五）《丰》"序"："阳（男）唱而阴（女）不和。"

象征主义注解基于如下观念，如同月对日、阴对阳、妇对夫，臣对君亦处于卑下的位置，主题的转换（transposition）就是这样实现的。

主题：枯叶。秋天的唱和歌（十月；参见《豳风·七月》及［六六］《氓》第31句）。

（一六）《蝃蝀》（《鄘风》7—C.58—L.83）

1. 蝃蝀在东，	L'arc-en-ciel est à l'orient!	彩虹高挂在东天，
2. 莫之敢指。	personne ne l'ose montrer!	谁也不敢胡乱指。
3. 女子有行，	La fille pour se marier,	这个女子要出嫁，
4. 远父母兄弟。	laisse au loin frères et parents!	远离父母和兄弟。
5. 朝隮于西，	Vapeur matinale au couchant!	晨雾弥漫在西天，
6. 崇朝其雨。	c'est la pluie pour la matinée?	难道早晨要下雨？
7. 女子有行，	La fille pour se marier,	这个女子要出嫁，
8. 远兄弟父母。	laisse au loin frères et parents!	远离兄弟和父母。
9. 乃如之人也，	Or la fille que vous voyez	可是这个女子啊，
10. 怀昏姻也。	Rêve d'aller se marier.	她正思想成婚姻。
11. 大无信也，	Sans plus garder la chasteté	信用贞洁都无有，

12. 不知命也！　Et avant qu'on l'ait ordonné!　父母之命不愿等！

（一六）《序》："《蝃蝀》，止奔也。卫文公（公元前659—公元前634年在位）能以道化其民，淫奔之耻，国人不齿也。（不齿的字面意思是，不与他们按年龄长幼定尊卑秩序。）"

1和2.《毛传》："夫妇过礼则虹气盛，君子见戒而惧讳之，莫之敢指。"

《郑笺》："虹，天气之戒，尚无敢指者，况淫奔之女，谁敢视之。"

3和4."妇人生而有适人之道（《孔疏》：'于理当嫁者'），何忧于不嫁，而为淫奔之过乎？恶之甚。"

5."陜，升。"（《毛传》）

6."崇，终也。"（《毛传》）"从旦至食时为终朝。"（《毛传》）

5和6.《郑笺》："朝有升气于西方，终其朝则雨。气应自然。以言妇人生而有适人之道，亦性自然。"（即《郑笺》对第3、4句的解释。）

9和10.《郑笺》："思昏姻之事乎，言其淫奔之过，恶之大。"

11和12.《毛传》："（此女）不待命也。"

《郑笺》："淫奔之女，大无贞洁之信，又不知昏姻当待父母之命，恶之也。"参见《仪礼·士昏礼》。

文字考异：蝃、蝀；隮、跻；也、兮。《皇清经解续编》卷百千七十一，第47页。

注意最后一章的独特押韵。每行最后一字是休止虚词。

第一编　《诗经》的情歌

主题：雨和虹；告别父母（外婚制）。

也可能是（作为衍生性运用的）婚礼歌：对新娘的仪式性训诫。

见附录二关于虹的注释。

（一七）《候人》（《曹风》2—C.156—L.222）

13. 荟兮蔚兮，	Oh! les petites! oh! les faibles	云漫漫来又飘忽，
14. 南山朝隮。	vapeurs de l'aube aux monts du Sud!	晨雾腾起南山坡。
15. 婉兮娈兮，	Oh! les jolies! oh! les charmantes	婉约美丽迷煞人，
16. 季女斯饥。	jeunes filles, qui ont si faim!	那个少女正饥渴。

（一七）以上所引为本诗的最后一章，因遭曲解过甚，殊难理解。

13和15. 注意每句最后一个字构成的对句。

14. 山上薄雾的主题。参见（十六）《蟋蟀》第5句。

16. 饥饿的主题。参见（四七）《汝坟》第4句。比较附录三《客家山歌选》第6篇。

（一八）《采葛》（《王风》8—C.82—L.120）

1. 彼采葛兮，	Il cueille le dolic!	他去采葛草，
2. 一日不见，	Un jour sans le voir	一天没见到，
3. 如三月兮。	me semble trois mois!	好似三个月。

51

4. 彼采萧兮，	Il cueille l'armoise!	他去采蒿草，
5. 一日不见，	Un jour sans le voir	一天没见到，
6. 如三秋兮。	me semble trois automnes!	好似三个秋。
7. 彼采艾兮，	Il cueille l'absinthe!	他去采艾草，
8. 一日不见，	Un jour sans le voir	一天没见到，
9. 如三岁兮。	me semble trois ans!	好似三年久。

（一八）一首非常简明的以采摘和离家为主题的诗歌。参见（三八）《子衿》第11句。

（一九）《芣苢》（《周南》8—C.12—L.14）

1. 采采芣苢，	Cueillons ! cueillons le plantain!	来采，来采车前草，
2. 薄言采之。	et allons! recueillons-en!	来吧，来吧，我们采。
3. 采采芣苢，	Cueillons! cueillons le plantain!	来采，来采车前草，
4. 薄言有之。	et allons! ramassons-en!	来吧，来吧，我们摘。

（一九）《序》："《芣苢》，后妃之美也。和平则妇人乐有子矣。"

1和2."芣苢……宜怀妊焉。"（《毛传》）"治妇人难产。"（《孔疏》）

4、6和8.有、掇、捋，均表示采集。

第一编 《诗经》的情歌

10和12.袺、襭，有极细微的差别。袺，执衽；襭，扱其衽于带间。第三章由同样的诗句构成。

文字考异：苢、苡（苡字可用于组合表达各种植物和谷物）。禹之母吞薏苡而生禹。

关于襭，见《皇清经解续编》卷千百七十一，第7、8页。

注意技法的单一。

一首采集的歌谣。采集草药。

（二〇）《采绿》（《小雅·都人士之什》2—C.307—L.411）

1.终朝采绿，	Je cueille les roseaux tout le matin	整个早晨采菉草，
2.不盈一匊。	sans emplir le creux de mes mains!	采了一捧还不到。
3.予发曲局，	Voilà, mes cheveux tout défaits!	我的头发乱蓬蓬，
4.薄言归沐。	allons! retournons les laver!	赶快回家洗梳好。
5.终朝采蓝，	Je cueille l'indigo tout le matin	整个早晨采菉草，
6.不盈一襜。	sans emplir le creux de mes jupes!	一裙兜也没采满。
7.五日为期，	Le cinquième jour était le terme:	与你约定第五天，
8.六日不詹。	au sixième, il ne paraît pas!	第六天也没出现。
9.之子于狩，	Lorsque tu iras à la chasse,	如果你要去打猎，
10.言韔其弓。	je mettrai ton arc dans l'étui!	我把袋子装好弓。
11.之子于钓，	Lorsque tu iras à la pêche,	如果你要去垂钓，
12.言纶之绳。	je ferai la corde de ta ligne!	我把钓绳来理清。

53

13. 其钓维何？	Qu'est-ce que tu as pris à la pêche?	你钓到的有什么？
14. 维鲂及鱮。	ce sont des brèmes et des perches!	鳊鱼鲢鱼真不错！
15. 维鲂及鱮，	Ce sont des brèmes et des perches!	鳊鱼鲢鱼真不错，
16. 薄言观者。	allons! allons! qu'il y en a!	走吧走吧去看看！

（二〇）《序》："《采绿》，刺怨旷也。幽王之时，多怨旷者也。"

1和2. 兴，表示夫妇长久的分离，导致在劳动时"不专于事"。

3和4. 《毛传》："妇人夫不在则不容饰。"《郑笺》特别提到不修饰头发。参见《礼记·内则》（顾赛芬译本，卷一，第661页）和（二十B）《伯兮》。

（二〇B）《伯兮》（《卫风》8）

1. 伯兮朅兮，	Mon seigneur, oh! qu'il est vaillant!	我家君子多英武！
2. 邦之桀兮！	dans le pays, nul ne l'égale!	整个国中也无对！
3. 伯也执殳，	Mon seigneur, oh! il tient la lance	我家君子执长殳，
4. 为王前驱。	à la tête des chars du roi!	君王车前任护卫。
5. 自伯之东，	Depuis que mon seigneur est dans l'Est,	自从君子东行后，
6. 首如飞蓬。	ma tête est la graine qui vole!	头发散乱像飞蓬。
7. 岂无膏沐？	Manquais-je de parfum et d'eau?	难道没有膏和脂？
8. 谁适为容？	mais pour quel maître me parer?	为谁修饰我颜容？

（参见［三七］第4、8、12句）

第一编　《诗经》的情歌

9. 其雨其雨，	Vienne la pluie! Vienne la pluie!	天要下雨就下雨，
10. 杲杲出日。	éclatant le soleil se montre!	日头闪闪升起了。
11. 愿言思伯，	Je veux songer à mon seigneur	一心思念我君子，
12. 甘心首疾。	le cœur gonflé, la tête lasse!	闷在心上痛在头。
13. 焉得谖草？	Où trouver la plante d'oubli?	哪里找得忘忧草？
14. 言树之背。	j'en planterai derrière la maison.	把它种在房屋后。
15. 愿言思伯，	Je veux songer à mon seigneur	一心思念我君子，
16. 使我心痗。	au point d'en fatiguer mon cœur!	想得心里难承受。

7和8.《毛传》："妇人五日一御。"参见《礼记·内则》。按《郑笺》："五日、六日者，五月之日、六月之日也。期至五月而归，今六月犹不至。"

9—16. 比较（四二）《女曰鸡鸣》第5—12句。夫妇心意相通的主题。

主题：采集；树木；分离；共餐。

（二一）《七月》（《豳风》1—C.160—L.226）

14. 春日载阳，	Au printemps quand les jours tiédissent	春来日头暖洋洋，
15. 有鸣仓庚。	voici que chante le loriot,	开口歌唱是黄莺。
16. 女执懿筐，	les filles tenant leur corbeille,	女子手提深竹筐，
17. 遵彼微行，	vont le long des petits sentiers,	走在野间小路上，
18. 爰求柔桑。	prendre aux mûriers la feuille tendre.	伸手采摘鲜嫩桑。

*19. 春日迟迟，	Au printemps quand les jours s'allongent	春来日子渐渐长，
*20. 采蘩祁祁。	on va cueillir l'armoise en bande;	成群结队采白蒿。
21. 女心伤悲，	le cœur des filles est dans l'angoisse:	姑娘心中好伤悲，
22. 殆及公子同归。	le temps vient pour elles d'aller avec le jeune seigneur.	与公子同归之时已来到。

（二一）这是一首可冠以"工作与时间"之名的长诗的第二章，被认为是周公之作（约公元前1144年*）。他赋诗向成王进言，希望说服成王以王室之德俾使人事合乎自然之道。

15. 黄莺的主题。参见（八）《东山》第41句，及《月令》"仲春二月"。关于这个主题的评论，见《田园主题》。

19. 迟迟，描写助词。

20. 祁祁，描写助词。

21. 《毛传》："春女悲，秋士悲，感其物化也。"《郑笺》："春女感阳气而思男，秋士感阴气而思女，是其物化，所以悲也。"

（二二）《摽有梅》（《召南》9—C.24—L.30）

1. 摽有梅，	Voici que tombent les prunes!	梅子纷纷落下地，

---

* 原文如此，此处时间有误。——译者

第一编　《诗经》的情歌

2. 其实七兮。	il n'en reste plus que sept!	树上果子还剩七。
3. 求我庶士，	Demandez-nous, jeunes hommes!	小伙有心来求我，
4. 迨其吉兮。	c'est l'époque consacrée!	正是良辰吉日时。

5. 摽有梅，	Voici que tombent les prunes!	梅子纷纷落下地，
6. 其实三兮。	il n'en reste plus que trois!	树上果子还剩三。
7. 求我庶士，	Demandez-nous, jeunes hommes!	小伙有心来求我，
8. 迨其今兮。	c'est l'époque, maintenant!	今日切莫再迟延。

9. 摽有梅，	Voici que tombent les prunes!	梅子纷纷落下地，
10. 顷筐墍之。	les paniers emplissez-en!	要拿浅筐来装拾。
11. 求我庶士，	Demandez-nous, jeunes hommes!	小伙有心来求我，
12. 迨其谓之。	c'est l'époque, parlez-en!	开口正是好时机。

（二二）《序》："《摽有梅》，男女及时（而婚）也。召南之国，被文王之化，男女得以及时也。"

此处的"时"字，既指结婚的适当季节，也指适当的年龄。由于在考据方面对结婚年龄和季节争论不下，故关于本诗的象征解释亦是众说纷纭。总起来，大概有如下意见：

（a）按《毛传》，男子婚龄在25岁到30岁间，女子在15岁到20岁间。将熟的梅子（梅子的掉落多少要视成熟的程度）象征着约婚男女的年龄。在第一章，还剩下七个——意思是还剩十分之七，即十分之三的梅子掉下来了。在这个成熟阶段，梅子代表男子是26岁或27岁，而女子是16岁或17岁。第二章，梅子剩

57

下三个，即十分之三。这是代表男子是28岁或29岁，而女子是18岁或19岁。第三章一个不剩了，全都熟透了，意味着男子正满30岁，而女子满20岁。

（b）女子20岁和男子30岁是必须成婚之龄：没有使用任何象征。

（c）春天是成婚之季。梅子季过后可以成婚的男女，须待下一个春天，届时他们无需约婚之礼，便可自相婚配，国家人口遂得繁衍（《郑笺》引《周礼·地官·媒氏》）。

（d）秋冬是成婚之季。梅子落光之时是夏末最后一个月，这是求婚的时候了。

4."吉，善。"（《毛传》）"迨，及。"（《郑笺》）

文字考异：摽、標；苤、薹及荾；梅、楳；倾、顷；塈、摡。

"楳"与"媒"谐音。卜尼法西（Bonifacy）告诉我们，在蛮子的歌谣中，梅子树（或者梅子树的花）乃是童贞之标志。参见附录三。

注意"求"的用法。参见（四六）《汉广》第4句和（五六）《关雎》第8、9句。比较（六四）《野有死麕》第4句。在春季里约婚；秋季也有仪式，特别是请媒人出面。

一首采摘的歌谣。劝诱的主题。

我们看到，《诗经》歌谣经常包含一些生动而简练的描述，这些描述的题材都取自自然。对于这些变化甚微的题材，我称之为"田园主题"。有时，在我们面前出现的是一株生机盎然的树，当人们赞美它的花、果与枝叶时，植物的生长与人类心灵的觉醒

第一编 《诗经》的情歌

似乎是并行的。①有时，我们看到，在郊外野间，走兽们呼朋唤友，麇集一处，而鸟类比翼双飞，交互应答，要不就成群翱翔，齐声共鸣，它们会合在茂林深处，或栖息于河心沙洲。②看起来，鸟兽之爱似乎是与人类之爱交相应合的。雷、雪、风、露、雨和虹等天候，或庄稼的收获，果实和草药的采摘，无不为情感的表露提供了框架或契机。

在描写人类情感时，诗人经常借助自然景象，这是为我们所熟知的。在以爱情为主题时，大多以自然风光作背景，而且，按传统的手法，田园诗应该借助乡野景象精雕细琢。那么，当《诗经》的诗人们将这些田园主题纳入诗歌时，是否仅仅出于修辞的考虑？

中国人大概是这么认为的③：这些主题是"比"或"兴"，即是说，它们都是诗歌表意的文学手法。但若真是如此，这些诗人是多么缺乏想象力！那些形象又是多么缺少变化！如果这些主题只是起修辞作用，那么，关于景象的选择就是难以理解的：例如，花比树更少入诗；极少有开花的主题；花通常只是次要的。然而，如果以开花为主题的话，那么我们就得承认——而且，我们确实发现了这样的诗篇——它必然是另一种不同于普通情歌的诗歌类型。④田园景象的选择不是个人鉴赏力的问题，但即使我

---

① 参见（一）《桃夭》，（二）《隰有苌楚》、（三）《隰桑》。
② 参见（六）《螽斯》，（七）《鹑之奔奔》，也见（五〇）《匏有苦叶》第9句，（五六）《关雎》，（五九）《草虫》第1、2句，（六〇）《车舝》第8句。
③ 参见《诗》大序。参考顾赛芬译本"序"和理雅各《诗经》译本"序"。
④ 参见（五）《何彼襛矣》。周王姬下嫁齐侯的仪式歌。

52　们有必要了解了上古诗人喜欢怎样的景象，也无法做出判断，最好还是不要再坚持己见吧。尽管这样做也不无裨益，但我们必然会问，田园主题除了修辞作用外，难道没有其他意义了吗？

　　当中国学者说"比"和"兴"时，我们要切切当心：这些术语与其说是文学家的手法，毋宁说是卫道士的手段。形象表达不仅仅是用来让观念更赏心悦目，它们原本就有道德的价值。这在有些主题上是十分明显的。比如，鸟儿比翼双飞本就是对忠诚的告诫。因此，在借助自然形象（"比"）表达情感时，与其说由于人们感到自然之美，还不如说效法自然乃是大道所在。在最初我们认为有艺术旨趣之处，可能都包含着道德的意味。基于这种新的见地，我们可以更好地理解，田园主题何以如此重要，却又如此缺乏变化。

　　除了一些从田园主题中直接抽取教化意义的注疏外，我们还经常看到其他一些注解，认为该主题是在指代时间。例如，若诗中提及开花之桃树①，便表明该诗的场景是春天，于是花朵也被赋予"兴"的意义。这两种注解实际上相去不远。既然人们应顺自然之道，那么，更应法乎自然，适时而行事。鸟儿比翼双飞，隐藏起来交尾，这是婚姻生活法则的例证；鸟儿交尾之时也恰是人们成婚之季。②

53　　学者视田园主题为历法古谚（dicton）*，对此我们无须诧异。

---

　　① 参见（一）《桃夭》第1、2句。
　　* 在说到谚语时，葛兰言用两个词加以区分，dicton和proverbe。译者分别酌译为"古谚"和"俚谚"。两者的区别大致类似真理和公理的区别，前者更具普遍性和权威性。——译者

第一编 《诗经》的情歌

这种看法尤为支持对诗歌所作的道德解释。当野间蔓草缀满露水时,两个恋人还会相会吗?① 这证明春天已经过去了,因此成婚的季节也已经结束,而诗歌最终要说的是,既然男女仍然继续幽会,这就表明他们所在国家的君主未能匡正风俗。相反,如果年轻的女子,无论在清晨还是夜晚,都不肯踏上布满露水的小径前去幽会呢?② 那无疑证实了诸侯之德③,故其臣民行事也都合乎自然之道。

我们当然不必处处遵循注疏家的解说;但从另一方面说,如果据此断言他们运用的象征主义毫无来由,那也是不够慎重的。假如田园主题是从人们对自然的某种诗性情感中产生的,它也就没有根基可言了,这是很显然的。但只有这些主题是从季节仪式中产生的,象征主义方能有所凭依。

事实上,在农事历法中,从类似的古谚里面,我们也发现了按日期排列的田园主题。现存的古历还有好几种,若将其中的四种做一番比较,一定会有所发现:《夏小正》④,这是最古老的一种,见于《大戴礼记》;《月令》⑤,这是《礼记》的一卷,凡见于他书者皆大同而小异;《管子》卷三有一部分⑥ 也是一种历

---

① 参见(一〇)《野有蔓草》。
② 参见(一一)《行露》。
③ 道德,即统治者对人类和自然的调控能力,见本书第194页及以下,以及第79页的注。之所以要解释道德,是因为这个词随处可见,尤其是在每首诗的《序》里。
④ 《夏小正》,见《皇清经解续编》卷五百七十三至五百七十八的刊本。
⑤ 顾赛芬译本,卷一,第331—410页。
⑥ 《管子·幼官》。

法；最后一种是在《汲冢周书》卷六[①]。藉由以上这些历法的研究，我们可以推得如下事实：（1）所有历法皆为农事历法，均以古谚表示一年中的各个时段。（2）所有历法都尽力将这些古谚对应至每个历年中的具体日期。（3）一年的划分方法有好几种：《管子》分一年为三十节气，每个节气十二日（春、秋两季各有八个节气，而夏、冬两季各有七个节气）。《汲冢周书》分一年为二十四个节气，每个节气十五日，且每个节气又分三个小节气，每个小节气五日。每个大小节气都用一句农谚表示。《月令》和《夏小正》都只是分年为月，但在《月令》总括各月的一二小段文字中，都可以发现《汲冢周书》中用以代表十五日或五日之名称的程式套语（les formules）。上述这些名称也大都见于《夏小正》，不过是散见于每月的事务之中。（4）在各种历法中，这些古谚的位置并不相同：例如，《夏小正》记"鹰化为鸠"在"孟春之月"，而《月令》与《汲冢周书》则记之于"仲春之月"。

我们很容易理解，这几种历法的形成是在不同理念引导之下而进行的排序工作，并且是对于对称和精确的日益关注的结果，也是由考据家在研究与诗歌之田园主题相似的对象时创造出来的。但这会引出一个问题：究竟是诗人在作品中引用了历法的古谚呢，还是历法取自于歌谣的片断？

读《夏小正》，没有人不为其独特形制而深感震动：语句短小，也不连贯，最长不过三四字，很少有更多的，文字顺序也颇

---

① "汉魏丛书"本。

第一编 《诗经》的情歌

为怪异[①],注疏家不得不为之作注。他们认为,只有假设这些文字的顺序是按所指事物对感官刺激的先后顺序排列的,才能讲得通。这也就是说,之所以说"鸣弋"[②],是由于先听到鸣声,然后才知道是弋。[③] 与之类似的还有其他句子:"有鸣仓庚。"这种表达法在历书中看起来很是怪异。实际上,《月令》中说得很简单,"仓庚鸣"[④]。这是散文的文体和句法;相反,《夏小正》的叙述程式则全然是诗歌性质的。实际上,这让我们想起《诗经》里的一句诗,也正好采用了这种形制。[⑤]

由于在最古老的历法中发现了诗歌用语的痕迹,我们大概可以合理地认为,诗歌的田园主题不是由诗人从农事历法中借来的古谚,我们倾向于相信历法是借助田园诗写成的。但我们还是不要一下走得太远了。歌谣主题和历法程式可能还有共同的源头;诗人们也可能像学者那样做稽古工作而利用了许多俚谚(proverbe)。在这种情况下,《诗经》中的田园主题根本无法证明,那些诗歌的起源与学者无关,很可能就是天才文学家兼业余考据家写下的作品。

在孔夫子删订的《诗经》中,有一篇十分独特的诗歌《七月》[⑥]。它的地位无与伦比,人们认为它是先圣周公之作,意在表

---

① "正月:雁北乡。二月:来降燕。乃睇。时有见稊始收。九月:遰鸿雁。……陟玄鸟蛰。十一月:陨麋角。"
② "鸣弋。"十二月。
③ "鸣而后知其弋也。"
④ 参见顾赛芬译本,卷一,第340页处《礼记》。
⑤ (二一)《七月》第14句(顾赛芬译本,第161页):这句出现在一首节庆的诗歌中,即《七月》,这完全就是一首用诗写成的历书。见下文。
⑥ 参见顾赛芬译本,第161页。(二一)《七月》。参见《七月》的摘录。

明统治者的美德("王化")足以促成人事、顺应万物之道。这首长诗是一篇诗体历书,每一行都是一句农事古谚,指一年中的某个时段。这是一部中国"岁时记"。

但这些"岁时记"绝不是学者们以诗消遣的结果,也不是学者编订的民间俚谚。整首诗既有其统一性,也有其意义:这是一首有着确定的仪式价值的歌谣。在一年农事终结时举行的收获节上,人们唱着这首歌。该诗的最后部分专门描述了这个节庆[①]:人们将谷场打扫得干干净净,又将酒坛搬上场,然后用羊羔作牺牲,用犀角杯饮酒,互祈眉寿,在一片欢乐的氛围中,人们开始歌唱过去一年中的"工作与时日"。

这些诗歌很可能是流传有序的现存历书的源头,这也说明了我们何以会在历书中发现诗歌用语的痕迹。反过来说,如果诗歌中出现了历法古谚,我们也有可能据此推导个中缘由:难道我们不曾感到,如《七月》一样,这些歌谣都是或多或少地直接在节庆中创作出来的吗?

至少,我们可以确定一个事实:无论在《诗经》歌谣中,还是对于歌谣注疏家来说(即使这些歌谣最终成于学者之手,而注疏家也在细节上犯了很多错误),田园主题都是十分重要的,而这实际上标志着季节习俗在中国上古的生活和思想中扮演着极为重要的角色。

---

① 参见顾赛芬译本,第165页。(二一)《七月》第八章。比较顾赛芬译本,第441页《周颂·良耜》(及前篇《载芟》)。关于十月的节庆,见本书第178页及以下。由《周礼》"籥章"条可证,《七月》有仪式的用途。参见毕瓯(E. Biot)《周礼》译本,卷二,第65—66页。同一段还提到,《东山》也有仪式的用途,诗中充满了历法古谚,而注疏家将之解作与军事有关的诗歌,又见顾赛芬译本,第120页《唐风·蟋蟀》。

第一编　《诗经》的情歌

乡村爱情

（二三）《出其东门》(《郑风》19—C.100—L.146)

1. 出其东门，	Hors de la porte orientale,	漫步出了东门外，
2. 有女如云。	les filles semblent un nuage:	女子们活像是云彩。
3. 虽则如云，	Bien qu'elles semblent un nuage,	虽然活像云彩者，
4. 匪我思存。	nulle ne fixe ma pensée!	不是我心下爱的。
5. 缟衣綦巾，	Robe blanche et bonnet grisâtre,	穿白袍么戴青巾，
6. 聊乐我员。	voilà qui peut me rendre gai!	才是让我快乐的。
7. 出其闉闍，	Hors du bastion de la porte,	漫步出了门堡外，
8. 有女如荼。	les filles semblent des fleurs blanches:	女子们活像是白荼。
9. 虽则如荼，	Bien qu'elles semblent des fleurs blanches,	虽然活像白荼者，
10. 匪我思且。	nulle n'occupe ma pensée!	不是我心想的哩。
11. 缟衣茹藘，	Robe blanche et bonnet garance,	穿白袍么戴红巾，
12. 聊可与娱。	voilà ce qui peut me charmer!	才是让我迷醉的。

　　（二三）《序》："《出其东门》，闵乱也。公子五争（皆在郑昭公在位期间。厉公［突］两次，忽一次，子亹一次，子仪一次。参看《史记·郑世家》，沙畹译本，卷四，第458页及以下）。兵革不息，男女相弃，民人思保其室家焉。"比较（五二）《溱

58

65

洧》序。

2.《毛传》:"如云,众多也。"《郑笺》:"有女,谓诸见弃者也(乱世招致的夫妇相离)。"

5. 按《毛传》:"缟衣,白色,男服也。綦巾,苍艾色,女服也。"这句诗象征性地表达了綦巾缟衣并存以及夫妇不相离的愿望。按《郑笺》,缟衣綦巾指代妇女("以衣巾言之")。

7. "闉,曲城也。阇,城台也。"(《毛传》)

8. "荼,茅秀,物之轻者,飞行无常。"(《郑笺》)指反复无常。

11. "茹藘,茅蒐。"(《毛传》)

12. "娱,乐也"(《毛传》),指节日中的欢娱。

文字考异:綦、綥;员、云及蒷;娱、虞。

主题:村落外的集会。

比较(二三B)《东门之墠》。《序》:"《东门之墠》,刺乱也,男女有不待礼而相奔者也。"

(二三B)《东门之墠》(《郑风》15)

1. 东门之墠,	Sur l'aire à la porte de l'Est,	东门外边有平场,
2. 茹藘在阪。	Dans les remblais croît la garance!	茜草长在坡坡上。
3. 其室则迩,	Ta maison la voilà tout près,	你有室在近前者,
4. 其人甚远。	Ta personne est bien éloignée!	你的人却远下了。

| 5. 东门之栗, | Aux châtaigniers porte de l'Est, | 东门外边栗树下, |
| 6. 有践家室。 | Voilà où sont les maisons basses! | 立下着个家室了。 |

7. 岂不尔思？　A toi comment ne pas penser?　哪会对你不思量，
8. 子不我即。　Toi, tu ne t'en viens pas vers moi.　你却不肯寻我来。

1 和 2.《郑笺》："此女欲奔男之辞。"

《郑笺》将"践"解为"浅"。但我认为应译解如下：

3. Ta femme la voilà tout près. 你的妻就在近旁。

6. Voilà rangés maris et femmes. 夫妇生活在那里。*

文字考异（《皇清经解续编》卷千百七十二，第8页）：以"践"充当表达"靖"及"静"之意义的字。参见《豳风·伐柯》（顾赛芬译本，第171页）。

7. 参见（四三）《大车》第7句。

主题：城门外相会。也是（分别、遗憾或）劝诱。

注意：如果我们承认第3、6句的解释是有道理的，可将此处描写的习俗与附录三所收的日本歌垣之俗加以比较。

（二四）《衡门》(《陈风》3—C.146—L.207)

1. 衡门之下，　Au-dessous de la porte Heng　坐在衡门下边者，
2. 可以栖迟。　l'on peut se reposer tranquille!　从从容容游息哩。
*3. 泌之洋洋，　L'eau de la source coule, coule!　泉水清清长流淌，
4. 可以乐饥。　l'on peut s'amuser et manger.　又好玩乐又好饮。

5. 岂其食鱼，　Quand l'on veut manger du poisson　难道我们要吃鱼，

---

* 葛氏解"室"为"妻"，"家"为"夫"，故"室家"为"夫妇"。——译者

6. 必河之鲂？ faut-il avoir brèmes du Fleuve? 非吃黄河鲂鱼哩？
7. 岂其取妻， Lorsque l'on veut prendre une femme 难道我们想娶妻，
8. 必齐之姜？ faut-il des princesses de Ts'i? 非娶齐国公主吗？

9. 岂其食鱼， Quand l'on veut manger du poisson 难道我们要吃鱼，
10. 必河之鲤？ faut-il avoir carpes du Fleuve? 非吃黄河鲤鱼哩？
11. 岂其取妻， Lorsque l'on veut prendre une femme 难道我们想娶妻，
12. 必宋之子？ faut-il des princesses de Song? 非娶宋国公主呢？

（二四）《序》：褒扬善政。

主题：公共飨宴，及城门外和河边的集会。

（二五）《蜉蝣》（《曹风》1—C.155—L.220）

1. 蜉蝣之羽， Oh! les ailes de l'éphémère! 蜉蝣长双薄翅翅，
*2. 衣裳楚楚。 oh! le beau! le beau vêtement! 一身衣裳多美丽。
3. 心之忧矣， Dans le cœur que j'ai de tristesse!... 我这里伤下心一场，
4. 于我归处。 près de moi viens-t'en demeurer! 快来与我同住下。

5. 蜉蝣之翼， Oh! les ailes de l'éphémère! 蜉蝣长双薄翅翅，
*6. 采采衣服。 oh! le bel habit bigarré! 一身衣裳多美丽。
7. 心之忧矣， Dans le cœur que j'ai de tristesse!... 我这里伤下心一场，
8. 于我归息。 près de moi viens te reposer! 快来与我同歇息。

9. 蜉蝣掘阅， Il sort de terre, l'éphémère! 蜉蝣钻出土缝了，

第一编　《诗经》的情歌

10. 麻衣如雪。　robe en chanvre blanc comme neige!　麻衣好像白雪雪。
11. 心之忧矣，　Dans le cœur que j'ai de tristesse!...　我这里伤下心一场，
12. 于我归说。　près de moi viens te réjouir!　你来我心才欢悦!

（二五）一种无趣的历史解释。

　　主题：劝诱。

（二六）《有杕之杜》(《唐风》10—C.129—L.185)

1. 有杕之杜，　Il est un sorbier solitaire　孤单单一棵杜梨树，
2. 生于道左。　qui pousse à gauche du chemin!　长在大路左边地。
3. 彼君子兮，　O Seigneur, ô toi que voilà,　我的君子在这里，
4. 噬肯适我！　daigne t'en venir avec moi!　请来与我在一处。
5. 中心好之，　Toi, que du fond de mon cœur j'aime,　我在心底爱恋你，
6. 曷饮食之？　toi, ne veux-tu boire et manger?　何不同饮又同食？

7. 有杕之杜，　Il est un sorbier solitaire　孤单单一棵杜梨树，
8. 生于道周。　qui pousse au tournant du chemin!　长在了大路转弯处。
9. 彼君子兮，　O Seigneur, ô toi que voilà,　我的君子在这里，
10. 噬肯来游！　daigne t'en, venir promener!　请来与我一处游。
11. 中心好之，　Toi, que du fond de mon cœur j'aime,　我在心底爱恋你，
12. 曷饮食之？　toi, ne veux-tu boire et manger?　何不同饮又同食？

中国古代的节庆与歌谣（新译本）

（二六）《序》：刺"不能亲其宗族"*之君。

主题：集会，野游和公共飨宴。

比较《杕杜》（《唐风》六，顾赛芬译本，第125页）。

（二七）《丘中有麻》（《王风》10—C.84—L.122）

1. 丘中有麻，	Sur le tertre il y a du chanvre,	丘里长着大麻了，
2. 彼留子嗟。	et c'est là que reste Tseu Tsie!	子嗟留下在那里。
3. 彼留子嗟，	Et c'est là que reste Tseu Tsie!	子嗟留下在那里，
*4. 将其来施施。	puisse-t-il s'en venir joyeux!	请他与我同乐哩！
5. 丘中有麦，	Sur le tertre il y a du blé,	丘里长着麦子了，
6. 彼留子国。	et c'est là que reste Tseu Kouo!	子国留下在那里。
7. 彼留子国，	Et c'est là que reste Tseu Kouo!	子国留下在那里。
8. 将其来食。	puisse-t-il s'en venir manger!	请他与我吃饭哩！
9. 丘中有李，	Sur le tertre sont des pruniers,	丘里长着李子哩，
10. 彼留之子。	c'est là que reste ce seigneur!	君子留下在那里。
11. 彼留之子，	C'est là que reste ce seigneur!	君子留下在那里，
12. 贻我佩玖。	il me fait cadeau de breloques!	他送我玉佩作礼呢！

---

* 此语为作者误置。"不能亲其宗族"之语不是本篇《有杕之杜》之序，而是《杕杜》之序。毛序认为《杕杜》刺晋昭公，而《有杕之杜》则刺晋武公："武公寡特，兼其宗族，而不求贤以自辅也。"不过，两诗小序刺"不能亲其宗族"的主旨是一致的。——译者

70

（二七）《序》：讽刺不思求"贤"之君。

主题：山丘漫步；赠礼。

（二八）《木瓜》(《卫风》10—C.75—L.107)

1. 投我以木瓜，	Celui qui me donne des coings,	投给我个木瓜呢，
2. 报之以琼琚。	je le paierai de mes breloques;	报答给他琼琚呢！
3. 匪报也，	Ce ne sera pas le payer;	不说是酬报的意思，
4. 永以为好也！	à tout jamais je l'aimerai!	永远相好上一场。
5. 投我以木桃，	Celui qui me donne des pêches,	投给我个木瓜呢，
6. 报之以琼瑶。	je le paierai de belles pierres;	报答给他琼瑶呢！
7. 匪报也，	Ce ne sera pas le payer;	不说是酬报的意思，
8. 永以为好也！	à tout jamais je l'aimerai!	永远相好上一场。
9. 投我以木李，	Celui qui me donne des prunes,	投给我个木瓜呢，
10. 报之以琼玖。	je le paierai de diamants;	报答给他琼玖呢！
11. 匪报也，	Ce ne sera pas le payer;	不说是酬报的意思，
12. 永以为好也！	à tout jamais je l'aimerai!	永远相好上一场。

（二八）《序》：称颂封建施报。

主题：赠礼；义务性的和回报性的轮流呈献（prestation）（"厚报"）。

（二九）《东门之池》(《陈风》4—C.147—L.208)

1. 东门之池， Porte de l'Est, dans les fossés 东门以外有沼池，

2. 可以沤麻。	on peut faire rouir le chanvre!	拿上大麻去沤渍。
3. 彼美淑姬，	Avec ma belle et pure dame	姑娘美丽又贤淑，
4. 可与晤歌。	on peut s'accorder et chanter!	我们唱歌在一处。
5. 东门之池，	Porte de l'Est, dans les fossés	东门以外有沼池，
6. 可以沤纻。	on peut faire rouir l'ortie!	拿上苎麻去沤渍。
7. 彼美淑姬，	Avec ma belle et pure dame	姑娘美丽又贤淑，
8. 可与晤语。	on peut s'accorder et causer!	我们闲谈在一处。
9. 东门之池，	Porte de l'Est, dans les fossés	东门以外有沼池，
10. 可以沤菅。	on peut faire rouir les joncs!	拿上菅茅去沤渍。
11. 彼美淑姬，	Avec ma belle et pure dame	姑娘美丽又贤淑，
12. 可与晤言。	on peut s'accorder et parler!	我们聊天在一处。

（二九）《序》："《东门之池》，刺时也。疾其君之淫昏，而思贤女以配君子也。"

3. 姬：（周）王族之姓，代表出身尊贵的女子。

8. 语，谈话，暗示唱和。

主题：城墙外的相会；劳动歌谣；口头约定。

（三〇）《狡童》(《郑风》12—C.95—L.138)

1. 彼狡童兮，	O rusé garçon que voilà,	那个滑头坏家伙，
2. 不与我言兮。	qui avec moi ne veux parler,	竟然不和我说话。
3. 维子之故，	Est-ce donc qu'à cause de toi	难道为你的缘故，

第一编 《诗经》的情歌

4. 使我不能餐兮。 je ne pourrai plus rien manger? 使我饭也吃不下？

5. 彼狡童兮， O rusé garçon que voilà, 那个滑头坏家伙，
6. 不与我食兮。 qui avec moi ne veux manger, 竟然不和我共餐。
7. 维子之故， Est-ce donc qu'à cause dé toi 难道为你的缘故，
8. 使我不能息兮。 je ne pourrai plus reposer? 使我觉也睡不安？

（三〇）《序》："《狡童》，刺忽也（即郑昭公，公元前696—公元前695年在位；参见沙畹译本，卷四，第458页及以下）。不能与贤人图事，权臣（即蔡仲，参见［五一］《褰裳》）擅命也。"

2.《郑笺》："忽不能受之。"

6. 意为不起用我。《毛传》："不与贤人共食禄。"

8. 息，休息之义。

文字考异：餐、湌。《皇清经解续编》卷千百七十二，第7页。

朱熹：此亦淫女见绝而戏其人之词。

主题：反讽式的劝诱；公共飨宴。

没有任何佐证而给出的象征解释，我们可以看作是通过恋人间的宴会和君臣间的宴会的制度转换（transposition d'institution）完成的。

（三一）《山有扶苏》（《郑风》10—C.94—L.137）

1. 山有扶苏， Le fou-sou est sur les monts, 山上么树有扶苏，
2. 隰有荷华。 les nénuphars aux vallons! 河谷么草有荷花。

73

3. 不见子都，　Je n'aperçois pas Tseu Tou　　没见上个子都哩，
4. 乃见狂且。　et je ne vois que des fous!　　偏偏碰下个狂徒！

5. 山有桥松，　Les grands pins sont sur les monts,　山上么树有高松，
6. 隰有游龙。　la renouée aux vallons!　　河谷么草有游龙。
7. 不见子充，　Je n'aperçois pas Tseu Tch'ong　没见上个子充哩，
8. 乃见狡童。　mais d'astucieux garçons!　　偏偏碰下个滑头！

（三一）《序》："《山有扶苏》，刺忽也。所美非美然。"

1. "扶苏，扶胥，小木也。"（《毛传》）

1 和 2.《毛传》："兴也。……言高下大小各得其宜也。"意思是山坡和山谷都生长着适应其地的植物，忽也应该给德行高的人以高官，德行稍逊的人次之。

《郑笺》："扶胥之木生于山，喻忽置不正之人于上位也。荷华生于隰，喻忽置有美德者于下位。"

3. "子都，世之美好者也。"（《毛传》）

4. "且，辞也。"（《毛传》）

狂，是忽任用的小人。（《郑笺》）

5 和 6.《郑笺》以为兴："桥松在山上，喻忽无恩泽于大臣也。红草放纵枝叶于隰中，喻忽听恣小臣。"

7. "子充，良人也。"（《毛传》）

8. "狡童，昭公也。"（《毛传》）"狡童，有貌而无实。"（《郑笺》）

文字考异：扶、枎；桥、乔；龙、茏。《皇清经解续编》卷

第一编　《诗经》的情歌

千百七十二，第6页。

朱熹："淫女戏其所私者。"

主题：反讽式的劝诱；山与谷；植物。

比较（三〇）《狡童》和（五一）《褰裳》。

没有任何佐证的象征解释，甚至没有尝试辨别那些名字。

（三二）《遵大路》(《郑风》7—C.92—L.133)

1. 遵大路兮，	Le long de la grande route	沿着那大路走，
2. 掺执子之祛兮。	je te prends par la manche!	揽住你的袖。
3. 无我恶兮，	Ne me maltraite pas,	莫要嫌弃我，
4. 不寁故也。	ne romps pas d'un coup avec notre passé!	一点也不念旧。

5. 遵大路兮，	Le long de la grande route	沿着那大路走，
6. 掺执子之手兮，	je te prends par la main!	揽住你的手。
7. 无我魗兮，	Ne me maltraite pas,	莫要嫌厌我，
8. 不寁好也。	ne brise pas d'un coup notre amitié!	一点也不念好。

（三二）《序》："《遵大路》，思君子也。（郑）庄公（公元前743—公元前701年在位）失道，君子去之，国人思望焉。"

本诗被认为是郑国人民诚心恳求一位贤人，希望他留在本国。

1. "遵，循。"（《毛传》）参见（四七）《汝坟》第1句。
2. "掺，擥。"（《毛传》）"祛，袂。"（《毛传》）

3. "湜,速。"(《毛传》)

6. 执手。参见(六八)《击鼓》,第15句。参见莫波提:《老挝风俗记》(Maupetit, "Mœurs laotiennes", *Bull. et. Mém. de la Soc. d'Anthropol. De Paris*, 1913),第504页。

朱熹:"淫妇为人所弃,故于其去也,揽其祛而留之。"

主题:争吵与漫游;执手。

(三三)《扬之水》(《郑风》18—C.99—L.145)

1. 扬之水,	Le faible courant du ruisseau	一江河水流啊流,
2. 不流束楚。	n'entraîne pas fagot d'épines!	一捆荆条载不动。
3. 终鲜兄弟,	Jusqu'au bout vivre comme frères,	最终就像兄与弟,
4. 维予与女。	seuls nous le pouvons moi et toi!	只有你我才可能!
5. 无信人之言	Ne te fie pas aux dires des gens!	勿要轻信他人言,
6. 人实迋女。	pour sûr ils iront te mentir!	人家骗你从不轻!
7. 扬之水,	Le faible courant du ruisseau	一江河水流啊流,
8. 不流束薪。	n'entraîne pas fagot de branches!	一捆树枝载不动。
9. 终鲜兄弟,	Jusqu'au bout vivre comme frères,	最终就像兄与弟,
10. 维予二人。	seuls nous le pouvons tous les deux!	你我二人才可能!
11. 无信人之言	Ne te fie pas aux dires des gens!	勿要轻信他人言,
12. 人实不信。	pour sûr ils sont sans bonne foi!	他们从没好信用!

(三三)《序》:"《扬之水》,闵无臣也。君子闵忽(郑昭公,公元前696—公元前695年在位)之无忠臣良士,终以死亡,而

第一编 《诗经》的情歌

作是诗也。"

1."扬，激扬也。"（《毛传》）《郑笺》："不流束楚，言其（忽）政不行于臣下。"

3.《郑笺》："忽兄弟争国。"

6."迋，诳也。"（《毛传》）

10."二人同心也。"（《毛传》）参见《邶风·谷风》第10句。

朱熹："淫者相谓。"

注意这样的表达：兄弟间的友爱用以指代恋人。试比较（七）《鹑之奔奔》第4句，及《邶风·谷风》第二章：

宴尔新昏（参见［六六］《氓》第55、56句，及［六〇］《车舝》第29句）。

如兄如弟（指盟兄弟）。

主题：信誓与忠诚。注意束薪和河岸（或许以水线高低断吉凶）。参见塞比约：《当代异教》（Sébillot, *Paganisme contemporain*），第89页。比较《王风·扬之水》（顾赛芬译本，第78页）。

（三四）《防有鹊巢》（《陈风》7—C.149—L.211）

1.防有鹊巢，	Des nids de pie sont sur la digue,	坝上垒了喜鹊巢，
2.邛有旨苕。	des pois exquis sur le coteau!	坡上种下了美苕。
3.谁侜予美？	Qui donc trompa celui que j'aime?	谁在骗我心上人？
*4.心焉忉忉。	O mon cœur, hélas! quel tourment!	我心愁苦又烦恼！

（三四）《序》：毫无趣味的历史解释。

朱熹：男女之有私。

77

中国古代的节庆与歌谣（新译本）

主题：山丘漫步；流言。比较《唐风·采苓》（顾赛芬译本，第131页）。

(三五)《丰》(《郑风》14—C.96—L.141)

1.子之丰兮，	O toi, Seigneur de belle mine,	难忘你一表好丰采，
2.俟我乎巷兮。	que m'as attendue dans la rue!...	在巷里你把我久等待。
3.悔予不送兮。	Hélas! que ne t'ai-je suivi!...	没随你同行我悔不该。
4.子之昌兮，	O toi, Seigneur de belle taille,	难忘你翩翩好神采，
5.俟我乎堂兮。	Que m'as attendue dans la salle!...	在堂上你把我久等待。
6.悔予不将兮。	Hélas! que ne t'ai-je suivi!...	没随你同去我悔不该。
7.衣锦褧衣，	En robe à fleurs, en robe simple,	锦衣罩衣穿上面，
8.裳锦褧裳。	en jupe à fleurs, en jupe simple,	锦裳罩裳下面穿。
9.叔兮伯兮，	Allons, messieurs! allons, messieurs!	叔呀伯呀赶快来，
10.驾予与行。	en char menez-moi avec vous!	驾车接我往回还。
11.裳锦褧裳，	En jupe à fleurs, en jupe simple	锦裳罩裳穿下面，

12. 衣锦褧衣。	en robe à fleurs, en robe simple,	锦衣罩衣上面穿。
13. 叔兮伯兮，	Allons, messieurs! allons, messieurs!	叔呀伯呀赶快来，
14. 驾予与归。	en char emmenez-moi chez vous!	驾车接我归家转。

（三五）《序》："《丰》，刺乱也。昏姻之道缺，阳（男性，约婚之男）倡而阴（女性，约婚之女）不和，男行而女不随。"（参见《仪礼·士昏礼》第六礼：亲迎）

1. "丰，丰满也。"

2. "巷，门外也。"（《毛传》）参见《仪礼·士昏礼》。

1、2和3. 新郎亲自前往女家（赠雁之礼结束后），出门在巷中等待新妇。

4. "昌，盛壮貌。"（《毛传》）

5. 堂，接受赠雁的房间（《仪礼·士昏礼》）。参见《齐风·著》（顾赛芬译本，第105页）。

7和8. 按《毛传》，这是指"嫁者之服"。但这并非《仪礼》所记之服。《郑笺》称之为"庶人之妻嫁服也"。参见《卫风·硕人》（顾赛芬译本，第65页）；同一嫁服被称作"国君夫人"之服。

9. 可能是在叫新郎（故十分奇特）。比较（一五）《萚兮》第3句，以及不同的解释。

文字考异：乎、于；堂、枨；褧、䌹。

中国古代的节庆与歌谣（新译本）

朱熹："妇人所期之男子，已俟乎巷，而妇人以有异志不从，既则悔之，而作是诗也。"

主题：乡村中的约会；车马。

（三六）《有女同车》（《郑风》9—C.93—L.136）

1.有女同车，	La fille monte au même char,	有个女子同车坐，
2.颜如舜华。	belle comme fleur de cirier!...	容颜好似木槿花！
3.将翱将翔，	Flottant au vent, flottant au vent,	宛如翱翔在风中，
4.佩玉琼琚。	ses breloques sont de beaux jades!	身上佩玉响叮当！
5.彼美孟姜，	La voici, la belle Mong Kiang,	美丽孟姜在身旁，
6.洵美且都。	belle vraiment et comme il faut!	举止贤淑又大方！
7.有女同行，	La fille suit la même route,	有个女子同车坐，
8.颜如舜英。	belle comme fleur de cirier!...	容颜好似木槿花！
9.将翱将翔，	Flottant au vent, flottant au vent,	宛如翱翔在风中，
*10.佩玉将将。	ses breloques font un cliquetis!	身上佩玉响锵锵！
11.彼美孟姜，	La voici, la belle Mong Kiang!	美丽孟姜在身旁，
12.德音不忘。	son prestige vaincra l'oubli!	她的令誉不能忘！

（三六）《序》："《有女同车》，刺忽也（即郑昭公，公元前696—公元前695年在位）。郑人刺忽之不昏于齐。大子忽尝有功于齐，齐侯请妻之，齐女贤而不取，卒以无大国之助，至于见逐，故国人刺之。"参见《史记·郑世家》（沙畹译本，卷四，第458页及以下）。

第一编　《诗经》的情歌

2."舜，木槿也。"(《郑笺》)郑玄以此句指"齐女之美"。"郑人刺忽不取齐女"，只是"亲迎"(队伍从女家出来时)"与之(暂时)同车"。(参见《仪礼·士昏礼》第六礼)

5."孟姜，齐之长女(姜姓)。"(《毛传》)

4.形容队伍前进的速度——连衣服和玉饰都在飘动。参见(四二)《女曰鸡鸣》第5句。

6."都，闲也。"(《毛传》)《郑笺》："闲习妇礼。"

10.将将，描写助词，表示佩饰的声音。

12.《郑笺》："后世传道其德。"

文字考异：舜、蕣；洵、询、恂；将、锵。《皇清经解续编》卷千百七十一，第5页。

主题：车马。

注意以花作比。

孟姜(用作象征解释的一个专有名字)：美丽的王姬。孟：年长，敬称；姜：诸侯之姓。两个字组成一个总称。(参见"姬"的用法)见(二四)《衡门》第8句，及(四四)《桑中》注释。

(三七)《葛生》(《唐风》11—C.130—L.186)

1.葛生蒙楚，	Le dolic pousse sur les buissons,	葛藤长在荆棘上，
2.蔹蔓于野。	le liseron croit dans les plaines...	蔹草蔓延在野间。
3.予美亡此，	Mon bien-aimé est loin d'ici!...	我爱之人不在此，
4.谁与独处。	avec qui?... non, seule! je reste!...	与谁相处？我独自一人！

5. 葛生蒙棘，	Le dolic pousse aux jujubiers,	葛藤长在棘条上，
6. 蔹蔓于域。	le liseron croît sur les tombes!...	蔹草爬满在坟墓。
7. 予美亡此，	Mon bien-aimé est loin d'ici!...	我的爱人不在此，
8. 谁与独息。	avec qui?... non, seule! je repose!...	与谁一起？我独自安歇！
9. 角枕粲兮，	Hélas! bel oreiller de corne!...	角枕儿闪光，
10. 锦衾烂兮。	hélas! brillants draps de brocart!...	锦被儿鲜亮！
11. 予美亡此，	Mon bien-aimé est loin d'ici!...	我爱之人不在此，
12. 谁与独旦。	avec qui?... non, seule! j'attends l'aube!...	与谁相守？我独待天光！
13. 夏之日，	jours de l'été!...	夏天度长日，
14. 冬之夜。	nuits de l'hiver!...	冬天度长夜！
15. 百岁之后，	Après cent ans passés	百年过完后，
16. 归于其居。	j'irai dans sa demeure!	我回归他的墓穴！
17. 冬之夜，	Nuits de l'hiver!...	冬天度长夜，
18. 夏之日。	jours de l'été!...	夏天度长日！
19. 百岁之后，	Après cent ans passés	百年过完后，
20. 归于其室！	j'irai dans sa maison!	我回归他的墓室！

（三七）《序》："刺好攻战。"

15—16 和 19—20. 参见（四三）《大车》第 9 句。

主题：夫妇成婚与离别。

第一编　《诗经》的情歌

（三八）《子衿》(《郑风》17—C.98—L.144) 70

*1. 青青子衿，	Votre collet est bien bleu	你的衣领青又青，
*2. 悠悠我心。	et mon cœur est bien troublé!...	我的心儿闷悠悠。
3. 纵我不往，	Si vers vous je ne vais pas,	纵然我不往那厢去，
4. 子宁不嗣音？	faut-il que vous ne chantiez?	你就不能纵歌声？
*5. 青青子佩，	Vos breloques sont bien bleues	你的佩玉青又青，
*6. 悠悠我思。	et mes pensées bien troublées!	我的心思闷悠悠。
7. 纵我不往，	Si vers vous je ne vais pas,	纵然我不往那厢去，
8. 子宁不来？	faut-il que vous ne veniez?	你就不能寻我来？
9. 挑兮达兮，	Allez! et promenez-vous	来来回回长眼望，
10. 在城阙兮。	sur le mur et sur la tour!	在那城墙和城阙。
11. 一日不见，	Un jour où je ne vous vois	一天见不到个你，
12. 如三月兮。	me paraît comme trois mois!	好比过了三个月！

（三八）《序》："《子衿》，刺学校废也。乱世则学校不修焉。"

1. "青衿，学子之所服。"（《毛传》）

青青，描写助词，青色。

2. 悠悠，描写助词，言心之忧（参见《小雅·十月之交》及《邶风·雄雉》），也有悠远之义（参见《鄘风·载驰》第3句）。

4. "嗣，习也。古者教以诗（即《诗经》）乐。"（《毛传》）"嗣，续也。"（《郑笺》）

5.《毛传》："士佩瑌玟而青组绶。"

83

9."挑达,往来相见貌。"(《毛传》)《郑笺》:"国乱,人废学业,但好登高。"

10和12.《毛传》:"言礼乐不可一日而废。"

文字考异:衿、襟;嗣、诒;悠、攸;挑、炋、佻;达、挞。

朱熹:"此亦淫奔之诗。"

主题:乡村离别;歌唱与幽会的迹象。比较附录三中的台湾恋人夜唱情歌之俗。

71 (三九)《静女》(《邶风》17—C.49—L.68)

1.静女其姝,	La Vierge sage, que de grâce!	娴静女子多优雅,
2.俟我于城隅。	elle m'attend au coin des murs,	约在城角等我哩!
3.爱而不见,	Je l'aime, et, si je ne la vois,	心里爱她见不上,
4.搔首踟蹰。	je me gratte la tête, éperdu...	挠挠头皮心茫然。
5.静女其娈,	La Vierge sage, que de charme!	文静女子多迷人,
6.贻我彤管。	elle me donne un tube rouge!	赠我一枝红彤管。
7.彤管有炜,	Le tube rouge a de l'éclat:	彤管有色多鲜艳,
8.说怿女美。	la beauté de la fille enchante!	爱你美貌像中魔!
9.自牧归荑,	Plaute qui viens des pâturages,	牧场摘回嫩茅荑,
10.洵美且异。	vraiment belle en ta rareté,	真是美丽又稀奇!
11.匪女之为美,	Non, ce n'est pas toi qui es belle:	不是茅荑如何美,
12.美人之贻。	tu es Ie don d'une beauté!	你是美人亲赠的!

第一编 《诗经》的情歌

（三九）《序》："《静女》，刺时也。卫君无道（'道'是诸侯之统治力），夫人无德（'德'，道之体现，活跃之道，君主统治力之效用）。"

《郑笺》："以君及夫人无道德，故陈静女遗我以彤管之法（第6句），德如是（遵守法度），可以易之（夫人）为人君之配。"

1."姝，美。"（《毛传》）

2."俟，待。"（《毛传》）

1和2."女德贞静而有法度，乃可说也……城隅，以言高而不可逾（即法度）。"（《毛传》）

"女……能服从，待礼而动，自防如城隅，故可爱也。"（《郑笺》）这是说，此女非淫奔之女，她期待诸侯遣媒妁前来求婚。

3和4."志往而行止（愿嫁给人君，但行止又遵法度）。"（《毛传》）"志往，谓踟蹰，行止，谓爱之而不往见。"（《郑笺》）（这几句被认为出自静女之口。）

5和6.《毛传》："既有静德，又有美色，又能遗我以古人之法，可以配人君也。古者，后夫人必有女史（参见《周礼·天官》）。彤管之法，史不记过，其罪杀之。后妃群妾以礼御于君所，女史书其日月，授之以环，以进退之。生子曰辰，则以金环退之。（参见《礼记·内则》，顾赛芬译本，卷一，第662页）当御者，以银环进之，着于左手；既御，着于右手。"

《郑笺》："彤管，笔赤管也"，表示"女史彤管之法"。

7.按《毛传》，彤管是红色的，女史"以赤心（尽心尽职）正人（妇女的行为）也"。

8.按《郑笺》，"怿当作说释……女史以之说释妃妾之德，美之。"

9. "牧，田官也。"（《毛传》）（是牧人，而非牧场。）

9. "荑，茅之始生也。"《毛传》："取其有始有终。言始为荑，终为茅，可以供祭祀，以喻始为女，能贞静，终为妇，有法则，可以配人君。"（参见《孔疏》）

9和10.《郑笺》："茅，洁白之物也（参见[六四]《野有死麕》第2句）。自牧田归荑，其信美而异者，可以供祭祀。犹贞女在窈窕之处（参见[五六]《关雎》第3句），媒氏达之（即传达人君之愿）（达，通也；参见《仪礼·士昏礼》篇首：'媒氏'郑注），可以配人君。"

11和12.《毛传》："非为其徒说美色而已，美其人能遗我法则。"孔颖达释9—12句为兴："自牧田之所，归我以茅荑，信美好而且又异者，我则供之以为祭祀之用，进之于君，以兴我愿。有人自深宫之所，归我以信贞之女，信美好而又异者，我则进之为人君之妃。"

（据《孔疏》）郑玄认为："若有人能遗我贞静之女，我则非此女之为美，言不美此女，乃美此人之遗于我者。"

朱熹："此淫奔期会之诗也。"

文字考异：姝、姁、袾；於、乎、于；爱、僾、薆；踟蹰、跱躇、踯躅、跱躇；贻、诒；说、悦、怿、释；洵、询。《皇清经解续编》卷千百七十一，第39—40页。

一首乡村约会的歌谣。爱情誓约（花）的主题。有田园生活的迹象。

注意，（据第9和第10句的郑注）可对比一下隐居（"窈窕"）

第一编 《诗经》的情歌

之"静女"与(五六)《关雎》之"淑女",她在成为"君子好逑"前也是隐居的("窈窕")。"荑"的宗教意味也须注意。

尽管在这首诗中没有发现与(五六)《关雎》、(五九)《草虫》、(六七B)《采蘩》及《召南·采蘋》中相似的解释,但若要研究农民阶层约婚女子的观念和规则是如何转换到贵族阶层的,这首诗有重要的意义。

(四〇)《将仲子》(《郑风》2—C.86—L.125)

1. 将仲子兮,	Je t'en supplie, ô seigneur Tchong,	请仲子啊听我说,
2. 无逾我里,	ne saute pas dans mon village,	不要翻进我村里,
3. 无折我树杞。	Ne casse pas mes plants de saule!...	不要折我杞树枝。
4. 岂敢爱之?	comment oserais-je t'aimer?...	哪有胆子敢爱你?
5. 畏我父母。	J'ai la crainte de mes parents!...	害怕我的父母亲!
6. 仲可怀也,	O Tchong, il faut t'aimer, vraiment,	仲子叫我实牵怀,
7. 父母之言,	Mais ce que disent mes parents	父亲母亲说的话,
8. 亦可畏也。	il faut le craindre aussi, vraiment!	实在叫人害怕哩!
9. 将仲子兮,	Je t'en supplie, ô seigneur Tchong,	请仲子啊听我说,
10. 无逾我墙,	ne saute pas sur ma muraille,	不要翻进我墙里,
11. 无折我树桑。	Ne casse pas mes plants de mûriers!...	不要折我桑树枝。
12. 岂敢爱之?	Comment oserais-je t'aimer?...	哪有胆子敢爱你?
13. 畏我诸兄。	j'ai la crainte de mes cousins!...	实在怕我族兄们!
14. 仲可怀也,	O Tchong, il faut t'aimer, vraiment,	仲子叫我实牵怀。

87

15. 诸兄之言，	Mais ce que disent mes cousins	我族兄们说的话，
16. 亦可畏也。	il faut le craindre aussi, vraiment!	实在叫人害怕哩！
17. 将仲子兮，	Je t'en supplie, ô seigneur Tchong,	请仲子啊听我说，
18. 无逾我园，	ne saute pas dans mon verger,	不要翻进我园里，
19. 无折我树檀。	Ne casse pas mes plants de t'an!...	不要折我檀树枝。
20. 岂敢爱之？	Comment oserais-je t'aimer?...	哪有胆子敢爱你？
21. 畏人之多言。	j'ai la crainte de ces cancans!...	害怕别人多嘴哩！
22. 仲可怀也，	O Tchong, il faut t'aimer, vraiment,	仲子叫我实牵怀。
23. 人之多言，	Mais les cancans que font les gens	那些人家说的话，
24. 亦可畏也。	il faut les craindre aussi, vraiment!	实在叫人害怕哩！

（四〇）《序》："《将仲子》，刺庄公也（公元前743—公元前701年在位）。不胜其母，以害其弟，弟叔（段，姓太叔）失道而公弗制，祭仲谏而公弗听，小不忍，以致大乱焉。"参见《史记·郑世家》（沙畹译本，卷四，第453页）。

朱熹："此淫奔者（女子）之辞。"

1. "将，请也。仲子，祭仲也。"（《毛传》）

2. "逾，越。"（《毛传》）

3. "折，言伤害。"（《毛传》）

1、2和3."祭仲骤谏，庄公不能用其言，故言请，固距之。无逾我里，喻言无干我亲戚也。无折我树杞，喻言无伤害我兄弟也。"（《毛传》《郑笺》）参见《齐风·东方未明》第二章（顾赛芬译本，第107页）。

4. 之，指段（恶弟）。(《毛传》《郑笺》)

5. 父母本指我父母，在此只表示我母，即段的庇护人。(《郑笺》)

6 和 7. "仲子之言可私怀也，我迫于父母有言，不得从也。"(《郑笺》)

8. "墙，垣。"(《毛传》)

13. "诸兄，公族（他们疼爱段）。"(《毛传》)

主题：（在女子的村庄里）幽会。（女子担心她的父母；约会的时间）

里：村庄，二十五家为里。歌谣表明，这个村子住的都是女子所在家族的族人；家族单位也形成了一个地域单位（unité territoriale）：地方集团。注意树篱和围墙。恋人来自外部，另外的村子：外婚制。比较《齐风·东方未明》（顾赛芬译本，第106页）。

这是一个将民间歌谣变作讽谏的极好例子。

一个（常用的）专有名词*让这种运用成为可能。

（四一）《东方之日》(《齐风》4—C.106—L.153)

1. 东方之日兮，	Soleil à l'orient!	东方闪闪出日头，
2. 彼姝者子。	C'est une belle fille	那个女子真美丽！
3. 在我室兮？	qui est dans ma maison!...	谁在我的室里哩？
4. 在我室兮，	Elle est dans ma maison!	她在我的室里呢！

---

* 指"仲"字。——译者

中国古代的节庆与歌谣（新译本）

5.履我即兮。	à ma suite elle y vient!	跟我后面进来哩！
6.东方之月兮，	Lune vers l'Orient!	东方闪闪出月亮，
7.彼姝者子，	C'est une belle fille	那个女子真美丽！
8.在我闼兮。	qui est près de ma porte!...	谁在我的门内哩？
9.在我闼兮，	Elle est près de ma porte!	她在我的门内呢！
10.履我发兮。	à ma suite elle en sort!	跟我后面出去哩！

（四一）《序》："刺（齐侯之）衰也。君臣失道，男女淫奔，不能以礼化也。"

朱熹："此男女淫奔者所自作。"

主题：乡村幽会。比较《陈风·月出》（顾赛芬译本，第150页）。

（四二）《女曰鸡鸣》（《郑风》8—C.92—L.134）

1.女曰鸡鸣，	— Le coq a chanté ! dit la fille,	"鸡叫了么！" 女子说，
2.士曰昧旦。	— Le jour paraît! dit le garçon,	"天没亮么！" 男子说。
3.子兴视夜，	— Lève-toi! Regarde la nuit!	你快起来看夜色！
4.明星有烂？	Est-il des étoiles qui brillent?	哪有星星在闪烁？
5.将翱将翔，	Vite, va-t'en! Vite, va-t'en	赶快起吧赶快去，
6.弋凫与雁。	Chasser canards et oies sauvages!	去射野鸭和大雁！

第一编 《诗经》的情歌

7. 弋言加之，	Si tu en tues, je les prépare	你射鸭雁我做饭，
8. 与子宜之。	Pour faire un repas avec toi!	与你一起享美味。
9. 宜言饮酒，	Au repas nous boirons du vin!	我们一起共饮酒，
10. 与子偕老。	Puissé-je vieillir avec toi!	与你白头又偕老。
11. 琴瑟在御，	Près de nous sont luths et guitares!	身旁有琴又有瑟，
12. 莫不静好。	Tout rend paisible notre amour!	岁月岂有不静好！
13. 知子之来之，	Si j'étais sûre de ta venue,	知道你要过来呢，
14. 杂佩以赠。	Mes breloques je te donnerais!	把这佩玉赠给你！
15. 知子之顺之，	Si j'étais sûre de ta faveur,	知道你的宠爱呢，
16. 杂佩以问之。	Mes breloques je t'enverrais!	把这佩玉送给你！
17. 知子之好之，	Si j'étais sûre de ton amour,	知道你的情爱呢，
18. 杂佩以报之。	Mes breloques te le paieraient!	把这佩玉报答你！

（四二）《序》："《女曰鸡鸣》，刺不说德也。陈古义以刺今，不说德而好色也。"

《郑笺》（解释第二和第三章）："德，谓士大夫宾客有德者。"

1和2.《郑笺》："此夫妇相警觉以夙兴，言不留色也。"

3和4.《毛传》："言小星已不见也。"《郑笺》："明星尚烂烂然，早于别色时。"

5. 这句表示疾步行走时，衣服掀动状。参见（三六）《有女同车》第3句。

6. "言无事则往弋射凫雁，以待（有德之）宾客，为燕具。"（《郑笺》）

91

8."宜，肴也。"（《毛传》）"子，谓宾客也。"（《郑笺》）

10.《郑笺》：对宾客的"亲爱之言也"。见（六八）《击鼓》第16句、（六五）《氓》第51句、《鄘风·君子偕老》第一章。

11.指飨客之乐（《郑笺》）。比较（六〇）《车舝》第28句和《小雅·鹿鸣之什·棠棣》第七章（顾赛芬译本，第180页）。

12."静，安。"（《郑笺》）

13—18.赠送宾客的礼物（《郑笺》）。

朱熹："此诗人述贤夫妇相警戒之词。"

主题：黎明；黎明的分别（约婚恋人过夜后）。主题：狩猎，飨宴，亲和（11、12）；赠礼与爱情信物；盟誓（10）。

比较附录三客家歌谣第11首。参见莫波提：《老挝风俗记》（Maupetit, *Bull. et. Mém. Soc. d'Anthropologie de Paris*, 1913），第510页。

比较《齐风·鸡鸣》和《齐风·东方未明》；《小雅·鸿雁之什·庭燎》（黎明主题的转化）。在解释（四二）《女曰鸡鸣》之原始主题时，显然依据的是促成主题转化的观念。

（四三）《大车》（《王风》9—C.83—L.121）

*1.大车槛槛，	Le char du Seigneur, comme il roule!	你的车马隆隆跑，
2.毳衣如菼。	sa robe a la couleur des joncs!	身穿衣袍荻草色。
3.岂不尔思？	A toi comment ne penserais-je?...	想你岂能不想呢？

第一编　《诗经》的情歌

4. 畏子不敢。	j'ai peur de lui et n'ose pas...	心里怕你不敢说！
*5. 大车啍啍，	Le char du Seigneur, comme il roule!	你的车马轰轰跑，
6. 毳衣如璊。	sa robe est couleur de rubis!	身穿衣袍如玉红。
7. 岂不尔思？	A toi comment ne penserais-je?...	想你岂能不想呢？
8. 畏子不奔。	j'ai peur de lui pour aller aux champs...	怕你不敢奔野中！
9. 榖则异室，	Vivants, nos chambres sont distinctes,	活着么不能在一室，
10. 死则同穴。	morts, commun sera le tombeau!	死了么埋进一个坑。
11. 谓予不信，	Si tu ne me crois pas fidèle,	你要说我没凭信，
12. 有如皦日。	je t'atteste, ô jour lumineux!	看有这白日来作证！

（四三）《序》："刺周大夫也。礼义陵迟，男女淫奔，故陈古以刺今大夫，不能听男女之讼焉。"

1. "大车，大夫之车。"（《毛传》）槛槛，描写助词。

2. "毳衣，大夫之服。"（《毛传》）

4. 《郑笺》："此二句者，古之欲淫奔者之辞。我岂不思与女以为无礼与？畏子大夫来听讼，将罪我，故不敢也。"

5. 啍啍，描写助词。

9. "榖，生。"

9和10. 《毛传》："（妇）生在于室，则外（夫）内（妇）异，死则神合同为一也。"

《郑笺》:"古之大夫听讼之政,非但不敢淫奔,乃使夫妇之礼有别。"

12. 誓约的程式。

注意男女之讼的"讼"字用法。参见附录一。

主题:野间相会;乡村隔离。忠贞和誓约。副主题是礼车和节日华服。

如果仅仅研究田园主题尚不足以断言《诗经》中的诗歌是乡民歌谣,那么,本节所举诸诗,可以让我们有此结论了吧?如果它们描述的不是乡村爱情,那又是什么呢?

的确,同样一种精妙技巧,可以选用田园风格,也可以受古老谚语的激发,也会为爱情场景披上一身乡村的外衣和田园的装扮。即使最精致的艺术也汲取了自然之美和率真之美,岂有他乎?我们对于这些歌谣的历史又了解多少呢?那些吟赏、研究、甄别并传承诗歌的,是廷臣;那些保存诗歌,并在宫廷典礼上吟唱诗歌的,是侯国和王室的太师。那么,这些诗歌何以不可能是宫廷诗人写的?《诗经》中的诗歌何以不可能是宫廷诗?传统的说法就是这样认定的,并给出了很好的理由。

封建诸侯统治着以农耕为业的人民,他们的统治也保障了风俗之正和季节之常,而自然之丰饶和人民之安康也表明王侯们是有天命在身的。人与物的丰足证明了王侯权威的正当性。他们统治的好坏要以土地的丰饶来衡量,而其德行的高低也要以臣民的

第一编 《诗经》的情歌

道德来判断。① 有此君，斯有此国；有此民，斯有此君。"彼茁者葭"，意味着王侯的贤明。② 乡民过于粗野，则是由于君主的暴政。③ "家齐"，则后宫有序。④ 后妃会不会在其影响下而有"宜其子孙"之德？若后妃如此，国中妇人也会乐有其子。⑤ 若要颂扬一位后妃，只需描述农妇采摘助孕的草药，而且，有节奏地配以采摘动作的歌谣本就是一篇颂词。又有哪一种风格比这更精巧、更有力、更微妙且更直白呢？对于宫廷诗人，在称颂一位后妃时，原本不必给她戴上一副农妇的面具，根本不需要譬喻——两者的联系明明白白地见于事实当中：一幅真实的田园景物写照足矣。故此，无论我们在阅读这些歌谣时感受有多么真实，无论

---

① 这就是关于王侯统治力的官方理论；在《诗序》中也一再提及。《鲁颂·駉》（顾赛芬译本，第445页）一诗十分夸张地描述了王化对事物立竿见影的影响：

思无疆，	Les pensées du prince n'ont point de limites.	王公心思大无疆，
思马斯臧……	… Il pense aux chevaux et ceux-ci sont forts...	惦念马儿，马强壮！
思无期，	… Les pensées du prince sont sans défaillance	王公心思无穷期，
思马斯作……	… Il pense aux chevaux et ceux-ci s'élancent...	惦念马儿，马奋腾！
思无邪，	… Les pensées du prince n'ont rien d'oblique	王公心思无邪曲，
思马斯徂……	… Il pense aux chevaux et ceux-ci vont droit en avant.	惦念马儿，马直前！

试比较《唐风·椒聊》（顾赛芬译本，第124页）。
② 参见《召南·驺虞》（顾赛芬译本，第28页）。
③ 参见（一一）《行露》和（四四）《桑中》序，也见《四六》《汉广》序。
④ 参见（五六）《关雎》和《周南》大部分篇章。
⑤ 参见（一九）《茉苢》序。参见顾赛芬译本，第11页《周南·兔罝》的解释（拟证明后妃之美德能保证众多忠心耿耿的臣民）。

95

歌谣描绘的乡土风俗有多么精确，也没有凭据证明这些歌谣不是学者之作。

诗人可以乡土之辞向君王表示效忠，而且，由于道德教化是从田园主题中引出的，他们也是在辅佐君主行正道。但既然并非所有君主都是明君，而后妃也常常是祸乱之源①，那么，那些身为忠实臣仆的诗人们为何不去描述下层阶级的道德沉沦，相反却要以瘴恶的方式创作带有淫泆意味的乡村歌谣？孔夫子删诗之举又为何是值得称道的呢？为何注疏家们都认为在《诗经》中几乎看不到情歌呢？

说实话，一旦我们不再那么肯定《周南》和《召南》出自官方之手，也没有那么高的道德调门，注疏家们马上就会发现，他们自己陷入了窘境。

据司马迁的记载②，公元前554年，吴国贤公子季札聘鲁。出于对他的尊重，鲁国为他演奏了周乐，即《周南》和《召南》，其诗歌编排顺序与今天所见是一致的。除郑乐和陈乐外，季札皆称赏不已，他对郑乐和陈乐评价甚低，并预言两国将亡。孔子也在《论语》中表达了对郑声之"淫"的看法。③他的门人子夏不仅对《郑风》《宋音》，就连对季札赞叹的《齐风》《卫风》也非难不已。④在这么早的时候，这些先贤的意见就已经出奇地不一致了。

---

① 参见《史记·周本纪》所记褒姒的典型故事（沙畹译本，卷一，第202页）。
② 参见《史记·吴太伯世家》（沙畹译本，卷四，第8页及以下）。参见《左传·襄公二十九年》。
③ 参见《论语·卫灵公篇》第十一章。
④ 参见《史记·乐书》《礼记·乐记》。

第一编　《诗经》的情歌

当然也不全是如此：季札、孔子和子夏皆认为《郑风》是伤风败俗的。我们从子夏的《序》中可以看出，他认为诗歌的目的是褒扬美德；而孔子将它们编入他的选本时，也是这么考虑的。

《郑风》含二十一篇诗歌，其中有十六篇毫无疑问是情歌[①]；这是宋代大儒朱熹的观点，他对常理的坚守冲淡了他的传统主义。他认为，除一篇诗外[②]，余者皆为淫奔者之辞，描述了青年男女的淫乱之爱。然而，如果我们信从《序》(毕竟这是子夏所作，其权威地位无可置疑)，那么，这十六篇诗歌中的九篇，几乎达到三分之二，均为值得称道的政治讽喻诗，在这些诗中，都只有男子出现；而在二十一篇诗中，有十四篇无关乎爱情，不过，子夏仍然断定《郑风》是淫邪的。确实，其余七篇都是关乎爱情的，但其中有两篇[③]描写的是良俗，目的在于通过生动地彰显美德，将失德之君挽回正道，因此，这两篇是勇敢而有益的劝谏。五篇歌谣[④]描写的是恶俗：《序》表示，其中三篇[⑤]——另两篇没有那么正式——也是以诗劝谏。乱政经常导致兵革之灾和风俗沦丧，而反映风俗之沦丧，则可供王侯思考世乱的前因后果("刺乱")。不止

---

① 参见(四〇)《将仲子》、(三二)《遵大路》、(四二)《女曰鸡鸣》、(三六)《有女同车》、(三一)《山有扶苏》、(一五)《萚兮》、(三〇)《狡童》、(五一)《褰裳》、(三五)《丰》、(二三B)《东门之墠》、(一三)《风雨》、(三八)《子衿》、(三三)《郑风·扬之水》、(二三)《出其东门》、(一〇)《野有蔓草》、(五二)《溱洧》。

② 参见(四二)《女曰鸡鸣》。

③ 参见(四二)《女曰鸡鸣》、(三六)《有女同车》，可能(一〇)《野有蔓草》也算得上。

④ 参见(三五)《丰》、(二三B)《东门之墠》、(二三)《出其东门》、(一〇)《野有蔓草》、(五二)《溱洧》。

⑤ 参见(三五)《丰》、(二三B)《东门之墠》、(五二)《溱洧》。

于此，整部《郑风》都是出于正经目的而创作的。

朱熹不大承认这些作者有道德方面的意图，尤其是对那些他自己定为情歌的诗，他认为都是郑国乡民在淫奔过程中创作的。例如，他是这样评说《丰》的："妇人所期之男子，已俟乎巷，而妇人以有异志不从，既则悔之，而作是诗也。"①

我们看到，中国传统是模棱两可的。这不难解释：《诗经》充当了练习辞令的教学主题后，尤其是成为一种教学经典和题材后，很自然地被赋予了道德的价值，这种价值是独立于《诗经》文本之运用的——而且，从一开始，它就有这样的价值。②既然诗歌被用于教育的目的，它也随即被认为是为了这种目的创作而成的。诗歌用以规劝世人行善道，人们也认定，每一篇诗歌都是宣扬美德的劝世文。学者们考察了作者的创作意图，而且，为了使诗歌显出应有的道德水准，一定的技巧也是必要的，如此一来，人们相信诗人运用了某些娴熟的创作技法。最终，人们相信，作为教育之用的《诗经》原本就是由诸侯的宫廷学者们创作的。

这种《诗经》起源论，在面对诗歌的显在意义或地方风俗的表达传统时，显然并不一致。于是，人们假设，由于宫廷诗人运用公法理论宣称王侯职在协和人类与万物，所以他们不仅为其作品增添了田园歌谣的真实氛围，还增添了田园歌谣的题材。这听起来很可以自圆其说——这不过是举手之劳。但就诗歌所欲谆谆劝导的道德而言，有些诗歌似乎太过奔放了；以彰恶而劝善，这

---

① 参见（三五）《丰》。朱熹视之为"淫奔之辞"。
② "序"："先王以是经夫妇，成孝敬，厚人伦，美教化，移风俗。"

第一编　《诗经》的情歌

似乎算不上充足的理由——因为传统已经宣称它们是"淫辞"。不过，好在还有这样的看法：《诗经》是经圣人之手删订的；既然以正统标准观之，《诗经》中没有淫诗，那么，在解释大部分诗篇时，就可以移除它们的情歌性质，从而最终消除所有有害的影响。但这种权宜之计终究是无济于事的，人们也不得不承认，《诗经》确实收录了若干淫诗。

在有些情况下，还是可以避免这种困境的，考据学可以给这些情歌刷上一层道德的色彩。① 当一首诗表现女子急切地渴望男子"求我"②时，这种无礼的公然挑逗遭到了忽略。注疏家说，她们是在渴望于梅子成熟之季成婚，因为这可以说成此时才是适婚之正时。在另一首诗里③，当一个女子为一次幽会的爽约而后悔时，也可以说成当未婚夫前来迎亲时，她没能随他同去，故羞愧不已。除了她的懊悔可给诗歌添上道德色彩外，还可以乘机宣讲一下古礼。诸君是否还记得有一篇诗歌说女子与恋人同车？④ 这很容易让人们想起，当新娘离开母家时，按风俗，新郎要在新娘的马车里停留一会儿，这首诗描绘的就是这个场景。但这又可以解释为此诗旨在劝谏王侯，如果眼前有一桩利好的政治婚姻，千万不要错过。恋人会在黎明时分开吗？⑤ 那他们就被说成夫妇，他们正要分开，表明他们不沉溺于情欲之欢，而且，由于是女子催促爱人快走，她也被褒扬为有德之妇，因为她没有让丈夫留连

---

① "序"："怀其旧俗。"
② 参见（二二）《摽有梅》。
③ 参见（三五）《丰》。
④ 参见（三六）《有女同车》。
⑤ 参见（四二）《女曰鸡鸣》。

于宴昵之私。既然在学者的解释中已经判定这些诗歌合乎道德，那么必定出自一个道德的和饱学的作者笔下。

在有些歌谣中，无论如何也找不到古典道德的影子。这些歌谣直截了当地描述男女的野合。多么不可思议的恶俗！无论怎样指斥乱政，也丝毫无法减轻诗歌给人留下的淫邪印象。为了保持理论圆融，于是就说，这是忠实的臣僚为劝谏诸侯改过而作的讽喻诗，但这时便不太强调它们出自学者之手。对于那些实在露骨的细节，便明智地采取了一晃即过的策略。对一篇不具微言大义的诗歌，又何须给它安上一个讲求微言大义的作者？

职是之故，当站在道德的立场上评论《诗经》时，歌谣被分成了两类，情歌还是得到了承认的。在第一类歌谣中，可以发现古典的道德，它们被归功于注疏家引为同道的作者；另一类歌谣则透露了令人难忍的恶俗，它们的作者显然有负诗人之名。最终，《诗经》的权威赢得了一种有如宗教般的尊崇，对其各部的划分便表明了这一点：那些好诗和好诗人均被归功于贤明的王侯，尤其归功于周王。《周南》《召南》，尤其是《王风》，只收录了由太师创作的有道德寓意的诗篇：它们都是在王畿内收集的。故此，人们一致认为，这些诗歌首先创作于宫廷之内，然后在村庄里传唱，以传布道德。至于那些在侯国中收集的歌谣，便不好那么肯定它们均出自圣贤之手。由此，尽管诗歌的主旨存在着难以调和的矛盾，而细致入微的解读也面临困境，但是从政治的角度而言，《诗经》的道德论依然保留下来。

简言之，如果中国人相信《诗经》出自学者之手，那是因为

第一编 《诗经》的情歌

后者对《诗经》进行了一种深奥的注解。学者们为了从中汲取符合正统道德规范的教化意义，不得不把注解弄得越来越有微言大义：歌谣的学者起源说与其教育功能密切相关。有时，如果人们对歌谣的道德价值及其学者起源不无疑虑，那是由于在其中发现的风俗与他们心目中合乎道德之事相去甚远。分析到最后，注疏家们发现自己陷入了注解的困境，而这恰恰是由于他们笃信道德原理万世不易的必然结果。

但只要不把《诗经》奉作经典，不把儒家法则奉为圭臬，那么，也不必非得相信这篇诗瘅恶而那篇诗彰善，不必非得证明只有王化之地才有善好的风俗。更简单也更稳妥的看法是，这些歌谣在总体上表现了上古盛行的风俗。

它们直率地描述了乡村的爱情。青年男女在野间相见相识。① 他们相会的场所是在城门外② ——有时在桑林③，有时在山谷，有时在山丘或山泉边④。他们沿大路漫步⑤，常常携手同行⑥，并同车共乘⑦。前来集会的人很多⑧；有女如云；她们精心装扮： 86

---

① 参见（四三）《大车》第8句，及（一〇）《野有蔓草》。
② 参见（二三）《出其东门》、（二三B）《东门之墠》、（二四）《衡门》、（二九）《东门之池》；也见（六三）《东门之枌》、（六六）《氓》、（九）《鹊巢》。
③ 参见（四四）《桑中》。
④ 参见（二七）《丘中有麻》、（三一）《山有扶苏》、（三四）《防有鹊巢》；参见（一）《桃夭》、（二）《隰有苌楚》。
⑤ 参见（三二）《遵大路》。
⑥ 参见（三六）《有女同车》和（一二）《北风》。
⑦ 参见（三二）《遵大路》和（一二）《北风》。
⑧ 参见（二三）《出其东门》。

101

身穿绚丽的外衣①、花团锦簇的礼服②，头戴綦巾③，美艳照人，令人倾心。美人宛若洁白的花朵，如同木槿花（"舜华""舜英"）④；一旦选中心爱的人，就适时地靠过去。通常是女子主动，先向男子开口⑤。她们有时也很傲慢，有意冷淡那些愣头愣脑的小伙子⑥，但过后又懊悔不迭⑦。年轻人按乡村方式示爱，互邀对方宴饮。⑧他们在一起欢娱无限，然后互赠礼物和爱情的信物⑨，许下山盟海誓⑩。当约婚仪式结束后，他们返回各自的村落，回到家里，只能期待下一次重聚。有时候，负心汉不愿再续前缘，痴情女子会拉着他的手苦苦哀求⑪，而在另外的时候，女子也会故意刺激他们的嫉妒之心⑫。在爱侣们耍弄的花招中，流言蜚语是最有效的。⑬不止一人对流言愤愤不平，也有人在悲悼失去的爱情，但乡民的善良天性仍然是主要的：

岂其取妻，

---

① 参见（二五）《蜉蝣》。
② 参见（三五）《丰》和（四三）《大车》。
③ 参见（二三）《出其东门》。
④ 参见（三六）《有女同车》。
⑤ 参见（三五）《丰》、（二五）《蜉蝣》和（二六）《有杕之杜》。
⑥ 参见（三〇）《狡童》和（三一）《山有扶苏》。
⑦ 参见（三五）《丰》。
⑧ 参见（二四）《衡门》、（二五）《蜉蝣》、（二六）《有杕之杜》和（二七）《丘中有麻》。
⑨ 参见（三九）《静女》、（二七）《丘中有麻》、（二八）《木瓜》。
⑩ 参见（二八）《木瓜》、（三三）《郑风·扬之水》、（四三）《大车》。
⑪ 参见（三二）《遵大路》、（一二）《北风》。
⑫ 参见（三〇）《狡童》。
⑬ 参见（三三）《郑风·扬之水》、（三四）《防有鹊巢》。

第一编 《诗经》的情歌

必宋之子?①

村落里的自由似乎是有限的。分离的日子十分难熬。他们手里忙着活计,心上却惦记着远处的恋人,这些思念便在劳动歌中透露出来。②他们想方设法地碰面、幽会;黄昏是最好的时机。③他们在巷中④或村寨围墙的角落里⑤等候恋人。在不能会面时,哪怕是听到心上人的声音,或看见他一身盛装地从寨墙顶上走过⑥,也会心花怒放。偶尔他们在晚上还要再幽会,由于担心鲁莽的恋人弄出动静,招致四邻口舌和父兄斥责,姑娘总是提心吊胆的。⑦不过,她打心底里还是愿意他来。他们总能想法子翻过姑娘村庄的围墙和篱笆,成功地与姑娘幽会,待到鸡鸣报晓,姑娘就得催着心上人赶紧离开,不得不结束缠绵。⑧

除了那些迂夫子,从这些朴实的乡村习俗中,我们实在看不出有哪些沦丧的迹象。但学究们总是抱着宣扬道德正统的目的,一厢情愿地认为,中国上古的乡民们已经提前接受了贵族生活的

---

① 参见(二四)《衡门》。
② 参见(二三B)《东门之墠》、(一八)《采葛》、(二〇)《采绿》、(二一)《七月》。
③ 参见(四)《东门之杨》、(四一)《东方之日》。
④ 参见(三五)《丰》。
⑤ 参见(三九)《静女》。
⑥ 参见(三八)《子衿》。
⑦ 参见(四〇)《将仲子》。
⑧ 参见(四二)《女曰鸡鸣》。

准则，可难道不是士人们才将这些准则变为万世之理的吗？①这又如何经得住批评。不是有"礼不下庶人"之说吗？②庶人不允许立祖庙③，那他们的女儿又如何可能在15岁时隐退到祖庙中完成婚前仪式的学习呢？④实际情况可能是，从周代开始，人们才努力有意识地整肃习俗。如《大车》⑤一诗，如果并不仅仅反映了横遭阻挠的爱情，那更有可能描述了一位官员的莅临，他的职责是按贵族理解的那样强化男女隔离的规定。但在那种情况下，这首歌谣却让人明白地感到，这场革新是多么令人忧伤！青年男女在野间相识或在村里幽会时，农家女子只是打破了从未加之于她们身上的规定，她们依旧遵循着古老的风俗行事：他们在乡野中初定婚约⑥，紧接着是一段隔离期，在这期间，女子只能背着父母才能与情郎会面。这是一个约婚的时期。幽会的兴奋，相思的无尽，都是诗艺的情感基调。无疑，从这些诗歌中，不大容易抽出儒家的信条，但若认为它们不合乎道德，则是缺乏历史的眼光。这些古老的歌谣自有其道德：它们表现的是一种上古的道德体系，但绝不是在有意地表现。这些诗歌不是道德家的作品，也不是反思的产物，更不是从一种后来才崇尚的精致环境中产生的。

---

① 关于贵族承担的道德义务，见我希望很快印行的《中国封建时代的家庭》（*La Famille chinoise des temps féodaux*），第七章。贵族生活准则多见于《礼记·内则》。
② 参见《礼记·曲礼》（顾赛芬译本，卷一，第53页）。
③ 参见《礼记·王制》三（顾赛芬译本，卷一，第289页）。
④ 参见《仪礼·士昏礼》："教于宗室。"
⑤ 参见（四三）《大车》。
⑥ 参见葛兰言《中国上古婚俗考》（« Coutumes matrimoniales de la Chine antique »，*T'oung Pao*, XIII , p. 543）。更多了解，见本书边码第135页。

第一编 《诗经》的情歌

若还有谁相信它们是文人之作,也只好听之任之了!

诗歌的田园主题及其描述的风土民情都无不表明《诗经》的歌谣是乡民的作品。那么,它们是如何创作出来的?通过分析本书迻译的那些歌谣,我们已经可以确定某些事实,从而有望了解它们的起源。

一个显著的事实是,在这些古老的歌谣中并不含有个人的情感。这当然不是说,《诗经》中没有个人的诗歌,我在下文会引一个例子*,但我们在这里研究的田园歌谣并不是由个人情感激发出来的。在我们研究的歌谣里面,所有恋人都表现出同样的面孔,表达着同样的情感。没有哪一幅画面是可以识别为一种独特的个人性质的。代名词"君子",加上一些固定的表达法,如"美人"①、"淑女"②、"静女"③以及"淑姬"④,几乎在所有场合都指代恋人。即使用到了第二人称,也不是指哪一个具体的人,几乎总是可以作为复数来理解。最常用的词,意义也最含糊,表示男女的词毫无疑问都是集体名词。没有人说他那模糊的恋爱对象究竟有哪些具体的可爱之处:至多涉及她的魅力⑤,她的华服⑥,也有一次提到了她美丽的眼睛⑦。明喻手法也非常少见,有一篇诗确实

---

*　即(六六)《氓》。——译者
①　参见(一〇)《野有蔓草》第3句、(五五)《泽陂》第3句。
②　参见(五六)《关雎》第3句。
③　参见(三九)《静女》第1句。
④　参见(二九)《东门之池》第3句。
⑤　德音,参见(三六)《有女同车》第12句,及(五五)《泽陂》第4句;参见(六〇)《车舝》第10句"令德"。
⑥　参见(二五)《蜉蝣》。
⑦　参见(一〇)《野有蔓草》。严格地说,该诗赞美的是弯眉。

以"荼"比女子①，但这种比喻可以用在所有人身上，绝不是专门描写某个具体的人。与恋人同车的"美孟姜"，据说宛如木槿花那般美丽，而这在《诗经》中已经算是最精确的肖像画了。但"美孟姜"并不是哪一个特定的人物。它经常出现，可即使作为名字，也只是一个总称，刚好是美丽的后妃的意思。

这些没有个性的恋人表达的只是没有个性的情感。实际上，我们在歌谣中看到的，与其说是情感，不如说是情感主题，例如：幽会、约婚、口角和分离。在这些共同的境况下，每个人的感受都是同样的。没有哪颗心感受到独特的情绪，没有哪件事是独一无二的，没有哪个恋人用自己的方式爱过，痛苦过。所有的个人性都被全然淹没，只能用最一般的方式行之践之。

场景本身也尽可能地一成不变。场景是由田园主题提供的，一般都描述得非常具体，但毕竟只是主题，是引入歌谣当中的程式。它们构成了一种强制性的风景，即使主题与所要表达的情感有所关联，也不是要将情感独特化，反而如我们看到的，是将之与一般习俗联系在一起。②

独特性没有得到关注，这马上说明了一个事实，即不同诗歌篇章之间在相互借用诗句，有时甚至整章整章地挪用。③这也更说明了，为什么可以轻而易举地将意义随意塞进诗歌里面。但最重要的是表明了，要想在单篇诗歌里发现作者的个性，不过是徒

---

① 参见（二三）《出其东门》第8句。
② 参见"田园主题"。
③ 参见《小雅·出车》第五章、第六章。参见（五八）《卷耳》和（二一）《七月》。

第一编 《诗经》的情歌

劳之举。在一种仪式化的背景里,这些没有个性的恋人们全都体验着全然相同的一般情感,因此,他们绝不是由诗人运用他自己的想象力创造出来的。这种诗艺的非个人性足以让我们假设,诗歌的起源绝不是个人的。

在这些歌谣中,我们看不到与作者技巧有关的文学创作过程。它们的技巧完全是自然而然的,没有运用语言手法。可以说,隐喻和明喻也几近阙如。①事物都是被直截了当地表示出来。于是,诗歌的魅力可以归结为简洁景象和直白感情的结合。但这种结合不是技巧造成的,不是明确建立的,也并非有意为之,而是事实本身造就的结果。诗歌只不过再现了事物间原有的对应关系。没有迹象表明存在着一根将各种相关要素串起来的隐秘主线,事物间的密切联系是靠诗句的形式、词语的位置和表达的复沓达成的。这绝不是说,诗句是在考虑到这种结果的前提下刻意编排的。有时,通过复沓,由某些虚词②我们注意到了对仗,这已经是最具技巧性的东西了。这算技巧吗?这种对仗,这种自然的对应,难道不是在诗句中自然出现的吗?二元对等思维(deux pensée jumelles)在铺陈的过程中必然会呈现在诗句的形式里面。措辞的对称是从事物的对等(parité)中自然地生成的:形象的耦合(accouplement)必然会转化为词语的对仗。毫无疑问,作

---

① 这里有三个孤立的例子:(二三)《出其东门》第2句"有女如云(荼)",(六四)《野有死麕》第8句"有女如玉",(六三)《东门之枌》第11句"视尔如荍"。
② 例如,(二十二)《摽有梅》第10句和第12句的"之",还有(六四)《野有死麕》第2句和第4句,以及(五六)《关雎》第6句和第8句。

者的缺失常常表明艺术已臻化境。我们已有太多理由否认《诗经》出自学者之手，不能不承认它们全然是原始的艺术，远远早于隐喻的运用，与观念的联结也几乎没有使用任何技巧。这些联结是从自然的亲缘关系中产生的；由最基本的技巧即对称，可以很清楚地看到这一点。

　　对称仍然是诗歌创作中的基本技巧。诗歌的形式通常十分简单，每篇诗由若干章（couplets，对句）构成，每章包含四到六行诗，不过一般都是三四行。在很多诗歌中，每一章的诗句都是类似的；每篇诗的章节其实都有复沓。事实上，在所有诗歌中，那些奇数行诗句[①]往往保持不变，而偶数行诗句变化又是如此之小，以致在翻译时根本没法传达其中的细微差异。在总体上大致如此。然而，我们有时又会感到一种行进的过程，有如一部观念的踏步进行曲。有些诗歌有着更为复杂的形制，其中一些诗歌非常接近于叙事体，但至少在每一章的内在布局上，对称的形式是始终不变的。显然，这样的编排手法不是文人的技巧。几近阙如的变化，遣词造句的复沓回环，都有力地证明了，这些诗歌不仅是民歌，还是合唱的，极有可能采取了唱和的形式，即是说，男女是交替对唱的：

　　　　叔兮伯兮，
　　　　倡予要女。[②]

---

　　① 这里的对句实际上是对偶句，奇数行的诗句构成了一行完整诗句的前半句。参见本书边码第227页。
　　② 参见（一五）《萚兮》。

第一编 《诗经》的情歌

难道这还会让我们认定，这些歌谣都是事先字斟句酌的吗？主题是事先给定的①，曲调是人人熟知的。当然了，在男女唱和中，必定会有即兴的发挥。尽管主题通过固定诗句来表达，而应答的歌句却是有变化的。这样，新的对句便创作出来了。

这些新诗句是如何创作的？灵感又从何而来？或许是从韵律本身中迸发的。由于对称是这些简单直白的诗歌所使用的唯一表达方法，所以很显然，押韵至关重要。当然，诗歌并不全然依赖于声音，还要辅以动作。我们可以从歌谣里找到这种证据。我们之所以通常很难译出对句间的差异，是由于在唯一有所差异的那一行诗中，除了插在句中起押韵作用的叠词外，其他部分均无甚变化。②注疏家在解释这些叠词时，显然陷入了困境。他们看起来无法理解这些叠词，只能做一般的、含糊的解说。而这些叠词生动地描绘了事物的某些方面，有加强语气或副词小品词的性质，用一个更好的表达来说，就是描写助词，有时候也被视为象声词。例如，有些跟鸟名有关的叠词似乎是在模仿鸟鸣。但注疏家告诉我们，即便在这里面也表达着更丰富的含义。依他们之见，鹑之"奔奔"③、鹊之"彊彊"④、雁之"雝雝"⑤，以及雎鸠之"关关"⑥，这些描写助词不仅表示这些鸟的鸣叫，也表达鸟儿

---

① 大概是在奇数行的前半句。
② 参见本书歌谣注释中所存异体字；这些异体叠字的不同表现最多。一首歌谣在表现它的主题时，只在助词方面有所变化：《小雅·出车》及（五九）《草虫》和（二一）《七月》。
③ （七）《鹑之奔奔》。
④ （七）《鹑之奔奔》。
⑤ （五〇）《匏有苦叶》第9句。
⑥ （五六）《关雎》第1句。

的应答,甚至还表现它们成群结队飞翔空中的姿态。因此,通过这些叠词的表达法,人类的声音不仅尽可能逼真地模仿鸟儿的喧闹,还有它们的动态表现。这些表达法是用声响表现各种各样的感官印象。有一些是表达灌木的青翠、花朵的绚丽和枝叶的繁茂状①,另外一些则是描写风雨的种种景状②,还有一些描写心理活动③——值得注意的是,这一类词本就有道德的含义。同样,那些组成表示颜色的叠词的字,在日常语言中也指那种颜色。如果说,这些字的意思是从它们用作描写助词而来的,这可能吗?尽管有这种可能,但毫无疑问,在《诗经》中,各种表达法都与字词的发音联系在一起,尤其是表示动作的字词。如果不是歌手以动作配合歌声,也就是说,既是歌之咏之,又是手之舞之,足之蹈之,还能作何解释?④ 既然如此,这些歌谣会不会是由舞蹈的节奏衍变而来的?

根据它们的田园主题和乡村题材,个人情感的阙如,简单直白的艺术手法,两两对称的形式,重章叠句的复沓,以及轮流唱和、手口相配的特点,我认为,《诗经》歌谣是在乡村即兴对歌中产生的。那么,这些乡村男女又是在何种场合中即兴对歌的呢?

---

① 参见(一)《桃夭》、(二)《隰有苌楚》。
② 参见(一三)《风雨》。
③ 参见(五五)《泽陂》第12句、(五九)《草虫》第11句、(六六)《氓》第55、56句。
④ 关于姿态、声音及其他的词语,参见列维-布留尔:《低等社会的思维机制》(Lévy-Bruhl, *Les Fonctions mentales dans les sociétés inférieures*),第183页及以下。

第一编　《诗经》的情歌

山川歌谣

（四四）《桑中》（《鄘风》4—C.55—L.78）

1. 爱采唐矣？	Où cueille-t'on la cuscute?	要采女萝哪里采？
2. 沬之乡矣。	c'est dans le pays de Mei!	沬邑乡间有的是。
3. 云谁之思？	Savez-vous à qui je pense?	心心念念想着谁？
4. 美孟姜矣。	c'est à la belle Mong Kiang!	美丽女子名孟姜。
5. 期我乎桑中，	Elle m'attend à Sang-tchong,	等我约会在桑中，
6. 要我乎上宫，	Elle me veut à Chang-Kong,	邀我相会在上宫，
7. 送我乎淇之上矣。	Elle me suit sur la K'i!	送我远到淇水上。

8. 爰采麦矣？	Où cueille-t-on le froment?	要采麦子哪里采？
9. 沬之北矣。	c'est du côté nord de Mei!	沬邑北边有的是。
10. 云谁之思？	Savez-vous à qui je pense?	心心念念想着谁？
11. 美孟弋矣。	c'est à la belle Mong Yi!	美丽女子名孟弋。
12. 期我乎……	Elle m'attend à... etc.	等我约会……

15. 爰采葑矣？	Où cueille-t-on le navet?	要采蔓菁哪里采？
16. 沬之东矣。	c'est du côté est de Mei!	沬邑东边有的是。
17. 云谁之思？	Savez-vous à qui je pense?	心心念念想着谁？
18. 美孟庸矣。	c'est à la belle Mong Yong!	美丽女子名孟庸。
19. 期我乎……	Elle...	等我约会……

（四四）《序》："《桑中》，刺奔也。卫之公室淫乱，男女相奔，至于世族在位，相窃妻妾，期于幽远，政散民流，而不可止。"

《郑笺》："谓宣（公元前718—公元前699年在位）、惠（公元前699—公元前668年在位）之世（参见《史记·卫康叔世家》，沙畹译本，卷四，第194—198页，特别是第196页处所记宣公自取所欲为太子妇之齐女故事），男女相奔，不待媒氏（仲春之月）以礼会之也。"

注意：《郑笺》认为，孟姜、孟弋、孟庸等名字证实了本诗为卫公室之事（这些名字实则均为泛称，指美人、淑女。参见[三六]《有女同车》注释）。

1."爰，于也。"（《毛传》）"于何。"（《郑笺》）。唐，"菜名。"（《毛传》）

2."沫，卫邑。"（《毛传》）

5. 期，非正当之"会"的个人幽会。桑中，桑林之中。参见《魏风》五《十亩之间》（顾赛芬译本，第117页）。主题是采桑与劝诱。第2句毛注："男女无别。"（男女都不再遵从异性隔离的限制。）

7. 淇，卫之河，邶、鄘、卫三国男女共同集于岸边，这是一个相沿成习的传统：参见（四五）《竹竿》，（四六）《汉广》第5、6句。又见《泉水》（《邶风》一四）、淇奥（《卫风》一）、（四四B）《有狐》（《卫风》九，尤其是第9句）。

15."葑，蔓菁。"（《郑笺》）

主题：河边幽会；采摘。

第一编　《诗经》的情歌

（四四B）《有狐》（《卫风》9）

*1.有狐绥绥，	Voici un renard solitaire	有只狐狸孤单单，
2.在彼淇梁。	Sur le barrage de la K'i.	走在淇河石梁上。
3.心之忧矣，	Dans le cœur que j'ai de tristesse!	我的心里多忧伤，
4.之子无裳。	Cet homme-là est demi-nu.	那个人儿无下裳。

　　1. 绥绥，描写助词，"匹行貌"。参见《南山》（《齐风》六）。

　　4. 正是此男无裳（下衣、配衣），表示此男未婚无室家，"所以配衣"（《毛传》）。

　　比较（五〇）《匏有苦叶》第3、4句和（五一）《褰裳》，即卷起衣裳涉河。

　　河边幽会和劝诱的主题。

　　《序》："《有狐》，刺时也。卫之男女失时，丧其妃耦焉。古者国有凶荒，则杀礼（参见[六四]《野有死麕》序）而多昏，会男女之无夫家者，所以育人民也。"（参见《周礼·地官·媒氏》。）

（四五）《竹竿》（《卫风》5—C.70— L.101）

*1.籊籊竹竿，	Les tiges de bambou si fines	一条竹竿细又长，
2.以钓于淇。	c'est pour pêcher dedans la K'i!	抛在淇河把鱼钓。
3.岂不尔思？	A toi comment ne penserais-je?	怎不念你在心头？
4.远莫致之。	mais au loin on ne peut aller!	路远迢迢咋能到！
5.泉源在左，	La source Ts'iuan est à gauche,	泉水汩汩在左边，

6. 淇水在右。 à droite la rivière K'i! 淇河悠悠在右边。
7. 女子有行, Pour se marier une fille 那个女子出嫁了,
8. 远兄弟父母。 laisse au loin frères et parents! 远离兄弟和父母。

9. 淇水在右, La rivière K'i est à droite, 淇河悠悠在右边,
10. 泉源在左。 à gauche la source Ts'iuan! 泉水汩汩在左边。
11. 巧笑之瑳, Les dents se montrent dans le 嫣然一笑齿如玉,
rire!...
12. 佩玉之傩。 Les breloques tintent en 佩玉随步响叮当。
marchant!...

*13. 淇水滺滺, La rivière K'i coule! coule! 淇河悠悠流啊流,
14. 桧楫松舟。 rames de cèdre!... barques en 桧木作桨松作舟。
pin!...
15. 驾言出游, En char je sors et me promène, 驾上车马来出游,
16. 以写我忧。 c'est pour dissiper mon chagrin!... 为了宣泄我心忧。

(四五)《序》:"(嫁于他国之)卫女思归。"

1和2. "兴。"如同细竹竿可钓鱼,履行礼仪的妇人可出嫁。

4. 远,地理的远隔;外婚制的一个方面。参见(一六)《蟋蟀》第4、8句。

5和6. 兴。《郑笺》:"小水有流入大水之道,犹妇人有嫁于君子之礼。"见(五二)《溱洧》。

13. 滺滺,描写补助词。

114

第一编 《诗经》的情歌

15. 驾车游玩。参见（五八）《卷耳》。

参见《泉水》（《邶风》一四）。

主题：驾车于河岸游玩，乘舟游玩；钓鱼；外婚制的远隔。

（四六）《汉广》（《周南》9—C.13—L.15）

1. 南有乔木，	Vers le Midi sont de grands arbres;	南方有树高又高，
2. 不可休息；	on ne peut sous eux reposer!	不能到它底下歇。
3. 汉有游女，	Près de la Han sont promeneuses;	女子游荡在汉水，
4. 不可求思。	on ne peut pas les demander!	不能前去追求她。
5. 汉之广矣，	La Han est tant large rivière,	汉水之上浩荡荡，
6. 不可泳思；	on ne peut la passer à gué!	赤身游过没法想。
7. 江之永矣，	Le Kiang est tant immense fleuve,	江水之上宽又宽，
8. 不可方思。	on ne peut en barque y voguer!	编筏渡过没法想。
*9. 翘翘错薪，	Tout au sommet de la broussaille,	杂乱乱的灌木丛，
10. 言刈其楚；	j'en voudrais cueillir les rameaux!	我割上面荆树条。
11. 之子于归，	Cette fille qui se marie,	这个女子要出嫁，
12. 言秣其马。	j'en voudrais nourrir les chevaux!	我愿为她来喂马。
13. 汉……	La Han est...	汉水……
*17. 翘翘错薪，	Tout au sommet de la broussaille,	杂乱乱的灌木丛，
18. 言刈其蒌；	j'en voudrais cueillir les armoises!	我在其中割蒌蒿。

19. 之子于归，　　Cette fille qui se marie,　　　　这个女子要出嫁，
20. 言秣其驹。　　j'en voudrais nourrir les poulains!　我愿为她喂马驹。

21. 汉……　　　　La Han est...　　　　　　　　　汉水……

（四六）《序》："《汉广》，德广所及也，文王之道，被于南国，美化行乎江、汉之域，无思犯礼，求而不可得也。"参见（五六）《关雎》第9句，"求之不得"。

按郑注："纣时淫风遍于天下，维江、汉之域，先受文王之教化。"

注意：实际上，南方要比北方保存了更多的古老风俗。参见附录三，《法国远东学院学报》（B.E.F.E.-O.），卷三，第348页。

1和4.《毛传》："兴也。"《郑笺》："木以高其枝叶之故，故人不得就而止息也。兴者，喻贤女虽出游流水之上，人无欲求犯礼者。"可想而知，"处者自然尤洁"（《孔疏》）。

最后说"不可求思"，恰是由于在现实生活中没有出游的机会。《礼记·内则》中有"女子十年不出"、"居内，深宫固门，阍寺守之"（顾赛芬译本，卷一，第675页）。在文王教化之国，"出游"是不可思议的。但有注疏家说"贵家之女"与"庶人之女"有别，庶人之女要出门做一些成年妇人的工作。

2. 息，参见（三七）《葛生》第8句、（三〇）《狡童》第8句、（二五）《蜉蝣》第8句。

3. 游和遊，参见（四五）《竹竿》第16句、（二六）《有杕之

《杜》第10句。遊女是水神即"汉神"（汉水之神），《韩诗》中保存了这种传统说法。参见《皇清经解续编》卷千百五十（《韩诗遗说考》）第11页及以下，及卷七百七十八（《毛诗传疏》）第21页及以下。又有称此水神为"魅服"或"妖服"者，参见《皇清经解续编》卷四百四十八（《毛诗后笺》），第40页。

4. 求，追求（姑娘），参见（二二）《摽有梅》第11句，（五六）《关雎》第8、9句。《韩诗外传》卷一（第三章）以孔子南游之所遇来解释这首歌谣。

5—8.《郑笺》：以汉之"广长"喻女之"贞洁"。

6. "潜行为泳。"（《毛传》）

8. "方，泭也。"（《毛传》）

9—10.《郑笺》："楚，杂薪之中，尤翘翘者。我欲刈取之，以喻众女皆贞洁，我又欲取其尤高洁者……谦不敢斥其适己，于是子之嫁，我愿秣其马，致礼饩。示有意焉。"

9. 翘翘，描写助词，"薪貌。"（《毛传》）最高之薪。（《郑笺》）

12. "秣，养也。"（《毛传》）

20. "驹，五尺以上曰驹。"

蒌（或蒿）有多种仪式用途。据说燃蒌而生的香可降神，参见《信南山》（《小雅》六，第五章《郑笺》）。妇人的产房称"蒌室"（贾谊《新书》）。（六七B）《采蘩》提到了另一种蒌。

文字考异：乔、桥；游、遊；泳、漾；方、舫；刈、采；第二句"息"字在第2、6、8句中换为"思"字。参见《皇清经解续编》卷千百七十一，第8、9页。

主题：河边漫步；涉河；丛林；采薪；婚礼及男子的不自信。

中国古代的节庆与歌谣（新译本）

注意复沓的句子。

"蒌"可作"薪"之用，这很可能表明蒌是用于点燃仪式之火的薪，即作圣火之用。参见卡拉布里埃神父（Crabouillet）所叙罗罗人之习俗（*Miss, cath.*, V, p. 106），见附录三。

（四七）《汝坟》（《周南》10—C.14—L.17）

1. 遵彼汝坟，	Le long des berges de la Jou	沿着汝水大堤上，
2. 伐其条枚；	je coupe rameaux et broussailles!	砍伐树枝和荆条。
3. 未见君子，	Tant que je n'ai vu mon seigneur,	不见我的君子么，
4. 惄如调饥。	mon angoisse est comme la faim du matin!	好似晨饥心中焦。

（四七）本诗大概有政治的含义，但也保存了河边幽会歌谣的风格和少量主题。此处仅引第一章。

《序》："《汝坟》，道化行也。文王之化，行乎汝坟之国，妇人能闵其君子，犹勉之以正也。"

1. "遵，循也。"（《毛传》）参见（三二）《遵大路》第1句。
"坟，大防也。"（《毛传》）
4. "惄，饥意也。""调，朝也。"

按《郑笺》的解释，第10、11两句是说：此为殷纣王尚存之时（公元前1154—公元前1122年在位*），因其夫远役，妻子以此譬喻

---

* 原文如此。据夏商周断代工程推断纣王在位三十年左右，即公元前1075—公元前1046年。——译者

118

第一编 《诗经》的情歌

自伤。如果在善政之国,伐薪于汝水之侧,则非妇人之事。

文字考异:墳、濆;愒、愵;调、輖及周。《皇清经解续编》卷千百七十一,第9、10页。

主题:河岸的漫步;束薪;分离与恋爱的苦恼。

注意,这幅生动的画面给人以苦恼和若有所失之感。

(四八)《河广》(《卫风》7—C.72—L.104) 101

1. 谁谓河广?	Qui dira que le Fleuve est large?	谁说河水宽又广?
2. 一苇杭之。	sur des roseaux je le passerais!	一束芦苇就能过。
3. 谁谓宋远?	Qui dira que Song est lointain?	谁说宋国很遥远?
4. 跂予望之。	en me dressant je le verrais!	我跷跷脚尖能望见。

5. 谁谓河广?	Qui dira que le Fleuve est large?	谁说河水宽又广?
6. 曾不容刀。	pas à contenir un bateau!	还容不下船一条。
7. 谁谓宋远?	Qui dira que Song est lointain?	谁说宋国很遥远?
8. 曾不崇朝。	pas à plus d'une matinée!	一个早晨就能到。

(四八)《序》为毫无意义的历史说明。

注意,第1—3、5—7句的"谁",第2—4句的"之"的对偶。

主题:涉河与外婚制隔离。

(四九)《谷风》(《邶风》10—C.39—L.55)

33. 就其深矣, On passe quand l'eau est 我们渡河过深水,
profonde,

34. 方之舟之。	soit en radeau, soit en bateau!	划起木筏乘上船！
35. 就其浅矣，	On passe l'eau quand elle est basse	我们渡河过浅水，
36. 泳之游之。	soit par le gué, soit en nageant!	卷衣涉水游到岸！

（四九）第33—36句。节选自一首新妇不幸的哀歌，描写了约婚宴会中的感伤情怀。

参见（六六）《氓》第5、35、36、53、54句。

主题：涉河。

（五〇）《匏有苦叶》（《邶风》9—C.38—L.53）

1. 匏有苦叶，	La courge a des feuilles amères,	匏瓜嘛长下些枯叶，
2. 济有深涉。	le gué a de profondes eaux!	渡口嘛有深水要过。
3. 深则厉，	Aux fortes eaux, troussez les jupes!	河水深嘛连衣过，
4. 浅则揭。	soulevez-les, aux basses eaux!	河水浅嘛撩裤脚。
5. 有瀰济盈，	C'est la crue au gué où l'eau monte!	渡口漫漫嘛大水涨了，
6. 有鷕雉鸣。	c'est l'appel des perdrix criant!	叫声鷕鷕嘛野鸡唱了。
7. 济盈不濡轨，	L'eau monte et l'essieu ne s'y mouille!	河水涨嘛湿不到车轴，
8. 雉鸣求其牡。	perdrix crie, son mâle appelant!	野鸡叫了嘛它寻配偶。

第一编 《诗经》的情歌

*9.雝雝鸣雁，	L'appel s'entend des oies sauvages,	又听嗈嗈大雁鸣，
10.旭日始旦。	au point du jour, l'aube parue!	日头升起正黎明！
11.士如归妻，	L'homme s'en va chercher sa femme,	男子要想娶妻呢，
12.迨冰未泮。	Quand la glace n'est pas fondue!	趁着寒冰没化呢！
*13.招招舟子，	Appelle! appelle! homme à la barque!	那里招呼的是艄公，
14.人涉卬否。	que d'autres passent!... Moi, nenni!...	别人过河嘛俺不成！
15.人涉卬否，	que d'autres passent!... Moi, nenni!...	别人过河嘛俺不成，
16.卬须我友。	moi, j'attendrai le mien ami!	俺等朋友嘛来同行！

（五〇）《序》："《匏有苦叶》，刺卫宣公也（公元前718—公元前699在位；参见《史记·卫康叔世家》，沙畹译本，卷四，第194页及以下）。公与夫人，并为淫乱（宣公夫人名夷姜）。"

1.《毛传》："兴也。匏谓之瓠。瓠叶苦，不可食也。"《孔疏》："以兴礼有禁法不可越。"依照某种传统，据说凿开的瓠箪可用于渡河。注意南瓜在罗罗洪水神话中的重要性。（《法国远东学院学报》，卷八，第551页）

瓠箪用于婚礼，新夫新妇各执其半，酌以玄酒。（参见《仪礼·士昏礼》郑注）

2.《毛传》：深涉，"兴也"。据孔颖达之说，"'济有深涉'不可渡，以兴礼有禁法不可越。"

《郑笺》解作表示时节，"谓八月之时，阴阳交会，始可以为昏礼，纳采问名"。（参见《仪礼·士昏礼》）《郑笺》认为，最后成婚之礼是在春分。

3."以衣涉水为厉，谓由带以上也。"（《毛传》）

4."揭，褰衣也。"（《毛传》）参见（五一）《褰裳》。

3和4.《毛传》以为兴，"遭时制宜，如遇水深则厉，浅则揭矣。男女之际，安可以无礼义。"

《郑笺》："以水深浅喻男女之才性，贤与不肖，及长幼也。各顺其人之宜，为之求妃耦。"

5.《毛传》："浽，深水也。盈，满也。深水，人之所难也。"

6. 雉鸣，指夷姜："夫人有淫泆之志，授人以色，假人以辞，不顾礼义之难（如渡深水之人）。"

7.《毛传》："濡，渍也。由辀以上为轨。"《郑笺》："言不濡者，喻夫人犯礼而不自知（即将临头之灾）。"（参见顾赛芬译本第39页处给出的一种现代解释，其实不过延续了同样的经典注解，即河水泛滥之时，他们却不濡其轨而渡河）。参见（六六）《氓》第35、36句。

8. 牡，雄性（郑释为走兽）。《郑笺》："雉鸣反求其牡，喻夫人所求（不幸）非所求（快乐），或，夫人与公非其耦（第3、4句《郑笺》）。

第一编 《诗经》的情歌

与"牡"相对的是"牝",往往用于鸟类(顾赛芬《法汉词典》),注意第8句、第16句的"其"与"我"、"牡"与"友"的相对。女子唱歌以求友,如鹧鸪鸣以求其牡("牡"为"雄"的解释,见民国元年上海初版《新字典》[取代《康熙字典》],将该句之"牡"明确释为雄鸟)。

比较《伐木》(《小雅·鹿鸣之什》五)第6句"求其友声"。

9. 雝雝,描写助词,雁声和也(《毛传》)。雌答雄(参见[一五]《萚兮》第4句)。雝雝象征夫妇和顺,即妻的顺从。用肃雝表示顺从的妇德(参见[五]《何彼禯矣》第3句)。

10. 雁作为赠礼,尤其用于婚礼(《仪礼·士昏礼》)。以雁为礼,主要是由于雁是候鸟,"随阳而处"。妇亦应从夫(《郑笺》)。参见《仪礼·士昏礼》郑注。雌雁绝不离弃雄雁("不乘"),并常随雄雁之后飞行(贞节、服从和谦逊)(参见《郑风·大叔于田》注释,顾赛芬译本,第88页)。在婚姻的前五礼中(参见第2句《郑笺》),雁于早晨赠送;只有在最后的第六礼即"亲迎"中,才在黄昏赠送(参见《仪礼·士昏礼》)。——这一点对理解第11句的意思是非常重要的。

11. 归妻,使之来归于己(《郑笺》)。"归"一般指婚礼(参见[九]《鹊巢》第3句;[四六]《汉广》第11句)。如果照这样理解,第11句的"归"就是早晨赠雁的五礼(参见第2句《郑笺》;参见第10句及其《传》《笺》)。

12. 迨,及(《毛传》)。泮,时历用语,解冰是在正月(参见《月令》)。据《郑笺》,除二月行最后一礼即亲迎外,所有其他婚礼仪式都必须在二月前举行(见《孔子家语·本命解》的不同解释)。郑玄认为此处所叙仪礼是"请期",应在正月中旬前举行。

13. 招招,描写补助词,"号召之貌"。毛、郑均将"舟子"解作"舟人"。

此处的注解是可以接受的,虽然还有另外一种更巧妙的解释。可以认为,舟中的年轻人们正举行"招魂续魄"仪式。见(五二)《溱洧》之《韩诗》注。

《郑笺》:"号召当渡者,犹媒人之会男女无夫家者,使之为妃匹。"参见(一一)《行露》的序及《传》《笺》。

14. "卬,我。"(《毛传》)

16. 《郑笺》:"人皆涉,我友未至,我独待之而不涉,以言……非得礼义(参见第3、4句),昏姻不成。"

文字考异:軓、軏;旭、煦、盱;卬、仰;须、頿。

描写助词考异:雝、噰、雍;嗈、邕。《皇清经解续编》卷千百七十一,第29—30页。

主题:涉河、劝诱及鸟鸣。会让我们想起不同的成婚习俗。

(五一)《褰裳》(《郑风》13—C.96—L.140)

1. 子惠思我,	Si tu as pour moi des pensées d'amour,	如果你真心思念我,
2. 褰裳涉溱。	je trousse ma jupe et passe la Tchen!	我卷起下裳过溱河。
3. 子不我思,	Mais si tu n'as point de pensées pour moi,	如果你不想念我,

4. 岂无他人?	est-ce qu'il n'y a pas d'autres hommes?	难道没有别人么?	
5. 狂童之狂也且!	O le plus fou des jeunes fous, vraiment!	你真是狂童狂呀咯!	
6. 子惠思我,	Si tu as pour moi des pensées d'amour,	如果你真心想念我,	
7. 褰裳涉洧。	je trousse ma jupe et passe la Wei!	我卷起衣裳过洧河。	
8. 子不我思,	Mais si tu n'as point de pensées pour moi,	如果你不想念我,	
9. 岂无他士?	Est-ce qu'il n'y a pas d'autres garçons?	难道没有别个么?	
10. 狂童之狂也且!	O le plus fou des jeunes fous, vraiment!	你真是狂童狂呀咯!	

（五一）《序》："《褰裳》，思见正也。狂童恣行，国人思大国之正己也。"

本篇刺昭公（公元前696—公元前695年在位）与其弟突争国，陷郑国于纷乱。见《史记·郑世家》（沙畹译本，卷四，第458页及以下）。

朱熹："淫女语其所私者。"

1. "惠，爱也。"（《毛传》）

《郑笺》："子者，斥大国之正卿。"

中国古代的节庆与歌谣（新译本）

2."他人，先乡齐、晋、宋、卫，后之荆楚。"（《郑笺》）

5. 狂童，指突。此章最后一句述"使我言此"之理由。

9."士，人。"（《郑笺》）

溱洧，郑国的两条河。参见（五二）《溱洧》。

文字考异：褰、攓、寋；溱、溍；童、僮。《皇清经解续编》卷千百七十二，第7页。

涉河、撩衣的主题。反讽式劝诱的主题。

"狂童"，参见（三〇）《狡童》及（三一）《山有扶苏》。

（五二）《溱洧》（《郑风》21—C.101—L.148）

1. 溱与洧，	La Tchen avec la Wei	溱河洧河长又长，
*2. 方涣涣兮。	viennent à déborder!	河水漫到堤岸上。
3. 士与女，	Les gars avec les filles	少年和姑娘
4. 方秉蕳兮。	viennent aux orchidées!	结队前来采兰草。
5. 女曰"观乎？"	Les filles les invitent:	姑娘邀请少年说：
	— là-bas si nous allions?	"咱们前边去看看？"
6. 士曰"既且。"	et les gars de répondre:	少年回答说：
	—déjà nous en venons?	"我们已经去一趟。"
7."且往观乎！"	—Voire donc mais encore	"就算已经去一趟，
	là-bas si nous allions	再去一次又何妨"
8. 洧之外，	car, la Wei traversée,	洧河外边好地方，
9. 洵訏且乐。	s'étend un beau gazon!	芳草一片真快乐！
10. 维士与女，	Lors les gars et les filles	于是少年与姑娘，

第一编 《诗经》的情歌

| 11. 伊其相谑， | ensemble font leurs jeux; | 互相戏谑乐陶陶， |
| 12. 赠之以勺药。 | et puis elles reçoivent le gage d'une fleur! | 他们互赠送作为信物之芍药。 |

13. 溱与洧，	La Tchen avec la Wei	溱河洧河长又长，
14. 浏其清矣。	d'eaux claires sont gonflées!	河水洋洋真清凉。
15. 士与女，	Les gars avec les filles	少年与姑娘
16. 殷其盈兮。	nombreux sont assemblés!	成群结对在一处。
17. 女曰……	Les filles les...	姑娘邀请……

（五二）《序》："《溱洧》，刺乱也（郑玄认为是乱性，'士与女会合'）。兵戈不息，男女相弃，淫风大行，莫之能救焉。"参见（五一）《褰裳》序。

朱熹："此诗淫奔者自叙之词。"

2. 涣涣，描写助词，"春水盛也"。《郑笺》以之为时历用语，"仲春之时，冰以释"。

4. "蕳，兰也。"（《毛传》）参见（五八）《卷耳》第8句。

3和4.《郑笺》："男女相弃，各无匹耦，感春气，并出，托采芬香之草，而为淫泆之行。"

5. 观，游观节庆。

6.《郑笺》："士曰已观矣，未从之也。"

9. "訏，大也。"（《毛传》）"洵，信也。"（《郑笺》）此句可解为节庆诱人，或其地景色悦目。《郑笺》取后一说。

11. "伊，因也。"谑，即戏。（《郑笺》）

107

12."勺药，香草。"（《毛传》）

按《郑笺》："行夫妇之事。其别，则送女以勺药，结恩情也。"

13."浏，深貌。"（《毛传》）

16."殷，众也。"（《毛传》）

23."将，大也。"（《郑笺》）

文字考异：蕑、蘭、菅；訏、盱；洵、询；勺、芍；浏、漻。

描写助词考异：涣、汍、洹。《皇清经解续编》卷千百七十二，第12、13、14页。

蕑，据《康熙字典》载："都梁县有山，山下有水清泚，其中生蕑草，名都梁香，因山为号。其物可杀虫毒，除不祥。故郑人方春三月，于溱洧之上，士女相与秉兰而祓除。"

《韩诗》中有重要的注解（参见《皇清经解续编》卷千百五十三，《韩诗遗说考》第17页及以下）："三月桃花水下之时，至盛也。当此盛流之时，众士与女方执兰，祓除邪恶。郑国之俗，三月上巳之辰，于此两水（溱与洧）之上（或岸边），招魂续魄，祓除不祥。（《太平御览》）"

考异："郑国之俗，三月上巳，之溱洧两水之上，招魂续魂，秉兰草，拂不祥。"（《宋书》）——祓除气秽或岁秽。

关于蕑，见《夏小正》五月"蓄蕑为沐浴也"。《晋书》卷八十《王羲之传》记在兰亭行春禊之礼。《周礼·春官·女巫》："掌岁时祓除、衅浴"；参见郑注。

这种作为信物的花，大抵是一种很香的芍药。我认为，第12句之芍药指另一种蕑，即都梁香。中国学者以"勺"与"约"

第一编 《诗经》的情歌

同音。参见《皇清经解续编》卷四百二十三(《毛诗传笺通释》),第32页及以下。(试比较"妳"。)有必要明白:这种花是作赠物之用的。

"赠之以芍药",指有奇效的药用植物,见《晋书》卷九四 108 《夏统传》所记三月上巳之日河边节庆之药会。

第1句和第3句、第13句和第15句的"与",第2句和第4句的"方",第14句和第16句的"其"构成对偶。

在翻译本诗时,由于它们的含义非常丰富,我不得不把几行复沓的句子分开。

主题:涉河;有轮流唱和的迹象;春水的时历主题;女子邀请和男子婉拒;采摘和爱情信物(花)。

注意蘭在罗罗人洪水神话中的作用。参见《法国远东学院学报》;参见《罗罗人》(Vial, *Lolos*),第9页。

(五三)《菁菁者莪》(《小雅·彤弓之什》2—C.199—L.279)

*1. 菁菁者莪,	O la belle, la belle armoise,	莪蒿葱茏真美丽,
2. 在彼中阿。	qui est au milieu du coteau!	丛丛长在山坳里。
3. 既见君子,	Sitôt que je vois mon seigneur,	见到我那君子呢,
4. 乐且有仪。	quelle joie donc et quel respect!	欢欢乐乐有礼仪!

*5. 菁菁者莪,	O la belle, la belle armoise,	莪蒿葱茏真美丽,
6. 在彼中沚。	qui est au milieu de l'îlot!	丛丛长在河中洲。
7. 既见君子,	Sitôt que je vois mon seigneur,	见到我那君子呢,

129

8. 我心则喜。	mon cœur alors a la gaîté!	我的心里乐悠悠。
*9. 菁菁者莪，	O la belle, la belle armoise,	莪蒿葱茏真美丽，
10. 在彼中陵。	qui est au milieu de la berge!	蓬蓬生长在丘陵。
11. 既见君子，	Sitôt que je vois mon seigneur,	见到我那君子呢，
12. 锡我百朋。	il me donne cent coquillages!	赐我贝币一百朋。
*13. 泛泛杨舟，	La barque en peuplier vogue! vogue!	杨木小舟荡悠悠，
14. 载沉载浮。	plongeant tantôt, flottant tantôt!	随波上下任漂流。
15. 既见君子，	Sitôt que je vois mon seigneur,	见到我那君子呢，
16. 我心则休。	mon cœur alors a le repos!	我的心里便安休。

（五三）《序》："君子能长育人材。"

1. 菁菁，描写助词。

主题：河岸漫步与荡舟。

（五四）《蒹葭》（《秦风》4—C.137— L.195 ）

*1. 蒹葭苍苍，	Les roseaux et les joncs verdoient;	河边芦苇色苍苍，
2. 白露为霜。	la rosée se transforme en givre.	白露已经结成霜。
3. 所谓伊人，	Cette personne à qui je pense	意中那人在何处？
4. 在水一方。	dans l'eau se trouve en quelque endroit!...	就在水中那一方。

第一编 《诗经》的情歌

5. 溯洄从之，	Contre le courant je vais à elle:	溯流而上去随他，
6. 道阻且长。	le chemin est rude et fort long!	路途险阻又漫长。
7. 溯游从之，	Suivant le courant je vais à elle:	顺流而下去从他，
8. 宛在水中央。	la voici, dans l'eau, au milieu!	他仿佛就在水中央。
*9. 蒹葭萋萋，	Les roseaux et les joncs verdoient;	河边芦苇青又青，
10. 白露未晞。	la rosée n'est pas dissipée.	白露水珠还没干。
11. 所谓伊人，	Cette personne à qui je pense	意中那人在何处？
12. 在水之湄。	dans l'eau se trouve, vers les bords!...	就在河岸那一边。
13. 溯洄从之，	Contre le courant je vais à elle:	溯流而上去随他，
14. 道阻且跻。	le chemin est rude et montant!	道路险阻又难攀。
15. 溯游从之，	Suivant le courant je vais à elle:	顺流而下去从他，
16. 宛在水中坻。	la voici, dans l'eau, sur l'écueil!	他仿佛就在水中滩。
*17. 蒹葭采采，	Les roseaux et les joncs verdoient;	河边芦苇绿又绿，
18. 白露未已。	la rosée n'est pas disparue.	白露水珠还未收。
19. 所谓伊人，	Cette personne à qui je pense,	意中那人在何处？
20. 在水之涘。	dans l'eau se trouve, vers la digue!..	就在水边那一头。
21. 溯洄从之，	Contre le courant je vais à elle:	溯流而上去随他，
22. 道阻且右。	le chemin est rude et ardu!	道路险阻曲又陡。
23. 溯游从之，	Suivant le courant je vais à elle:	顺流而下去从他，
24. 宛在水中沚。	la voici, dans l'eau, sur un roc!	他仿佛就在水中洲。

（五四）《序》为无意义的历史解释。

1. 苍苍，描写助词。

2. "露为霜"是表示一年劳动终了的时历用语。参见（一二）《北风》第2、3句，及《礼记·月令》"仲春之月"（顾赛芬译本，卷一，第386页）。

7. 参见附录三的南诏习俗。南诏王素兴常与嫔妾在河边游乐，玩斗草之戏。

主题：在河岸和河中寻找恋人。

参见（五四B）《唐风·扬之水》（顾赛芬译本，第123页）。

（五四B）《扬之水》(《唐风》3)

1. 扬之水，	Dans la rivière tranquille,	河水缓缓流，
*2. 白石凿凿。	ce rocher blanc, qu'il est haut!	白石高又高。
3. 素衣朱襮，	Habit blanc à collet rouge,	白衣红领子，
4. 从子于沃。	je te suis jusques à Kiu!	跟你到曲沃。[1]
5. 既见君子，	Sitôt que je vois mon seigneur,	见到我君子，
6. 云何不乐？	allons! ne suis-je pas en joie!	如何不快活？
7. 扬之水，	Dans la rivière tranquille,	河水缓缓流，
*8. 白石皓皓。	ce rocher blanc, quel éclat!	白石明皓皓。
9. 素衣朱绣，	Habit blanc à collet rouge,	白衣红袖子，

---

[1] 参见［六六］《氓》第5句。

第一编 《诗经》的情歌

10. 从子于鹄。	je te suis jusqu'à Kao!	跟你到鹄邑。
11. 既见君子，	Sitôt que je vois mon seigneur,	见到我君子，
12. 云何其忧？	allons! comment serais-je triste!	哪里还有愁？

13. 扬之水，	Dans la rivière tranquille,	河水缓缓流，
14. 白石粼粼。	ce rocher blanc qu'il est clair!	白石清又净。
15. 我闻有命，	J'apprends qu'il y a un ordre	我听到命令，
16. 不敢以告人。	et n'ose informer quelqu'un.	不敢告诉人！

运用地理置换（沃、鹄）的方式实现（五四）《蒹葭》主题的转换。

（五五）《泽陂》（《陈风》10—C.151—L.213）

1. 彼泽之陂，	Sur la digue de cet étang	池沼四周是堤岸，
2. 有蒲与荷。	croissent joncs avec nénuphars!	长满香蒲与清荷。
3. 有美一人，	Il est une belle personne!...	那边有个俊壮人，
4. 伤如之何？	comment ferai-je en ma douleur?	心中悲伤可奈何？
5. 寤寐无为，	De jour, de nuit, ne puis rien faire...	日日夜夜没办法，
6. 涕泗滂沱。	des yeux, du nez coulent mes pleurs!...	眼泪鼻涕雨滂沱。

7. 彼泽之陂，	Sur la digue de cet étang	池塘四周是堤岸，
8. 有蒲与蕳。	croissent joncs avec orchidées!	长满香蒲与香兰。
9. 有美一人，	Il est une belle personne:	那边有个俊壮人，

133

	10. 硕大且卷。	haute taille et noble maintien!	身材高大貌非凡。
	11. 寤寐无为，	De jour, de nuit, ne puis rien faire...	日日夜夜没办法，
*	12. 中心悁悁。	en mon cœur que j'ai de chagrin!...	心里郁闷似熬煎。
111	13. 彼泽之陂	Sur la digue de cet étang	池塘四周是堤岸，
	14. 有蒲菡萏。	croissent joncs, nénuphars en fleurs!	长满香蒲和菡萏。
	15. 有美一人，	Il est une belle personne:	那边有个俊壮人，
	16. 硕大且俨。	haute taille et maintien altier!	身材高大又威严。
	17. 寤寐无为，	De jour, de nuit, ne puis rien faire...	日日夜夜没办法，
	18. 辗转伏枕。	de-ci, de-là je me tourne sur l'oreiller...	伏在枕上又辗转。

（五五）《序》：以历史事件"刺时"；参见《史记·陈杞世家》（沙畹译本，卷四，第233—235页），该处记载孔子的一位先祖* 参与了这次淫乱之事，最终造成的后果是国中"男女相悦"。

5. 参见（五六）**《关雎》第8句。

8. 蕳，参见（五二）《溱洧》第4句。

主题：河上邂逅与水草的采集；恋爱之苦恼与不眠。

---

* 葛氏在此处混淆了孔宁与孔父嘉。《史记·陈杞世家》所记与夏姬通奸之孔宁，妫姓，在陈为大夫，故又称妫孔宁。孔子之六世祖名孔父嘉，子姓，在宋为大司马，其妻"美而艳"，太宰华督见而谋夺之，遂以"宁民"名义杀孔父嘉，事见《左传·桓公元年》《桓公二年》，及《史记·宋微子世家》等。——译者

** 原文误植为（五四）。——译者

第一编　《诗经》的情歌

（五六）《关雎》(《周南》1—C.5—L.1)

*1. 关关雎鸠，	A l'unisson crient les mouettes	关关唱和着的是雎鸠，
2. 在河之洲。	dans la rivière sur les rocs!	栖息在那河中洲。
3. 窈窕淑女，	La fille pure fait retraite,	悠闲深居好女子，
4. 君子好逑。	compagne assortie du Seigneur!	堪当君子好配偶。
5. 参差荇菜，	Haute ou basse, la canillée:	高高低低鲜荇菜，
6. 左右流之。	à gauche, à droite, cherchons-la!	左左右右来择它。
7. 窈窕淑女，	La fille pure fait retraite:	悠闲深居好女子，
8. 寤寐求之。	De jour, de nuit, demandons-la!	醒着睡着想追求。
9. 求之不得，	Demandons-la!... Requête vaine!...	追求她呀不能得，
10. 寤寐思服。	de jour, de nuit, nous y pensons!...	醒着睡着相思切。
11. 悠哉悠哉，	Ah! quelle peine!... Ah! quelle peine!..	相思苦呀相思苦，
12. 辗转反侧。	De-ci, de-là, nous nous tournons!...	翻来覆去睡不着。
13. 参差荇菜，	Haute ou basse, la canillée:	高高低低鲜荇菜，
14. 左右采之。	à gauche, à droite, prenons-la!	左左右右来采它。
15. 窈窕淑女，	La fille pure fait retraite:	闲闲深居好女子，
16. 琴瑟友之。	guitares, luths, accueillez-la!	弹琴鼓瑟亲悦她。
17. 参差荇菜，	Haute ou basse, la canillée:	高高低低鲜荇菜，　112

135

18. 左右芼之。　à gauche, à droite, cueillons-la!　左左右右来摘它。
19. 窈窕淑女，　La fille pure fait retraite:　悠闲深居好女子，
20. 钟鼓乐之。　cloches et tambours, fêtez-la!　击钟敲鼓欢乐她。

　　（五六）《序》："《关雎》，后妃之德也。……是以《关雎》乐得淑女，以配君子，忧在进贤，不淫其色，哀窈窕，思贤才，而无伤善之心焉，是《关雎》之义也。"（《郑笺》："哀，盖字之误也，当为衷。"）

　　（或为宫闱之诗，是失君宠而无嫉妒的有德之妃的歌谣。注意：尽管淑女是竞争对手，但后妃才是"窈窕"之人。）

　　1和2.《毛传》：兴也。关关，描写助词，雌雄"和声也"，"鸟挚而有别。（《郑笺》：'挚之言至也。……雌雄情意至，然而有别。'）水中可居者曰洲。（《孔疏》：'不乘匹而相随也。'）后妃说乐君子之德，无不和谐，又不淫其色，慎固幽深，若雎鸠之有别焉，然后可以风化天下。夫妇有别则父子亲，父子亲则君臣敬，君臣敬则朝廷正，朝廷正则王化成。"

　　3和4."窈窕，幽闲也。淑，善。逑，匹也。"（《毛传》）

　　《毛传》："言后妃有关雎之德，是幽闲贞专之善女，宜为君子之好匹。"《郑笺》："能为君子和好众妾之怨者。言皆化王妃之德，不嫉妒。（因此成为君子好匹的众妾皆能进入后宫，后妃绝不妨碍。）"

　　注意：《毛传》《郑笺》之所以要做出这些复杂的解释，意在表明后妃与淑女不是同一人，且后妃是如关雎一样有妇德之人，故窈窕者是后妃（第3句）。淑女效后妃之德，其他后妃亦是如

第一编 《诗经》的情歌

此，故成为窈窕淑女。

5和6."荇，接余也；流，求也。"(《毛传》)"参差然不齐。"(《孔疏》)

《毛传》："后妃有关雎之德，乃能共荇菜，备庶物，以事宗庙也。"

《郑笺》："左右，助也。……言三夫人、九嫔以下，皆乐后妃之事。"注意：争采水草应有仪礼的目的。荇菜是家鸭与雎鸠喜食的水草。

7和8."寤，觉；寐，寝也。"(《毛传》)

《郑笺》："言后妃觉寐，则常求此贤女，欲与之共己职也。"

8和9."求之"，比较（四六）《汉广》第4句和（二二）《摽有梅》第3句，有助于确定此语的确切意义，应是男子追求意中女子，赢得女子的芳心。

10."服，思之也。"(《毛传》)

《郑笺》："（后妃）求贤女而不得，觉寐则思己职事，当谁与共之乎？"

11."悠，思也。"(《毛传》)"思之哉，思之哉。"(《郑笺》)

12."卧而不周曰辗。"参见（五五）《泽陂》第18句如何描写不眠之苦恼。

16."友之"，若译为"友好地欢迎她"是不太确切的，更确当的译法是"以她为友"。《郑笺》云："同志为友。"音乐给所有人以同样的感受。

18."芼，择也。"(《毛传》)

19.《毛传》："德盛者，宜有钟鼓之乐。"

137

我们可以概括一下经典注解：文王之德妃大姒不知嫉妒，一直窈窕（幽闲）地生活，并使有德女子代己配于文王。在大姒德化所及的后宫，无人生嫉妒之心，众妾皆窈窕。她们努力为她们共有的君主探寻佳偶，共奉君子与宗庙。

《皇清经解续编》卷千四百二十三（《昏礼重别论对驳义》）第17页及以下对此的解释迥然不同。该处比较了本诗与（五九）《草虫》和（六七B）《召南·采蘩》（及《召南·采蘋》）。这些诗歌与婚后第三月的奠菜之礼有密切关系。据某种说法，婚姻必须经过三个月的考验期，才算正式完成：第3、7、8、9句的意义便是这样产生的。这个奠菜之礼（在仪式上要奏乐）表示解除婚后禁忌：由此产生第三章的意义。这个饶有趣味的解释让我们知道庶民习俗是如何转变为贵族习俗的。约婚的性禁忌以及与此相结合的歌谣是与婚礼后的性禁忌相对应的，然而，歌谣与婚后性禁忌是后来才发生关联的（参见本书第一编之《如何阅读古代经典》第15条）（参见葛兰言《中国上古婚俗考》[*T'oung Pao*, XIII , p. 553 sqq.]；见本书附录）。

在《韩诗外传》（卷五开篇）所记孔子与子夏的问答中，陈述了以《关雎》为《诗经》三百篇之首的理由。这个理由与《毛传》所述是一致的，不过是以玄学用语说明的，称夫妇之德是社会之道和自然之道的根基，即子夏所言"天地之基也"。

《韩诗外传》与《毛传》皆将第1、2句解作"兴"："故人君退朝，入于私宫，后妃御见。"参见《韩诗遗说考》（《皇清经解

第一编 《诗经》的情歌

续编》卷千百五十，第2页）。同书认为本诗是讥刺逸乐。参见《后汉书·明帝纪》"八年"："昔应门（君主在此处理公务）失守（在性方面），关雎刺世。"

文字考异：逑、仇及求；荇、荐及莕；辗、展；芼、覒。第20句"钟鼓乐之"亦作"鼓钟乐之"。参见《皇清经解续编》卷千百七十一，第1—2页。

主题：河岸相会；采草集会；忧惧；分居与女子的幽居；无眠；协和与音乐。注意诗句的复沓与连音，这让本诗读起来颇有马来诗体（又称潘顿体 [pantoum]）的风味。见史济《马来人的巫术》（Skeat, *Malay Magic*），第483页。

（五七）《晨风》（《秦风》7—C.141—L.200）

1. 鴥彼晨风，	Rapide le faucon s'envole!	鹞子疾飞如晨风，
2. 郁彼北林。	épaisse est la forêt du nord!	郁郁葱葱着是北林。
3. 未见君子，	Tant que je n'ai vu mon seigneur,	没见到我那君子嘛，
*4. 忧心钦钦。	mon cœur inquiet, qu'il se tourmente!	心中郁闷久难禁。
5. 如何如何，	Ah! comment faire! ah! comment faire!...	可奈何啊可奈何，
6. 忘我实多！	il m'oublie vraiment beaucoup trop...	他将我忘记实在多！
7. 山有苞栎，	Le mont a des massifs de chênes,	丛丛麻栎长山上，

115

139

8. 隰有六駁。	le val des ormes tachetés!	棵棵梓榆*生谷中。
9. 未见君子，	Tant que je n'ai vu mon seigneur,	没见到我那君子嘛，
10. 忧心靡乐。	mon cœur inquiet n'a point de joie!	心中郁闷无可乐。
11. 如何……	Ah! comment...	可奈何啊……
13. 山有苞棣，	Le mont a des bois de pruniers,	丛丛棠棣长山上，
14. 隰有树檖。	Le val de grands poiriers sauvages!	棵棵赤梨生谷中。
15. 未见君子，	tant que je n'ai vu mon seigneur,	没见到我那君子嘛，
16. 忧心如醉。	mon cœur inquiet est comme ivre!	心中郁闷如酒醉。
17. 如何……	Ah! comment...	可奈何啊……

《序》：刺君弃其贤臣。

4. 钦钦，描写助词。

主题：别离；树木繁茂的山和谷。

（五八）《卷耳》（《周南》3—C.8—L.8）

*1. 采采卷耳，	Je cueille, cueille la bardane!	采了又采卷耳菜，
2. 不盈顷筐。	je n'en emplis pas un panier,	半天不满一浅筐。

---

　　* 葛兰言将"六駁"译为"榆树"。而历代注疏家一般将"六駁"释为兽类，"駁，如马，倨牙，食虎豹"。不过，据陆机疏："駁马，梓榆也。其树皮青白駁荦，遥视似駁马，故谓之'駁马'。下章云：'山有苞棣，隰有树檖'，皆山隰之木相配，不宜云兽。"故此处回译为"梓榆"。——译者

第一编 《诗经》的情歌

3. 嗟我怀人，	— Hélas! je rêve de cet homme! —	可叹我心念着人，
4. 寘彼周行。	et le laisse sur le sentier!	将它放在大路旁。
5. 陟彼崔嵬，	Je gravis ce mont plein de roches:	登上高高山石岗，
6. 我马虺隤。	mes chevaux en sont éreintés!...	我的马儿已疲累。
7. 我姑酌彼金罍，	Je me verse à boire de ce vase d'or	我且痛饮金酒罍，
8. 维以不永怀。	afin de ne plus rêver sans trêve!	如此才不长挂怀。
9. 陟彼高冈，	Je gravis cette haute colline:	登上高高山石岗，
10. 我马玄黄。	mes chevaux en perdent leur lustre!...	马儿毛色已变黄。
11. 我姑酌彼兕觥，	Je me verse à boire dans la corne de rhinocéros	我且痛饮犀角觥，
12. 维以不永伤。	afin de ne plus souffrir sans trêve!...	如此才不长忧伤。
13. 陟彼砠矣，	Je gravis ce mont plein de sables:	攀上那座山石冈，
14. 我马瘏矣。	mes chevaux en sont tout fourbus!...	我马疲惫不能行，
15. 我仆痡矣，	Mon conducteur en est malade!...	我仆病重不能驾，
16. 云何吁矣！	Hélas! hélas! que je gémis!	可奈何啊可奈何！

（五八）《卷耳》，后妃之志也。又当辅佐君子，求贤审官，知臣下之勤劳，内有进贤之志，而无险诐私谒之心。朝夕

141

思念，至于忧勤也。"

1和2．"忧者之兴也。"（《毛传》）

"卷耳，苓耳也。"（《毛传》）

3和4．"寘，置。"《毛传》《郑笺》均认为喻君子官贤人"置周之列位"。

5．"陟，升也。"（《毛传》）

6．"虺隤，病也。"（《毛传》）

7．"姑，且也。"（《毛传》）使用金罍是人君之特权（"人君黄金罍"）。

8．"永，长也。"（《毛传》）

15．"痡，忧也。"*（《毛传》）

考异：顷、倾；虺隤、瘣颓及虺尵；姑、夃；罍、䍬；冈、岗；兕、㺳。砠、碏及岨。瘏、屠。痡、铺。参见《皇清经解续编》卷千百七十一，第4—5页。

主题：山上狩猎；采摘；忧惧；饮酒。注意犀角，参见（二一）《豳风·七月》。

可能与赛马有关。

在象征论解释中，将追求恋人解作求贤。由于《周南》中有对大姒的赞诗，故本诗是由妇女们演唱的，这一点是可以接受的。

（五九）《草虫》（《召南》3—C.18—L.23）

*1. 喓喓草虫，　　La sauterelle des prés crie　　蝈蝈叫着是蝈蝈，

---

* 作者此处引文有误。《毛传》云："痡，亦病也；盱，忧也。"——译者

第一编　《诗经》的情歌

*2. 趯趯阜螽；	et celle des coteaux sautille!	喞喞跳着是蚱蜢。
3. 未见君子，	Tant que je n'ai vu mon seigneur,	没见我那君子嘛，
*4. 忧心忡忡。	mon cœur inquiet, oh! qu'il s'agite!	满心郁闷难平静！
5. 亦既见止，	Mais sitôt que je le verrai,	只有等我见到他，
6. 亦既觏止，	sitôt qu'à lui je m'unirai,	只有等我遇合他，
7. 我心则降。	mon cœur alors aura la paix!	我的心里才安宁！

8. 陟彼南山，	Je gravis ce mont du midi	登上高高南山坡，
9. 言采其蕨；	et vais y cueillir la fougère!	来到坡上采鲜蕨。
10. 未见君子，	Tant que je n'ai vu mon seigneur,	没见我那君子嘛，
*11. 忧心惙惙。	mon cœur inquiet, qu'il se tourmente!	满心郁闷难平安！
12. 亦既见止，	Mais sitôt que je le verrai,	只有等我见到他，
13. 亦既觏止，	sitôt qu'à lui je m'unirai,	只有等我遇合他，
14. 我心则说。	mon cœur alors deviendra gai!	我的心里才欢悦！

15. 陟彼南山，	Je gravis ce mont du midi	登上高高南山坡，
16. 言采其薇；	et vais y cueillir la fougère!	来到坡上采嫩薇。
17. 未见君子，	Tant que je n'ai vu mon seigneur,	没见我那君子嘛，
18. 我心伤悲。	mon cœur, qu'il se peine et chagrine!	我的心里好伤悲！
19. 亦既见止，	Mais sitôt que je le verrai,	只有等我见到他，
20. 亦既觏止，	sitôt qu'à lui je m'unirai,	只有等我遇合他，

21. 我心则夷。 mon cœur alors sera calmé! 我的心里才平复!

(五九)《序》:"《草虫》,大夫妻能以礼自防也。"

1. 喓喓,描写助词,"声也"。(《毛传》)

2. 趯趯,描写助词,"跃也"。(《毛传》)

《毛传》:"兴也。卿大夫之妻,待礼而行,随从君子。"

《郑笺》:"草虫鸣,阜螽跃而从之。异种同类,犹男女嘉时,以礼相求呼。"注意,这有外婚制之迹象。注意"求"字的用法,参见(二二)《摽有梅》第2句,(四六)《汉广》第4句,(五六)《关雎》第8、9句。

关于螽与性之关系,见(六)《螽斯》。

4. 忡忡,描写助词。《毛传》:"忡忡,犹冲冲也。"忡,有苦恼之义。参见(六七)《小星》第8句。

《毛传》:"妇人虽适人,有归宗之义(见弃、归宁、被休或无子为寡者,均回母家)。"

《郑笺》:"未见君子者,谓在涂时也。在涂而忧,忧不当君子,无以宁父母(归宁,参见《召南·采蘋》第1、18句),故心冲冲然。是其不自绝于其族之情。"

6. "觏,遇。"(《毛传》)郑玄引《易经》证"觏"有性的含义,"男女觏精,万物化生"。参见(六〇)《车舝》第24、29句,及(一〇)《野有蔓草》第5句。"既见,谓已同牢而食也。既觏,谓已昏也。始者忧于不当,今君子待己以礼,庶自此可以宁父母,故心下也。"(《郑笺》)

9. "蕨,鳖也。"(《毛传》)参见《鄘风·载驰》第三章。

第一编 《诗经》的情歌

《郑笺》:"在涂而见采鳖者,得其所欲得,犹己今之行者欲得礼。"

11. 惙惙,描写助词,"忧也"。(《毛传》)

14. "说,服也。"(《毛传》)

16. "薇,菜也。"(《毛传》)

18. 以表示忧郁的二句结尾,不用叠字表现,第4句、第11句也是如此。

《毛传》引《礼记·曾子问》中假托孔子之语,即"嫁女之家,不息火三日,思相离也"。(注意《礼记·曾子问》同一段中有嫁后第三月由妇人献祭之说。)

21. "夷,平也。"(《毛传》)

由《草虫》第1—7句,这种类似情况亦见于《小雅·出车》第33—38句。

某学派将本诗与(五四)《蒹葭》、(六七B)《召南·采蘩》及《召南·采蘋》(参见《皇清经解续编》卷千四百二十三《昏礼重别论对驳义》,第12页及以下)联系起来,认为本诗与婚后第三月之奠菜礼有关。采草是为了奠菜。新嫁妇人在第三月的祭礼前不能见其夫之面,当然更不能同房。这个学派与郑玄不同,不认为这些诗句是婚礼的叙述,认为《郑笺》把采草弄得过于复杂了。但该学派也仍与郑玄一样,以归宁之俗解释妇人的悲伤之情。将归宁释为第三月的"致女"之礼(参见《左传·成公九年》)。(试比较丈夫对岳父母的拜访,也是在第三月,参见《仪礼·士昏礼》。)

这种传统对于解释庶民习俗向贵族准则的转化是非常重

要的。

读者诸君已经知道,郑玄认为阜螽的集会象征着性爱节庆,他还认为成婚应在春天。然而,螽鸣表示秋天终了,这是他自己也承认的。他对于《小雅·出车》第36—38句(与[五九]《草虫》第1章几乎相同)的笺释就是"草虫鸣,晚秋之时也"。还有一些情况都表明,郑玄不知道有秋季的男女性爱节庆。见(五〇)《匏有苦叶》第1、2句的《郑笺》。

文字考异:阜、皁;觏、遘;夷、悘。

描写助词考异:忡、冲及懆。

主题:山上的漫步;禽兽之爱;采草;恋爱的苦恼及其欢愉。

注意在第7、14、21句中,表示情感转折之"则"字。

(六〇)《车舝》(《小雅·桑扈之什》4—C.293—L.391)

1. 间关车之舝兮,	A grands coups j'ai fixé les essieux de mon char:	车辖修好嗒嗒嗒,
2. 思娈季女逝兮。	je vais chercher la belle jeune fille de mes rêves!	去寻梦中美姑娘。
3. 匪饥匪渴,	Qu'importe la faim! Qu'importe la soif!	不管饥来不管渴,
4. 德音来括,	Avec son prestige elle s'en vient vers moi!	以她德望来相会。
5. 虽无好友,	Bien que je n'aie pas de bons amis,	虽然没有好朋友,
6. 式燕且喜。	Or ça! banquetons et faisons fête!	我们欢宴又喜乐!

第一编 《诗经》的情歌

7. 依彼平林，	Dans cette épaisse forêt de la plaine,	在那平原丛林里，
8. 有集维鷮，	Voilà que les faisans se réunissent!	长尾野鸡正聚集。
9. 辰彼硕女，	A l'époque voulue, cette noble fille	那位守时贤女子，　120
10. 令德来教。	Avec sa grande Vertu vient m'aider!	以她美德来相教。
11. 式燕且誉，	Or ça! banquetons, chantons ses louanges!	我们欢宴又相庆，
12. 好尔无射。	Je t'aimerai sans me lasser!	爱你永远不相厌！
13. 虽无旨酒，	Bien que je n'aie pas de liqueurs exquises,	虽然没有美酒供，
14. 式饮庶几，	Or ça! buvons, je t'y invite!	还是请你饮几杯。
15. 虽无佳肴，	Bien que je n'aie pas de mets délectables,	虽然没有美味享，
16. 式食庶几。	Or ça! mangeons, je t'y invite!	还是请你尝一尝！
17. 虽无德与女，	Bien qu'en Vertu je ne te vaille pas,	虽然德望不如你，
18. 式歌且舞。	Or ça! chantons et puis dansons!	且来唱歌又跳舞！
19. 陟彼高冈，	Je suis monté sur la haute colline	登上高高山岗头，
20. 析其柞薪，	Et j'y ai coupé des fagots de chêne!	我砍柞枝来作薪。
21. 析其柞薪，	Et j'y ai coupé des fagots de chêne!	我砍柞枝来作薪，
22. 其叶湑兮。	Comme le feuillage en est verdoyant!	它的叶子绿油油。
23. 鲜我觏尔，	Quel bonheur pour moi! Je m'unis à toi!	你我相会多幸运，
24. 我心写兮。	Ah! comme mon cœur en est soulagé!	我的心儿无烦忧！

147

25. 高山仰止，On peut admirer les hautes 高山可以仰望到，
montagnes!
26. 景行行止，On peut cheminer sur les grands 大路可以供驱驰。
chemins!
*27. 四牡骓骓，Mes quatre chevaux, oh! qu'ils sont 四匹良马多温顺，
dociles!
28. 六辔如琴。A voir leurs six rênes on dirait un luth! 六条辔绳如弦琴。
29. 觏尔新昏，Je m'unis à toi, nouvelle épousée, 我今与你成婚配，
30. 以慰我心。Et je mets ainsi la paix dans mon 我的心儿得安慰！
cœur!

（六〇）《序》："大夫刺幽王也（参见《史记·周本纪》，沙畹译本，卷一，第280页及以下）。褒姒嫉妒，无道并进，谗巧败国，德泽不加于民，周人思得贤女以配君子，故作是诗也。"

4. 德音，即声望。

9. "辰，时也。"

23和29. 觏，两性的结合。参见（五九）《草虫》及《郑笺》。

主题：车马；声望；飨宴；鸟；节庆的时间；歌舞；登山；束薪；夫妇合和。

（六一）《绸缪》（《唐风》5—C.124—L.179）

1. 绸缪束薪， En fagots j'ai lié les branches! 捆扎束薪不放松，

第一编　《诗经》的情歌

2. 三星在天。	les trois étoiles sont au ciel!	三星闪闪在天中。
3. 今夕何夕，	Ah! quelle soirée que ce soir,	今夕究竟是何夕，
4. 见此良人。	où voilà que je vois ma femme!	得见我这美丽的妻！
5. 子兮子兮，	Hélas de toi ! Hélas de toi!	我的妻啊我的妻，
6. 如此良人何！	avec ma femme, comment faire!	我该怎样对待你！

（六一）《序》："《绸缪》，刺晋乱也。国乱，则昏姻不得其时焉。"

1. 主题是薪刍，以此喻"男女待礼而成（婚）"。(《毛传》)

2. 三星，即天蝎宫星座之星。三星在黄昏时出现，注疏家们于是认为，这表示婚姻已失时的月日。郑玄以三星现为三月末至四月中。

3 和 4."良人，美室也。"由夜晚见良人，可知此时不是婚姻之时。(《郑笺》："女以见良人，言非其时。")

8.《郑笺》："心星在隅，谓四月之末，五月之中。"

10. 邂逅，节庆中所遇女子。参见（一〇）《野有蔓草》第5句。

14.《郑笺》："心星在户，谓五月之末、六月之中。"《毛传》："参星，正月中直户也。"

16."粲，三女为粲。大夫一妻二妾。"(《毛传》) 参见《国语·周语》二及《史记·周本纪》(沙畹译本，卷一，第265页及第266页注2）。

主题：薪束；对于婚姻的担忧；相会。

149

（六二）《宛丘》（《陈风》1—C.145—L.205）

1.子之汤兮，	O vous qui allez vous ébattre	你到哪里去游荡，
2.宛丘之上兮。	au sommet du tertre Yuan,	在那宛丘山顶上。
3.洵有情兮，	Quelle animation est la vôtre!	你是那么的奔放，
4.而无望兮。	ce n'est pas un spectacle à voir!	这个场面不堪望！
5.坎其击鼓，	Au son des tambours que l'on frappe	鼓声咚咚敲起来，
6.宛丘之下。	au-dessous du tertre Yuan,	在那宛丘山脚下。
7.无冬无夏，	Qu'importe, hiver! été, qu'importe!	不管冬也不管夏，
8.值其鹭羽。	vous tenez des plumes d'aigrette!	手里挥着白鹭羽。
9.坎其击缶，	Au son des tambourins d'argile,	缶声叮叮敲起来，
10.宛丘之道。	sur le chemin du tertre Yuan,	通往宛丘大道上。
11.无冬无夏，	Qu'importe, hiver! été, qu'importe!	不管冬也不管夏，
12.值其鹭翿。	vous tenez l'éventail d'aigrette!	手上挥舞白鹭扇！

（六二）《序》："刺（陈）幽公也（公元前854—公元前832年在位）。淫荒昏乱，游荡无度焉。"

1."子，大夫也。"（《毛传》）

3."洵，信也。"（《毛传》）"此君信有淫荒之情，其威仪无可观望而则效。"（《郑笺》）

参见《周礼·地官·鼓人》（毕瓯译本，卷一，第266—269页）。

主题：高地；漫步；手舞足蹈。

第一编 《诗经》的情歌

（六三）《东门之枌》（《陈风》2—C.145—L.206）

1. 东门之枌，	Porte de l'Est, les ormeaux,	东门外面长榆树，
2. 宛丘之栩。	sur le tertre Yuan, les chênes:	宛丘上面生橡树。
3. 子仲之子，	C'est la fille de Tseu Tchong	子仲家的好女子，
4. 婆娑其下。	qui danse, danse à leur ombre!	婆娑起舞在树下！
5. 穀旦于差，	Un beau matin l'on se cherche	这个早晨多美好，
6. 南方之原。	dans la plaine du midi!	南方平原来相会。
7. 不绩其麻，	Qu'on ne file plus son chanvre!	不要纺麻就不纺，
8. 市也婆娑。	au marché, va! danse, danse!	市上跳舞多婆娑！
9. 穀旦于逝，	Un beau matin l'on promène	大清早上就启程，
10. 越以鬷迈。	et l'on s'en va tous en bande!	我们成群去集合！
11. 视尔如荍，	—A mes yeux tu es la mauve!	"看你宛如锦葵花！"
12. 贻我握椒。	—Donne-moi ces aromates!	"请把花椒送给我！"

（六三）《序》："疾乱也。幽公淫荒，风化之所行，男女弃其旧业，亟会于道路，歌舞于市井尔。"

1. "枌，白榆也。国之交会，男女之所聚。"（《毛传》）

2. "子仲，陈大夫氏。"（《毛传》）"之子，男子也。"（《郑笺》）近代注疏家解为"贵家之女"。

5. "穀，善也。"（《毛传》）

5. 于差，参见第9句的"于逝"。近代学者马瑞辰解作"雩"（古代的祈雨仪式）中的求雨声（《皇清经解续编》卷四百二十八

《毛诗传笺通释》，第42页）。

6．"原，大夫氏。"（《毛传》）"南方原氏之女。"（《郑笺》）近代学者认为"原"非姓氏，它的意思很普通，就是"平原"。

7．纺织工作的结束。

9．"逝，往。"

10．"骙，数。迈，行也。"

11．"茷，芘芣也。"试比较芣苢。参见（一九）《芣苢》。

11和12．《郑笺》："男女交会而相说。……女乃遗我一握之椒，交情好也。"参见（五二）《溱洧》第12句。第11句为男子之语，第12句为女子之语。

12．关于这种有香味的种子之用途，见《周颂·维清》和《唐风·椒聊》（顾赛芬译本，第420页及第124页）。参见《皇清经解续编》卷四百二十八，第5页，《毛诗传笺通释》。巫师将之用于敬神仪式（"以事神"）。

12．此句应准确地译为：赠我一小把花椒。

主题：流连于树木繁茂的高地；寻求；劳动的结束；舞蹈；赠花。有轮流唱和之迹象。

（六四）《野有死麕》（《召南》12—C.26—L.34）

1.野有死麕，	Dans la plaine est la biche morte;	有鹿死在原野上，
2.白茅包之。	d'herbe blanche enveloppez-la!	白茅将它好包扎。
3.有女怀春，	Elle rêve au printemps, la fille;	有个女子正思春，
4.吉士诱之。	bon jeune homme, demandez-la!	俊壮男子追求她。

第一编 《诗经》的情歌

5. 林有朴樕，	Dans la forêt sont les arbustes!	小树长在树林中，
6. 野有死鹿。	et dans la plaine est le faon mort!	原野之上有死鹿，
7. 白茅纯束，	Enveloppez-le d'herbe blanche!	洁白茅草好捆束，
8. 有女如玉。	la fille est telle un diamant!	有个女子美如玉。
*9. 舒而脱脱兮!	Tout doux, tout doux, point ne me presse!	轻轻些呀慢慢些!
10. 无感我帨兮!	Ma ceinture, n'y touche pas!	勿要动我白束带!
11. 无使尨也吠!	Ne t'en va pas faire de sorte, Surtout, que mon lévrier aboie!	勿让猎狗叫起来!

（六四）《序》："《野有死麕》，恶无礼也。天下大乱，强暴相陵，遂成淫风。被文王之化，虽当乱世，犹恶无礼也。"

《郑笺》："'无礼'者，为不由媒妁，雁币不至，劫胁以成昏。"

1和2."包，裹也。"（《毛传》）麕，易受惊的牝鹿。

"凶荒则杀礼。……故贞女之情，欲令人以白茅（鹿皮礼物的代用品）（参见《仪礼·士昏礼》）裹束野中田者所分麕肉，为礼而来。"（《毛传》《郑笺》）（参见《周礼·大司徒》）

若馈人以肉食，须用"苞苴"包裹。（《礼记·曲礼上第一》）"白茅，取洁清也。"（《毛传》）参见《易经》（"藉用白茅"）。

3."怀，思也。"（《毛传》）"诱，道也。"（《毛传》）参见"求"（二三《出其东门》第3句及（五六）《关雎》第8、9句）。

3和4.《毛传》:"（女子）春，不暇待秋也。"《毛传》认为婚龄上限是20岁。女子不能等待秋冬（《毛传》以秋冬为婚期），而是期待春天。在那时，婚礼只能草草进行（"奔"），也没有最基本的仪礼和仪式赠礼。

据《郑笺》，仲春之月是成婚之时，此女"思仲春以礼与男会，吉士使媒人道成之"（第4句）。郑玄认为，最初的约婚礼应在秋天。参见（五〇）《匏有苦叶》第1、2句。

5."朴樕，小木也。"（《毛传》）

7."束，包。"（《毛传》）

6和7.《郑笺》:"皆可以白茅包裹束以为礼（与凶荒则杀礼之说是一致的）。"

8."玉，德如玉也。"（《毛传》）因玉之质地洁白、坚牢，遂为妇德之象征。我在翻译时有意用了一个同义词diamant（钻石）。

9."舒，徐也。"（《毛传》）

脱脱，描写助词，言非强暴的态度。

10."感，动也。"（《毛传》）

"帨，佩巾也。"（《毛传》），我在翻译时用了ceinture（束带）这个同义语。佩巾是女性服装的重要物件。在家门上悬巾表示生的是女孩（"子生……女子设帨于门右"），见《礼记·内则》（顾赛芬译本，卷一，第663页）。女子赴婚礼前（《豳风·破斧》，顾赛芬译本，第167页），母亲要给予最后的训诫，这时要在女儿腰带上扎佩巾。结婚当夜，在新妇脱衣时，侍女要将佩巾给她，用以净体（《仪礼·士昏礼》郑注："以洁清"）。用手碰触佩

第一编 《诗经》的情歌

巾("感我帨")意味着"成昏"。

11. "尨,狗"(《毛传》),特指跑于草丛中的大猎狗。

《毛传》:"非礼相陵则狗吠。"

关于这个细节,比较附录三《客家山歌选》第12首。

文字考异:包、苞;楙、薮;纯、屯;感、撼。

主题:劝诱和半推半就。薪束、狩猎的主题。

(六五)《伐柯》(《豳风》5—C.170—L.240)

1. 伐柯如何? Comment faire un manche de hache? 砍根斧柄怎么办?
2. 匪斧不克。 sans hache, on n'y réussit pas! 没有斧头就不能!
3. 取妻如何? Comment faire pour prendre femme? 要想娶妻怎么办?
4. 匪媒不得。 sans marieur, on ne peut pas! 没有媒人就不成!

(六五)《序》以为颂周公之德,其德足以使人向善。《郑笺》对1、2句的解释有"以类求其类"之语。

1. "柯,斧柄也。"(《毛传》)
2. "克,能也。"(《郑笺》)

3和4.《毛传》:"媒所以用礼也。"

《郑笺》:"媒者能通二姓之言。"

我曾举《伐柯》(《豳风》五)第一章证明媒氏和伐薪之斧在观念上有传统的联系。

比较《齐风》六(顾赛芬译本,第107页)第13—15句及第19—22句,(六五B)《南山》。

（六五B）《南山》（《齐风》6）

13.蓺麻如之何？	Comment cultive-t'on le chanvre?		要想种麻怎么种？
14.衡从其亩。	On fait se croiser les sillons!		纵纵横横犁田沟。
			（东西为横，南北为纵）
15.取妻如之何？	Comment fait-on pour prendre femme?		要想娶妻怎样成？
16.必告父母。	On doit avertir les parents!		一定禀告父和母！
19.析薪如之何？	Comment coupe-t-on les branchages?		要想砍柴怎样砍？
20.匪斧不克。	Sans hache, on n'y réussit pas!		没有斧头就不能！
21.取妻如之何？	Comment fait-on pour prendre femme?		要想娶妻怎样成？
22.匪媒不得。	Sans marieur on ne peut pas!		没有媒人就不成！

16.《郑笺》：告，"议于生者，卜于死者"。

秋天通常是嫁人和男女双方家族交涉的时节，如果采薪在秋天确实是一项十分重要的活动，那么，媒氏与斧在观念上的结合就很好理解了。参见（六〇）《车舝》第20、21句，（六一）《绸缪》，（六七）《氓》第7、10句，（二二）《摽有梅》，（六六）《氓》第4句。（六四）《野有死麕》第5句表明，薪束可用作礼仪赠物。参见（四六）《汉广》第9—12句及17—20句。

我认为，"亩"沟的南北和东西交叉象征着两个异姓家族

156

第一编 《诗经》的情歌

的交叉（外婚制）。试比较两河汇流之景象。（五二）《溱洧》和（四五）《竹竿》。

（六六）《氓》（《卫风》4—C.67—L.97）

*1.氓之蚩蚩，	Paysan, qui semblais tout simple,	憨厚农家小伙子，
2.抱布贸丝。	troquant tes toiles pour du fil,	抱着布匹来换丝。
3.匪来贸丝，	Tu ne venais pas prendre du fil:	他可不是真换丝，
4.来即我谋。	Tu venais vers moi pour m'enjôler!	是来打我主意的！
5.送子涉淇，	Je te suivis et passai la K'i!	我跟上你渡淇河，
6.至于顿丘。	Et j'allai jusqu'au tertre Touen...	最远直送到顿丘。
7.匪我愆期，	« —Je ne veux pas, moi, passer le terme;	"不是我故意来推迟，
8.子无良媒。	Toi, tu viens sans marieur honorable. »	是你没有好媒人。"
9.将子无怒，	« —Je t'en prie, ne te fâche pas!	"请你莫要发怒气，
10.秋以为期。	Que l'automne soit notre terme! »	约定秋天是婚期！"
11.乘彼垝垣，	Je montai sur ce mur croulant	登上那颓墙，
12.以望复关。	Pour regarder vers Fou Kouan!...	瞭望那复关。
13.不见复关，	Je ne vis rien vers Fou Kouan...	瞭不见复关，
*14.泣涕涟涟。	Et je pleurai toutes mes larmes!...	我涕泪滚涟涟。

127

157

15. 既见复关,	Quand je te vis vers Fou Kouan	见你在复关,
16. 载笑载言。	Alors de rire! et de parler!	我有笑又有言。
17. 尔卜尔筮,	« — Ni la tortue, ni l'achillée,	"你用龟卜又草占,
18. 体无咎言。	Ne m'ont rien prédit de mauvais!»	没有坏事可预言!"
19. 以尔车来,	« — Viens-t'en donc avec ta voiture	"赶上你的车马来,
20. 以我贿迁。	Qu'on y emporte mon trousseau!»	来把我的嫁妆搬!"
21. 桑之未落,	Quand le mûrier garde ses feuilles,	桑树还没落,
22. 其叶沃若。	Elles sont douces au toucher!...	叶子茂盛着。
23. 于嗟鸠兮,	Hélas! Hélas! ô tourterelle,	斑鸠嘛斑鸠,
24. 无食桑葚!	Ne t'en va pas manger les mûres!	莫食桑葚子!
25. 于嗟女兮,	Hélas! Hélas! ô jeune fille,	身为女子真可叹,
26. 无与士耽!	Des garçons ne prends point plaisir!	莫与男子把情耽!
27. 士之耽兮,	Qu'un garçon prenne du plaisir,	男子去耽乐,
28. 犹可说也。	Encore s'en peut-il parler!	还可有的说。
29. 女之耽兮,	Qu'une fille prenne du plaisir,	女子去耽乐,
30. 不可说也。	Pour sûr il ne s'en peut parler!	真是没的说。
31. 桑之落矣,	Lorsque le mûrier perd ses feuilles,	桑叶开始落,
32. 其黄而陨。	Elles tombent, déjà jaunies...	转黄就掉下。
33. 自我徂尔,	Depuis que je m'en fus chez toi,	自我嫁给你,

第一编　《诗经》的情歌

34. 三岁食贫。Trois ans j'ai vécu de misère... 三年苦吃过。
*35. 淇水汤汤，Comme la K'i s'en venait haute, 淇河水荡荡，
36. 渐车帷裳。Mouillant les tentures du char !... 溅湿车帷裳。
37. 女也不爽，La fille, vrai, n'a pas menti ! 女子没背誓，
38. 士贰其行。Le garçon eut double conduite ! 男子两个样！
39. 士也罔极，Le garçon, vrai, fut sans droiture 男子不正派，
40. 二三其德。Et changea deux, trois fois de cœur ! 三意两心肠！

41. 三岁为妇，Ta femme, pendant trois années, 三年做你妻，
42. 靡室劳矣；Du ménage jamais lassée, 不怕家务累；
43. 夙兴夜寐，Matin levée et tard couchée, 早起又晚睡，
44. 靡有朝矣。Je n'eus jamais ma matinée... 没有个早晨。
45. 言既遂矣，Et, autant que cela dura, 过了这么久，
46. 至于暴矣。Cruellement tu m'as traitée... 待我多凶暴。
47. 兄弟不知，Mes frères ne le sauront pas ! 兄弟不知情，
48. 咥其笑矣。Ils s'en riraient et moqueraient... 定会把我笑。
49. 静言思之，J'y veux songer dans ma retraite, 静心想一想，
50. 躬自悼矣。Gardant tout mon chagrin pour moi... 独自暗伤悼。

51. 及尔偕老，Avec toi je voulais vieillir, 本想与你一起老，
52. 老使我怨。Et vieille, tu m'as fait souffrir... 如此到老使我怨。
53. 淇则有岸，Et pourtant la K'i a des berges !... 淇河也有岸，
54. 隰则有泮。Et pourtant le val a des digues !... 池沼也有边。

159

55. 总角之宴，Coiffée en fille, tu me fêtais!... 少时多快活，
*56. 言笑晏晏。Ta voix, ton rire me fêtaient ! 说笑两嫣然。
*57. 信誓旦旦，Ton serment fut clair, telle 信誓明如旦，
　　　　　　　l'aurore!
58. 不思其反。Je ne pensais pas que tu cha- 谁想你会变。
　　　　　　　ngerais !...
59. 反是不思，Que tu changerais!... Je n'y 你变想不到，
　　　　　　　pensais pas...
60. 亦已焉哉！Maintenant, c'est fini!... hélas !... 只好这么算！

（六六）《序》："《氓》，刺时也。宣公（公元前718—公元前700年在位）之时，礼义消亡，淫风大行，男女无别，遂相奔诱，华落色衰，复相弃背。或乃困而自悔，丧其妃耦，故序其事以风焉。美反正，刺淫泆也。"

1."氓，民也。"

蚩蚩，描写助词。

2.《郑笺》："季春始蚕，孟夏卖丝。"比较（六三）《东门之枌》第7句。

4.谋，指谋为室家，试比较"媒"。

7和8.女子之言。"良，善也。"

9和10.男子之言。"将，请也。"

17和18.男子之言。

19和20.女子之言。"贿，财。"

21.《郑笺》："谓其时仲秋也。"

160

24. 担心沉醉。

25. 注意"于嗟"。参见（六三）《东门之枌》第5句。

26. "耽，乐也。"

29. 《郑笺》："至于妇人无外事，维以贞信为节。"

31. 《郑笺》："季秋。"

35. 汤汤，描写助词。

36. 妇人之车特有的挂幕。参见（五五）《泽陂》第7句。

40. 德，内在禀赋，即特性。

41. "有舅姑曰妇。"

55. "总角，结发也。"未及笄（未成年）女子之发饰。参见《礼记·内则》（顾赛芬译本，卷一，第624页）。

55和56. 晏晏，描写助词。晏与其所属的辅助之物有相似含义。

57. 旦旦，描写助词。旦，即黎明。

弃妇之歌。参见《邶风·谷风》。

主题：集市，相会，高地和河边漫步，唱和；媒氏，登山，卜筮之俗，乘车，为女子备妆奁之俗；涉河和男子求婚。

在无道之君的治下，男人们不得不经年在外服役，常常导致家庭破碎，很多人孤身无偶。这正是经年服役的必然结果，也是荒淫之风的起因："淫荒昏乱，游荡无度。"① 男女不分四季，"无冬无夏"②，在郊野间式歌且舞；只要一有可能，他们就会毫无节

---

① （六二）《宛丘》"序"。
② （六二）《宛丘》第7句。

制地寻欢作乐。但是，在太平之时①，难道没有时间以供远游，没有节日允许玩乐吗？

我乐于相信，由歌谣中的证据可知，在规定的时间内，在神圣的地方，一定有乡村盛大集会的习俗。

这些集会都在河岸或山上举行：有时候是一片池沼或湖泊，一片浅滩或一泓泉水，有时候是两河交汇处或一座高山，一处草木葱茏的山坡或一道深邃的山谷。届时，男男女女们蜂拥而至。在有些国家，我们可以知道具体的地方。在南方诸国②，女子们游荡在汉水岸边的大树下，此处离汉水汇入长江处不远。在郑国，在洧水与溱水交汇处的芳草地上，姑娘们和乡间傻小子们相会。③在陈国，人们在城东宛丘的橡树下游玩。④在卫国，"美孟姜""美孟弋"和"美孟庸"⑤，还有被乡下小子⑥吸引的姑娘们，与情人漫步在淇水岸边。而在淇水转弯处，长着一丛丛秀美的竹林。⑦在附近不远处是顿丘⑧，她们也去那里。歌谣往往同时言及山和川，从这一点可知，他们相会之处通常都

---

① 参见"汉魏丛书"中《韩诗外传》关于"太平之时"以及黄金时代之美德的详细描述。

② （四六）《汉广》第1、2句的《传》《笺》，及附录三，参考《法国远东学院学报》，卷八，第348页。

③ 参见（五一）《褰裳》、（五二）《溱洧》。

④ 参见（六二）《宛丘》、（六三）《东门之枌》。

⑤ （四四）《桑中》。

⑥ 参见（六六）《氓》。

⑦ 参见顾赛芬译本，第63页，亦见第74页。对卫、邶及鄘三国，淇水岸边是唯一的漫游场所。这几个国家从古以来就形成了一个集团。参见《史记·吴太伯世家》，沙畹译本，卷四，第8页注2。

参见《前汉书·地理志》（上海版，卷二十八下，第15页）。

⑧ 参见（六六）《氓》第6句。

第一编　《诗经》的情歌

是一个下临河流的丘陵，在山边的小溪或泉水旁，而最有可能是在山麓草地上，或在秀美的林间。总之，一定是在草木丰茂之所。

何时才能出游呢？田园主题本身表明了时间，我们不必像注疏家们那样精确地落实这些主题的农业时历，虽然这些主题是历法的基础，更何况，每个侯国的日期是不一样的。一般来说，合适的月份都在春秋两季，正是在这些季节里，泉水才会特别丰沛，而河川也都涨满了。在中国，干冷的冬季和湿热的夏季之间有两个宜人的间期。在东亚广袤的大平原上，季节变换是急剧的。在冬天，大地一片死寂：漫漫黄沙中，看不见一片草叶，闻不到一丝生灵的声息，也听不着流水的潺湲，更没有可做的活计。直到东风开始吹拂大地，日子也一天比一天拉长。突然间，冰消雪融，泉水苏醒，小草从松散的土块里钻出、萌芽，动物的生命也开始悸动，春雨初降：又一个农事季节开始了。[①]在肥沃而又狭小的土地上，农民为了收成在田间忙活着。这样一直待到西风吹来。从这时起，闷热、沉郁的酷夏天气一下变为秋高气爽；最后的雨水也开始降落，这让农民们可以忙完最后的活计，并再一次盈满了山泉与河川。终于，所有的生命，不管是草木、生灵还是人类，又突然从郊野间销声匿迹了。草木的初萌、突至的花开、急剧的叶落、候鸟的往来、虫豸的惊蛰与冬眠、动物的求偶、雷鸣、彩虹、露水与霜冻，所有这些标记着雨

---

① 参见《月令》的时历用语。参见《旧约·雅歌》第2章第11节以下："因为冬天已往，雨水止住过去了；地上百花开放，百鸟鸣叫的时候已经来到，斑鸠的声音在我们境内也听见了。"

季之始终也标记着农事年之始终的物事,都是这些诗歌的田园主题言说给我们的。这也正是何以我们认为,乡村集会更可能是在漫长冬季休耕期开始或终末举行的。据《夏小正》载:"二月绥多士女。"《管子·幼官》记节庆在春末举行,长达三"卯",每"卯"十二天,而为对称起见,在秋天里也要举行正好三十六天的节庆。[①]郑康成在笺注《诗经》时,几次提到了这种男女遵循古礼、相互吸引的节庆。他认为,男女感春气而相携出行。[②]据郑氏之见,依照古礼,结婚应在春季。他依据的是《周礼》,这部典籍汇集了由崇尚封建的考据家们假以乌托邦形式写就的著作。[③]据该书所记,一位官员负责在仲春之时掌男女之会。而据另外一些注疏家的意见,成婚季节是在仲秋之月白霜初降之时。但他们同时也承认,冰解之时亦可成婚。[④]郑氏则持异说,以成婚之第二礼在秋季。[⑤]这些考据之说的分歧其实是由于注疏家们一直在争论哪道成婚之礼才是根本性的:有时是约婚礼,有时是结婚礼。不过,对于春秋两季是两性集会之时,则均无异议。这也有哲学上的解释:女子(阴)在春季(阳)而思男(阳)。[⑥]反之亦然,男子(阳)在秋季(阴)而思女(阴)。最后,我们

---

① "合男女。""卯"的用语。
② 嘉时,参见(五九)《草虫》及(六四)《野有死麕》的注释,"男女嘉时以礼相求呼","有贞女仲春之月以礼相会",以及(五二)《溱洧》"感春气并出"。
③ 《周礼·地官·媒氏》:"仲春之月,令会男女。"
④ 例如,《家语》及王肃注(《本命解》):"霜降而妇功成,嫁娶者行焉,冰泮而农桑起,婚礼始杀于此。"
⑤ 参见(五〇)《匏有苦叶》注。
⑥ 参见(二一)《七月》注:"春女感阳气思男,秋男感阴气思女。"

第一编 《诗经》的情歌

可以从歌谣字面上清楚地知道,集会要在神圣的时节里("辰")举行①:

> 士如归妻,
> 迨冰未泮。②

这是一首歌谣说的。另一首歌谣描述了少女的"怀春"③,而《氓》表明,两个年轻人是在春天相会,在秋天成家。④

在这些山水的春秋节庆中,发生了什么事情?人们走出了各自的村庄,大概在每个国家中只有一个这样的集会场所。⑤他们相互约定,一起出发。⑥有些人驾车邀伴同行,有些人接到了邀请。⑦当他们到达集会之地,一派热烈的场景立刻呈现在眼前。⑧不消说,那里有临时搭建的帐篷,有行商⑨,有许多车船,还有召唤旅人的摆渡人⑩。许多人在河岸或山坡上漫步,一边谈

---

① 辰,参见(六〇)《车辖》第9句。
② (五〇)《匏有苦叶》第11、12句。
③ (六四)《野有死麕》第3句。
④ 参见(六六)《氓》第1、2章。
⑤ 鄘、邶、卫三国在古代结成了一个同盟集团,它们唯一的集会场合就是洧水岸边。
⑥ 参见(六三)《东门之枌》第5、9句。
⑦ 参见(四五)《竹竿》第15句、(三五)《丰》、(三六)《有女同车》和(一二)《北风》第16句。
⑧ 参见(六二)《宛丘》第3句。
⑨ 参见(六三)《东门之枌》第8句,(六二)《宛丘》第2、3句。
⑩ 参见(五〇)《匏有苦叶》第13句,(四五)《竹竿》第14句。

笑①，一边欣赏四边的景致，优美的树木、高峻的山峦②和华丽的杉木舟等……然后，他们举行竞赛：涉河和登山。

他们提着或卷起衣裳的下摆渡河，有时干脆游过去③，当然也可能借助挖空的葫芦④。如果河水过深，或水流湍急，那些有车的人便乘车渡河。⑤要是河水浸到了车轴或帷幔，也会使人有点不安。有时人们也会雇一叶小舟，便可体会一下随波逐流的兴味。⑥他们沿着河畔、堤岸、河坝甚至在河中沙洲和礁洲上⑦相互追逐。钓鱼也是一桩乐事⑧，但最重要的活动是到水边采集花草，或水草、睡莲、兰花、艾草、浮萍、葵和香草等。⑨

他们也会登山，经常乘着马车，直到马儿累得筋疲力尽⑩；还在林间和草地上采花⑪，也可能打猎⑫。最重要的是收集树枝（"束薪"）⑬，挥斧砍下橡枝，还有采集荆条和蕨类⑭。

在所有这些活动中，一定有盛大的赛会。涉河、登山、赛

---

① 参见（四五）《竹竿》。
② 参见（六〇）《车牽》第25、11、12、14句。
③ 参见（五〇）《匏有苦叶》第3、4句，（五一）《褰裳》第2句。
④ 参见（四九）《谷风》、（五〇）《匏有苦叶》第1、2句。
⑤ 参见（五〇）《匏有苦叶》第7句，（六六）《氓》第35、36句。
⑥ 参见（五三）《菁菁者莪》第13—16句。
⑦ 参见（五四）《蒹葭》、（五五）《泽陂》、（五四B）《扬之水》。
⑧ 参见（四五）《竹竿》。参见（二〇）《采绿》。
⑨ 参见（四六）《汉广》、（五二）《溱洧》、（五三）《菁菁者莪》、（五五）《泽陂》、（五六）《关雎》、（五八）《卷耳》、（六三）《东门之枌》。
⑩ 参见（六〇）《车牽》第1、19、25—27句，（五九）《草虫》第8句，（五八）《卷耳》。参见《还》（《齐风》二）和《山有枢》（《唐风》二）。
⑪ 参见（四二）《女曰鸡鸣》。
⑫ 请注意歌谣中关于狩猎和捕鱼的主题。
⑬ 参见（六〇）《车牽》第19—21句，（五九）《草虫》第9句。
⑭ 参见（六一）《绸缪》。比较（六五）《伐柯》、（六五B）《南山》。

第一编 《诗经》的情歌

马、采花和伐薪都是人们相互竞技的机会；他们轮流邀请，挑战别人。①不过，可以肯定，这些聚集在一起的年轻人绝不是在混乱无序中快活喧嚷的。竞争不是拥挤，挑战也不是乱喊。动作和声音都要与乐器合乎符节，人们敲起皮鼓，击打陶鼓②，随着鼓声的节奏，沿河边和山麓排队行进，边唱边舞③。

在有如正演奏着的古老乐器一般尊崇的节庆中，在农功肇始或蓄藏收成的神圣时间里，在传统指定的优美场所，那些在平日里见不着面④的年轻男女，此时与邻村的男男女女们汇聚一处⑤。在这些特别的场合，姑娘们可以见到与她们没有血缘关系的男子，而男子们也可以见到姐妹和堂姐妹以外的女子，他们将来要娶的就是这些邻村的姑娘，而这些姑娘们也愿意为了他们背着父兄偷偷地前去幽会。⑥除了其他的竞赛和挑战外⑦，这些年轻男女还要分成两队，举行唱歌和跳舞的比赛，而诗歌就这样与爱情一道产生了。

当年轻男女们伴着鼓乐列队涉河、登山时，往往都会由一队向另一队发起有节奏的挑战，送出挑逗的歌声。在诗句或歌谣的

---

① 从（五二）《溱洧》、（五一）《褰裳》和（五〇）《匏有苦叶》中可以清楚地看到这种挑战。
② 参见（六二）《宛丘》。
③ 参见本书边码第159页。
④ 参见（四二）《女曰鸡鸣》、（三八）《子衿》。
⑤ 参见（六六）《氓》、（四〇）《将仲子》。在一个国家（"国"）中，各个村落（"里"）是同一氏族的成员（"兄弟"）在冬天聚会的围廊。
⑥ "远"，参见（一六）《蟋蟀》、（四五）《竹竿》。又见（二三）《东门之墠》，第4句。"远"表示距离，这表明了外婚制法则的地域方面。试比较罗罗人的哭嫁歌，见附录三，本书边码第295页。
⑦ 参见本书边码第203页。

轮流唱和中①，一种即兴的诗赛开始了。通常都是以嘲弄的语气起头的，这也说明了何以在许多诗歌中会有嘲弄的语调。她们值得为邻村的这些傻小子、这些鬼家伙②费心思吗？并非没有挑选余地。谁没有足够的时间等待一个可心的伴侣呢？③小伙子们也着迷于姑娘的魅力，他们几乎不敢主动出击，言谈都很谦卑。于是，姑娘们越发地高傲起来。④当挑战变为邀请时，往往是姑娘们主动出击，而小伙子们则有些畏缩不前，不过随即便答应了。⑤随着即兴对歌的进行，刚才还面生的男女青年们，现在却由赛歌拉近了距离；刚才还在相互嘲弄，现在却感到了朋友般的情谊。最终，他们成双成对，互相表白。⑥于是，赛会便在赠花中彬彬有礼地结束了。⑦

但对这样一对对恋人而言，不管是爱情的表白，还是约婚的花束，都不足以满足他们现在想要结合的欲望：宛如河洲上成对的水鸟⑧和密林中成双的林鸟⑨，这些年轻人也双双躲进草地，或山上的乔木和高灌木丛中⑩。誓约、爱情信物、采来的花朵、从附

---

① （一五）《萚兮》提供了这方面的证据。（四二）《女曰鸡鸣》，特别是（五二）《溱洧》，（六三）《东门之枌》第11、12句，（六六）《氓》第7—10、17—20句，（一一）《行露》都有这样的例子。参见附录一。
② 参见（五一）《褰裳》。试比较（三一）《山有扶苏》，（三〇）《狡童》。
③ 参见（五〇）《匏有苦叶》。试比较（三五）《丰》。
④ 参见（六四）《野有死麕》。试比较（一五）《萚兮》，（二二）《摽有梅》。
⑤ 参见（五二）《溱洧》。
⑥ 参见（五二）《溱洧》。
⑦ 参见（五二）《溱洧》，（六三）《东门之枌》第11、12句。
⑧ 参见（五六）《关雎》。
⑨ 参见（六〇）《车舝》第8句。
⑩ 参见（五九）《草虫》第6句，（六〇）《车舝》第23句中的"觏"与（五二）《溱洧》第10、11句，《郑笺》云"行夫妇之事"。

第一编　《诗经》的情歌

近市上买来的小饰物、饮酒、共餐,所有这一切共同实现了情感的融汇(communion),新的爱情最终在其中得到了确证。① 节庆以一场飨宴(orgie)宣告结束,他们举起了古老的犀角杯,因为这些庆典带有十分庄严的性质。②

　　由歌谣可知,山水节庆大抵如此。至少,这是一般类型。以我之浅见,涉河和采花在春天节庆中起着重要作用,而登山和采薪则在秋天节庆中起着重要作用。但这些仪礼可以出现在不同的节庆中,因为与之相应的主题散见于各种歌谣。一个更值得注意的区别是,春天大约是约婚之季,而秋天则是成婚之季。当雌雉鸣叫求偶之时③,姑娘们也在歌舞竞赛中寻友。然后,恋人们约好秋天再相会④,待到秋天节庆结束后,他们可以同居一处,结为夫妇。春天节庆和秋天节庆并不具有同等的重要性,春天一定是给人最大欢娱之节庆的季候。

　　季节庆典标志着乡村生活中一个有决定意义的阶段,赛会将相邻村庄的村民们带入了相互的挑战,在此之间,爱情从乡村集会和歌舞中产生了。但是,在这些歌谣和舞蹈中,我们不能把那种借助姿势和声音的形象摹仿(mimique imaginée)看作是为了表达情感。情感和表达是浑然一体的,是同时形成的:我们在歌

---

① 参见(五二)《溱洧》第12句、(三九)《静女》第9—12句。试比较(四二)《女曰鸡鸣》第13—18句、(二七)《丘中有麻》第12句、(二八)《木瓜》、(六三)《东门之枌》第11—12句。
② 参见(六二)《宛丘》,尤其是(五八)《卷耳》第11句。
③ 参见(五〇)《匏有苦叶》第6、8、16句,(六二)《宛丘》第7—10句。
④ "期",参见(六二)《宛丘》第1章和第2章。

谣中，只会看到质朴的情感、极少的手法。

由歌谣可以很清楚地知道那个时代的爱情是为何物。首先，爱情是那种令人在内心深处感到痛楚的苦恼。恋爱极少是欢娱的。歌谣叙述的是爱情的痛感，是一种焦灼而剧烈的欲求①，是一种揪心之感，好比饿火与晨饥②。这是真正的痛苦，无精打采，寝食难安，唯有暗自垂泪，这是爱情的烦恼造成的结果，何以解忧，唯有猎游。③但当年轻恋人们在乡村集会上再度相聚、结合时，他们马上倍感慰藉，又回到了幸福之中。④注疏家用哲学的术语解释爱情的苦恼。他们认为，在春季，当阳气上升时，女子会感应到这种与其本性相反的阳气；而在秋季，男子则会感应到与其本性相反的阴气。⑤职是之故，男女两性间的魅力在于一种缺失感，一种对他们本性之不完整的缺憾。在连接春秋的季节里，阴阳合为一体，也是男女结合、各发本性之时。这个学说可以具体转述如下：如果恋爱是以苦恼开启，而以安宁与完满结束，那是由于它本是一种融汇。爱情将两个本属不同性别、家族

---

① 参见（五五）《泽陂》第5、6句，第11、12句，第17、18句；（五六）《关雎》第8—12句；（五七）《晨风》第4—7句；（五八）《卷耳》第12句；（五九）《草虫》第3、4句；（二一）《七月》第21句，等等。通常都用"思""伤悲"等说法。试比较（一七）《候人》第16句。

② 参见（四七）《汝坟》第4句。

③ 参见（四五）《竹竿》第16句。参见（五五）《泽陂》第5、6句，第11、12句，第17、18句；（五六）《关雎》第9—12句。

④ 参见（五九）《草虫》和（六〇）《车舝》第23、24句，第29、30句。

⑤ 参见（二一）《七月》第21句《郑笺》："春女感阳气而思男，秋男感阴气而思女，是其物化所以悲也。"在集会的时刻和节庆的时刻，阴阳也像青年男女结合（春分节）那样进行交合。参见（六四）《野有死麕》第3句《郑笺》，比较（五九）《草虫》第6句《郑笺》。

第一编　《诗经》的情歌

和国家的陌生人结合在一起。它是从一种对抗开始的，每一方心中都充满了忧虑：我要把这个陌生女子带回家，我要跟这个陌生男子走，一切都是未知的！在赛会中，他们面对面地相互考验着。每个人都充分意识到他们是异德的，也是彼此吸引的。在两种本性对抗的激发下，他们模模糊糊地意识到，对抗可以变为友情，他们对立的人格有必要合二为一。为了理解这些复杂情感究竟有多么强大，只需想象一下中国封建时代的农民生活就够了。他们平日被牢牢地束缚在土地上①，依靠亲族互助，耕种自家土地；男女各有分工，过着隔离的生活。这种家族集团和性别间的对立是社会组织的基础②，只有到了庄严的时刻才能缓和。此时，举国之人汇聚一处，共庆一个节日。于是，在狂欢期间，所有人暂时忘却了单调而闭塞的常规生活，感受到彼此间的亲和。他们互相约婚、成婚，而恋人们对婚姻的敬畏也突然让位于深切的慰藉；他们先前的情感越强，此时的反应就越烈。恋爱的誓约和一丛花束尚不足以将两颗心维系在一起，只有最终的结合才能让他们永远拥有对方。毫不奇怪，在同一些歌谣里面，中国注疏家看到了淫邪，而我们这些旁观者却看到了远胜现代的古老道德之遗痕。这是由于他们认为，从恋人们彼此给出的忠诚誓约中，可以发现古老的一夫一妻制的证据。实际上，在全面和谐的节庆中，恋人们从结合伊始，就认为彼此已经牢不可破地合为一体，而他们的忧惧和苦恼已经让位给心灵的信赖和安宁了。

　　就像恋爱的情感，情歌的技巧也可以由季候节庆的仪式得到

---

① 《周颂·载芟》。
② "男女之别"的原则。

解释。由于歌谣产生于歌舞赛会的即兴创作之中，不管它们描绘的是村落里的爱情，还是夫妇间的情爱，都仍然保留了交替合唱的形式、应和舞蹈的韵律、模仿对象的拟声状物，以及可以直接唤起情感的田园主题。在此，我只强调最后一个也是最重要的特征：在《诗经》中，有比本书所译数量还要多的诗歌都是学者之作，但非常奇妙的是，在这些诗歌中也含有与情歌相同的诗句。不是有一首诗描述一位将军的辛劳，想让读者感受到他远离妻子却又不忘职守的精神吗？它悄悄地接连插入了两个为人熟知的主题，而未作一点改动。① 如果不是由于这两个主题能够恰如其分地反映它们最初就密切相关的情感，又该如何解释呢？中国诗歌是在原始的即兴歌谣提供的素材基础上发展起来的。由《诗经》可以清楚地知道，一个富有创造力的天才是如何自由地使用它们的。我翻译了《氓》一诗。② 这部长诗通篇是弃妇之怨，在六章（每章十句）篇幅中，以自白口气讲述她如何遭到丈夫抛弃。这

---

① 参见《小雅·出车》（顾赛芬译本，第189页）：

参见（五九）《草虫》
第1—7句
{
喓喓草虫，
趯趯阜螽；
未见君子，
忧心忡忡。
既见君子，
我心则降。
赫赫南仲，
薄伐西戎。
}

参见（二一）《七月》
第19、20句
{
春日迟迟，
卉木萋萋。
仓庚喈喈，
采蘩祁祁。
}

② 参见（六六）《氓》。

第一编 《诗经》的情歌

本是一个很平常的故事,主角也没特别之处,但在这部长篇叙事诗中,仍有一种个人的口吻,逐渐加剧,最终变成了一种酣畅淋漓的恸哭。是什么构成了这篇打动人心的歌谣?是一些众所周知的主题和古谚,但这些主题和古谚马上就会在我们心中唤起它们原本就自然地关联着的情感状态。为了在哀怨中唤起先前的爱情曾经有过的美好时光,一些现成的程式便足够了:

> 淇水汤汤,
> 渐车帷裳。

或者

> 淇则有岸,
> 隰则有泮。

在这种情形下,不必刻意地准备诗歌素材:由新叶会自然地回想起春天的初会,而由枯叶则会回想起秋天的再会。新桑与斑鸠也是现成的关联①,但在这个例子中,则很可能,在这里的比兴及其韵律中,有了一种个人的联想和发挥:

> 于嗟鸠兮,
> 无食桑葚。

---

① 参见(二一)《七月》、(一五)《摽兮》和《鸤鸠》(《曹风》三),以及《礼记·月令》"季春之月"。

中国古代的节庆与歌谣（新译本）

> 于嗟女兮，
> 无与士耽。

　　通过这些诗句，我们有可能理解，诗歌创作究竟是如何挪用传统强加给它的题材而为个人所用的。但在诗歌创作中，也存在着正好相反的过程，也就是说，为了刻意造出对偶，而将新的诗歌素材插入传统的歌谣框架。为了说明这一点，我们且看一个例子。下面这篇《小星》，作者意在用诗歌的方式表现正妃与侍妾的不同地位，正妃可以一个人堂而皇之地进入君主寝室，而侍妾只能悄悄地在黄昏时刻进入他的寝室侍御，要自带被褥，而且由于她们每次都必须同时有两人侍候他，她们还得自带床帐（"裯"）。

（六七）小星（《召南》10—C.25—L.31）

1.	嘒彼小星，	O humbles petites étoiles!	微光闪闪是小星，
2.	三五在东。	Sin et Lieou se montrent à l'Est!...	心星柳星闪在东。
3.	肃肃宵征，	Nous, modestes, passant dans l'ombre,	我们恭顺地夜行，
4.	夙夜在公。	Matin, soir, allons au palais!...	早早晚晚到官中。
5.	寔命不同。	Car les rangs ne sont point pareils!...	这是身命太不同！
6.	嘒彼小星，	O humbles petites étoiles!	微光闪闪是小星，
7.	维参与昴。	Seul se voit Chen avec Mao!...	上有参星与昴星。

第一编　《诗经》的情歌

8.肃肃宵征，	Nous, modestes, passant dans l'ombre,	我们恭顺地夜行，
9.抱衾与裯。	Emportons draps avec rideaux!...	抱着被衾与床帐。
10.寔命不犹。	Car les rangs ne sont pas égaux!..	这是身命不如人！

（六七）《序》："《小星》，惠及下也。夫人无妒忌之行，惠及贱妾，进御于君。知其命有贵贱，能尽其心矣。"

《郑笺》："以色曰妒，以行曰忌。"

1和2.《郑笺》："众无名之星，随心（三星，天蝎座）、嘬（五星，长蛇座）在天，犹诸妾随夫人以次序进御于君也。（后妃德化所及众妾，众妾不行妒忌，共享君宠。）"参见（六一）《绸缪》第2句。

3.肃肃，描写助词，表示顺从之义。用以表示顺从的"肃"字通常都用于妇人。参见（五）《何彼襛矣》第3句。

4."宵，夜。征，行。"（《毛传》）

5."寔，是也。"（《毛传》）命，"命之数"。（《郑笺》）

3、4和5."谓诸妾肃肃然夜行，或早或夜，在于君所。……凡妾御于君，不当夕。"（《郑笺》）（这种说法也见于《礼记·内则》，不过用法有所不同。）

7.参，猎户座；昂，牡牛座。

9."衾，被也。裯，禅被也。"（《毛传》）"裯，床帐也。"（《郑笺》）

8、9和10.《郑笺》："诸妾夜行，抱衾与床帐，待进御之次序。"据另外的注疏：所施帐者，为二人共侍于君。

144　　　文字考异：寔、實；裯、幬；猶、猷。《皇清经解续编》卷千百七十一，第18、19、20页。

　　宫廷歌谣。天象的对应。参见《史记·天官书》（沙畹译本，卷三，第348页）。比较（六七B）《采蘩》。

（六七B）《采蘩》（《召南》2—C, p. 17 L. p）

1. 于以采蘩，	Je m'en vais cueillir l'armoise	要到哪里采白蒿？
2. 于沼于沚；	Sur l'étang et sur l'écueil!	到那池沼和沙洲。
3. 于以用之，	Je m'en vais en faire usage	采来白蘩做何用？
4. 公侯之事。	Au service du seigneur!	献给公侯祭事用。
5. 于以采蘩，	Je m'en vais cueillir l'armoise	要到哪里采白蒿？
6. 于涧之中；	Au milieu de la vallée!	去到山谷涧水中。
7. 于以用之，	Je m'en vais en faire usage	采来白蘩做何用？
8. 公侯之宫。	Dans le palais du seigneur!	献到公侯宫殿中！
9. 被之僮僮，	Que ma coiffure est modeste	我的首饰多庄重，
10. 夙夜在公；	Matin et soir au palais!	早早晚晚在宫中！
11. 被之祁祁，	Que ma coiffure est superbe	我的首饰多从容，
12. 薄言还归。	Quand voilà que je m'en vais!	祭事办好回家中！

　　（六七B）《序》："《采蘩》，夫人不失职也。夫人可以奉祭祀，则不失职矣。"郑玄认为，所谓"不失职者"，即第10句"夙夜在公"。

第一编 《诗经》的情歌

1. "蘩，皤蒿也。"（《毛传》）

2. "沼，池。沚，渚也。公侯夫人执蘩菜以助祭。"（《毛传》）孔颖达认为采蘩与（五六）《关雎》的执荇菜有关联。

4. "之事，祭事也。"（《毛传》）

6. 涧，"山夹水曰涧"。（《毛传》）

8. "宫，庙也。"（《毛传》）

9. "被，首饰也。"举行仪式时所佩发饰。

僮僮，描写助词，形容"竦敬"之态。

《郑笺》："早夜在事，谓视濯溉饎爨之事。"

11. 祁祁，描写助词，形容娴静、体面之态。参见（二一）《七月》第20句。在《七月》一诗中，"祁祁"也用以描写众人之"采蘩"。参见《大雅·韩奕》（该处表明对描写助词的注解是毫无用处的）。

12. "还归者，自庙反其燕寝。"（《郑笺》）

描写助词考异：僮、童。《皇清经解续编》卷千百七十一，第12页。

这首诗在《皇清经解续编》（卷千四百二十三，《昏礼重别论对驳义》）中被用作婚礼奠菜仪式的四条佐证之一。这种说法认为，只有当新妇于婚后三月到祖庙中行奠菜之礼，婚礼才告正式完成。参见（五六）《关雎》、（五九）《草虫》及《召南·采蘋》。

在江畔采集（草）的主题，一方面，第2、5句（参见[五六]《关雎》第5、6句）与（二一）《七月》第20句相关联；另一方面，第10句与（六七）《小星》第4句非常相似。这表明，这首宫廷歌与王室崇拜中的妇女献祭有关联，也表现了夫妇关系。它也表明，这首诗起源于在春季竞赛中演唱的采草歌。请注意诗中如何描述妇女的装束。比较《礼记·内则》中关于女子晚装的描述。

在说明庶民歌谣和习俗如何演变成宫廷诗歌和习俗方面，这首诗是非常重要的。参见《西京杂记》卷三。

宫廷歌谣。河边采草的主题。

如果我们不明白情歌的自然技巧，也就没法理解《氓》之乡民作者的个人技巧，没法理解《小星》作者的洗练技巧。如果我们研究一下中国的诗歌，很容易证明我在此所说的两种创作方法的重要性。与原始即兴创作的自发过程相对应的对称句法，也是一种学院派方法。①文学讽喻不过是古老主题的复兴。这种运用优于文人技法之处在于：召回一个主题，也就是唤醒了对这个主题原本拥有的强大力量和传统丰富意义的感悟。在对称句法中，韵律建起了词与物的对应关系——在这其中丝毫看不到作者的影子；同时，在古老的情感之下，又确立了深藏着个人情感的文学讽喻。惟由如此，对称句法与文学讽喻共同赋予中国诗人的艺术手法以一种非个人的气质，这是它的突出特征之一；而在原始艺术中，这种非个人特征恰恰是歌谣即兴创作的实际环境造成的必然结果。不过，虽说我们已经发现了一种文学体裁的源头，但追

---

① 这些人为的对应是个人的观察，它将自然事实和道德事实联系在一起。这种从根本上属于艺术手法的联想，是在与我们西方人中明喻与暗喻被激发的类似想象力的作用下产生的。但在中国，它又和传统要素密切地结合在一起。这种传统要素的存在本身就表明了，在中国，自由地感发隐喻受到严格的限制。

第一编　《诗经》的情歌

寻它的命运却不是我们当下的任务。只须让人明白这些源头对它的历史产生了何等巨大的影响，便已经足够了。

以上就是我们对《诗经》情歌的研究，我们的研究对象是诗歌原文，而且只研究了原文。这些归纳研究构成了我希望力证的假说的一部分，但若要得出结论，恐怕还要做一番比较研究才行。

在中国西南地区和（越南）东京地区的土人中间，赛歌是一种普遍流行的习俗。这样的赛歌也可以在西藏和古代的日本看到。目前所知的材料已经证实了我的归纳。

1.歌谣起源于男女对峙时的交替唱和。

在客家人中间，有欧德理（Ernest John Eitel）所称的"对歌（responsorium）"，"男子唱完一节，须由女子来和"。① 东京蛮人组成男女歌队，"轮流唱'四句头山歌'"。② "拉噶人（La-qua）*非常喜欢用男女对答的形式唱歌。"③ 在广西土人中间，青年男女们喜欢一边成双成对地散步，一边唱歌④，"他们聚在一处，用两句头形式轮流唱歌"。在苗人中间，"青年男女手拉手、面对面地站成两排，随着手鼓和芦笙的乐声翩翩起舞。每队都向对方发起

---

① 欧德理："客家山歌选"，见附录三，本书边码第300页。
② 卜尼法西："东京蛮族民歌研究"，见附录三，本书边码第292页。
* La-qua，越南彝人的自称之一，又称Qua La（嘎拉人）。——译者
③ 卜尼法西："上东京湾拉噶人和罗罗人的风俗研究"，见附录三，本书边码第293页。
④ 参见博维："龙州土人风俗记"，见附录三，本书边码第291页。

挑战，那些结成对的男女青年彼此随口应答"。①"（罗罗人的）青年男女面对面排成几队，一边随口唱歌，一边砍柴割草。"②在西藏，"人们喜欢男女二重唱，面对面站成两队，彼此应答，伴着音乐节奏，进退有序"。③在古代日本，有歌垣（Uta-gaki）或嬥歌（Kagai）之俗。两队男女聚于市上，面对面排队站好，轮流唱和。……年轻男子用这个办法向意中人倾吐爱慕之情，而女子们也以歌相答……④

2. 当青年男女以即兴对歌彼此挑战或表白爱意时，合唱可能随时中断。

我们看到，苗人就是这样的。在古代的日本也是如此："先是某队中有一个人站出来，向对方随口唱一首歌，而对方也会有一个人站出来，以同样的方式应答。"⑤在西藏，当婚礼快要结束时，"青年男女开始交替唱歌，轮到谁唱不出两句头或四句头时，就得受一点惩罚"。⑥"（广西土人的）男女青年们在轮流唱歌时，要面对面排成队，互相表白爱慕之情……这是一种竞争。"⑦在贵州的仲家子中间，也有"男女上山集会之俗，在那里比赛口才和唱歌"。⑧"（麽些人）闲则歌男女相悦之词……彼此唱和，往往奔

---

① 德布莱尼：《中国商业考察里昂使团旅行记》，见附录三，本书边码第283页。
② 卡拉布里埃神父，《罗罗人》，见附录三，本书边码第282页。
③ 李默德："突厥斯坦和西藏"，见附录三，本书边码第280页。
④ 参见弗劳兰兹："日本古代诗歌"，见附录三，本书边码第278页。
⑤ 同上。参见《古事记》，见附录三，本书边码第279页。
⑥ 李默德："突厥斯坦和西藏"，见附录三，本书边码第281页。
⑦ 博维："龙州土人风俗记"，见附录三，本书边码第292页。
⑧ 鲁神父（Roux）的观察，转引自邓明德："罗罗人"，见附录三，第295页。

第一编　《诗经》的情歌

合于山涧深林中。"①

3. 赛歌都是在季候节庆的场合，聚集了大量人群，也有其他形式的竞赛；这些混合着性爱仪礼的节庆也是约婚或成婚的节庆。

在春季，藏人沉湎于歌舞活动，"到处笼罩着一种肃穆的气氛。时间是早已定好的；所有参加的人都得事先沐浴，穿上整洁的衣裳，像参加宗教典礼一样严肃。如果只是想找点乐子，在跳舞时随随便便或不守规矩，那是十分不体面的"。②过新年时，云南罗罗人聚到一起，上山割草砍柴，供点火之用。③东京的罗罗人管这个节叫con-ci。④"在整个正月里，大家都忙着谈恋爱。""（越南）高平地区的土佬人（Thos）在刚刚过完新年后，要给年轻人过一个节日。"⑤在这几天，姑娘和小伙子们穿上最好看的衣裳，聚集在一大片开阔的平地上，通常都在佛塔近旁，在神明庇护下尽情地游玩。小贩们在四周摆摊，卖一些食物、水果、点心和糖果……在高平地区，人们在普安大岛上过节，附近有一个古老的佛塔，塔中供奉着许多保存完好的佛像。每年都有大批年轻人和爱热闹的人从附近许多村庄赶来参加，从高平到Nuoc-Hai和Mo-Xat，甚至从Luc-Khu和Tap-Na山区。……小

---

① 莫朗、张翼枢："云南的归化蛮族"，见附录三，本书边码第290页。
② 李默德："突厥斯坦和西藏"，见附录三，本书边码第280页。
③ 参见卡拉布里埃神父："罗罗人"，见附录三，本书边码第282页。
④ 参见卜尼法西："上东京湾拉噶人和罗罗人的风俗研究"，见附录三，本书边码第293页。
⑤ 参见比耶："在上东京湾（高平地区）的两年"，见附录三，本书边码第285页。

伙子们很快选好了女伴。……他们成双成对地散落在野外的竹林、柚树和榕树的荫影下。……他们背靠着背，倾诉心里的悲伤。到中午时分，这些情侣再一次集合起来，这次是面对面地分成两队，相距约五十步远。……每个小伙子手里都拿着一个系着长索的彩球，投向自己中意的姑娘。如果她接住绣球，或从地上拾起来，那就表明投球人很令她满意，在节日余下的时间里，她都是他的'战利品'。相反，如果姑娘把球抛回去，意味着她没有相中对方。于是，这位失败的求爱者继续唱歌，继续抛他的绣球，直到姑娘满意为止。当然了，姑娘通常很快就会答应。在大多数村庄里，这实际上是一个约婚节，但在有些地方，它无非是一种放纵的借口，根本就没有约婚这回事。"在广西的苗人中间，这种节日叫坡会（Hoi-gnam），据高奋云（A. R. Colquhoun）的意见[①]，颇有淫亵的意味："在新年的第一天，男女集中在一条山谷里，男子站在一边，女子站在另一边。他们一直在对歌，如果哪个男子用歌声打动了一位女子，她就会抛一个彩球给他。附近有圩场，有情郎可以在那里给情人买些礼物。"在云南的苗人中间，这个节日是在新年第一个月举行。一个亲历过会场的汉人说："每岁孟春跳月，男女……唱和……终日不得倦。或以彩为球，视所欢者掷之。暮则同归，比晓乃散，然后议婚。节序击铜鼓，吹呐叭，聚赛神，书契。"[②] "在过年时，（苗人的）姑娘和小伙子们……都穿着最漂亮的衣裳……在一块定好的场地上集

[①] 参见高奋云：《横穿克里塞：从广州到曼德勒》，见附录三，本书边码第288页。

[②] 宋嘉铭：《南诏野史》译本，见附录三，本书边码第289页。

第一编 《诗经》的情歌

会……这通常都是一个约婚的节日。"① 在广西，"每年三四月间，乡村男女赛歌为戏，且有从邻县裹粮而来者，每场聚集不下千人，年纪皆二十内外。土人佥云：'若停禁此戏，年谷不登，人多瘟疫。'"② "这些集会通常不过是约婚的借口。……那些彼此相中的年轻人隐入附近的树林或草丛，先提早把蜜月度了。"南诏王素兴（1041—1044年在位）③ "每春月，挟妓载酒，自玉案三泉，溯为九曲流觞，男女列坐，斗草簪花，昼夜行乐。"在这个国家里，"正月滇南春色早……（二月）美人来去春江暖，碧玉泉头无近远。……沽酒宝钗银钏满，寻芳争占新亭馆，枣下艳词歌纂纂……（三月）罗天锦地歌声应"。④

4. 赛歌是在不同村落的男女两性间进行的。

在拉噶人中，"未婚的男女们……在山上唱歌，但这时男子一定不能是女子同村之人"。⑤ 据卜尼法西上校的看法，这是早期外婚制的遗留。确实，由他们的歌谣可以知道，拉噶女子将她们的恋人看作陌生人：

此地从未见生人，
这个生人从哪来？

---

① 德布莱尼：《中国商业考察里昂使团旅行记》，见附录三，本书边码第283页。
② 博维："龙州土人风俗记"，见附录三，本书边码第291页。
③ 参见宋嘉铭：《南诏野史》译本，见附录三，本书边码第288页。
④ 宋嘉铭：《南诏野史》译本，附录三，"杨慎诗歌"，本书边码第290页。
⑤ 卜尼法西，"上东京湾拉噶人和罗罗人的风俗研究"，附录三，本书边码第293页。

这个生人好迷人,
我们唱歌祝福他。
哪里来的美男子?
他是从河那边来?
见过几多河与地?
穿过几多深水河?
翻山涉水多英武!

在东京的罗罗人当中,也有同样的规则,但不是在所有部落里都如此。这也可由他们的歌谣得到一定的证实[①]:

男子:……
不知妹从何方行?
不知妹住哪座城?
虽然吭没见妹面,
哥今一见把心倾。

女子:……
哥的口才实在精,
哥把心思说分明。
要是哥想娶妹来,
先让妹来看个清。

---

① 卜尼法西,"上东京湾拉噶人和罗罗人的风俗研究",见附录三,本书边码第293页。

第一编　《诗经》的情歌

现在我们可以下结论了。比较研究①证实了我们在分析《诗经》歌谣后得到的观点，这种诗歌是季候节庆之神圣情感的产物，表达了与之伴生的爱情。在其他场合中，爱情仍然可以通过与歌舞的即兴创作自然产生的技法而表达出来。《诗经》辑录的歌谣就是这样产生的。这些带有仪式起源印记的歌谣依然保留着某种神圣的风格。人们在宫廷庆典上演唱这些诗歌，而在《诗经》中又将它们与王朝和仪礼歌谣并放在一起。由于年代久远而备受尊崇，又在其田园主题中保留了季节法则的痕迹，这些歌谣也自然成了后世道德修辞的素材来源。臣僚们搜集、研究这些诗歌，当他们确立一种学说即君主应为自然秩序和道德秩序负责时，以及当他们要为自己的政治学说和历史理论寻求先例时，他们便挪诗歌为己所用。由于与一些被用作象征和讽喻的教化轶事关联在一起，它们非常适于教育的目的，又附会上一种学术的和道德的解释，于是最终被视作道德的和学者灵感的创作。在被奉为经典之后，这些诗歌，作为古老风尚之见证，可以用于传布那些由其注疏家团体制订的人生法则，确保着社会遵奉（conformisme social）*之成功。虽说这些歌谣遭到了象征主义的曲解，但象征主义之所以是行之有效的，恰恰起源于它们最初具有的神圣性质。

----

① 我在这里汇集的都是一些最清楚不过的文字，读者可以通读"附录三"的那些现场观察记录——尽管可能不那么准确，也不够细致，但无疑已经足以证实、丰富这些文献记载了。

* conformisme social，或 social conformism，在当今社会学中一般译为"社会顺从"。但 conformisme 和 conformism 均有"遵奉国教"之义，尤其是在英国。葛兰言借用这个说法，也有表示歌谣因其神圣属性而在古代社会中起着宗教之作用的意思，故在此酌译为"社会遵奉"。——译者在借助批判研究而恢复其原本的价值后，这些歌谣也就成为了解原始艺术时非常重要的文献。它们表明，声音和姿势共同表现情感，并且，在以拟声状物的方式刻画情感之前，情感也不存在；歌谣、舞蹈和爱情是从节庆中同时生成的，它们构成了节庆的各种仪式面相。由此，歌谣揭示了一种具体而直白的思想状态，句法与韵律仍是浑然一体的，隐喻式联想也尚未取代本来的关联，即自然的对应。

　　最后，它们揭示了在经典正统背后隐藏着的古老习俗。它们揭示出，确实存在着季候性的、乡村的节日，这些节日决定了中国农民生活和两性关系的节律性质。它们让人感受到在这些定期集会和隔离期间激荡着年轻心灵的强烈感情，也让我们体会到，究竟是何种情感，又以何种方式促成了爱情的觉醒，还让我们看到了其与社会活动和组织之间的关系。职是之故，这些歌谣的价值绝不仅限于文学史研究，更可以让我们确定农事节庆的意义、季节仪式的功能，并可由此理解社会现实本身是如何开花结果的。

第二编　古代的节庆

《诗经》的情歌可以让我们确定山川之季候节庆的一般类型。在下面，我会接着考察几个地方节庆。

地方节庆

1.郑国（河南）的春季节庆

郑国的年轻男女们在溱、洧两河交汇处会合。他们成双结对地采集兰花，轮流对唱，彼此挑战，然后卷起下裳涉过洧水。当新的恋人结合后，他们互赠花朵，以为爱情的信物与约婚的证物。①

节庆在溱、洧两河春水泛滥时举行②，恰值孟春之月东风解冻之际③。但另有传统将节庆放在桃花开放、春雨初降之时④，这

---

① 参见（五一）《褰裳》、（五二）《溱洧》。
② 参见（五二）《溱洧》第1、2句。
③ 《月令》"孟春之月"，"东风解冻"。（顾赛芬译本，卷一，第332页）
④ 参见《韩诗》注。

是历法中用于"仲春之月"的农事术语①。然而，这并不否认节日是在三月上巳之日。②显然，起初节庆是与初春复苏的征候相关联的，后来才被指定在某个固定的历法日期。

关于节庆的场所，我们还有佐证。③在都梁县*山下，有集会举行，"山下有水清泚，其中生兰草，名'都梁香'。"郑国这个狭小山国的男男女女们所参加的节庆，也是在河滨和山麓举行的。④

采兰是节庆活动的一个组成部分，我们可以从中读出许多信息。据说，这是一种祛除"邪气"和"虫毒"的手段，是一种禊礼。⑤我们还知道，郑国男女是在河上，手持兰花而祓除"邪恶"、"不祥"和"气秽"或"岁秽"的。与此同时，他们还召唤灵魂，更确切地说，他们是在"招魂"（"神魂"）、"续魄"（"形魄""尸魄""丧魄"）。

就我们所知，抚慰、祓禊、采花、涉河、赛歌、性爱仪礼、约婚，所有这些都是在郑国山水的春天节庆中举行的活动。

2. 鲁国（山东）的春季节庆

一日，孔夫子与四弟子同坐，问他们各人的志向如何：如果

---

① 《月令》"仲春之月"，"始雨水，桃始华"。（顾赛芬译本，卷一，第340页）

② 参见《韩诗》。

③ 《康熙字典》"蕑"字注释。

* 都梁县在今湖南之武冈、隆回一带，其置废史可参见郦道元《水经注》卷三十八。据该卷所记，都梁县以兰为名："在县西有小山，山上有渟水，既清且浅。其中悉生兰草，绿叶紫茎，芳风藻川，兰馨远馥。俗谓兰为'都梁'，山因以号，县受名焉。"——译者

④ 参见《汉书·地理志》。

⑤ 参见《韩诗》关于（五二）《溱洧》注释的传说。

第二编　古代的节庆

有诸侯"知尔",他们何由施展才华?第一人表示,他能让一个饥战之国变为强国;第二人愿意致力于礼乐*;第三人希望襄助宗庙之事。但最后一人一边放下正在弹奏的瑟,一边回答说(如果中国注疏家和欧洲译者没有弄错的话):"在春天三月,我穿上春季的衣裳,与五六个成年人、六七个年轻人一起,到沂河里洗浴,并在舞雩(祈雨坛)之下享受微风吹拂,唱完歌后(或,一边唱着歌),回到家里。"①孔子对此大为称赏。

这种赞赏实在令人费解:难道在这位圣人心中,田园雅集之乐胜于国之大政?难道他真的被老子改变了想法,决定不再教化人心?抑或在他称赏的回答中含有曲婉的奉承?按照一位注疏家的注解**,这位聪慧的弟子想要表达的心意是,在赏春并歌颂古帝王之道后,他愿意马上回到夫子身边,此外别无所求。②多么单纯的愉悦!多么动人的依恋!但这种虚情假意的解释实在不能叫人满意。如果这个弟子想外出遣怀,他为何要身着春服,伴以一定数量的童子和冠者,还要特意到祈雨坛下?

由本文判断,很有可能孔夫子予以首肯的这种志愿与其他三个弟子不会相去太远。毫无疑问,这位弟子也如他们所想的那样,希望尽己所长有益于国政,而雨水正是国之大事。应时降

---

*　此处有误,在原文中,冉有志在"足民",而"如其礼乐,以俟君子"。——译者

①　《论语·先进》(理雅各译本,卷十一,第15页)。《论语正义》(《皇清经解续编》卷千百六十四页及以下)中的讨论,虽然有些含混,但非常充分:"暮春者,春服既成,冠者五六人,童子六七人,浴乎沂,风乎舞雩,咏而归。"

**　指何晏。——译者

②　"歌咏先王之道而归夫子之门。"

雨是一个良好政府之职分所在。比起物质之繁荣、仪礼与庆典之规整，适时之雨更能证实善政。孔夫子很可能亦作如是观。实际上，《论语》这段话在以前恰好是这样注解的，如在《论衡》一书中，王充相信这是在描述春天祈雨节庆①，在孔夫子的故乡鲁国就举办这些节庆。

王充保存了几种对于这段文本的注解，也提出了一种异说。"归"一般解为"归来"，这种解法可以让古代注疏家们坚持这种令人愉悦的评论，但"归"又与另一个字即"馈"读音同，义为"馈食"，即祭祀后的飨宴。王充给出了这种音训，并解为在祀典上诵歌之后的飨宴。

其他注解并非没有意义。时间是否在三月，是有争议的。二月是春服既成之时，人们身着春服是要参加典礼。参加者都是行祈雨之礼（"雩"）的舞人和乐师，他们分成两个对等的队列，一组有六、七个童子，另一组则是相同数量的冠者，因为那位想要参加并主持祭礼的孔门弟子自己也算冠者。他们一起涉过沂河，在小丘上且歌且舞，祈求雨水降临（"舞雩"）。说他们在河中沐浴，然后在风中吹干身体（"风干身"），这是绝不可信的，盖因

---

① 《论衡·明雩》篇："鲁设雩祭于沂水之上。'暮'者，晚也。'春'谓四月也。'春服既成'，谓四月之服成也。'冠者'、'童子'，雩祭乐人也。'浴乎沂'，涉沂水也，象龙之从水中出也。'风乎舞雩'，'风'，歌也。'咏而馈'，咏歌馈祭也。"

"归"应读作"馈"，即"献祭中的公共飨宴"。

如果这样解读，那么，这段话应该这样翻译："在春季（二月）的黄昏，那时春衣已做成（并穿在身上），我愿意与五六个成年人（算上我自己是六七个）、六七个童子（与冠者数量等同），（一边模仿龙从水中现身）一边涉过沂河，来到舞雩之坛上咏诗唱歌，在歌咏数章后，我就参加献祭飨宴。"

第二编 古代的节庆

仲春之月依然是春寒料峭。"风乎舞雩"也不当解为"在舞雩之台下享受微风吹拂"或"在舞雩之台上吹干身体",而是"在舞雩之坛上唱歌"("风乎舞雩,风,歌也")。故我将"风"解为"歌"或"谣",如《诗经》第一部分《国风》便取了这种含义。最后一点,也是有决定意义的一点,在涉沂河时,人们列队一起跳舞,象龙之从水中出。*

由此可知,在鲁国,在春天的某个时间,这个时间可能会有所变化,但必定吻合于"春服既成"①,要在河边举行一个祈雨的节庆:两个不同的表演群体共同参与,且歌且舞,这个祀典结束时要举行献祭和飨宴;涉河是主要的部分。

这个节庆十分类似于郑国的节庆,均在同一时间内举行,涉河也是主要仪式。在郑国,当年轻男女们共渡洧河时,也要模仿

---

* 译者按,为有助于理解,将王充在《论衡·明雩》篇中关于这场师徒对话的注解引证如下:

何以言必当雩也?曰:《春秋》大雩,传家[左丘明]、公羊、穀梁无讥之文,当雩明矣。曾晳对孔子言其志曰:"暮春者,春服既成,冠者五六人,童子六七人,浴乎沂,风乎舞雩,咏而归。"孔子曰:"吾与点也!"鲁设雩祭于沂水之上。暮者,晚也;春谓四月也。春服既成,谓四月之服成也。冠者、童子,雩祭乐人也。浴乎沂,涉沂水也,象龙之从水中出也。风乎舞雩,风,歌也。咏而馈,咏歌馈祭也,歌咏而祭也。说论之家,以为浴者,浴沂水中也,风干身也。周之四月,正岁二月也,尚寒,安得浴而风干身?由此言之,涉水不浴,雩祭审矣。

《春秋》《左氏传》曰:"启蛰而雩。"又曰:"龙见而雩。启蛰、龙见。"皆二月也。春二月雩,秋八月亦雩。春祈谷雨,秋祈谷实。当今灵星,秋之雩也。春雩废,秋雩在。故灵星之祀,岁雩祭也。孔子曰:"吾与点也!"善点之言,欲以雩祭调和阴阳,故与之也。使雩失正,点欲为之,孔子宜非,不当与也。樊迟从游,感雩而问,刺鲁不能崇德而徒雩也。

① 参见(二一)《豳风·七月》(顾赛芬译本,第162页),纺织麻布是冬天的工作。

龙的形象：公元前523年，郑国突发大水，有龙在时门外的洧渊里两相争斗，国人请求献祭。①本国贤相（子产）是一位哲学家，一口拒绝了这个请求，虽然他本人不认为有必要祭祀主雨之龙，一般民众却是深信不疑的。可想而知，当他们渡洧水时，年轻人必定也要象龙从水中出，迫使龙降甘霖。

鲁国有没有采花和性的仪礼？我们相信后者是必定没有的，因为参加者是一些官员和童子。②据《周礼》载，周人祈雨用巫（女）觋（男）。③但在鲁国，只有男子（即"觋"）方可参加，对于这种官方祈雨节庆，孔夫子一点也不非难。

3. 陈国（河南）的节庆

依《国语》所记④，陈国国运系于大姬（"陈由大姬"）。《诗经》注疏家们一致认为，大姬是陈国风俗崩坏之始作俑者。大姬是周室之女，下嫁陈侯为妃。她没有子嗣，好巫觋歌舞之乐，这也正是何以陈国后世之人毫无节制地在宛丘树下歌舞的

---

① 《左传·昭公十九年》（理雅各译本，第675页）："郑大水，龙斗于时门之外洧渊。国人请为禜焉。子产（孔子弟子，郑国上卿）弗许，曰：'我斗，龙不我觌也。龙斗，我独何觌焉？'"按子产的看法，还是让龙独自留在洧渊之室为好。（作者此处说子产为孔子之弟子，显然有误。子产卒于公元前522年，生年无载，有学者认为大约在公元前581年左右。而孔子生于公元前551年，比子产小30岁左右。——译者）

② 请注意，童子的人数与冠者的人数是相同的。

③ 《周礼》"司巫""男巫""女巫"条（毕瓯译本，卷二，第102页）："若国大旱，则帅巫而舞雩。"女巫也参加这些舞蹈（"女巫……旱暵则舞雩。"）（同上书，第104页）。

④ 参见《国语·周语》。

缘由。①

　　这种不合时宜的歌舞是招致指摘的第一个理由②，但更主要是由于在这些舞蹈集会中，男女混杂一处：连贵家之子也现身于此，而这是他们本不该来的地方。有可能，陈人确实过于沉湎舞蹈了，还不分季节，一首诗歌以不无谴责的口吻说道："无冬无夏！"③男女混杂确是事实：他们对唱情歌，表白爱情，互赠花朵。④但是，若说世家大族也为此蒙羞，却决然只是注疏家们自己的想法：他们认为，"子仲"和"原"是在历史上真实存在过的名字，代表两个家风有损的家族。

　　关于子仲，歌中提到他家的女子⑤在市上跳舞之事。他被说成是一位名吏。要从陈国史书中找到一个像"子仲"这样常见的名字，本不是难事。"原"的名声更大，他也见于诗歌本文之中。他（或他的女儿）出现在我前面译过的诗句中：

　　　　这个早晨多美好，（穀旦于差，）
　　　　南方平原来相会。（南方之原。）

　　我采用的这种解释既简单又明了。在这段话中，近代注疏家恢复了"原"的一般意义，即"平原"。

---

　　① 参见《陈风》。见"序"注："大姬无子，好巫觋、祷祈鬼神、歌舞之乐，民俗化而为之。"参见《汉书·地理志》。
　　② 参见（六二）《宛丘》、（六三）《东门之枌》及其注疏。
　　③ （六二）《宛丘》。
　　④ 参见（六三）《东门之枌》。
　　⑤ 与近代注释家的意见一致，我将"子"解作女子。

162　　古代注疏家真有好运气，居然在陈国发现了"原"氏家族，他们将这两行诗作了如下巧妙的解释：

在一个美丽的早晨，
前去寻找（住在）南方的原氏（家族的女儿）。

既然注疏家在这些诗句中发现"原"确定无疑是一个女儿身，那么显而易见，她定是受到子仲之子的引诱，故子仲之子必是男子无疑。

这种巧妙手法令人难忘。注疏家一门心思地要在本诗中发现官吏名字的做法也是决定性的。在注疏家看来，本诗当然描述的是祈雨节庆，而且一定是官方掌管的节庆。在这个场合里现身的子仲之子是舞人的领袖，故在榆树下跳舞是他的本职。但何以他还要受到非难呢？因为他招来了一帮女性舞人。可即便如此，《周礼》不是也说，男觋之长率女巫跳舞吗？[①]问题在于，她们不是专职舞人，而是一些以纺织为日常工作的年轻女子[②]，在这种露天场合现身堪称一桩丑事。不难看到，经典解释处处都是自相矛盾的，注疏家们也没法逃脱两难的境地，他们是非要从歌谣描述的民间节庆中看出与鲁国相似的官方庆典不可。

陈国节庆是在纺织工作结束时[③]举行的（这时便可身着轻便

---

① 参见本书第160页注③。
② 参见（六三）《东门之枌》第7句。
③ 参见（六三）《东门之枌》第7句（顾赛芬译本，第162页）；及前文所引《家语》，第132页。亦参见（六六）《氓》第2、3句。

第二编　古代的节庆

的麻衣)。人们要演奏古老的乐器。① 他们一边挥舞扇子和鹭羽，一边唱歌。② 舞蹈队伍沿着宛丘斜坡上上下下地游移，同时祈祷雨水降临。他们要不要涉河？是否也要象龙出于水中？各派注疏家都十分肯定，他们确实正在举行祈雨节庆，有些注疏家认为，《东门之枌》第5句和第9句之最后两字"差"与"逝"是"呼以事神"的歌声，用以召唤雨水。③

---

①　参见(六二)《宛丘》第5、9句。参见《周礼·籥章》(毕瓯译本，卷二，第66页)。正如在岁末蜡祭一样，人们敲打土鼓，休息"老物"，在祈请新年的节庆中也敲打土鼓。

②　参见(六二)《宛丘》第8、12句。参见《邶风·简兮》(顾赛芬译本，第44页)，尤其是《王风·君子阳阳》(顾赛芬译本，第78页)。

君子阳阳，	Mon seigneur, oh! quel bonheur,	我的君子乐洋洋，
左执簧；	De la main gauche il tient la flûte;	左手拿着匏笙簧；
右招我由房！	De la droite, il m'appelle hors de la maison!	右手唤我出房来；
其乐只且！	Allons! quelle n'est pas ma joie!	我心如何不快活！
君子陶陶，	Mon seigneur, oh! quel plaisir!	我的君子乐陶陶，
左执翿；	De la main gauche il tient l'éventail d'aigrette;	左手拿着鹭羽扇；
右招我由敖！	De la droite il m'appelle au spectacle,	右手唤我去游乐！
其乐只且！	Allons! quelle n'est pas ma joie!	我心如何不快活！

参见《周礼·籥章》(毕瓯译本，卷二，第65页)。

③　参见《皇清经解续编》卷四二八，《毛诗传笺通释》第4页。(马瑞辰：《毛诗传笺通释》卷十三"东门之枌"："于差即呼嗟。……古者巫之事神，必吁嗟以请。……于逝犹吁呼，亦巫歌呼以事神耳。"——译者)

歌舞队伍分男女两组。正如在郑国洧水岸边，年轻男女们在宛丘上歌音相通，互赠花朵，传达爱意。性爱仪礼与节庆混杂在一起，大姬的名声显然是促成其风行的原因。

大姬没有子嗣，又喜好这些节庆。她是否只关心天降甘霖呢？那些贡献香椒种子的人是否满足于降雨便可保障土地的丰产？事实上，这些种子也是一种丰产的象征。①恋人赠送的"握椒"不仅仅是爱情的信物，也是生育力的信物。据说，它们的香气能召来神性的力量；故在洧水岸边，人们用"都梁香"招魂。在陈国的春天节庆中，女子们仿效大姬，祈求子嗣。郑国妇女们采集兰花无疑也是出于这种目的。一位郑国君主之母不正是因梦见上天赐予兰花而神奇受孕有身的吗？②

祈雨、生育、约婚的节庆，伴随着歌舞、采花和性仪礼，所有这些就是在宛丘上举行的节庆。

4. 王室的春季节庆

它既不在河边，也不在山麓，而在都城南，在春分日（玄鸟归来之日），"以大牢（牛羊豕三牲）祠于高禖，天子亲往。后妃帅九嫔御。乃礼天子所御，带以弓韣，授以弓矢于高禖之前"。③

乍看上去，这种祀典是非常清楚的。弓和矢是得子之兆④，

---

① 与"茮"相近的还有"茈茮""茮菅"，皆宜生子。参见（一九）《茮苢》。
② 参见《左传·宣公四年》（理雅各译本，第294页）。参见本书第200—202页对该段文字的分析。
③ 《礼记·月令》"仲春之月"（顾赛芬译本，第341页）。
④ 参见《礼记·内则》（顾赛芬译本，第662页）。见《月令》"求男子之祥也"之郑注。

故高禖是求子之神。但高禖究竟是一个怎样的神灵，这个（在古典仪式中可谓独特的）节日是如何将男女们召往野间的呢？

中国的神灵经常由以前的官吏神化而成。古时设媒氏之官，据《周礼》①，他在"仲春之月（春分之月），令会男女"。从婚姻制度确立伊始就有媒氏，负责在婚礼中施行祝祓。②

在玄鸟归来之日举行的王室仪式无关乎婚姻之事。那么，高禖在其中扮演着何种角色？值得注意的是，他并未等同于已经消亡的媒氏一职，而是等同于帝王。据说，高禖即是高辛帝③，如前朝殷一样，周王室也自认是高辛帝之后。有的学者注意到，在郊外向"媒氏"的献祭往往写为"郊禖"，而不是"高禖"。故此，更合理的说法是，这位身份模糊的神灵是在仲春之月受祭，与某些结婚祓除礼有关，但人们也在郊外向他求子。

殷、周皆为高辛之后，由他的两个后妃所生。她们神奇受孕，怀上了两个英雄婴儿。

周人女祖是姜嫄④，她在行"禋祀"时受孕。禋祀是一种精意或洁身之祭。"她祓除了无子的厄运（'以弗无子'）"，或据注疏家之说，"以祓除其无子之疾"。这种祓除仪式是如何施行的？

---

① 参见《周礼·媒氏》（毕瓯译本，卷一，第306页）。
② 《列女传》卷六《赵津女娟》："（赵简子……将使人）祝祓，以为夫人。"
③ 郑康成所述高辛帝的传说："高辛之世，玄鸟遗鴥卵，有娀简狄吞之而生契，后王以为媒官嘉祥，而立其祠。"
④ 《大雅·生民》（顾赛芬译本，第347页，"克禋克祀，以弗无子"）及《鲁颂·閟宫》（顾赛芬译本，第452页，"赫赫姜嫄，其德不回，上帝是依。无灾无害，弥月不迟。是生后稷，降之百福"）。

166 我们只知道姜嫄履大人迹①而有子②。至于她所践的究竟是巨人的，还是上帝的，抑或是其夫高辛的足迹，可谓众说不一。一般的看法是，这神迹是在南郊祭高禖时发生的。司马迁只简略地提到姜嫄游于郊野时受孕有身。

殷人女祖简狄③在河中沐浴时受孕有身，"（简狄）为帝喾次妃。三人行浴，见玄鸟坠其卵，简狄取吞之，因孕生契"。这是司马迁的说法。④《竹书纪年》所记更为完备："以春分玄鸟至之日，从帝祀郊禖，与其妹浴于元邱之水。有玄鸟衔卵而坠之，五
167 色甚好，二人竞⑤取，覆以玉筐。简狄先得而吞之，遂孕。"

山川的春天节庆伴随着祓除、沐浴及求子赛会，是一个旨在庆祝玄鸟回归的王室节庆的原型。在后来的古典仪式中，它逐渐简化为一个纯粹的丰产节庆。

事实与解释

以上收集的文献足以供我们研究四种地方节庆。它们显然都是同一种类型，我在对其描述中所做的些许评论已经可以显示它们的亲缘关系。它们看起来有所不同，与其说是由于地方的变

---

① 《大雅·生民》，"履帝武敏"。
② 《史记·周本纪》（沙畹译本，卷一，第209页）："姜原出野，见巨人迹，心忻然说欲践之，践之而身动如孕者。"
③ 参见《商颂·玄鸟》（顾赛芬译本，第462页）："天命玄鸟，降而生商。"
④ 参见《史记·殷本纪》（沙畹译本，卷一，第173页）。
⑤ 参见《荆楚岁时记》"二月"。

第二编　古代的节庆

化，毋宁说是由于原文的状况或性质造成的。

有三种节庆是在侯国举行的，一种是在王室举行的。其中两种以官方形式为我们所知，一种通过仪礼，另一种通过典籍；另外两种以民间程式为我们所知，可以在文献中直接看到。比较这四种节庆，足以了解官方仪式是如何由民间节庆中生长出来的。

由一种向另一种的转变是在摈弃许多古老要素的过程中完成的。庆祝玄鸟回归的王室节庆最终只在一天内完成，这一天被指定并标记在太阳历中。①鲁国的官方节庆也不会持续更长时间：尽管举办的日子是可变的，但也必定是在某段适当日期内的某个关键节点。陈国举行节庆的日期更不确定：由于风俗弛崩，与之相应的狂欢也是很无节制的。在郑国节庆中更是如此：它在冰消雪融、春水泛滥和初雨花开时举行，在春天三个月的漫长时间内一直持续着。即使我们只依据歌谣的内容判断，它也不可能简化到一天之内；只是到了后来的文本中，才简化为一天。②须加以注意的是，这一天不是太阳历日，而是一个与天文年历没有固定关系的干支历日。

节庆的场所也越来越固定。郑国男女游荡于旷野、河川汇合处、草地和山地间。在陈国，人们在宛丘上下跳舞。在鲁国，节庆主要是在一个有宗教意味的地方举行，即一个祭坛；但地点仍然是河边，河川显然扮演着重要的角色。王室庆典是在都城南郊举行的，只有一座高禖祭坛；但以前是在一泓从山丘流下的泉水

---

① 春分。但请注意，玄鸟回归（春分之征象）与一句历法古谚有关。
② 三月上巳之日。

边①举行的。正如节庆的持续时间一样，其地点也逐渐简化，最终固定在一个指定的场所。

参与者也越来越少。在郑、陈两国，所有年轻男女都参加歌舞和赛会活动。但在都城南郊的高禖节，只有王室成员才可以参加，而且，在这个节庆原型中，只有两个王妃在水中竞争。还有，在玄鸟归来之日的庆典，参与者包括男女两性。而在鲁国已非如此，全改由男子参加。他们分成人数对等的两组——这应该是古老歌舞赛会的遗留——他们是受过专门训练的官员，分别扮演相应的角色。官方节庆并不面向所有人；有专门的规则以遴选参加人员，而且这种征选原则也并非处处皆同。

我们再接着看节庆的仪式内容，单薄化、专门化就更为明显了。只有在郑、陈两国，竞赛、约婚、性爱仪礼、采花等才同时发生。在鲁国，整个庆典已经蜕变为了一种以祈雨为目的的摹拟仪式，而在其最后的状态中，王室节庆只是一种求子的祈祷。节庆就是这样趋于简化的，直至最后以官方仪式的面目出现，最终简化成一种用于特别目的的独特习俗。

简单化和专门化的过程将民间祭礼变成了有组织的祭礼，但这种过程的意义并不仅仅在于认识祭礼自身。对那些了解的人而言，一个新的问题摆在了面前。我所描述的这些节庆，似乎在其最晚近的状态中更容易理解，而其上古形式更加复杂。我们试图根据那些更简单、更清楚的形态来解释它，这是否可以说是一种小心求证的做法？

---

① 简狄的传说。

第二编　古代的节庆

　　表面上看，鲁国和高禖的节庆是一种祈雨和求子的节庆，来源于与郑、陈两国之节庆相似的原型。我们能否说，这些节日是为了同时保障女性的生育力和膏泽土地的降水才确立的？在另一个层面上，也面临着同样的难题：虽然在民间仪式中，我们确实也发现了像在王室仪式中有着特定目的的类似行为，但我们是否必须相信，人们最初举行这种仪式的时候也是为了这种目的呢？

　　如果我们知道官方庆典是民间节庆的人为演变结果，就不会再贸然地以晚近的习俗作为解释原初全体（ensemble）的出发点，不管晚近形式是多么的清晰。这种明晰性的价值又究竟何在呢？如果我们不再对晚近习俗做孤立的个别研究，恐怕连这种明晰性也要大打折扣吧。究其实，这不过是一个特出的现象；有人却仍然相信，对官方节庆本身进行探讨，是更可靠的做法。如果我们只阅读玄鸟回归仪式的经典描述，就会肯定地说：这是在纪念王朝传说中的始祖。他是王朝的保护神，感谢他赐予生育力以保部族绵绵不绝，向他求子以佑王朝昌盛不衰，自然是合理的。人们祈愿的方式也非常清楚：若生男子，"设弧（弓）于门左"，弓矢是男子气概之标志，而在高禖前面将弓矢授予王室妃嫔，意味着以他的名义赐予她们生子之兆。节庆在春天时候举行，这是一个万物繁衍的季节。在鲁国，人们乞求的是雨水：人们在水中，以水祈水，还有什么比这更自然而然的呢？龙主水，不是尽人皆知的吗？在旱季，龙潜伏于渊，然后升到天空，行云布雨。所以人们相信，在春天时候象龙出于水之中，必将促使或迫使它们从隐身之处和潜伏状态中适时地现身施雨。

假若我们在思考古老而复杂的节庆时,不曾发现那些最简单的要素,而这些要素又是最初强加的解释未曾意识到的,那么,我们可以承认,上述所有说法自然是合理的,并且看起来可能还有决定性的意义。但是,且慢:为了向高禖求子,为什么必须到郊野中去向他祈祷呢?为什么在最古老的节庆原型中,后妃必须到郊野间沐浴、洁身呢?①为什么生育之神要冠以一位执掌成婚禊礼的官吏之名,而另一方面他又被奉为两个王朝的创始人?为什么模拟祈雨仪式一定要伴以歌谣、祭礼和飨宴?为什么请龙出沂水的人群一定要分成对立的两组呢?为什么一定要有童子与冠者——相对呢?最后,为什么必须身着春服呢?

有人会说,这些都不过是上古的遗俗(survivance)。这种回答至为容易,但还是再行斟酌为好吧。这种回答假定了,民间仪式的节庆复合体是一系列并存的行为,每种行为都有其自身的目的。同样,后世的节庆由于简化到只剩一种目的,因而也基本上只有一个仪式组成,其他的仪式则是附着性的,只不过是依靠了传统的力量才留存下来。不止如此,这显然算不上一种明白的解释:并不是因为这种解释是错误的或不完整的,而在于它认为这是节庆的根本。我们有把握这么说吗?必须要求有确切的证据,因为我们有理由相信,如果不是人为的,庆典就不可能实现专门化。之所以说是人为的结果,是由于在针对某个例子时,你提出的某种解释是有道理的,可问题在于,

---

① 中国批评家站在卫道士立场上否认这些美丽故事的真实性,个中原因正在于妇女扮演着重要的角色。

第二编　古代的节庆

别人也可以找到另外一种同样令人满意的解释，同样也会不乏附和之声。

鲁国的舞人们身着与新季节相应的衣裳：难道不可以说这种服装的变换是一种促使季节转换的仪礼吗？于是，整个节庆便有了另一种新的意义，必须被视为一种禊礼。①从这个观点出发，沐浴也就很容易理解了：以水净身，还有什么比这更自然呢？我们不是已经讲过，郑国男女们在洧水沐浴以祓除"岁秽"吗？为什么鲁国人就不能在沂水中这样做呢？如果我们从中看到了洁净（lustration），也就可以理解庆典的更多特征了。谁能证明这个节庆从一开始就是出于祈雨的目的创设的？这应该是后来才有的解释，是王充的解释；其他人并没有看出这一点。这种解释是合理的，但其他解释同样也可以是合理的，我们没办法择其一而定为一尊。

这样一种结果多少有些消极，却又是意味深远的。由以上的观察，我们可以抽出两条法则：（1）如果文献给我们提供了一组习俗和与之关联的表现，我们一定得慎之又慎，不要急于将它们放在同一个平面上。因为我们视为信仰之物，极有可能是后来的学术思想或个人思想之产物。换言之，它们并不真的是信仰，而是后人的解释。可以说，这些东西并非与事实毫无关联，只是这种关联会随着解释者的见识而变，其关联度时强时弱；无论如何，这

---

①　据郑司农的意见，有两种不同的禊礼。其一是春禊，由沂水（鲁国）、兰亭（见［五二］《溱洧》注，《韩诗》的说法提到了洧水的祓除仪式）和上巳之日的仪式组成；其二是秋禊（《西京杂记》），七月七日到十四日期间的礼仪。参见《周礼·女巫》郑注（毕瓯译本，卷二）及《后汉书》卷十四，第4页（上海出版）。

些解释只能间接地提供信息。(2) 我们发现, 信仰——而不是多多少少具有人为性的解释——会在某个时刻, 与某些特定习俗关联在一起, 但并不一定能够说明这些习俗是如何创设的。在孔子或王充的时代, 在鲁国沂水河边举行的春季节庆确实是一种祈雨仪式, 这是很有可能的。但不能据此推论说, 它的原型节庆也是出于祈雨的目的, 或者一定程度上是出于这种目的。因而, 我们发现, 一旦并且只有节庆本身接受了某种特定的目的, 这种仪式——在节庆演化中经历了两种不同阶段, 在晚近阶段中旨在达成某种目的——才能够很好地被赋予这种特殊的效果。在王充的时代, 人们可能会设想, 涉水可致天降甘霖, 但在其最开初的阶段, 涉河即便在刚开始时有某种确定的目标, 也决然不会是这种祈雨的目的。

很难想象, 仪式从一开始就有特定的目的, 即是说, 是人们有意选择用以获得某种结果的手段: 不管目的如何, 所有仪式行为都被认为是有好处的。涉河的目的可能是为了降雨或袚禊, 但人们也相信, 它能够招魂, 更不用说参加性爱仪礼之前的沐浴无疑也是有益于避邪的。① 香花也有多重用途: 除了除秽, 杀虫毒, 还可用为恋爱的信物、护身符, 也可用于缔结婚约和保障生育力。难道不可以认为, 一个女子在接受赠花时, 她实际上是将之作为约婚的花束或多产的吉兆来接受的吗? 反过来说, 各种不同的手段都可以用于同样的目的。要想受孕, 女子可以吞下一枚鸟卵, 也可以踩巨人的足迹; 花朵也有同样的效果, 用种子也可以, 而

---

① 婚礼之洁净, 见《仪礼·士昏礼》。参见 (六四)《野有死麕》第10句。性爱之前的洁身, 见《礼记·内则》(顾赛芬译本, 第661页) 及 (二〇B)《卫风·伯兮》第7、8句 (顾赛芬译本, 第73页)。

第二编　古代的节庆

且不是只有某种花朵或种子才行，许多种类的花朵或种子均可有此用途。①结果与手段的关系是不定的，或者说，它们的关系只是抽象地搭建起来的。促成受孕或缔结友谊的，并不是花朵本身，而是在某个特定的地点、某个特定的时刻和某种特定的情景下采摘或接受花朵这个事实。最初，各种行为并不具有各自的特殊含义：只有随着原始的全体逐渐经过人为简化而转变为更简单的仪式，以及由于在宗教思想的影响下将特殊的目的强加其上，由此将之用作适合满足所渴求之目的的手段，这些仪式行为才被赋予了某种价值。但这种人为的分类和分析工作若要得以实现，还要造成多样的结果，那么，所要分类和分析的素材必须原本就可用于任何目的。职是之故，不是那些仪式行为各有意义，并能解释全体，而是节庆才赋予这些仪式行为以不同的效验。

欲理解中国古代的节庆，我们必须相应地运用以下法则：（1）在解说事实时，应当避免依据诸如此类的表现，它们很可能是后来反思的解释或衍生形成的信仰；（2）不能用细部（détail）解说全体。第二条法则尤为重要，可以让我们避免用一种所谓的基本行为去解释节庆中的所有行为——上文已经说过，滑入这种做法有多么容易——仿佛所有其他行为全是从一种与宗教思维之分类工作相似的心理程序中衍生出来的。

让我们再回顾一下事实。我们已经发现了古老节庆的踪迹，

---

① 莆，（五二）《溱洧》；菝、椒，（六三）《东门之枌》；菖蒲（《荆楚岁时记》"五月"），石菖（高延《厦门节令志》，第336页），蒲（[五五]《泽陂》）；大禹之母吞薏苡。

它们通行于所有侯国，尤以郑、陈两国闻名遐迩。它们面向所有人，是季候性的，在郊野、山麓或河边举行。涉河和登山在其中占有重要的位置，还有采花和伐薪。参加的人数众多，仪礼活动的规模很大。侯国的年轻男女是主要参加者，歌舞赛会是主要的组成部分。在赛会中，不同村落的年轻男女彼此面对，在经过即兴对歌的考验后，得以成双结对；他们的约婚以性爱仪礼告终，而整个集会以宴饮结束。这些节庆中涌现的情感是如此之强烈，从现场感受及其表达中，诞生了一种文学体裁，也诞生了其内容和形制。

在这些节庆可以追溯到的时代，尽管还能看到游牧经济的迹象[1]，但农耕已经成为中国人的主要职业。两性分工也出现了：种植谷物是男人的工作，养蚕和纺织则是女人的工作。季候节律调控着生活，寒来暑往、雨旱交叠标识了他们生活方式的轮替。寒冷的季节里，农民蛰居在村落和家中；酷热的季节里，他们散处于野外[2]；在一年之中，他们要先后两次完全转换生活的方式。虽说当时已经出现了某种国家情感[3]，主导情感却依然牢牢地依

---

[1] 饲养牛马的重要性。关于畜牧的叙述，见（三九）《静女》第9句。

[2] 这种节律在最古老的历法中有明示，《史记·五帝本纪》（沙畹译本，卷一，第44页及以下）："中春，其民析。……中夏，其民因。……中秋，其民夷。……中冬，其民燠。"又，《月令》（顾赛芬译本，第343页）："仲春之月，耕者少舍。……季秋之月，霜始降，则百工休。……其皆入室。"

[3] 在封建时代，这种国家团结感是与统治者一体的，足以让全体人民随首领迁往别处。《大雅·公刘》（顾赛芬译本，第860页），《史记·周本纪》（沙畹译本，卷一，第214页）。

附于乡土①。在劳作期间，一家人一起在家庭田地间忙活②；到了冬季，又共同栖居在氏族村落③。在同一个地方共同体内，各个集团间的对立是如此明显④，因此，在实行外婚制的情况下，当新娘不得不远离父母，嫁入陌生人的家族，她的心中该是多么忧伤。⑤

季候的节律

中国古代的节庆是季候性质和乡村性质的。那些在春天举行的节庆大概是最重要的，当然，也有一些是在秋天。

它们与太阳运行有无关联？回答是否定的：它们并不依附于太阳运行周期。当它们被配以某个固定的日期时，是以民用历为标志的，而这种历法并不只是遵循太阳的运行。最初，只有季节的状态才能确定日期。

它们与植物生长周期有无关联？如果有关联的话，就难以理解何以不管在秋季还是春季，它们的内容相差无几。或许，登山

---

① 这种土地依附感往往有生动的表达，见《周颂·载芟》（顾赛芬译本，第439页），该诗结尾处表达了土著农民的自豪感，亦见《小雅·信南山》（顾赛芬译本，第280页）。

② 《周颂·载芟》（顾赛芬译本，第459页）："侯主侯伯，侯亚侯旅，侯彊侯以，有嗿其馌……有略其耜，俶载南亩。"

③ 《豳风·七月》（顾赛芬译本，第163页）："十月蟋蟀入我床下，穹窒熏鼠，塞向墐户。嗟我妇子，曰为改岁，入此室处。……嗟我农夫，我稼既同，上入执宫功。"

④ 一个"国"或地方共同体分成许多氏族村落，它们相互分立，四周有围墙或树篱环绕，参见（四〇）《将仲子》。

⑤ 见本书第135页对"远"字的分析，见罗罗人的新娘哭嫁歌，附录三。

是秋天里更重要的仪式，而涉河在春天里是更重要的仪式。但就算有这种专门规定，要说这起因于植物之生死节日的差别，委实难以令人信服。

它们与农业生产周期有无关联？由于这些节日的内容是相当一致的，没有什么证据表明说有些节庆关乎播种，而另一些又关乎收获、耕耘或纺织。只有认为它们依赖于农民生活的节律，才可说得通。

实际上，这些节庆与婚礼存在关联①，是可以肯定的。由不同学派之争*可知，在中国人看来，春秋两季适于举行婚礼——或者说，选在春秋两季的某些节气，此时农民由一种生活方式转向另一种截然不同的生活方式。一种传统说法是这样的："霜降而妇功成，嫁娶者行焉，冰泮而农桑起，昏礼始杀于此。"②这是说，妇女从事纺织工作，当田间农事结束，也是织工结束之时。"霜始降则百工休。"③男人们结束了散居在田间的生活，（待飨宴结束后）"其皆入室"④。在万物休眠的终季**，他们待在室内做活

---

① 参见本书边码第132页及以下。
* 参见附录《中国上古婚俗考》。——译者
② 见《孔子家语·本命解》。
③ 《礼记·月令》"季秋之月"（顾赛芬译本，卷一，第386页）。
④ 《礼记·月令》"季秋之月"，（二一）《豳风·七月》；顾赛芬译本，第163页。
** 在本书中涉及冬季时，作者有时不用"hiver"（冬天）一词，而用"la morte saison"（字面意思就是"死季"），意在同时表达"终"和"冬"两种含义，如将la morte saison译作"农闲季节"或"淡季"均无法传达"终结""幽闭"甚至"老""死"之义，故酌译为"终季"。——译者

计，如搓绳（"索绹"）①，而妇女们则忙于织麻②：当麻布织好可以贩卖时③，当春服做成可以穿在身上参加春天庆典时④，姑娘们便停下手里的织工，跟随邻村小伙子前去参加节庆⑤。这是冰雪消融的时刻⑥，农民们也开始结束村居生活，走入田野⑦。

当个人变换劳动和居住方式，并组成新的群体，这无疑是情感激荡的时刻，社会活动也必然蒙上了一种庄重的性质，而与这些关键时段相应的节庆也许就标志着农民生活的节律时间。这种推断究竟有多大的说服力，正好有一个合适的例子。

当农民结束田间劳动回到村庄时，便是欢庆之际，我们所知道的官方形式是"八蜡"节。⑧

《月令》将八蜡节置于"十月"下，并且算在一些最重要的节令之列。⑨《郊特牲》则将八蜡节置于"十二月"下，只叙述了这个仪式。⑩

---

① （二一）《豳风·七月》；顾赛芬译本，第164—165页。
② 参见（二一）《豳风·七月》；顾赛芬译本，第162页；参见（六三）《陈风·东门之枌》第7句。
③ 参见（六六）《氓》第2、3句。
④ 参见本书第159页。
⑤ 参见（六三）《东门之枌》第7句和（六六）《氓》第1、2句。
⑥ 参见（五〇）《匏有苦叶》，（五二）《溱洧》。
⑦ 参见《月令》"仲春之月"（顾赛芬译本，卷一，第343页）和《史记·五帝本纪》（沙畹译本，卷一，第44页）。
⑧ 关于这个节庆，我们只有零散的资料可用，散见于不同年代，来源各不相同，价值也高下不一。要想知道八蜡节在某个时期有哪些内容，比方说，孔子亲身参与的时代，这几乎是不可能的。另一方面，我们拥有的所有资料足以说明对这项工作极为重要的一些典型事实了。我要分析的就是这些事实，而并不打算恢复八蜡节的原貌，何况这也是徒劳的。
⑨ 参见《月令》"十月"（顾赛芬译本，卷一，第395—396页）。
⑩ 参见《礼记·郊特牲》（顾赛芬译本，卷一，第594—598页）。

这两种记载的日期是不一样的。《月令》的八蜡节是在孟冬之月，即农事年结束之时；《郊特牲》则是在季冬之月（十二月），即民事历年结束之时。依本土学者之说，这个节日的时间是在秦朝更改的，因为他们判定《月令》成书于秦代。这个王朝采用的宇宙观原理导致了农事年与民事年开始合二为一，故八蜡节的时间提前了，为的是始终标志着民事历年的终结，且位于十月（在新历中则变成了十二月）。但是，这种全面报恩节（fête d'universelles actions de grâces）原来不是在收获后举行吗？实际上，《诗经》①同《月令》一样，也是将八蜡节放在十月份的，只不过古老的日期后来被推迟了——问题就是这样解决的。最初，这个节庆标志着实际一年的终结，即生产周期的终结，只是到了后来，才标志着民事历年的终结，这是对天文周期的一种人为中断。②

这场盛典具有狂欢节的所有特征。③所有人都肆意吃喝。在

---

① （二一）《七月》最后一章（顾赛芬译本，第165页）在描述八蜡节时明确说是在"十月"；一句历法俚谚说到十月时说"蟋蟀入我床下"。在另一首《唐风·蟋蟀》（顾赛芬译本，第120页）中，"蟋蟀"也是一个主题，该诗也描述了八蜡节。这两首诗歌都表明，"一年"终于十月。由这种观察可知，中国人认为由几个王朝先后创立的不同历法，实际上是被同时使用的（《七月》即是明证），一种是民事历，另一种则是农事历和宗教历。

② （二一）《七月》最后一章清楚地表明，十月节庆即各个年终、收获和休养的节庆是在农事结束，开始霜降、结冰之时，这也表明，十月节是与冰消水涨的春季节庆相对的（参见［五二］《溱洧》）。这个事实可与《史记·封禅书》的记载加以比较（沙畹译本，卷三，第440—447、442、453—454页），在秋冻与春融两季要献祭山川。参见霜降和雨露时的祭祖仪式（《礼记·祭礼》，顾赛芬译本，卷二，第271页）。

③ 《月令》"大饮"（顾赛芬译本，卷一，第393页），参见（二一）《七月》、《唐风·蟋蟀》。

第二编　古代的节庆

更古老的时代，一定也包括性仪礼。到了后来的时代，出于有意的曲解，原本与其他礼物一道献给君主的鹿和女人都从礼单中抹去了，因为到了那个时代，这种赠礼已经被认为是不合乎道德了。[①]在八蜡节间，"国之人皆若狂"[②]，人们随乐起舞[③]，敲着土鼓，擎着武器和旗帜。人们还戴上仪式面具代表兽类，如猫和

[①]《郊特牲》有"罗氏致鹿与女"（顾赛芬译本，卷一，第597页），《周礼》提到这个官职（参见毕瓯译本，卷二，第30页）。参见《周礼·夏官司马·罗氏》，文中说罗氏"掌罗乌鸟，蜡则作罗襦（女人的衣裳）"。郑司农认为罗氏掌取禽兽一职。那么，为什么罗氏要与妇女"罗襦"有关呢？中国注疏家分析《郊特牲》后认为，罗氏之职是通过诸侯的使臣向其君主告诫，不要沉湎于田猎和女色。因此，他们在解读这段致赠女人的文字时，都赋予它一种符合正统道德的意义。但这种解读极大地误解了我译为"présenter"（赠送）的那个字眼，即"致"。该词实际上是表示"礼物"（cadeau）的仪式用语。"致"也用于婚礼的最后一礼，在婚后三个月，最后送新娘的使者称"致女"。最后，在《国语·周语》一段非常重要的文字中（参见《史记·周本纪》，沙畹译本，卷一，第265页），该词的用法确定了其确切价值。更详尽的研究，见葛兰言《中国的媵妾制度》。密康公母劝他将得到的三姐妹（按礼制可从同一家族宗娶三个女子，但只有两个是姐妹，第三个必须是姐妹的侄女）奉赠给天子（"致于王"）。故可断定，在八蜡节中，罗氏确实负责贡物（尤其是诸侯们赠送的禽兽），包括作为礼物献给天子的女人和鹿。因而，鹿和女人的关联不足为奇。鹿肉或鹿皮作为礼物的观念是与婚姻的观念紧密相关的（参见［六四］《野有死麕》，及《仪礼·士昏礼》，文中描述了鹿皮作礼）。在中国人的观念中，这种礼物与婚礼的创制密不可分。参见《史记·补三皇本纪》："（庖牺氏）于是始制嫁娶，以俪皮为礼。"

　　需要注意，贡献礼物（这是诸侯对天子的义务）的观念是与"节制"（modération）的观念密切关联的（这一事实正好说明了中国注疏家何以会误解"致女"）。这也是人们何以会认为，在仪式中严肃地告诫不要沉湎于田猎和女色是明智之举，但这种仪式原本就是交换女人和猎物的。关于这一点，见《唐风·蟋蟀》。还应注意，在《列女传·仁知传》中，"密康公母"的故事引用了八蜡节的仪式歌。见本书边码第188—189页。

[②]《礼记·杂记下》（顾赛芬译本，卷二，第190页）。

[③]《周礼·鼓人》："凡祭祀百物之神，鼓兵舞、帗舞者"；"舞师，掌鼓兵舞，帅而舞山川之祭祀；教帗舞，帅而舞社稷之祭祀；教羽舞，帅而舞四方之祭祀（参见［六二］《宛丘》）；教皇舞，帅而舞旱暵之祭祀（参见［六二］《宛丘》）。"

虎①；也举行射箭比赛，靶子上画着野兽的形象②。优胜是赢得封建荣耀的途径。这种包罗万象的、热烈的、戏剧性的节庆最初是与收获和狩猎密不可分的，它有两个主要特征是我要着力强调的：这是一个终结的节庆，一个报恩的节庆。

人们进行全面性的报恩。《月令》所述仪式包括向天宗祈丰收（"年"），向土地神（"公社"）献祭各种牺牲，还要在村庄和城镇大门处向祖先和五祀献"腊"祭（肉）③。《郊特牲》④列举了八种（"八"）不同的牺牲（"蜡"），这些牺牲献给先啬（们？）（即神农？⑤）、司啬（们？）（即后稷？）、百种、农（农官田畯）、邮表畷（农官田畯在田畔居以督导耕作的房舍）、禽兽（飞鸟和走兽）。一则注文补充了这份名单："迎（猫尸、虎尸）而祭之（猫、虎）也"，这是因为猫食田鼠而虎食田豕。由人们使用的祷辞可以清楚地知道，仪式还涉及土、水、昆虫和草木。据《周礼》⑥所记："凡六乐者，一变而致羽物及川泽之祇，再变而致裸物及山林之祇，三变而致鳞物及丘陵之祇，四变而致毛物及坟衍之祇，五变而致介物及土祇，六变而致象物及天神。"*

---

① 参见《郊特牲》（顾赛芬译本，第595页）及眉山苏洵注："迎猫则为猫之尸，迎虎则为虎之尸。"
② 参见《周礼·梓人》（毕瓯译本，卷二，第547页）及注释。
③ 参见《礼记·月令》（顾赛芬译本，卷一，第396页）。
④ 参见《礼记》（顾赛芬译本，卷一，第594—595页）。
⑤ 参见《史记·补三皇本纪》（沙畹译本，卷一，第13页）："神皇于是作蜡祭，以赭鞭鞭草木（参见《礼记·郊特牲》中八蜡祷辞，顾赛芬译本，卷一，第596页），始尝百草，始有医药（参见'山川节庆'中的采草药之举）。"
⑥ 参见《春官宗伯·大司乐》（毕瓯译本，卷二，第33页）。
* "羽物"即有羽的动物，"裸物"即无毛的动物，"鳞物"即长鳞甲的动物，"毛物"即有毛的动物，"坟衍"即小丘和小山，"介物"即有角的动物，"象物"即星象。——译者

第二编　古代的节庆

据此可知，人们是向所有种类的有生命的和无生命的、虚有的和实在的、集体的或单个的存在物报恩。"蜡"（其语源不明）也被赋予了"索"（寻索）的意义，"索鬼神而祭祀"①。还有一种说法，这是向"百物"即万物奉献牺牲。②

人们以万物向万物报恩。"岁十二月，合聚万物而索飨也。"③在天子大蜡节上，大罗氏掌管诸侯进贡的鸟兽，也包括田间出产的谷物。④

同样，每个人都要贡献（"赋"）牺牲，每个人也都参与进来。天下九州之民根据当年收获多寡而进贡⑤，诸侯遣使向天子献贡⑥。使臣们都要参加这个节庆，天子设大饮烝款待臣子，用祭余胙肉置案为食，并以余肉慰劳农夫而令其休息（"劳农以休息之"⑦）。党正在党庠中召集本乡全体民人。⑧社会秩序的所有基本法则⑨都在这个庆典中显示无遗：孝道、长幼、上下、谦让、贤良、恭敬。参加的人分成主、宾两组。⑩宾位根据方位而定，两

---

① 《礼记·郊特牲》（顾赛芬译本，卷一，第594页）。参见《周礼·地官·党正》（毕瓯译本，卷一，第250页）。
② 参见《周礼·地官·鼓人》（毕瓯译本，卷一，第267页）。
③ 《礼记·郊特牲》（顾赛芬译本，卷一，第594页）。
④ 同上。
⑤ 同上。
⑥ 同上。
⑦ 《礼记·月令》（顾赛芬译本，第391—395页）。
⑧ 《周礼·地官·司徒·党正》（毕瓯译本，卷一，第251页）："国索鬼神而祭祀，则以礼属民，而饮酒于序（参见《月令》提到的'大饮烝'），以正齿位。"
⑨ 参见《礼记·乡饮酒义》（顾赛芬译本，卷二，第652页及以下）；又见同书"尊让，系敬也"的注释（第653页）。
⑩ 孔子曾以宾的身份参加鲁国的节庆。参见《礼记·杂记下》和《礼运》（顾赛芬译本，卷二，第190页，及卷一，第496页）。

组分别代表两种相对的宇宙力量（天与地、日与月、阳与阴）①，决定着季节的交替和对立。两组之长（"主人"、"宾"）及其助手（"介"）都轮流向对方敬酒。两队乐师先是交替演奏，再行合奏。②全面协和状态是这个节庆的最终成果。据说这意味着"仁（社会人的道德）之至、义（社会关系的法则）之尽"。③

由上述报恩节的内容可以明白地知道，这个全面报恩节最终是要促成万物即物质世界与人类世界的协和状态；这种协和情感产生于相反相成之事物的对立组合。向万物供奉牺牲，也以万物作牺牲供奉。换言之，万物皆要供奉，也皆参与。方当此时，人类群体的所有成员都分为两个群组，正如自然之物也分为两个范畴一般。

另一方面，八蜡节是一个有终结意义的节庆，意味着农事年的结束。惟其如此，人们才会哀悼它，这就是何以人们要身着素（白）服、葛带与榛杖④，将正在老去之"年"送往终点。

这种"老年"的节庆也是"老人"的节庆⑤，教导人们要尊老：在飨宴中，最尊贵的席位要留给老人，他们饮用掺入香料的美酒，"以介眉寿"⑥，座中众人也举杯祝愿他们："万寿

---

① 参见《礼记·乡饮酒义》（顾赛芬译本，卷二，第654页及以下）。
② 同上。
③ 《礼记·郊特牲》（顾赛芬译本，卷一，第595页）。
④ 参见《礼记·郊特牲》（顾赛芬译本，卷一，第596页）。注意注疏家对"终"与"冬"的比较。参见《唐风·蟋蟀》（顾赛芬译本，第121页）。
⑤ 参见《周礼·党正》（毕瓯译本，卷一，第251页）、《礼记·乡饮酒义》（顾赛芬译本，卷二，第659页）。
⑥ 《诗经·周颂·载见》（顾赛芬译本，第440页），（二一）《七月》（顾赛芬译本，第163页）；参见《鲁颂·閟宫》（顾赛芬译本，第450页）。

第二编　古代的节庆

无疆！"①

同样，节庆也要"以息老物"②，正好比人类因辛苦劳作获得了休息的回报，"老物"也应因疲于生产而得到休息。一种祷辞说道："土返其宅！水归其壑！昆虫毋作！草木归其泽！"——原本多么晦涩的言辞啊，也在此处找到了无比明晰的解释。

《月令》向我们表明，冬季是如何由一个双重幽闭过程构成的：人类幽居在自己的家里，过着隔绝的生活；万物也各归领地，不再来往。季秋之月，"霜始降，则百工休。③……寒气总至，民力不堪，其皆入室。④……蛰虫咸俯在内，皆墐其户。⑤"《诗经》⑥也说，待到十月，"蟋蟀入我床下，穹窒熏鼠，塞向墐户。嗟我妇子，曰为改岁，入此室处。……嗟我农夫，我稼既同，上入执宫功。"另一处又说："（当我在秋天回家时，妻子）洒扫穹室。"回到《月令》，我们又看到："（孟冬之月）水始冰，地始冻，雉入大水（淮）为蜃，虹藏不见⑦。……天气上腾⑧，地气下降，天地不通，闭塞而成冬。命百官谨盖藏……无有不敛。坏城郭，戒门闾，修键闭，慎管钥，固封疆，备边竟，完要塞，

---

① 《七月》（顾赛芬译本，第165页）。参见《小雅·天保》《小雅·大田》（第183、285页）。
② 《周礼·春官·籥章》（毕瓯译本，卷二，第66页）。
③ 《礼记·月令》（顾赛芬译本，第386页）。
④ 同上。
⑤ 同上书，第389页。
⑥ （二一）《七月》（顾赛芬译本，第163—164页）。《唐风·蟋蟀》（顾赛芬译本，第120页）。
⑦ 《礼记·月令》（顾赛芬译本，第391页）。
⑧ 同上书，第393页。相反的情况，参见《礼记》"孟春之月"（同上，第336页）。

谨关梁，塞徯径。①……（仲冬之月）冰益壮，地始坼。②……土事毋作，慎毋发盖，毋发室屋，及起大众，以固而闭。（否则）地气沮泄，是谓发天地之房，诸蛰皆死，民必疾疫。③……必重闭。……农有不收藏积聚者，马牛畜兽有放佚者，取之不诘。④……涂阙廷门闾……此所以助天地之闭藏也。⑤……"

　　人类休养生息之时，也让万物休养生息，在他们心中，自然的休息有如他们自己一样。因为他们在冬天蛰居在家中，幽居在氏族村落里，他们也将这个终季看作一个全面幽闭的时期，万物都应返归本处，各与同类一起隔绝起来，不与他类交往。此时，每个物种都进入蛰居，不再遭受侵扰，远离外界接触，打上了禁忌的烙印。人类不能再耕种如今已经圣化的土地，即便拥有所有权（droit de propriété），此时也无能为力。除了相邻的、同质的物种外，不再有其他纽带。当人类在家族生活中休养生息，并只与族人交往以恢复元气时，他们也相信，各类生命也只与近亲同居，各复本性，更新元气，以准备在春天复归。故此，八蜡节既促成全面的隔离，亦促成万物的复苏。

　　我们已经从两个主要方面考察了节庆，接下来还要理解它的深层含义。作为一种全面报恩的节庆，它显示了全面的协和状态；而作为农事年之终结的节庆，则开启了一个终季，每个人都生活在封闭而同质的集团里面。在每个人再度被一种家族本位主

---

① 《礼记·月令》（顾赛芬译本，第395页）。
② 同上书，第398页。
③ 同上书，第399页。
④ 同上书，第401页。
⑤ 同上书，第403页。

义（particularisme domestique）占据心灵之前，每个氏族的所有成员都要聚居一处，将那种休戚与共的亲缘之感重新注入心中。

在飨宴中，社会公约得以赓续，但这也是一个有明确规则的飨宴，每个缔约者都在其中显示自身的价值。竞争会提高他们的声价（mérites），他们根据各自的地位排列座次，根据财力多寡而贡献（"赋"）。贡献是地位的尺度；谁若只为私利而蓄财，必定失去威信。倘若君主想巩固权威①，就不能把什么东西都牢牢地抓在手里，这难道不是当时的封建法律原则吗？一位贤君不应积蓄私财；在庆典中，会对他有如下告诫："好田好女者（注意：这无疑是国运衰亡之最明显的可见迹象），亡其国，天子树瓜华（意思是不违农时），不敛藏之种也。"② 因此，节庆的教导是：切

---

① 参见《商颂·玄鸟》（顾赛芬译本，第463页）。
② 《礼记·郊特牲》（顾赛芬译本，第597页）。参见《国语·周语》："众以美物归女，而何德以堪之，王犹不堪，况尔小丑乎？小丑备物，终必亡。"《国语》韦昭注提到了诸侯田猎时应有所节制。参见《列女传·仁知传》；请注意《唐风·蟋蟀》（顾赛芬译本，第120页）的叙述：

蟋蟀在堂，	Le grillon est dans la salle	蟋蟀进到堂屋里，
岁聿其莫。	et l'année touche à sa fin!	一年又要结束时。
今我不乐，	Nous donc pourquoi point de fêtes?...	我们为何无宴会，
日月其除。	les jours et les mois s'enfuient.	日月飞速在流逝，
无已大康，	Pourtant gardons la mesure,	我们仍然要节制，
职思其居。	et songeons à notre état.	想想我们的本职。
好乐无荒，	Aimons la joie sans folie...	喜好宴乐不靡费，
良士瞿瞿。	un brave homme est circonspect.	贤良之士要谨持。
蟋蟀在堂，	Le grillon est dans la salle	蟋蟀进到堂屋里，
岁聿其逝。	et l'année s'en va finir!	一年又快要过去。
今我不乐，	Nous donc pourquoi point de fêtes?...	我们为何无宴会，
日月其迈。	les jours et les mois s'écoulent.	日月匆匆在流逝，

忌专利①。毋庸多说，即使在繁荣之时，也当有所节制。"好乐无荒，良士瞿瞿。"因而，荒淫之人，必有大祸。相反，应当"导利（散布财富）而布之上下"，以宽仁之举，"使神人百物无不得其极"。以是之故，如果这样慷慨地分发收成，便可稳定社会秩序，整个世界也会获益无穷。此时，人们心中充满了愉悦、平和之情，并乐见自然之繁盛、秩序之完满，由此，人类庆祝的效力即可超乎人类社会之外。

同样，中国古人依照自身生活之道的模式来想象自然之道，在他们看来，只要不违背自己的规矩，自然之道也会如常运行。

无已大康，	Pourtant gardons la mesuré,	我们仍然要节制，
职思其外。	et songeons à l'imprévu.	分外之事也留意。
好乐无荒，	Aimons la joie sans folie...	喜好宴乐不靡费，
良士蹶蹶。	un brave homme est raisonnable.	贤良之士要理智。
蟋蟀在堂，	Le grillon est dans la salle	蟋蟀进到堂屋里，
役车其休。	les charrettes remisées!	行役车马也休息。
今我不乐，	Nous donc pourquoi point de fêtes?...	我们为何无宴会，
日月其慆。	les jours et les mois s'envolent.	日月如梭不停步。
无已大康，	Pourtant gardons la mesure,	我们仍然要节制，
职思其忧。	et songeons aux jours de peine.	还要想到忧惧时。
好乐无荒，	Aimons la joie sans folie...	喜好宴乐不靡费，
良士休休。	un brave homme est modéré.	贤良之士适可止。

试比较《唐风·山有枢》（顾赛芬译本，第122页）。

① 参见《国语·周语上》及《史记·周本纪》："王室其将卑乎？夫荣夷公好专利而不知大难，夫利百物之所生也，天地之所载也，而或专之，其害多矣。……夫王人者将导利而布之上下者也，使神人百物无不得其极。"关于这种普泛性恩惠，参见《史记·夏本纪》记载的一个传说例子（沙畹译本，卷一，第160页）。

第二编　古代的节庆

他们的生活节律决定着季节的更替。在他们的休息节日里，也允许自然休息。他们在冬天的幽居保障了其他生灵在该季与人互不相干。而如果他们的习俗沦落，世界也会马上陷入紊乱。倘若在这个终季里，他们没有隐居在塞洞糊缝的房屋里面，就会造成"冬闭不密，地气上泄"①。相反，如果他们忠于那种在节庆中深入内心的秩序感，这种感觉让他们从一种生活方式转换到另一种，他们便会适应新的生存方式，像他们一样密闭的地气也不会上泄而与天气混交，当然因此也不会有雨水降落。为了促使干季顺利到来，只需严肃地命令水归其壑。②中国农民在冬天蛰居家中，哪里是出于什么巫术的目的，抑或怀着交感效果的预期而想要禁匿不合时令的雨水。恰恰相反，正是因为已经习惯于在这个无雨的季节里隐居家中，他们才会想象，自然的习惯是与人类的习惯全然相合的。由是观之，他们的种种行为都是影响着物质世界的戒律力量。实际上，他们生活的惯常节律是对事物惯常进程的模仿，而自然的规律又是基于他们自身生活的规律而构想出来的，并且正是由于这个事实，这种规律才可能安定如一。③同样，他们之所以坚信这是行之有效的，是由于他们的习俗在心中激起

---

① 《礼记·月令》（顾赛芬译本，卷一，第397页）。
② 见八蜡节祷辞。
③ 实际上，通过研究八蜡节的有关资料，我们可以意识到以下事实：1. 最初的八蜡节是与冰冻有关的秋分节，与之相对的是与解冻有关的春分节（《豳风·七月》）。故它与山（尤其是）川崇拜有关，也与山川的秋季节庆有关。2. 八蜡节是一个以性仪礼为主的狂欢节。（密康公拒绝献给共王的三位女子曾与他"奔"于河上［"奔"也指山川节庆中的两性结合］。）这些事实使我们深感，这个节庆可能起源于中国人于秋季在圣河边举行的民间节庆。待到八蜡节成为一个官方节庆后不久，在贵族阶层的道德观影响下，飨宴变为主导特征，而性狂欢随之退居其次。

了信赖和尊敬之感。唯其如此，我们不应觉得惊讶，首先标志着社会生活之激情时刻的季候节庆也会对自然施加影响，亦无须惊讶于这些影响手段全然不是为了这种影响自然的目的而刻意地构想、设计出来的，它们无非来自于为了满足人类需要而形成的习俗。

倘若我们将考察八蜡节获得的一般性结论推而广之，用以阐释其他的季候节庆，应该不算过分吧。由于这些节日都处在中国农民的节律生活中的节点上，正好与个人和小集团的集会时间吻合；在大部分时光里，他们都过着彼此隔离的生活，而在此时此刻，他们却要重塑那个将他们统合起来的共同体。宽泛地说，这些是结盟的节庆，在其中，人们清楚地意识到那些将他们结为一体的纽带，也清楚地意识到他们与自然环境的团结关系。不只如此，在确保生灵与万物之繁荣状态的同时，这纽带也保障了自然的如常运行。

圣　地

八蜡节的王室典礼不在某个特定的场所举行，而这些节庆则通常都在河边和山麓举行。

我们已经知道，很久以前，无论在中国人的官方宗教，还是在民间信仰中，山川都占有一种特别的地位。从远古开始，在中国，山川便已是崇拜的对象。然而，这说法也往往容易引起误会：它有可能会被理解成是有些山川受到特别的崇拜，人们单独祭拜这座圣山或那条圣河。因之，有人也许会受到诱惑，去下功

第二编　古代的节庆

夫分析山川在中国人心目中的表现，比方说，山岳之雄峻，河川之威势，欲以此解释对于山川的崇拜。

在考虑这个问题时，我们不妨换个角度。我们已经看到，节庆不是在河滨某地或山麓某处，而是始终在一幕草木繁茂的山水场景中举行的。即便文献中只提到在某座山岳或某条河川处，那些缺失了的东西通常也能在别处发现①，这个事实极为重要。故此，我们要解释的不是对山川本身的崇拜，而是圣地的存在本身，这个圣地的每个要素如石、水和树也是神圣的。

这种见解可见证于下述事实：在中国人的信仰中，河川、山岳和树林本是共处在同一秩序内的力量，它们也共同接受祭祀。②在有的情况下，如果神圣场景中的某个要素尤为醒目，那显然是由于它能够最生动地体现整体中蕴含的神圣力量。且看下经文③是如何说的："山林川谷丘陵，能出云，为风雨，见怪物，皆曰神"；"山川之神④，则水旱、疠疫之灾，于是乎禜之。"在这些献祭中，有一次是非常著名的，即殷朝立国之主汤在一场大旱中的献祭。为了解除旱情，汤自为牺牲，祷于桑林。⑤后来，在公元前566年，郑国也遭受了一场大旱⑥，三位大夫——其中有一位可能是巫祝——受命前往献祭桑山。他们斩伐了树木，但依然没有

---

①　参见本书边码第130页。
②　据《史记·封禅书》载，在圣地要奉献许多牺牲给众神（沙畹译本，卷三，第443、448页）。
③　《礼记·祭法》（顾赛芬译本，卷二，第260页）。
④　《左传·昭公元年》（理雅各译本，第580页）；参见《史记·郑世家》（沙畹译本，卷四，第479页）。
⑤　参见《竹书纪年·商王汤二十四年》。
⑥　参见《左传·昭公十六年》（理雅各译本，第665页）。

降雨("斩其木,不雨")。贤相子产惩罚了三人,他的理由是:"有事(祭祀)于山,蓺山林也;而斩其木,其罪大矣。"

确实,山顶经常有云彩缭绕,而林谷也时时雾气弥漫。是否由于这种观察,人们才会认为雨水来自于云雾集聚之所?但是,人们不也认为山川可以祛除瘟疫吗?人们还可以说,这种力量又依赖于另一种力量:疫病被认为是太过潮湿或干燥所致。实际上,倘若山川的力量是基于对自然事实的观察,那绝不能赢得这般尊崇。山川不只是雨水的储藏之所,而是季节循环的掌控者。它们在自然秩序中的角色,与王侯在人类社会中的地位是一般无二的。

尤为值得注意的是,山川在封建等级阶序当中有一个位置。它们拥有王侯的地位,还有与其力量相当的封号。① 反过来说,祭拜山川是王侯之事②,这是王侯才有的特权③。更重要的是要看到,一旦涉入自然的事务,领袖是以人类的名义与它们协商的(traiter)。但"协商"这个词不是很确当,这等于说他们是两种

---

① 参见《礼记·王制》及其注解(顾赛芬译本,卷一,第289—290页);参见《史记·封禅书》(沙畹译本,卷三,第418页)。
② 参见《礼记·王制》(顾赛芬译本,卷一,第289—290页);参见《前汉书》卷第二十五,"郊祀"。
③ 参见《史记·楚世家》(沙畹译本,卷四,第379、380页)。楚王拒绝向霍山献祭,因霍山不在本国境内。他确信自己只能向本国河流如江、汉献祭。参见《鲁颂·閟宫》:

泰山岩岩,
鲁邦所詹。
奄有龟蒙⋯
⋯保有凫绎。

第二编　古代的节庆

对等的力量。当大旱降临汤的臣民，而他自为牺牲祷于桑林时，他不是以战败人民之首领的身份匍匐在更高力量脚下的。对他来说，这根本不是一个以输诚来取悦于敌对力量的问题。如果是敌对的力量，就应该被平息了。恰好相反，这种力量根本不能被削弱，比方说，应当种树，而不应斩伐。同时，这也不是一桩向主宰权力求助之事。在一场共同的灾难面前，谁的境遇才是最悲惨的？是领袖。在大旱期间，所有的力量似乎都离弃王侯而去[①]，"散无友纪"[②]，"云我无所，大命近止，靡瞻靡顾"[③]……但山川也同样遭受着苦难，"旱既大甚，涤涤山川"[④]，河川干涸，山陵不毛。它们的困苦与王侯又有何两样。

实际上，山川的力量不过是王侯力量的另一个面相。如果王侯失德，人类也会乱无纲纪[⑤]；而如果山岳失去力量，雨水也不会应时而降。但倘若有人将无雨之失归罪于山岳，那便是无视了职分的次序。[⑥]自然混乱不过是社会混乱造成的后果，无论雨水多寡，该自承罪责的是君王本人。[⑦]他必须反身修德，方能恢复圣地的元气。如果他不能改过，惩罚便会接踵而至；这种惩罚可能借助人民之手，但他是咎由自取。昏君的力量会或崩或涸，而与

[①] 参见《大雅·云汉》第4章（顾赛芬译本，第391页）。
[②] 同上，第7章、第2章。
[③] 同上，第4章。
[④] 同上，第5章。
[⑤] 参见《大雅·云汉》注释及该诗"序"。
[⑥] 参见本书第193页。
[⑦] 参见《礼记·檀弓下》（顾赛芬译本，卷一，第261页）；参见《小雅·十月之交》第3章（顾赛芬译本，第238页）。

他同样邪恶的山川也会或崩或涸。周幽王①（公元前782—公元前772年在位）是一位不祥之君。在他即位次年，三川震动。一位智者所言极是："周将亡矣。……夫国必依山川，山崩川竭，亡国之征也。"果然，不出十年，幽王身死国灭。他于公元前772年被杀，而三川枯竭、岐山崩坏是在公元前780年。

幽王因沉迷一女色而身死国灭。②听信妇言而国政混乱，这种混乱又导致自然的紊乱：阴胜阳，则"地震"，"泉塞，山崩"③。在这些灾难面前，人类无处逃避：不仅活人无安身之所，连死人也无葬身之地，他们必得承受饥荒、疫病，直至死于非命。④

可见，山川之德全仗君主之德。如果它们佑护人民的生命和安康，那绝不是由于其内在属性，从它们自身的本质中根本无法生成这样的属性；它们全然依赖人类的统治。两者可谓休戚与共，气运一体。

昏君总是见于朝代之末。他们的恶行并非全由自己，而是由于王族之德已告衰竭⑤，而其山川之德也同时告竭⑥。"昔伊、洛竭

---

① 参见《史记·周本纪》（沙畹译本，卷一，第278页）。参见《小雅·何人斯》第3章（顾赛芬译本，第239页）；比较《小雅·天保》第6章（顾赛芬译本，第184页）。

② 褒姒。参见《史记·周本纪》（沙畹译本，卷一，第280页）。

③ 《史记·周本纪》（沙畹译本，卷一，第279—280页）。

④ 参见《国语·周语下》。请注意，山为葬地。春季清明节有登山扫墓之举。参见高延：《厦门节令志》，第231页及以下。

⑤ 一旦某个家族开始德衰，则必然走向灭亡的命运："大福不再"（此处引文为"大福不再祇"；而《史记》中华书局标点本断为"大福不再，祇取辱耳"；现据标点本改正。——译者），是说楚王已知濒临灭亡。《史记·楚世家》（沙畹译本，卷四，第364页）

⑥ 参见《史记·周本纪》（沙畹译本，卷一，第280页）。

第二编　古代的节庆

而夏亡，河竭而商亡。"孔子将死之时，已预见到周王朝的覆亡命运，于是作歌曰："泰山其颓乎？"①周王室的力量与该国山川的力量是全然一体的。

王族往往以其国之名为"氏"。在传说时代，许多帝王都以山川之名为姓。②毫无疑问，这不是只表示住地，也透露了王族与国家的中心及品性（cœur）有着极为密切的关系。黄帝和炎帝同为少典之子，且是一母所生，但他们创立了两个敌对家族。这是由于他们分别受成于两条河川（"成"）。我们没法把"成"字确切地译成我们的语言。该词可以表示"美成""成致"，可指一个"成人"，也可表示"成就"，包括王朝的建成。河川成就了黄帝和炎帝。他们也以山川为姓："昔少典娶于有蟜氏，生黄帝、炎帝。黄帝以姬水成，炎帝以姜水成。成而异德，故黄帝为姬，炎帝为姜。二帝用师以相济也，异德之故也。异姓则异德，异德则异类。"③与河川的作用相比，父子关系显得无足轻重，是前者决定着他们的类、德和姓，而姓是血缘关系的唯一标志。河川成就了王族的命运、气质和势力。山岳是地方王朝的发源之地，这有什么疑义吗？《诗》有云："崧高维岳，骏极于天！维岳降神，生甫及申。"④

---

① 《礼记·檀弓上》（顾赛芬译本，卷一，第144页）。
② 《史记·补三皇本纪》（沙畹译本，卷一，第14页）："神皇本起烈山，故左氏称烈山氏之子曰柱。"《夏本纪》（同上，第163页）："启母，涂山氏之女也，（启之父禹说：）予辛壬娶涂山。"尤其见《五帝本纪》："自黄帝至舜禹皆同姓，而异其国号，以章明德（参见虞翻'以德为氏姓'注）。"
③ 《国语·晋语》。此处的原文恰当地定义了"德"，它是一种个人化的神圣力量和天性。
④ 《大雅·崧高》（顾赛芬译本，第396页）。

职是之故，通过作为中介的山川，王朝得以在其域内实施统治的调控力。①山川的力量并不来自它们自身的属性，而是来自这种调控力的授权。这种授权也拥有与王朝同样的力量，如王朝那般存续：正是在这个意义上，它与在本国域内的统治力量所拥有的德也是全然一体的，可以说，山川是这个政府向外昭示自身的源泉之所在。

　　这就是与王侯的山川崇拜有关的信仰。我们很容易感受到山川崇拜与季候节庆信仰的关系。在王侯身上，负有维持社会与宇宙的良好秩序的双重职分，他们旨在利用国内山川的力量维护统治，而季候节庆则将地方共同体汇集到山川附近，由此显示社会生活的正常进程，并进一步保障了自然的正常运行。实际上，社会生活的节奏与季候的节律是相为同步的：这就是我们看到，那些作为时间标志的节庆何以能够拥有双重的调控力量。但王侯的力量究竟从何而来？王侯之德之所以能像季候节庆一样生效，难道不是由于社会秩序在侯国不断努力维持它以前，就已经首先定期地显示在这些节庆之中，并且已经被认为是与自然秩序全然一体了吗？不止如此，王侯们之所以将他们的权力源泉寄诸山川，难道不是因为季节性的集会正是在山川附近的圣地举行的吗？但在那种情况下，既然神山圣川并不拥有任何力量，而只是统治权力的授权，那么，圣地本身并不具备"德"（vertu），难道不是如此吗？它们的神性取决于如下事实：圣地是地方集会的传统见证人，当地方共同体每年于此重新聚集时，在这些地方中实现了季

---

　　① "道德"，参见诸诗小序。

第二编　古代的节庆

候节庆释放的神圣力量之源。

正是由于这些节庆，才有望免遭疫病之害，甘霖应时降落，子孙绵延不绝。在坚信现在和将来的生活均受惠于此的同时，通过这种亲缘关系，地方共同体感到自身与集会圣地牢不可破，并促使他们如效忠于王侯一般依附于圣地。当人们集合起来举行这些让他们受惠的节庆时，每个共同体都因希望蒙赐恩惠而将诸般美德归于山岳、河川和茂林，对山川既亲近，又敬畏，同时也努力吸收、接受这种在传统圣地蒙受的守护之力，而共同体的成员们都能藉此满足最高的心愿。在这些庄严的场合，人们以各种方式直接接触圣地，四处游荡，半裸着涉河，还采集各种果实、花朵或树枝（它们既显示也蕴含圣地的力量），在人们虔诚的心中，既会不由自主地浮现一种敬畏之感，也会浮现一种乡土情感。①

我们已经看到，有些王族以圣地之名为氏姓，其神话祖先的特殊德性也来自圣地。在另外一些情况下，族姓的由来可以由始祖的神奇诞生得到解释。夏以姒为姓，因为禹母吞薏苡②而有身。在这里，族姓来自一个受孕仪式，它与山川节庆期间的那些活动非常相似。不止如此，在山川节庆中，简狄吞玄鸟卵（子）③而生殷人始祖，故殷王室以子为姓。因而，在有些时候，作为族之标识的姓直接来自圣地，而在另外一些时候，又来自一些与圣地节

---

① 有谚语云："狐死正首丘。"参见《礼记·檀弓上》（顾赛芬译本，卷一，第131页）。
② 《竹书纪年·夏书》"帝禹夏后氏元年"下记载了两种版本：（1）禹母出行见流星而有身；（2）禹母吞薏苡（神珠）而生禹，因姓姒氏。
③ 见本书第152—153页。参见《白虎通义·姓名》："禹姓姒氏，祖以薏生。殷姓子氏，祖以玄鸟子生。周姓姬氏，祖以履大人迹生也。"

庆相关之物。这两种情况有什么根本的不同吗？无论在哪种情况下，圣地都被认为是祖先中心，既是族性的发源地，也在节庆场合中赐女子以丰产之力。

为了证实这个说法，有必要举几个例子：就如在山川节庆中一样，受孕也可以归功于祖先。这种例子我只见到一个，但意义重大。有位郑国国君系平常女子所生，但最终执掌国政。有个故事表明，他有资格登上王位。为了更清楚地说明这个故事，我将援引三个事实：（1）同样是在郑国节庆期间，有采兰之俗，当恋人们结合时，女子会将花视作信物而受之①；（2）还是在郑国，男女们手持兰花招魂，或者说，"招魂续魄"②；（3）最后，因人们相信"魂"与人名有非同寻常的关系，当某人死亡时，人们会呼喊他的名字，希望将魂召回，与魄合一。③这个故事是这样讲的④："郑文公有贱妾燕姞，梦天使与己兰，曰：'余为伯鯈。余，而祖也⑤，以是为而子。以兰有国香，人服媚之如是。'既而文公见之，与之兰而御之。辞曰：'妾不才，幸而有子，将不信，敢徵兰乎？'公曰：'诺。'生穆公，名之曰兰。……穆公有疾，曰：'兰死，吾其死乎？吾所以生也。'刈兰⑥而卒（公元前606年）。"

---

① 参见郑国节庆，及（五二）《溱洧》。
② 参见（五二）《溱洧》之《韩诗》注。
③ 参见《礼记·曲礼下》和《丧服小纪》（顾赛芬译本，卷一，第93页，及卷一，第756页）。参见《仪礼·士丧礼》（施约翰［John Steele］译本，第145页）。
④ 《左传·宣公三年》（参见《史记·郑世家》，沙畹译本，卷四，第463页）。
⑤ 请注意，赐予她神奇受孕的是其祖先。
⑥ 时间是在十月。

第二编　古代的节庆

这个故事意味着，灵魂、个人的名字、祖先保护神、外在灵魂或生命寄物与种（植物）的联结（espèce associée）①、母性之本源、爱情的信物、父道的证物及权力的尊号等，原是浑然一体的。我们要记住这一点：很有可能，郑国女子们在节庆的山川附近采兰，以此招魂②，也是从这些兰花中，她们感到生育力有了保障。在她们的心中，在部族圣地采集这些产物，也就是一点一滴地收集它的守护力量，也就是将祖灵③所赐婴魂接纳入己身之内了。

正如封建诸侯将山川视为外在的权力之源，地方共同体也在他们的圣地中实现他们的族性。因他们与这些庄严集会之地自古以来有一条牢固的纽带，于是，这些地方也就成了祖先中心。而在此定期举行的节庆也让他们坚信，这些地方蕴藏着支配自然的力量。作为魂魄的赐予者和季候的调控者，它们是本地集团的存活和延续之源。这些圣地之所以受到如此尊崇，并不在于它们的河川、山岳和茂林，而在于它们是季候节庆之传统纽带，始终保持着庄严的性质。圣地目睹并守护着在这些集会中定期更新的社会契约，这就是它们拥有如此尊严的缘由。唯其如此，一旦王侯的

---

① 这显然是图腾主义最好的例证。
② 请注意招魂的做法与清明节期间在墓旁呼唤死者之名的做法。
③ 圣地与墓地之关联仍有待进一步研究。在此我们只需注意到：孔子之母因其夫叔梁纥年事已高，几乎没有生育的希望，便像姜嫄一样举行禋祀。她是到坐落在尼丘上的夫家家庙中祭祀的。参见《史记·孔子世家》（沙畹译本，卷五，第288—290页）。孔子名丘，字仲尼，大约是因为其母禋祀于尼丘而得名。以往的注疏家都用圣人额头之状解释其名，但他的兄长为何也以"尼"为名呢（伯尼）？两兄弟都以"尼"取名，大概是叔梁纥的妻妾二人都到家庙中禋祀，并朝拜尼丘而得子之故吧。

229

权威确立起来,作为国人的首领、国人一体的保证人,立刻会被赋予同等的尊严。人们相信,圣地和王侯是和衷共济的。

赛　会

　　山川的季候节庆不是特意创设出来崇拜山川的,也不是为了祝颂植物生长周期或太阳运行周期的,而是一种结盟的节庆。在一年中人们的生活方式发生转换的激情时刻,将一个地方共同体的全体成员汇聚在一个世代尊崇的传统地点。为什么要进行歌舞的竞赛?为什么要在性仪礼中约婚?

　　这些节庆不是只有情歌赛会,还有许多其他赛会:实际上,我所提及的那些活动,还没有哪一种不是争斗或比赛的场合。

　　人们在浅滩处涉水渡河。依王充之见,两组舞者面对面地在沂水中象龙出水是为了祈雨。在很多时候,龙斗也会造成降雨[1];人们也乘舟渡河:这样的活动非常之多。有文献可证,在很早以前,中国的雨节就已经包括龙舟竞渡了[2];人们也登山竞赛,登高节又导致出现了斗风筝[3],就像八蜡节的射箭比赛开启了晋身之道那样,这也预示着日后的荣升之路;还有伐薪比赛:罗罗人的青年男女排成队列,一边面对面地割取祝火用的柴草,一边即兴对歌[4];也有大规模的采花比赛:《荆楚岁时记》描述了一个斗百草

---

[1] 参见本书第160页。参见高延:《厦门节令志》,第373页及以下。
[2] 参见高延:《厦门节令志》,第356页及以下。
[3] 同上,第538页及以下。
[4] 参见附录三,本书边码第283页,卡拉布里埃的记录。

第二编　古代的节庆

的节日①。而在南诏国的春季集会中，也有男女斗花之俗②；春分之日，简狄和她的妹妹为一枚五色鸟卵而竞争；在荆楚之地的仲春二月，人们则有斗镂鸡子之戏③。

这样看来，在我们考察的节庆中，每一种仪式活动——至于其为何种内容却是无关紧要的——都采取了竞争的形式，所有活动都热衷于仪式性的赛会。那么，为什么每种活动看起来都采取了一种让节庆参与者面对面的对抗手段呢？这种两两相对的布局究竟有什么由来呢？

我们看到，即便在业已变为士礼的八蜡节中④，也依然贯穿着这种对立的秩序：由于人与物分成两个范畴，物质世界与人类世界的一体感便在节庆中创造出来了。这显然是由于，尽管山川的季候节庆是争斗和竞赛的，却也是协和的节庆。在这种场合里，一个地方共同体的成员们再度共聚一处。在平常的日子里，他们生活在小群体中，这些群体是狭小的、同质的和封闭的。在酷热的季节里，他们的眼界只限于家族耕地，而待到休息的季节，又蛰居在家族村落。当人们全然过着家族生活的时候，每个成员都浸染在家族精神之中⑤，所有族人也因生活在完全而持久的亲密关系中而有着同样的感受。由于天然的相似性，一种情感共

---

① 参见《荆楚岁时记》"五月五日"。参见《史记·补三皇本纪》（沙畹译本，卷一，第13页）。
② 参见附录二，本书第288页，宋嘉铭的记录。
③ 参见《荆楚岁时记》"二月"，"斗鸡子"。
④ 参见本书边码第184页。
⑤ 参见在冬天休眠的动物、植物和其他事物的类似方式。参见本书边码第185页及以下。

同体将他们牢牢维系在一起。由于建立在日常生活的基础上,即是说,无须刻意地强调,亲属纽带便可将集团成员维系在一起,这种纽带是天然地、自为地存在着的。在族人中间,无须创造什么纽带。相反,在那些彼此陌生的集团之间,则几乎不能创造纽带。然而,不论这些家族集团是如何闭塞,却绝不可认为他们是全然孤立的。毗邻的集团会在一年一度的节庆间汇集到一起。同一个地方共同体的成员们被带入了暂时的亲密关系:一种团结感溢出了狭隘的集团,并暂时抵制了家族本位主义。这种临时的情感绝不像家族一体状态所依赖的日常情感那么单纯,那么平静。一个地方共同体的一体状态显然更加复杂,并不是建立在一种持久的相似意识之上(这是绝对的),也不是建立在一种不断更新的融汇感之上;它是一种更高的一体状态,在非常的情境中,将各种平常处在对立状态中的要素联结起来。在他们亲身经历并体验的竞争行将结束之际,年轻男女实现了一种情感的转变,他们现在感到被一种牢不可破的友情攫住了,迫切而强烈地感到了交往的需要。在这种剧烈的情感支配下,那种在日常生活中被家族亲密感压抑着的意识便克服了表面的、平常的对立感。两个在平时既遥远又封闭的集团,如果没有在突然碰面的情况下意识到彼此的敌意,也无法达成结盟。在刚会面时,不免对峙、冲突。①与习以为常的平和感情之流所维护的家族情感恰好相反,在这个剧烈的过程当中,一种全面和谐的非常情感突然涌现出来。邻村间的惯常对立、庄严会合,它们的对抗团结,全都表现在竞赛和

---

① 参见本书边码第136页及以下。

争斗之中，表现在彬彬有礼、温文尔雅的比试之中。既然在一年的重大时刻，季节集会强化了社会团结，那么，山川节庆主要集中在竞争方面，也就是顺理成章的了。

赛歌支配着所有其他的竞争方式；它无疑是口头性的交换（la contre-partie orale）。既然是情歌的比赛，在比赛中，不仅不同集团的个人彼此对立，男女两性也彼此对立；既然对立双方必须分属不同村落，那么，姑娘必然与男子互相应答。赛歌的结果是，男女双方情投意合，最终约定婚事。所有适婚的年轻人都参加对抗，所有当年的婚事也都在那里约定下来。作为一个全面协和的节庆，每一次集会也是一个全面的约婚节庆。在年轻人的节庆中，在爱情的节庆中，地方共同体的各成员集团重续了传统的友好关系。

婚姻誓约与友谊或忠诚盟约、战友誓约没有什么明显的区分。试看下面所举的这首诗，究竟是士兵说给战友的，还是丈夫思念妻子时所唱的呢[①]？——

[①] （六十八）《邶风·击鼓》（顾赛芬译本，第35页）：

1.击鼓其镗，	Le tambour battu résonne !	铜鼓敲起响咚咚，
2.踊跃用兵。	Nous bondissons au combat!	我们踊跃去出征！
3.土国城漕，	Fortifiez la Ville et Ts'ao !	整修都城与漕邑，
4.我独南行。	Nous seuls au sud nous allons!	我们独自向南行！
5.从孙子仲，	C'est Souen Tseu-tchong qui nous mène	追随将军孙子仲，
6.平陈与宋。	D'accord avec Tch'en et Song!	约好友邦陈与宋。
7.不我以归，	Pour moi nul retour possible...	我今不能把家还，

8. 忧心有忡。	Mon cœur triste a du tourment...	心里怎不忧忡忡。
9. 爰居爰处,	Nous campons... et faisons halte...	我们宿营又驻扎,
10. 爰丧其马。	Et nous perdons nos chevaux...	忽然丢失我战马。
11. 于以求之?	Nous allons à leur recherche...	到哪里去找寻它?
12. 于林之下。	Nous allons sous la forêt...	寻它直到树林下!
13. 死生契阔,	Pour la mort, la vie, la peine	誓同生死与苦难,
14. 与子成说。	Avec toi je m'associe !	与你约定话凿凿。
15. 执子之手,	Je prends ta main dans les miennes.	紧紧握着你双手,
16. 与子偕老。	Avec toi je veux vieillir!	与你相伴到终老!
17. 于嗟阔兮,	Hélas! que voilà de peines!...	叹我勤苦多深重,
18. 不我活兮。	Pour moi nul espoir de vie!...	我今活命难上难!
19. 于嗟洵兮,	Hélas! comme tous s'éloignent...	叹人与我皆疏远,
20. 不我信兮。	Pour moi nul ne tient sa foi...	谁人肯与守誓言!

这个事件见于《史记·卫康叔世家》(沙畹译本,卷四,第194页及以下):州吁杀其兄卫桓公,并联合陈、宋讨伐立卫公子冯的郑国。

1. "镗然,击鼓声也。"(《毛传》)
3. 国,卫的首都。"漕,卫邑也。"土,以土坯做城砦。城,修城墙。
5. 孙子仲:"谓公孙文仲也。"
8. 忡,参见(五九)《草虫》第4句。
12. "山木曰林。"(《毛传》)
13. "契阔,勤苦也。"(《毛传》)
14. "说,数也。"(《毛传》)
13和14.《郑笺》:"从军之士,与其伍约:……我与子成相爱说之恩。"五人成偕。参见《周礼·大司马》。
16. "偕,俱也。"(《毛传》)
15.和16. "约誓,示信也。"(《郑笺》)参见(十二)《北风》第4、10、16句和《礼记·内则》(顾赛芬译本,第667页)。
13—16. 王肃:"言国人室家之志,欲相与从生至死,契阔勤苦而不相离。"
19. "洵,远。"(《毛传》)

第二编　古代的节庆

死生契阔，	Pour la mort, la vie, la peine,
与子成说。	Avec toi je m'associe !
执子之手，	Je prends ta main dans les miennes,
与子偕老。	Avec toi je veux vieillir !

如果我们把它视作一首战歌，这位士兵歌唱的无疑就是战友的忠诚。[①]但又不好如此断言[②]，因为这种誓词的程式也是婚约的程式[③]。那么，可不可以说，战友间的盟约是模仿婚约的呢？在古代汉语中，战友与丈夫、忠实的诸侯与忠实的丈夫、友人与爱人是很难明确区分的。可指所有这些意义的最常用字"友"（其字形写法如两手相握）表示"一双中的任何一方"。姑娘经常用"友"指代意中人。[④]它也经常用来指鸟，如果一只鸟正在追求另

20.《郑笺》将"信"解作与其伍约。

试比较（六八）《击鼓》第16句与（六六）《氓》第51句，还有《鄘风·君子偕老》第1句及（四九）《谷风》第3句"同心"、第8句"同死"和第16句"如兄如弟"。

试比较《秦风·无衣》（顾赛芬译本，第142页）中的"与子同袍。……同仇。……偕作。……偕行"等。

考异：契、挈；洵、询、敻；镗、鼙。《皇清经解续编》卷千百七十一，第27、28页。

一首战歌。
主题：誓约。

① "从军之士与其伍约。"（《郑笺》）
② 王肃："言国人室家之志。"
③ 第16句尤其是情歌中常见之辞。如（六六）《氓》第51句。试比较（四九）《谷风》中的种种表达（顾赛芬译本，第40页），如"同心""同死""如兄如弟"等。
④ 参见（五〇）《匏有苦叶》第16句。

一只鸟，后者就是前者之"友"。那么，是不是所有的结合都是以夫妇结合为原型的？同姓诸侯互称兄弟。① 异姓诸侯如果结盟，便互称舅甥。② 那么，可不可以说婚姻联盟是所有联盟的基础呢？

同姓封建诸侯因同心同德自然会结合在一起，他们无须盟约，也严禁通婚。③ 相反，对于异姓诸侯，联姻或结盟是最合宜的；当然，并非所有异姓诸侯间都是如此。有些不属于同一联盟的王族认为，他们彼此间是如此离心离德，以至于任何交往都可能是灾难性的④：联姻或结盟皆为取祸之道。在传统体系之外缔约等于"弃旧"或"离亲"，这不是"利内"，而是"利外"。相反，在同一联盟内的王族，尽管是异德的，却可产生友好的亲和力。在这些王族间，也只能在它们之间，才足够亲密（"亲"），从而进行外交关系的交换和互赠女性为妻的交换。这种交换始终都是

---

① 参见《小雅·伐木》第6句"求其友声"。

② 因年龄相差较大，或表示尊敬时，称"伯父"或"叔父"。见《礼记·曲礼下》（顾赛芬译本，第90页）。参见《小雅·棠棣》（顾赛芬译本，第178页）。

③ 参见《国语·晋语四》："异姓则异德，异德则异类。异类虽近，男女相及，从生民也。同姓则同德，同德则同心，同心则同志。同志虽远，男女不相及，畏黩敬也。黩则生怨，怨乱毓灾，灾毓灭姓。是故取妻避其同姓，畏乱灾也。故异德合姓，同德合义。"

④ 《国语·周语中》："夫婚姻，祸福之阶也。由之利内则福，利外则取祸。……（以下举一些遵守通婚原则而致繁荣的国家为例）是皆能内利亲亲者也……（以下又举一些没能遵守这些原则而覆亡的国家为例）是皆外利离亲者也。"

比较韦昭注："利内，娶得偶而有福也。"注意"福"的确切含义本是"多子孙"，即是说，王族的不朽。

比较《史记·楚世家》（沙畹译本，卷四，第398页）："为婚姻，所从相亲久。"

亦见《史记·郑世家》（沙畹译本，卷四，第466页），一位继承人被立为太子的理由是其母与王室始祖后稷元妃同姓。

第二编　古代的节庆

在一定的圈子内（cercle）实行的，每个联盟内的家族都在不断地互相受惠于这些可靠的关系（"利内"），从而与各个盟国保持密切关系（"亲亲"），如此方是"福之阶"。正是归功于这种交换，联盟才会有一种不可分离的凝聚力。

使节和新娘既是联盟关系的明证，也是保障之所在。但一个以耕战为本的侯国也许会心怀猜忌而留住所有人员，使节一般只在出使时才作临时停留，只在非常特殊的情况下，他们才会被留为人质。受访国总会想方设法留住他们，因此会以照料他的名义将本国女子嫁给使节，或用联姻之策羁绊使节。[1]确实，联姻被认为是最稳固的关系，因为女子是要从一而终的。这正是何以她自己的家族绝不会因猜忌之心而将她留在族内的原因。她注定要成为对方家族的永久人质，可她在夫家仍代表着本生家族。

从联盟外娶妻，或在本族内娶妻，这种做法等于剥夺了其他同盟国之正式代表的资格[2]；而将一个女子嫁在本族内，或嫁往联

---

[1]　参见《史记·吴太伯世家》《齐太公世家》《晋世家》（沙畹译本，卷四，第7、26、43、281页）。以联姻赠女的目的是"以固子之心"（《晋世家》）（同上书，第283页）。

[2]　某国君在战争中败给了另一国国君，其姊是后者的夫人，她于是身穿丧服出现在庆祝胜利的典礼上并促成了丈夫与其兄弟的结盟。参见《史记·晋世家》。另外一些例子可参见《史记·齐太公世家》（同上书，卷四，第55、44页）。在有些情况下，女性仍然坚持效忠于她原来的家族，几乎像一个在夫家卧底的敌人：《史记·郑世家》（一位妻子因为其父而背叛了她的丈夫）（沙畹译本，卷四，第458页）。

（此处所引第一个例子指晋惠公败于秦缪公并被俘事："惠公四年……秦缪公，反获晋公以归。秦将以祀上帝。晋君姊为缪公夫人，衰绖涕泣。公……乃与晋侯盟王城而许之归。"

第二个例子指郑厉公四年雍纠欲杀祭仲事："厉公四年，祭仲专国政。厉公患之，阴使其婿雍纠欲杀祭仲。纠妻，祭仲女也，知之，谓其母曰：'父与夫孰亲？'母曰：'父一而已，人尽夫也。'女乃告祭仲，祭仲反杀雍纠，戮之于市。厉公无奈祭仲何，怒纠曰：'谋及妇人，死固宜哉！'"——译者）

盟外，也等于白白丢弃了她们的担保价值。禁止同姓内婚，禁止传统联盟外婚，这双重的禁制恰恰是那个永久性联盟体系所强加给各个成员集团之义务的反面，这个体系在将这些小集团联为一体的同时，也由此致使其具有狭隘性、同质性和封闭性的特征。依照这个联盟的规定，每个家族都必须将本族的女子交换出去，从而在每一个集团内营造了一种全面的团结感。

如果任由次级集团封闭排外，那么，那些传统联盟集团在更高层次上的一体状态必然会面临威胁。而通过人的交换，通过影响集团之构成的交换，这种危险大大降低了。婚姻是最主要的契机，由是之故，婚姻联盟可以说是联盟的基本原理，旨在巩固它想要永久保持的社会契约，而婚姻契约也被认为是不可破坏的。社会契约应当定期地更新，故此才有了每年对于婚姻的庆祝之举。族外婚制削弱了家族本位主义，而封建内婚制则显示了共同体的至高地位，这就是何以在集体庆典中，各个联盟家族都必须无一例外地让他们所有的儿女彼此结合的原因。当一个地方共同体在圣地举办一个节庆时，打破了习以为常的家族本位主义，再一次唤醒它的结合力量，而各种外婚集团在此时必须交换女儿，将刚刚还封闭在家族生活中的所有年轻男女聚集在一起。①一开

---

① 节庆将所有适婚男女集中到圣地。他们第一次结成伴侣，节庆以男女性爱结束，故明显地有成年礼的特征。《夏小正》注疏者保存了对节日的记忆，在"二月绥多士女"下注曰："冠子取妇之时也。"（注意：在《仪礼》所记成年礼是否在一年中的某个特定时间举行这个问题上，注疏家们尚无定论。）这是我们目前所知唯一关于性爱竞赛有成年礼特征的资料。《诗经》是站在正统道德立场上的学者保存下来的文献，如果充分考虑到这一事实，那么，在《诗经》中找不到成年礼方面的资料，也就毫不奇怪了。不过，比较研究可以让我们获得非常有趣的事实。在《岁时记》（*Faetes*，卷三，第523页及以下）中，

第二编　古代的节庆

始，他们仍然受制于原先的对立意识，如今却突然感到内心深处有一种隐秘的亲和力被唤醒了，于是，他们在赛会中面对面地对抗、结合，最终，他们的复杂情感在情歌中爆发，卷入恋爱的旋涡，随即获得了新生。

由于婚姻联盟在实际上特别适用于通过人的交换而削弱家族排外主义，因此在保障并加强社会凝聚力方面是一种强有力的因素。但是否将它仅仅归于这种力量就够了？另一方面，恋爱的竞赛除了增强地方集团的融合以外，还有没有其他的目的？

在增强封闭集团间的团结感方面，人的交换不是唯一的途

奥维德详细描述了安娜·佩壬娜（Anna Perenna）节，这与山川节庆是非常相似的。安娜·佩壬娜节在台伯河边举行，恋人们并排躺在草地上（同上书，第526页，*accumbil m pare quisque sua*），大口喝酒（第532页），随歌起舞（第535页），跳舞（第538页），姑娘们唱着淫荡的歌谣（第675页，*cantent... obscena puellæ*）。这个场合是为了庆祝玛尔斯与安娜的伪婚（见哈里森：《忒弥斯》[Harrison, *Thémis*]，第197页及以下）。马提雅尔（Martial）的两行诗句补全了奥维德的描述。它们表明，有一棵树是纪念安娜·佩壬娜的（Martial，卷四，第64页，第16—17行）：

*El quod virgineo cruore gaudet
Annæ pomiferum nemus Perennæ.*
（在饮了处女之血后
林中长出了安娜·佩壬娜之果。）

这两行诗是再明白不过了。有意思的是，我们西方的经典注疏家与中国注疏家一样道学，一样聪明。他们无视所有钞本，竟然用 *pudore* 或 *rubore* 取代 *cruore*（血），这样看上去就更得体，更令人愉悦，因为他们不愿承认处女之血所表达的意思。见弗里兰德（Friedlander），卷一，第371页。

比较格洛兹·奥尔达利在《原始希腊》（Glotz Ordalie, *Grèce primitive*, p. 69 sqq.）关于泉、河、井及处女之联系的注释，尤其是关于"埃莱乌希斯的美丽姑娘（处女的）（参见花的，姑娘的花）井"、"特洛阿德的女子浴场（斯卡芝特洛川呵，接受了我的姑娘）"以及"哈利亚特的卡叟萨泉（结婚前要在此献祭）的注释。

径，还有物的交换。人们慷慨地使用粮食而不是全留作家庭私用，共同消费自家土地上的收获物。与此同时，毗邻村落的人们以乡为单位会集一处，在八蜡节飨宴中复苏了他们的亲密感。商业的交易①就像外交的交换，而飨宴也就像性放纵，这全都有助于达成全面的协和状态。另一方面，即使在地方集团的对抗或团结已经削弱的情况下，伴有竞赛的约婚节庆也有足够的理由继续保留下来。这便是我们在罗罗人中看到的，虽说对抗或团结都已大不如前，但青年男女仍然（至少在某些部落里）有权在一起唱歌，即使他们属于同一个村庄。②因此，可以说，促进各个地方集团的结合，这不是赛歌最主要的功能。当然，它也承担了这项任务，甚至如前文所示，虽然其他活动也能很好地达到团结目的，相比之下，人们还是偏爱赛歌。

虽说在秋天有赛歌，但显然在春天更为重要。娶妻是在秋天，但结为伴侣则是在春天。然而，对八蜡节的研究表明，这个几乎全然没有性爱仪礼痕迹的秋季节庆开启了农民生活的一个阶段，从这一刻，各个封闭集团开始过上了家族生活。这是一个室内工作的时段，男女共处于家族之内。相反，春季节庆则开启了田间劳作的时节，在这个时期内，各地方集团都过着单独的生活，但男性和女性则组成了独立的劳动团体（corporation），分别承担不同的活计。在家庭生活开始强化家族本位主义以前，秋

---

① 如前所述，年轻人的节庆也是集市；参见（六三）《东门之枌》和（六六）《氓》。比较附录三，比耶所记。我们须注意：日本歌垣是在公共场所；子仲的女儿在市中跳舞；村落门外的集会也像郊外的高禖节一样可以交易。

② 参见附录三，卜尼法西，本书边码第293页。

季节庆巩固了各个地方共同体的统一状态。同样，在团体生活强化了男女的对立以前，那充满竞赛的春季节庆难道不曾以全面约婚的方式拉近了两性关系吗？

赛歌既表达了社会一体状态之复杂性，又以双重方式使之更新。它拉近了各个村落和年轻男女间的距离，也削弱了次级集团间的对抗，削弱了两性团体间的对抗。地方集团的对立，就像性别的对立一样，构成了中国社会组织的根基，但前者仅仅建立在地理区位的基础上，而后者则依赖于劳动的技术分工。相比起来，性别的对立显然是更不可少的，也是更根本的对立。如果社会集团从一开始确实分为两个性别团体，那么，节庆通过让社会的两半既对立又结合，恢复了社会最初的统一状态：由是观之，两性结合可以说是所有结盟的原理。在一个更复杂的社会中，由于已经在分节（segmentation）*的道路上走得很远，一些传统的合作集团若要统一在一个共同体内，联姻可能是最得力的联合途径。这就是在乡村和亲的季候节庆，尤其是春季的大型节庆中，以缔结一年全部婚姻为宗旨的赛歌何以占据首要地位的原因。

两性结合从一开始并且在实质上就是社会凝聚的原理，正是由于这个事实，故对于两性结合不能不有所规定。联盟内婚制和家族外婚制的对称义务，显然是所有联姻均须遵循的最早、最一般也是最单纯的规则。而随着社会结构变得越来越复杂，这些规则也似乎变得更为精细。这种严格的规定可证诸以下事实：无

---

* "分节"一词来自于涂尔干的"分节社会"，可参见涂尔干《社会学方法的准则》和《社会分工论》两书。——译者

论是欲望的反复，还是激情的无常，似乎是与爱情无关的。确实，在即兴创作的歌谣中，几乎看不到个人的风格。在表达爱情的时候，并不是自由地运用鲜活的灵感，而是更多地借助程式和古谚，这显然更适于传达一种群体的惯常情感，而非个人的特殊感受。① 在竞赛过程中，在激烈的争斗中，当参加者们面对面挑战时，他们的即兴创作不是从灵魂深处、从心灵的悸动和天性的奔放中迸发出来的；恰好相反，是遵从着传统主题的模式，跟随着整齐如一的舞蹈节奏，并最终在集体情感的驱动下完成的。借助俚谚，他们宣告即将到来的爱情。② 但这种爱情的宣言之所以借助俚谚的表达方式，恰恰由于情感本身是不由特别喜好、不由内心抉择、不由个人选择而引起的。倘若不是出于这样的缘由，如果他们是在天性的鼓动下才相互挑战的，那么，他们绝不可能从未发出过一种个人的声调，也不可能始终以一个模糊的、无名的、无特指的面目出现。在一般情况下，都是用替换描写辅助词的手法造出新的对句。少许变动，即是创新。故此，与通常的看法正好相反，情歌的创作总是以千篇一律为特征的。这是因为，即使在个人对个人的竞赛中，青年男女依然是其性别团体的代表，是家族集团的使节。即便在这个时候，他们也不是遵从他们独到的想象，而是履行一项义务。事实上，他们并不是自由地受到心爱之人的吸引而迷恋对方独有的美丽和气质。在通常情况下，他们为之折服的乃是逐代递传的名望与德音；对一个女子来说，是由于世袭的而非个人的属性，才会有某个男子注定要做她

---

① 参见本书边码第89页及以下。
② 参见附录一。

的良人。既然恋爱的情感在非个人的氛围中带有一种强制的性质，正如在赛歌中不会有真正自由的创作一样，在约婚中也不会有真正的个人选择。在古典时代，约婚没有选择的自由，必得遵从媒氏之命。那么，如果在节庆中从一开始就有选择的自由，这种习俗还能形成吗？根据传统，春天的性爱节庆是由一位冠有"媒氏"之职的官吏执掌的①，这难道不是很有意义吗？显然，在造就恋爱的竞赛中，绝不会允许个人的心愿和放纵，只不过将那些注定彼此要在一起、必须相互爱恋的青年男女拉到一起罢了。在一种非个人的、强制的爱情驱使下，他们很快陷入恋爱，他们的爱情就像他们父母的一样，是不同亲族间的结盟。当然，媒氏所判的婚约很可能与从前那些剥夺了自由选择的正面选择规则不完全一致。但无论如何，它们至少都服从于一个原则，那就是，个人的喜好在缔结婚姻时是无足轻重的。因此，这种爱情丝毫也不表现为一种随意的、泛滥的情感，也不会造成混乱与无序。

在中国古人看来，分裂和冲突的起因不在于爱情本身，而在于夫妇之情、配偶之爱，这是一个须加注意的事实。另一个值得注意的事实是，正是这种爱情，为有个人风格的诗歌提供了最初的素材。古代法律规定，男子的妻妾应当有血缘关系，在最初之时，甚至应该是姐妹（或堂姐妹）②。如此可以消除妻妾间的忌妒

---

① 值得注意的是，很多为注疏家所憎恶之事与其说是性爱集会或男女相会（"会"），不如说是一些特殊的习俗，个人的约会（"期"）。参见（一〇）《野有蔓草》注释、（五〇）《匏有苦叶》第13句注释，尤其是（四四）《桑中》"序"。

② 关于妻姊妹婚，见葛兰言：《中国古代的媵妾制》。见《左传·隐公元年》（理雅各译本，第3页）；《成公八年》（理雅各译本，第366页），及杜预

之心，而每一个妻妾的孩子都会得到其他母亲的关爱，就像从生身之母那里得到爱抚一样。① 这种妻姊妹婚② 很可能起源于一种更古老的婚姻形式。每个家族集团都必得从另一个家族中娶妻，不单是某一个成员，也包括他所有的兄弟。如此一来，所有亲族家庭都有相同的形式。也像她们的丈夫一样，所有妻妾和妯娌都是同心德、共利害的。在有助于巩固社会统一状态，又为了这种统一状态而削弱次级集团的本位主义时，婚姻不会造成比性别对立的结果更大的隔离。但到后来，通婚联盟已经无法再依照严格的规则加以安排了，个人可以根据喜好选择配偶，不再由每个集团根据自身的利益选择同盟。从此，由于一个丈夫的所有妻妾，以及某一世代中的所有配偶都不必娶自同一个家族，每个家族集团的女性成员间的同质性也就不复存在了。而由于每个家庭都是由异质成员构成的，离心因素也逐渐渗入了集团内部，于是，敌意可能逐渐产生了，这当然危害了家族的统一。丈夫对某个妻妾、舅姑对某个妯娌或某个子妇的偏爱，尤其是心怀嫉妒的妻子无法容忍争宠的对手，显然是纷争的祸根。③ 既然内部纷争造成了夫

注："必以同姓者，参骨肉至亲，所以息阴讼"；《成公九年》（理雅各译本，第370页）；《隐公七年》（理雅各译本，第22页）；《公羊传·庄公十九年》何休注："必以侄娣从之者，欲使一人有子，二人喜也，所以防嫉妒，令重继嗣也。"参见《襄公二十三年》（理雅各译本，第500页）。此外尚有《史记·吴太伯世家》《鲁周公世家》《天官书》《五帝本纪》（沙畹译本，卷四，第26、78、68页；卷三，第178、193、239、258、366页，及卷一，第53页）。这种习俗在歌谣中常有回忆，如（九）《鹊巢》、（六一）《绸缪》。参见《卫风·硕人》《召南·采蘩》《小雅·我行其野》《大雅·韩奕》。

① 参见《史记·齐太公世家》（沙畹译本，卷四，第68页）。
② 参见葛兰言：《中国古代的媵妾制》。
③ 参见（六六）《氓》及《邶风·柏舟》。

第二编　古代的节庆

妇关系的不稳定，又会随之波及依靠联姻缔造的同盟，[①]夫妇之爱不但有可能导致家族的混乱，还会导致社会的混乱。这些婚姻结合的后果与它最初的功能全然相悖。这大概是由以下这个新的事实造成的：由于社会结构日趋复杂、不稳固，从而使得掌控手段越来越复杂，或者说，越来越难于施行，联姻也由此变得越来越松散，逐渐沦为投机渔利或权势斗争的工具。然而在此之前，在一个更简单、更安定的社会中，在尚能得到掌控的情形下，联姻曾是安定公共秩序的主要手段。

随着王侯权力的崛起，虽然春季赛会的角色已经逐渐为其他方式取代，但仍然作为民间习俗保留下来。王侯的双重调整力量，即官方山川祭祀和政府法令（赋予自然和人类以秩序，掌控季节工作和两性交往），继续执行着这些古老节庆的多重功能。随着关于节庆之最初功能的知识的消亡，人们对基于这些功能的规则的尊崇也随之减退了。尤其是遭逢乱世之时，这些乡村节庆很可能退化为淫泆和放荡，只能在遭人鄙薄的氛围中举行。在本土学者眼中，这当然是失序的明证，而人们早已忘却了一个事实：社会融合才是其最初的目的。

在《诗经》传给我们的记忆中，上古节庆是作为联盟的节庆出现的，在中国农民有规律的生活中，它们标志着地方集团和性别团体的集会时期。它们彰显了社会契约，后者是地方共同体的力量和存续之源。节庆掌控着社会生活的进程。但由于它们的

[①]　参见《史记·吴太伯世家》《齐太公世家》（沙畹译本，卷四，第27、58—59页）。

节奏实际上正好吻合于自然的季节秩序，于是人们相信它们能够保障万物之常态与自然之繁盛。因而，其效力不断蔓延，不断变身。节庆的神性和全部德性（vertu）都延伸到所举办的传统场所。由是之故，当一个王族主持建立了最初在圣地中定期更新的联盟时，这个家族即是以接近圣地力量之人类调解者的身份出现在信众面前——这种圣地的力量首先显示于万物之中，而王侯的力量也是与之一体的。在祭礼领袖即王室中，在原始内容的基础上，完成了一个转化过程，最终从中生出了官方仪礼，而此间的变形是如此之大，以至于我们竟不能一眼看出，那些仍然以民俗（coutumes populaires）面目延续着的旧习（usages）究竟是由何处起源的。

结　论

　　我致力于描述的是中国宗教史上最古老的事实。这部古老的诗集为这项研究提供了最基本的素材。我没有从一开始就从所选的文本中提取有关的事实，而首先将《国风》当作一个整体加以研究，包括其晚近的历史和起源。我将文献本身当作素材：古老歌谣的创作、保存和注解都是事实，必须将这些事实与这些文本提供的素材放在一起加以比较。在对作为一个整体的作品形成清晰的认识之前，我不会贸然开始解释原文①：只有当整体面貌出现后，那些看似随意组合的事实才能相对清晰地显现出来，才能够进一步发现古老制度的根基。有基于此，我们方能开展对原文和相关事实的研究，而如此逐步得出的结果也近乎完整。接下来要进行的工作，是仍然有必要系统地揭橥在对文学史和宗教史的循序渐进的双重研究过程中的发现。

　　《国风》的大多数篇章皆为情歌，它们是从古老的民间歌谣

---

① 在我看来，一项有条理的研究的首要条件是对资料之整体进行批判性反思。这种批判性反思既与我们据以建立与核验事实所依赖的考察工作有关，又有着对已经获得的事实进行理论转化的特征。

总集中选编出来的。这些歌谣是在传统即兴演唱赛会的诗歌主题基础上创作的；在乡民共同体举办的古老季候节庆中，人们彼此挑战，而歌谣就是这些青年男女轮流对唱的结果。

在举行大规模的定期集会时，中国古代的农民从乏味的私人生活中解脱出来，突然置身于一个因传统而赋有庄严性质的节庆场景当中，这种节庆寄寓的是人们的最高理想。与此同时，农民暂时离开了狭小的田地、沉闷的村落和孤立的生活，共同祝颂他们的联盟公约（pacte fédéral），这是每一个小集团的保障。他们以至诚的行动和最有力、最灵验的融汇祝颂公约：他们引导着年轻一代迅速地进入两性生活和公共生活，赋予他们成为人质、参与交换的资格。如此一来，在家庭生活中，联姻会牢记并恪守结合的公约。传统的威望、节庆的庄重、会众的数量和仪礼的严肃，所有这些共同赋予神圣的飨宴以一种非同寻常的力量。这在公众心中激起的情感该是多么强烈啊！但对那些仪礼的主要参与者来说，这种情感又是多么复杂！① 由于每个人都要遵从由其性别规定的惯习，而每个家族也都各有不同的本性，每个人在对方眼里都是陌生人，此时却突然在广众的注视下面面相对，承担起主要的、神秘的而又独特的角色。每个年轻人在相互接近时都

---

① 诗歌语言是与某种特殊活动相对应的一种特殊表达形式。诗歌表达总会向人们强加一种敬重感。这是与宗教活动相适应的：诗歌是一种预兆的语言。《左传》和《史记》中记载的预言几乎无一例外地采取了童谣的形式。参见《史记·晋世家》（沙畹译本，卷四，第274页）、《周本纪》（沙畹译本，卷一，第282页），《左传·僖公五年》（理雅各译本，第116页）、《昭公二十五年》（理雅各译本，第709页）。

结　论

难免怀着不安和希望，心里充满了敬畏、疑虑、忧惧、谨慎和克制，又不得不服从于一种难以逃避的诱惑。①这些混杂而强烈的动人力量引领着他们在对决中彼此面对，这种感受越来越活跃，最终要寻得一个表达的出口。而他们在日常生活的贫乏语言中无法找到合适的表达办法：这些庄严的情感必然需要诗歌这种庄严的语言，才能真实地表达出来。

每个演员都洋溢着最强烈的感情，这些男女的对唱不断地交互推进着。由对立，到接近，他们越来越兴奋，终于，有一种情感从心灵的最深处喷薄而出，淹没了他们，并由他们的全部举止，由他们的姿势和声音，以拟声状物的方式表现出来。他们彼此仍是陌生人，如今却面对面地站在一起，在众目睽睽下举行对抗。他们的举止承载着家族的声望，在好胜心的驱使下，投身于激烈的比赛，一波接一波地对唱，以姿势和语言彼此应答，就如雨果的诗句说的那样：宛如两军对垒，离弦之箭纷纷地在空中往来穿梭。每一波应答都是一次拟声状物的反击，恰如两支球队抛球一般：球刚抛到第一队，马上又抛给对方，然后又抛回来，如此这般，一直到比赛结束。只要赛会还在继续，双方就得一直进行拟声状物的即兴对唱。这种不断重复的交替对唱是诗歌语言的韵律源头。

中国歌谣在形制上极为简单，一般由几章稍加变动的对句（couplets）组成；每组对句又由两个严格对仗的分句组成。最早

---

① 试比较土佬人和苗人以抛球之戏求爱的仪式，其中也伴随着赛歌。见本书边码第149、150页。

中国古代的节庆与歌谣（新译本）

的诗歌不过是几章双行诗（distique）①，对句是诗歌的基本形式*。实际上，为了表现情感，相向而立的演员不但以口头表达，还要伴以芭蕾舞似的动作——他们由此创造出两两对称的格式。这两组既对立又相似的格式由一些大致对等的要素组成：每个对句的两组分句都包含着同等数量的词语。②在总体格式的两边，其韵律和乐章都是对应的：对称分句由在音节上对应的词语组成，每句的韵脚尤其强调音乐韵律。③对称的格式要素也是意义上的对

---

① 每组双行诗都是一对分句，每个分句都有其自身的意义，并与同一种总体思想联系在一起。对句实际上由四个隔行押韵的半句组成——其原因我们很快可以在下文看到——但头两个句子（后两个句子亦然）实际上只是同一分句的两个半句，因为只有到了最后一句末尾，才能完整地将思想表达出来。句读通常都在结尾处以虚词表示。参见（二三）《出其东门》第2、4、6、8句和（五二）《溱洧》第2、4句的"兮"；亦见（四六）《汉广》第6、8句的"矣"和"思"。

* 译者按：要特别加以说明是，葛兰言在此是以欧洲诗歌的结构与形制为参照，说明《诗经》歌谣的特征，即是说，从最基本的诗篇结构而言，每一章即是一个"对句"，相当于欧洲的双行诗体。以《关雎》为例，其基本结构如下：

关关雎鸠，←半句（hémistiche）⎫
在河之洲。←半句　　　　　　　⎬分句⎫
　　　　　　　　　　　　　　　　　（phrase）⎬对句
窈窕淑女，←半句　　　　　　　⎫　　　　　　（couplet/distique）
君子好逑。←半句　　　　　　　⎬分句⎭

② 对句的每个部分（即一个分句）通常都是八言句。其意义在第八言末尾完成（就像罗罗人在第五句完成一样），并非所有的词都有意义；出于对称的需要，有时要在结尾处（参见［二二］《摽有梅》）或开头处（[九]《鹊巢》第1、2句"维"）插入无实际意义的虚词。

③ 韵律是一种类韵（参见邓明德：《罗罗人》[Vial, Lolo]，第17页）：经常在结尾处以虚词表示。这是考虑到，一对词语的发音在音乐上是对应的，就像文人对对子那样。

250

结 论

称：排比句的词语总是成对出现，这些成对的词语在意义上要么相似，要么对反。① 简言之，这种对立格式就如两条平滑的曲线，其对称要素在界定整体时有着相似的功能：在每个分句中，那些均衡词语都起着类似的句法作用。② 于是，两个同时呈现这种对应系统的分句组成一个对句。

对称性拟声状物动作的交互造成了对偶的运用，也即诗歌形式的基本原理；同时，重复地运用略加变化的对句也是诗歌创作的基本原理。但一旦作诗技巧形成了固定的方法，就会随之创造出其他的技巧，即是说，运用现成的诗节进行更活泛的创作。这种进步因一个事实而变得更加容易。在一组对句的两个分句中，每一个分句又是由两个半句组成的：一个半句在与整体确定之行动的关系中描述特定的对象，另一个半句则描述这个行动本身。在两个分句中，每个分句的第一个半句都是逐字对仗的，第二个半句亦然，而每个分句又各自形成了一个整体。如此一来，如果非得用音节来说，那么，一个平韵对句可以看作是由四个交韵诗句组成的。③ 如此一来，成对诗句不必一韵贯之，可用两节双行

---

① 例如，《汉广》：

南有乔木，不可休息。
汉有游女，不可求思。

② 在上面同一个例子中，"游"是一个与"乔"类似的形容词。"息"与"思"均为无实际意义的词尾。

③ 如，试比较（五二）《溱洧》：

溱与洧，方涣涣兮。
士与女，方秉蕳兮。

诗相互穿插的手法创作对句。这样双管齐下，创作技巧更为灵活多变，虽然最基本的原则仍然是重复使用仅须略加改动的要素。只不过这种复沓是在一种更为自由的顺序中进行的，而诗歌也发展出两种类型。有时，重复要素组成叠句，只有少许变动，[①]但也引入了铺陈（développement）的原理，足以让人感受到观念的回环复沓。有时，将这些稍加变动的要素安排在一咏三叹的对句中间，[②]每组对句都在前面的基础上向前铺陈，即是说，观念的推进是以梯级方式逐步展开的。

情感既在竞赛中以诗歌形式表达出来，也借助这种拟声状物比赛的效力而体现在形象之中。由于情感是强烈的和集体的，非个人的和复合的，直接的，非分析性的，高度具体的，是心灵的简单律动，故只有在交替对唱的手舞足蹈之中，才能得到充分的表达。这些形象主要有两类。首先，那些基本的形象只是一些简单的姿势，发声和身体摆动是如此密切地配合在一起，故有声姿

实际的韵脚是第七个字"兮"，一个无实际意义的虚词。
又如，（四六）《汉广》：

汉之广矣，不可泳思。
汉之永矣，不可方思。

实际的韵脚是第八个字"思"，为虚词。第二个无实际意义的词在第四个字处（第二韵），这是句读所在，将对象（汉水之广阔）与行动（渡河）截然分开。

① 参见（四六）《汉广》，（五九）《草虫》。
② 参见（六四）《野有死麕》，（四五）《竹竿》，（五六）《关雎》。这种完美的形式是"潘顿体"（pantoum），史济（《马来人的巫术》，第483页）记录了马来亚人对这些诗歌赛会的喜好。潘顿体是交互换韵的歌谣。

结　论

势（geste vocale）在其简洁的描绘性音乐中始终完整地保存着具象的风格，始终保持着作为一种整体表现而具有的共鸣之力。①在歌谣竞赛中，最主要的创新无疑是致力于寻找②描写助词③；不言而喻，在汉语词的形成过程中④，这些具体词语的丰富创造乃是最重要的工作。同样重要的还有象形文字的创造和历史。当文字返归口语时，便会借助于文字字形和书写动作而始终关联着其视觉形象。⑤其次，更复杂的意象（image）来自于节律运动的构造。

---

① 参见本书边码第93页及以下。注疏家肯定这些描写助词的性质是极为具体的，这使得它们既无法翻译，也不能分析。同时，他们也肯定这些词汇有异常丰富的象征意味。如《关雎》一诗中"关关"一词（参见《关雎》），恰到好处地描写了雎鸠相伴翱翔、彼此应答的形态，也令人联想起人类与鸟类共通的性习俗。

② 见现存的许多异体字；见前文诸首歌谣的注疏。

③ 这些描写助词有一个值得注意的特征，即它们是从对有声姿势的重复形成的。这也同样见于罗罗人中间（参见"哭嫁歌"第一节结尾处leu-leu的表达方式；见附录三）。此外，也出现在埃维人（Ewé）当中，他们的描写后缀词总是以重复的形式出现（参见列维尔-布留尔：《低等社会的思维机判》[Lévy-Bruhl, Les Fonctions mentales dans les sociétiés inférieures]，第183页及以下）。探究一下个中原因会是一件非常有意思的工作。首先，有声形象（image vocale）的重复增加了强度，但为什么又只重复一次呢（指叠词）？在中国人那里，有一个情况是颇值得注意的。有许多词汇都是重复表现，一个对象可以表现在两个相反相成的方面，既表现于阴又表现于阳（如"蝃"与"蛛"、"虹"与"蜺"；参见附录二及《说文》，《皇清经解续编》卷六百五十一、六百五十三）。这些有声观念之所以被重复，有没有可能是因为它们是在男女对唱中创造出来的呢？不论如何，我提出并且更倾向于相信这种假设，是因为这首先是韵律的问题；《诗经》中的诗句大部分都是由二言对词或叠词构成的。

④ 例如，请注意，大量描写具体情感状态的词汇似乎都是从原始的描写后缀词演变而来的。参见本书边码第93页及诗歌注释。

⑤ 我不禁想到，那些姿势（geste）是人们发现并用来指示对象的一种表达方式的必要部分，启发并主宰着雏形文字的书写。我还认为，如果汉语书写从根本上说自始至终都是表意文字，一定会辅以描画或姿势，否则仅靠声音，不足以表达词语的具体观念。我们知道，中国人常用手指向别人比划他正在说的字。参见列维尔-布留尔：《低等社会的思维机判》，第167页及以下。

面对面唱和所描绘的每个形象都是对另一方形象的应答,几乎可以互相取代。①在一般情况下,在一组对句的两个分句中,一个句子描述某种与人有关的行动,看起来更为直观;而另一个句子描述这种行动的场景,也可以说,描述一种相应的自然行动,不那么直接地与整体所表达的事实关联在一起。②通过韵律的作用,或者说,在语言形象的作用下,这两个对应程式的每个程式都似乎成为了另一个程式的象征互体(double symbolique):一个自然的形象以譬喻的方式间接地表达了人类的活动,由此,传统经验与人类事实对应起来,并行不悖。这会让我们以为是一种技巧,那些自然的对应看起来正好接近于我们所想象的画面。然而,这种创造绝不是借助文人句法而想象的结果,韵律效果作为诗歌技法的源泉,只不过在传统所尊崇的各个方面中表现了人与物之间的神秘联系。

那么,比喻和象征所赋有的力量或效验究竟来自何处呢?正如我们所知,在很早以前,《诗经》的诗篇便被赋予了微言大义,只要人们熟读细品,自可传达美德。③这些诗歌带有一种非同寻常的权威语气:颂诗有彰善之力,而刺诗有瘅恶之力。说"守妇道",不过是对后妃的一条简单忠告,但若举诗歌为例:"关关雎鸠,在河之洲"④,则可强制她遵从妇德,因为这是象征之语。以

---

① 参见本书边码第142页及注释。
② 如下面这个例子:
    溱与洧,方涣涣兮。
    士与女,方秉蕑兮。
③ 见本书边码第52页及以下,与第79页及以下。
④ (五六)《关雎》。

结 论

委婉方式说话,可能更有说服之力。诗句因出自古老的诗集,似乎增添了一种令人起敬的色彩,经学家用以解说诗句而做的历史追忆又让这种色彩更为浓厚。[①] 不过,即便这样也不足以在人们心中唤起彻底而直接的敬畏感。那么,这样一个看似简单的形象,究竟如何具有了一种强制性的程式效力呢?至少在我们使用这个词的意义上,它不只是一个简单的意象:在即兴歌谣的主题中,铭刻着实际存在于自然事件和人类惯行之间的对应。例如,当人类隐退到室内时,入蛰动物们也要沉入隐居之所。[②] 这种循环的规律性使得人们可以以人类活动的意象来想象自然的惯行,这两者是彼此关联的。在诗歌主题中铭刻的对应表明了自然法则和社会法则的统一,它们的威望也正由此而来。人类惯行逐渐赋有了新的威力,因为它们的效力似乎已经渗透进自然领域。反过来,自然事件也拥有了道德价值,并且成为社会生活之道的征象(emblème)。人们留在居室内,留下入蛰动物独自过冬而不死。而当动物封住洞口时,也是在向人类传达,该采取入冬的习俗了。社会生活的主导法则不仅表现在人类的惯行中,也铭刻在他们必得遵从的同样有力而强制的程式当中。[③] 而且,正是这些与象征主题同样有力而强制的程式表达了人类习俗与自然事实的一致性。在思想的不断加工下,这些譬喻程式的含义也变得越来越丰富。由于在起源上是神圣的,这些程式不断地生出各种各样的变化形式(avatars);就如它们对应的活动一样,可用于各种

---

① 例如,关于《关雎》,有文王后妃之德的传说性记忆。
② 见本书边码第185页及以下。
③ 例如八蜡节程式,见本书边码第185页。

不同的目的，可根据诸般新需要而给出不同的解释。与有形惯习（observances matérielles）相比起来，显然更容易将新的解释加诸其上，甚至于可以生出相反的意义。——事实上，由于当前的道德规范迥异于那些仍可运用的象征程式①，这是不可避免的。然而，无论如何，这些迂回的程式，这些活跃的譬喻，它们的效力依然是不变的，这是因为，其形式本身总是表现出与自然对应的特征。

　　这些象征程式及其强制力是从彬彬有礼的赛会中产生的，这个事实有助于理解俚谚比赛的意义。在这方面，《诗经》中有一个很好的例子，虽然相当含混。②在这种比赛中，每一方都要努力在他想证明的命题和一连串神圣古谚之间确立一种对应关系，除非他以大不敬的态度怀疑全民的智慧，否则这些古谚是无法被推翻的。③一方举出我所称的"类韵"（rythme analogique）为证

---

　　① 例如，以贵族婚礼的新习俗对（五六）《关雎》、（五九）《草虫》、（六七B）《召南·采蘩》加以象征解释。

　　② （十一）《行露》，见附录一。参见马达加斯加人的诗歌谚语比赛。《史记·齐太公世家》（沙畹译本，卷四，第63页）记载了一个荷马史诗式争斗的例子。颇值得注意的是，这发生在水上节庆中间。（译者按：作者在此指丙戎与庸职弑齐懿公事，类似于《伊利亚特》开篇所述阿伽门农与阿喀琉斯之争。《史记·齐太公世家》载："初，懿公为公子时，与丙戎之父猎，争获不胜。及即位，断丙戎父足，而使丙戎仆。庸职之妻好，公内之宫，使庸职骖乘。五月，懿公游于申池，二人浴，戏。职曰：'断足子！'戎曰：'夺妻者！'二人俱病此言，乃怨。谋与公游竹中，二人弑懿公车上，弃竹中而亡去。"）

　　③ 这种方法可分为两种过程：有时候，可以直接运用同等神圣的程式所具有的强制力，即采用确定的类似性（或者通过表面上确定的类似性）进行推论；有时候，也可以间接运用这种力量，也就是说，采用虚假的类似性进行推论，采取以下的形式："如果你主张……"，听起来好像对方主张（某种荒谬的类似性），用反话、荒谬性进行推论。

结　论

据，并运用许多受尊崇的程式压倒对手。①先言尽程式者，即告败北，也就是说，他的传统学识比较贫乏，不能在民间知识宝库中寻到有用的证据，不能从中发现有效的对应。②这种举证法的基本原理可称为"中国联锁法"（sorite chinois）③，它在中国人的思维中起着非常重要的作用。联锁法由一串命题组成，其对应关系通过排列类韵而得以确证。在最初的自然对应中，依据类韵确立的形式关联（lien formel）不外乎是内在关联之自然而感性的表现；而所谓内在关联，又产生于成对程式中表达的事实所包含的传统的、强制的和必然的对应关系。职是之故，只要韵律显示出一致的逻辑关联——这是它可靠的标志和确定的表现——那么，这种内在关联就被认为是理所当然的。这就是为什么所有的对应，甚至是人为的对应，在借助类韵④之力建立起来后，能够

---

① 如果竞争者手握传统智慧的逻辑利器，便能赢下谚语比赛。每个对手都必须在比赛中充分地推进他的阐述。这种充分性——复言（copia）是演说家的必备武器——本身就是证据要素和逻辑要素。

② 在俚谚竞赛中，运用类比进行推论的技巧在于提出能够引起共振的类比。

③ 见马松-乌尔色先生（M. Masson-Oursel）的研究《联锁推理的比较理论概述》（"Esquisse d'une théorie comparée du sorite"，*Rev. de metaphysique et de morale*, Nov. 1912; *Rev. philos.*, July, 1917, February, 1918）。在我看来，马松-乌尔色只从严格的形式逻辑方面思考联锁论法，这是错误的。原始联锁论的力量来自相邻程式间的真实关联和真实亲和性，这种关联性显示在论述中的相似韵律之中。而越到后来，形式关联越变为基本的，但在起初，却不过是真实关联中更易感知的一个方面而已。

④ 当中国作者以联锁法阐述思想时，这种阐述过程始终具有明显的韵律特征。通常，还会使用一个连接虚词加强韵律，大多用"则"字。正是韵律表明两个相邻程式间有着确定关系，而连接虚词则让这种感受更加强烈。有时候，联锁法还会以更精致的形式运用。故此，由相邻程式联结起来的耦合概念又由一个连接虚词统合起来，也就是说，第二个程式衔接着前一个程式中包含的一个概念。如此一来，推论必然是逐级推进的，在此过程中，各个程式间

将各种程式如此密切地统一起来，从而暗示了它们之间的自然关联。故此，当人们借助类比排列而在一个命题和若干神圣程式间有意地建立对应关系，好让对方接受这个命题时，该命题就马上经由各事物之本质中固有的一致性——尽管只是形式上的一致性——而从这些程式中获得了传统的和神圣的特征与品性。如此一来，对手在受到挑战时只能否定这个联锁里面的某个具体命题，却无力否定那最受尊崇的、最有力的神圣程式之链。

当乡里的年轻人集合起来举行比赛，以在未来的夫妇之间缔造爱情时，他们就像讼案中的两造一样①，各自援引一串诗歌先例，并各自赢得这场官司的胜利。他们站成对峙的两排②，各自编排出一连串尊崇的类比——这些类比将他们的心灵联结起来——劝服对方遵从那命令他们结合的传统法则。从他们冗长的对歌中③，最终产生了相互的吸引力，他们只需要轮番演唱那些自古

的关联性是在基本概念之间直接建立起来的。因此，阐述并不是在程式与程式间确立一种对等关系（équivalence），而是在概念与概念间确立一种包容关系（inclusion）。见《礼记·大传》文末一个极好的联锁法例子（顾赛芬译本，卷一，第787页）。（作者所举《礼记·大传》例子引文如下："故人道亲亲也。亲亲故尊祖，尊祖故敬宗，敬宗故收族，收族故宗庙严，宗庙严故重社稷，重社稷故爱百姓，爱百姓故刑罚中，刑罚中故庶民安，庶民安故财用足，财用足故百志成，百志成故礼俗刑，礼俗刑然后乐。"——译者）

① 见《行露》，附录一。与法律之争一样，以唱和形式进行的恋爱之争也称作"讼"。召伯即在一棵神树下听断这一场爱情争讼。参见《召南·甘棠》和（十一）《行露》。

② 在越南土佬人中间，恋人们在这种诗歌禁咒中是背对背站着的，而玩抛球之戏时则面对面站着，见本书边码第149页和附录三。

③ 观察者注意到，这种求婚歌曲调总是既单调又冗长。在越南土佬人中间，小伙子们不得不唱着长长的怨言，甚至要从头开始重唱。但到最后，他们总能达到目的。参见附录一。在欧洲歌谣中，我们也能发现一种争讼式调子和连祷式风格。马加利类型的歌谣即是一种例证。一个中国的例子，见附录一，本书第270页。

结　论

传下的爱情套语，只需要不断地重复只有稍许改动的诗节就可以了；他们的即兴创作完全是传统的。他们的创新才华并非取决于独特的情感或自主的选择，也不会汲汲于寻找新的论据以赢下一桩新的争讼。对他们来说，这都是既古老又确定的理由，辩论结果也是预先定好的。对年轻人来说，只要演好他们在比赛里的角色，去追求对方，就够了。如果说他们有即兴创作的话，那么，他们的创新也只可能是在舞蹈的韵律之中，除了在具体的形象、拟声状物方面翻些新花样儿，不可能走得更远。

当社会形式发生变革，更为自由的爱情①成为个人情感之事时，个人的革新才能改变歌谣的技法。正如风俗首先在贵族阶层中发生变革一样，取民间歌谣而代之的是宫廷诗歌。②

宫廷诗歌从民间歌谣那里继承了作诗之法。虽然依然不能在拟声状物方面另有创新，但宫廷诗至少从对应效果中学到了韵律，从而创造出新的意象。③为了铺陈一种观念，宫廷诗运用更

---

① 最早由个人创作的诗歌均以弃妇为主题。参见（六六）《氓》和（四九）《邶风·谷风》（顾赛芬译本，第39页）。一夫多偶制的封建家庭组织（参见本书边码第213页）必然会造成妻妾之争，也促成个人情感的萌发，并使私好之心（fantaisie）开始在爱情领域内占有一席之地。

② 这些诗歌确实是宫廷诗，不过是乡村的、农民的宫廷诗。中国的领主都是乡村之人，贵族习俗也是乡村风格的，惟其如此，这种转变才是有可能的。本书中"乡村爱情"部分的大多数诗歌必定是从这样一种环境中产生的。例如，晨曲类歌谣，参见（四二）《女曰鸡鸣》注释（关于台湾的夜曲类歌谣，见附录三）。在日本，这种宫廷诗后来走向了一条独立发展的路线。为了赢得美人而赛诗，这种封建习俗有例可证（见附录三及张伯伦［H. B. Chambelain］《古事记》译本，第530页），原始竞赛最终被改造为封建贵族的风俗。在研究宫廷爱情的起源方面，我们有许多饶有兴味的材料。

③ 参见（六七）《小星》。

灵活的创作方法处理传统的主题。①往往只需在古老的陈述中嵌入一个稍作改动的典故，便可赋予一种情境性的新义。②如果剔除宫廷诗歌的情境要素特征，便与民间歌谣几无差别：最终，它们由同一群经学家收入了一部诗集。

如果那些古老时代的民间作品没有保留某些起源的神圣特质，就很难解释它们为什么会被搜集起来。有许多歌谣因与婚礼有关而存留下来③，对它们的理解能达到什么程度，要看婚礼发生了多大的变化。在这种情况下，歌谣因其仪式功能而赢得了尊崇。其他一些歌谣的保存可能要归功于语言的含混特征，爱情与

---

① 见本书边码第140页及以下。这些传统主题为诗歌场景提供了基本的风景。古老主题的反复运用，即通常所称的比兴（allusion littéraire），在中国诗歌技巧中始终是举足轻重的。这是因为，正如歌谣形式的独特韵律起源于古老的竞赛组织，那些唤起诗歌情感的意象也是从节庆场景中借来的。职是之故，最受尊崇的意象并未丧失原有的意味，仍然极大地保留了这种力量。在其韵律形式和情感素材中，中国诗歌保留了传统的氛围——神圣场景不只影响着诗人的想象力，对画家的技艺也是同样：圣地是他们钟爱的主题，我们没有理由不认为，神圣场景的独特因素将其风格赋予了山水画。当我们在观赏神圣山水的绘画时，可以肯定地说，我们的感受与玩味《诗经》几乎别无二致。在家宅中再现这样一种场景，也就等于获得了圣地的有益影响。即使没有真的朝圣举动，只要以微观的手法忠实地再现圣地的典型景致，依然可以获得这种效力。中国和日本的园林艺术便是如此，只需几块山石、几株小树和几棵花草，即可在咫尺之间再现那些圣地的主要风景。一个民族的宗教兴味和艺术兴味就是这样被唤醒的。

② 《史记·宋微子世家》（沙畹译本，卷四，第231页）。注意地理位置的重要性。在河边求友等于寻求该国国君之知遇。参见（五四B）《唐风·扬之水》。（此处所引《宋微子世家》的例子，即箕子袭用《郑风·狡童》而赋《麦秀之诗》一事："箕子朝周，过故殷虚，感宫室毁坏，生禾黍，箕子伤之，欲哭则不可，欲泣为其近妇人，乃作《麦秀之诗》以歌咏之。其诗曰：'麦秀渐渐兮，禾黍油油。彼狡僮兮，不与我好兮！'所谓狡僮者，纣也。殷民闻之，皆为流涕。"——译者）

③ 尤其是那些被解为贵族阶层在婚后实行戒律之证据的篇章。参见（五六）《关雎》、（五九）《草虫》和（六七B）《召南·采蘩》。

结　论

友情观念的相似性①，尤其是诗歌程式的象征可塑性②，职是之故，人们有可能利用其中所含有的强制力量，将歌谣当成刺诗或颂诗而用作匡正风俗的训辞。

古老的歌谣可以翻作新用，赋有新义，在宫廷中演唱，而在宫廷中创作的新诗与之差别甚微。在歌谣被采集后，编成一个相当松散的集子。只有当人们用统一的原则来解说它所包含的所有诗篇时，各个部分才真正变为了一个整体。人们断言，就像当时创作的诗歌一样，所有诗歌均为学者之作，且有政治道德训诫的特征。在各侯国里，廷臣们利用了诗歌程式的象征力量，他们出于教育王侯的目的而撰写训辞和纪事③，大量引用歌谣片断，与历史事件关联在一起，于是将对歌谣的解释固定下来了。④从《诗经》成书的时代开始，就服务于教化，以"经"的面目出现在世人面前，而其诗歌的神圣属性也随之移入了注解，这是不可阻挡，也无可更改的。

以上就是文献的历史。⑤但就作为原文之产生基础的事实的

---

① 参见本书边码第30页、207页及以下。
② 例如，（五〇）《匏有苦叶》。
③ 比如，《国语》《列女传》和《左传》。训辞与纪事之历史著作的区别是中国式的。
④ 《列女传》在每篇故事结尾处都引用《诗经》。请注意，这与我们引用《圣经》是一样的。在陈述中引用讽喻主题是为了向人们传达其深刻的说服力或道德价值。
⑤ 我们要想系统地研究《诗经》和最早形式的中国文学，必须考虑到一个事实：好几种类型的诗歌作品都是从竞赛中创造的形式演变而来的。大概有如下几种：（1）时历诗，描写不同类型的工作与时日的关系，《七月》是这种作品的最好例证（参见［二一］《七月》及本书第56页），它为后来农事历的古谚提供了素材；（2）预言诗、格言诗和讽喻诗，这在《史记》和《左传》中屡见不鲜（参见《史记·赵世家》《晋世家》），这些诗歌大约都是写给年轻人的作

历史而言，这只不过是一个方面。

中国古代节庆是盛大的集会，标志着社会生活的季候节律时间。它们对应着短暂的聚会时段，此时的社会生活是热烈的，在此之后则轮到漫长的散居时段，此时的社会生活又几近阙如。在每个这样的集会上，将各个小型地方集团融入一个共同体的联盟公约，在传统规定的飨宴中再度得到祝颂。在飨宴中，这些通常极其封闭的集团在集体激情的作用下，暂时解除了它们各自的封闭性，从而开启了每个集团之间彼此交换的可能。这些交换既关乎物，也更关乎人；交换让每个集团都可获有质押，尤其是人质，这保障了每个集团对基本契约的持久忠诚。婚姻联盟奠定了各联盟集团间的保证制度的基础。因此，古代节庆的基本特征是性的狂欢，开启了婚姻交换。在这些场合中，所有的未婚年轻男女，即是说，那些尚未参与共同体事务的人①都被聚拢到一起，以性的入会礼（l'initiation sexuelle）为契机而获得缔结婚姻纽带的权利。联盟集团通过人的互换而保持了团结状态。以是之故，

品；（3）颂诗，类似于品达体诗歌，以英雄传说和系谱传说为主题（《商颂·玄鸟》[顾赛芬译本，第462页]、《大雅·生民》[顾赛芬译本，第347页]）、婚礼赞辞（《大雅·韩奕》[顾赛芬译本，第403页]、《卫风·硕人》[顾赛芬译本，第65页]）、分封授职纪念（《大雅·崧高》[顾赛芬译本，第396页]）、诸侯建城纪念（参见《公刘》[顾赛芬译本，第360页]）；（4）仪式诗，包括节庆歌（《豳风·七月》[顾赛芬译本，第160页]、《载芟》[第439页]、《良耜》[第441页]）以及宗庙祭歌（参见《那》、《烈祖》[顾赛芬译本，第459、460页]）；（5）诗剧雏形，此即原始竞赛本身，包括其唱和、插入即兴创作歌谣，及其舞蹈模拟。

① 这些节庆的一个重要特征在于，它们是入会的节庆。见本书边码第213页及注释。

结　论

节庆表现为年轻人的节庆形态。最引人注目的礼仪是歌舞竞赛，一种韵律的比赛。在此过程中，爱情就在那些在共同体传统法则的规定下，在必定要结婚的年轻人中间萌生了。

我们可以由古代社会的形式本身解释这些节庆的本质。就其根本原则而言，节庆没有越出人类利益的范围之外，它们看起来只是为了调节两性关系。但实际上，节庆标志着社会生活中的独特时刻：社会生活突然进入了一种高度紧张的状态，在其近乎奇迹般的强化下，人们的心灵中激发了对他们正共同完成的活动之效力有了一种情不自禁的信赖感。当地方小集团成员在突然的齐心协力下再度感受到这个共同体的力量时，当然会震惊不已：仿佛在一瞬间，那种理想的协和与太平触手可及，而其德望也近在眼前了。在一片热烈的氛围中，每个人都想象他正参与的行动几乎无远弗届，溢出人世之外，弥漫于整个宇宙。在他的心目中，世界之永恒与协和不外乎是由他们的所作所为而带来的社会之稳定与统一状态促成的。故此，尽管在节庆期间，整个活动会展现为各种不同的面相，但仍带有一种总体的特征，那令人讶异的强度、庄严表现的威望、最终的成就与灵验的效力，都使得这种奇异的活动与日常生活的活动有了云泥之别。节庆是一种崇高而非凡的秩序，就如宗教秩序一般。古代节庆中的活动，即满怀希望的集体性简单举动，都是神圣的活动，构成了祭礼的基本要素。人们也同样认为，只要虔诚地相信这些举动是灵验的，便可对人类命运及其所处的自然环境带来决定性的影响，而这是奠定中国宗教和思想基础的信仰源泉。

依据对古代节庆的考察，我们有可能描述上古时代的中国社会形式。一个乡的居民组成一个共同体的集合形式，根据劳动分工划为两类基本的集团，而其社会生活必然服从于一种有节律的组织规划。首要的分配原则是两性劳动技术分工。男女形成两个团体，每个团体都在适当的时间里各自从事相应的工作。每个性别团体都各有正好相异的生活方式、习惯与风俗。另一种分配原则是他们所耕种土地的地理布局。共同体成员们在家族间划分土地，在每个分立的家族集团中又发展出一种本位主义精神。在每个家庭的领地上，地方集团的男女们又各有工作。在天气晴好的季节，男人们在田间从事繁重的劳作，女人们只是到园中采桑，在室内养蚕。而在气候寒冷的季节，没法在田间工作，男人们只能干一些修补房屋的简单活计，而女人们则要从事繁重的纺织工作。这样，男女两性按照在季节交替的节律，轮流担负着有组织的工作。即使在冬季，当男女会合时，由于工作的多样性，男女也继续保持对立。在夏季，由于他们几乎没有会面的机会，这种性别对立达到了顶点。相反，在冬季，由于各地方集团都隐居在家族村落中，集团对立才是最强烈的。但在一年当中，隔离才是通则，小集团过着单调的生活，忙于各种日常的、个人的事务。在这时，是无所谓"社会生活"的，除非等到标志着另一种生活到来的时刻，也就是全面集会的场合，惟有在这种场合上，共同体才能恢复它以前的统一状态。春季集会有更明显的性狂欢特征，因为它拉开了男女激烈对抗季节的序幕。而秋季集会更多的是宴饮的狂欢，因为这预示着在之后的时间里，各个分立的地方集团都要

结　论

忙于蓄积粮食，会进一步加强他们的独立性。①在这两种集会中，竞争和比赛在每个人的心中描画出共同体的构造图景，并打下深深的烙印。这就是节庆的基本功能，这是一个社会的社会生活中独一无二的场合，恰恰是由于社会密度过低而不足以长久地维持黏结状态，节庆才有可能施加一种日常的支配力量。

在古代的协和节庆中，最重要的是由性仪礼占据着主要地位的春季节庆。由于这些仪礼的作用，两性团体的对抗会暂告消失。当它们合二为一时，基本集团也重归凝聚状态。两性的亲近旨在结合一对男女，将两个相反相成的部分融进一个整体，故从根本上说，是一种结盟的原理，可将各种异质要素混而为一。这就是它的作用；而在同质集团里，两性结合没有用武之地，因为族内婚是不合常理的。当劳动的地理分布巩固了其技术的分工，当基本集团的结构不仅将分工引入两性团体，也将之引入既必定联合又依特性而区分的地方集团时，每个基本集团都由其自身之同质性而无法联姻，因而禁止运用这种结合原则，而只能用之表明自己与邻近集团间的团结；为了实现共同体的全面结合，每个基本集团都只能在实行集团外婚制的同时，也参与共同体内部的婚姻交换。②

---

① 见对八蜡节的分析，本书边码第178页及以下。
② 这个论断的重要理论意义在于：如果它是正确的，则表明，在研究外婚制法则时，如果只考虑这些法则的负面，必然是片面的。禁止在本集团内通婚与禁止联盟外集团通婚是同步的，这意味着只能在一定范围内通婚的义务。换言之，只有在一定的关系圈内，才能相互通婚，也只有在这个范围内，婚姻才是强制性的。外婚制是婚姻正面义务之反面。

243   两性仪礼的效果验证了它的严正特征:这些活动成功地将平时分居而又互怀反感的人们聚到一起。对于个人,这是一个戏剧性的时刻:爱情在此时觉醒,诗歌也在此刻创作。对于社会机体,这也是一个非常的时刻,事关其未来和昌盛。还没有其他行动如这般重要,必须由共同体监守。性入会和约婚礼都依据传统的规矩,是在众目睽睽下,在共同体的管控下进行的。任何两性的非法结交都会陷社会关系于全面的紊乱,因此,婚姻受到严格的规定:没有个人的随心与所欲,在规定的时刻,一种"人为的"秩序将一份与社会组织图景一致的恋爱情感强加给共同体的新成员们。①这种异性情感是与维系相邻集团成员的友情正相类似的。②

  两性赛会是所有行为中最重要的一种,人们在集会中怀有的崇信感又给它增添了宗教行动特有的灵力。但从总体而言,人们的各式活动实际上是一种宗教活动。所有的举动都是宗教祭拜的要素,不过,这是一种综合性的祭拜,其中的每种行为并不具有某种特定的目的③,无非是以各自的方式表达了社会参与的成就感。因此,在上古时代,祭拜体现出与社会活动同样的特征。就如社会活动一样,祭拜集中在一定的时空,限制在集会的时刻,
244 即节庆,依附于集会中心,即圣地;与社会活动一样,祭拜也产生于共同体的全体成员之间:他们是主祭,也是信众。既然所有

---

  ① 这种观念体现在掌管婚姻之职的媒氏和节庆保护之神的概念之中。见本书边码第217页及以下。
  ② 故此,在语言中并未区分爱情观念和友情观念的基本关系。
  ③ 参见本书边码第173页及以下。

结　论

活动皆为人之所施，亦为人之所受，那么可以说，所有参与者都交替扮演着这两种角色。①

在这些包含着所有祭拜的节日中，形成了所有最初的信仰：首先，宗教行为之灵验观出现了，这种独特的、无尽的灵力超越了人类利害本身。一旦中国人相信他们的祭拜行动左右着自然现象，就以节庆活动为模板呈现自然的进程。正如他们是在集会中构想社会秩序的恩惠一样，他们也在集会中构想自然秩序的理念。在依照自身行事之模式来描绘自然秩序所依赖的法则时，中国人会想象，既然自然也要遵从习俗，那么，它必然是与他们刚刚意识到的社会规则一致。②确实，中国人始终认为，那些主宰着世界进程的原则都发源于古典时代的社会结构，更确切地说，发源于我们在古老节庆之行为中所见的这种结构的既定表现。

1. 世界由阴、阳主宰。这是两个基本的思想范畴。万物都依据这种二元加以归类，分属阴阳。但这是两个具体的范畴，两种宇宙论原则。阴阳（女性原则和男性原则）既相争又合一，达致世界之协和状态，这是按照两性结合的模式构想的。如我们所知，社会机体的所有成员都分属男性团体或女性团体，而社会秩序也依存于这些对立集团有节律的合作。在节庆中，形成了社会组织的图景，并呈现在人们眼前，每个人都看到了由男女交替对唱和旨在达成两性结合的竞赛造就的全面和谐状态。于是，在人

---

① 面对面的合唱队轮流唱歌。八蜡节布局也具有对立的特征，交替节律支配着仪式行动的秩序。

② 见对八蜡节的分析，参见本书边码第178页及以下。

们的想象中，普遍生活是从两个性别群体之相反相成的活动中产生的，他们分布在各地并定期聚在一起。对于中国人而言，这就是何以分类的原则也是现实的原则——据此我们可以理解，何以思想的分类是具体的并具有宇宙论原则的价值——何以生灵和万物都分为两个部类，表现为两个有性别的宇宙论原则。

2. 在中国人的思想中，空间不是一种由同质要素排列而成的简单广延（étendue），也不是一种由所有属性相同的部分堆叠而成的广延。恰恰相反，它是一个有机的整体，由不同种类即男女或阴阳相对构成的：它是面对面的广延体之集合。每个性别团体都各有工作的场所，彼此相隔：男人在田间劳作，女人则在室内或近旁树下干活。尤其当他们置身节庆的场合时，每个团体为了避免直接接触，都各有一个单独的方位。在山谷里，在圣地的斜坡上，男子站在太阳地里，而女子站在阴影下。[①]男性的位置属阳（adret），女性的位置属阴（hubac）[②]——或者说，他们就是阳或阴。阴和阳这两个词最初的意思就是确指这两个具体范畴的，"山之朝向日光的一面"为阳，"山之背向日光的一面"为阴。这确定无疑地表明，分为两个集团的社会成员和万物首先是从空间方面被体认的。人们根据参与者在节庆中所处的场景而构想空

---

① 我必须承认，出于某些原因，目前还没有文献明确断言男女的位置是像我刚才所肯定的那样。但请参见附录三，本书边码第282、288页，勒让德（Legendre）和高奋云（Colquhoun）都提供了珍贵的材料。

② 为了准确地传达阴、阳这两个词的原义，我从阿尔卑斯方言中借用了两个词adret和hubac。阴=hubac=ad opacum（拉丁语：黑暗）=向阴坡，山之北，水之南。阳=adret=ad rectum（拉丁语：光明）=向阳坡，山之南，水之北。这就是阴、阳的本义，因此（只要我们承认"阴"是女性的，而"阳"是男性的），女性的位置就在hubac一边，而男性的位置则在adret一边。

结　论

间。因此，空间范畴是依据阴阳这两个基本范畴确定的。人们承认存在着两类广延体。但这并非全部。中国人的空间观念形成于竞赛圣地的外象，更确切地说，形成于两个对立男女集团呈现的舞蹈形象场景。两组面对面的合唱在进行过程中勾勒出一个形象，在这个形象中，所有一一对应的要素都旨在赋予整体以一种意义，因此，空间被认为是一个由各种相反、对立的广延和种类构成的整体。①最后，有太多的节奏感和动态视觉感仍与这种空间表现融为一体，以至于空间表现与时间表现并不趋同。

3. 对中国人来说，时间也不是一种均质的绵延（durée），不是由处在统一运动中的属性相似之瞬间组成的连续体。相反，在他们看来，时间是由两类对立（阴或阳、男或女）时段的重复轮替构成的，这两类时段也是对应的。两性团体为了保持各自的独立性而划分了一年的工作。一个季节属于男性，用于田间耕作，另一个季节属于女性，用于室内工作，两性相互交替。尤其在节庆期间，为了避免男女活动混杂，就更有必要将这种交替加以组织安排。还有，在竞赛中，男女合唱交互应答。这样一来，节庆的时间是由等长的对称性乐律时段的反复交替构成的。由男女声的交替对唱所确定的一系列耦合时段的表现，奠定了中国人的时间概念的基础，据此，时间不过是阴阳交争的轮替节律。②

4. 不论时间还是空间，既然均遵从阴阳范畴的二分作用，那

---

　①　由此产生了一种非常独特的"中心"观，这个中心被认为是一个各种对立力量和光线的聚合点。我们可将中心的观念比作圣地即祖先中心的观念。在汉语中，中心的观念令人想起协和与一致的观念。

　②　作为节律交替的关键点，也即两种生活的转换时刻，节庆被想象为一种再结合，性的结合，阴阳的和合。见本书第133页及注释。

么不可能是一个同质的整体，而是有两类广延和两类绵延。如两种对立的广延一样，绵延也是对立的，而绵延又与同属一类的广延关联在一起。如果我们知道这两个概念都是从咏歌舞蹈之场景（scène mimée）*的表现中形成的，在这种场景中，两种对立合唱中的声音和姿势表达了同一种节奏，表达了与每个音乐时段相应的律动姿态，我们也就明白了时间与空间一而二、二而一的关系。① 惟是之故，交替对应原则与位置对称原则的统一构成了时空观之基础。这些原则只不过是两种演员集团都必然要在节庆当中分任角色而造成的双重结果罢了。但竞赛只是以戏剧化的方式表现了古老时代的社会结构，而究其实，两性劳动分工才是原初的事实。社会分为两个性别集团，万物分属阴、阳两个集团。男女的合作与结合是社会生产和集团增殖的保证：阴阳以两性方式结合在一起，它们是造物之源。男性头顶烈日在田间劳作，女性则身在室内。阳是向坡、南方和光明的构成原理，而阴是背坡、北方和黑暗的构成原理。男人承担着最重要的工作，在晴好的季节中达到顶点，农夫们散布在整个田野之中：阳是夏季和工作的原理，是一种外张的原理。② 而当人类活动转入最弱、每个人都

---

* mimer，有摹仿、表演之义，但葛兰言在此并不取此义，在某种程度上，与柏拉图式的"摹仿"（mimesis）恰好相反，这里强调的是在节庆中，歌谣（声音）和舞蹈（动作）并非如同作家创作的戏剧那样是在摹仿或传达某种理念或形象，情感、声音、动作等要素之间是不"隔"的。这实际上颇类似于毛诗序"诗言志"说："在心为志，发言为诗。情动于中发于言，言之不足，故嗟叹之，嗟叹之不足，故永歌之，永歌之不足，不知手之舞之、足之蹈之也。"因难以在汉语中找到准确对应的译法，故暂将scène mimée译作"咏歌舞蹈之场景"。——译者

① 冬、夜、北；夏、昼、南，等等。
② 见《书经》和《史记》中保存的古历。参见本书边码第175页及注释，附录二。

结　论

在居室里过着孤立生活之时，则轮到女性开始工作了：阴是终季即冬季的原理，是隐退、消歇、闭合与潜藏的原理。如我们所见，古代的劳动分工规则制约着社会活动，也由此奠定了中国思维的秩序原理。它们是具体的原理，活跃的原理，是世界观的总体蓝图，并在实际上主宰着自然的演化。①

在中国文明史上，有一种历史事实标志着一个重要时期的来临，这就是诸侯城邑的建立。当人口密度不断增加，足以使永久

---

①　在这里，我有必要简短地陈述一下这项研究所做的假设。基于可靠的分析，我们不难发现，阴阳是一对彼此对立、交互的两性集团力量。不过，竞赛的组织已经足以说明构成这些复杂观念的所有要素了。这证实了这些基本观念均发源于中国原始节庆的假说，证实了我所说的主要意义上的逻辑秩序。当然，由于文献所限，我们不能提出具有同样价值的历史秩序的证据；也没有资料明确地表明，当男女在神圣山谷间面对面轮唱时，女子站在阴面，男子站在阳面。但如果不是这样的话，原义为"adret"（向阳面）和"hubac"（向阴面）的汉语词就不可能拥有它们现在的含义，这在相反的情况下也可以得到圆满的解释。

不止如此，承认两性在竞赛中的方位确实就像我们的假设所要求的那样，还有一个决定性的理由，它可以让我们清楚地看到何以会采纳这种方位布局。如果一方面在表现（représentation）层面上没有将女性与她们工作的阴沉季节和幽静环境关联起来，另一方面，又没有将男性与其工作的炎热季节和晴朗时日关联起来，那么，男女两性团体间的劳动分工就是无法想象的。这种基本的劳动分工造成的结果便是将女子歌队安排在阴面，而男子歌队安排在阳面。因此，具体分类原则在一开始就是从空间方面构想的，但作为分类观念之总体构图的意象配置，却取决于在两性团体分工基础上形成的劳动组织方式。于是，阴和阳给我们的最初印象，作为对不同物种加以归类的范畴，首先是两个性别集团，他们的节律活动主宰着万物的创生。

我们还可以举出新的事实以证明我们的假设，不仅可以说明我们要解释的概念的所有构成要素，更能说明它们彼此之间的亲和与等级关系。为了增强说服力，我们还可以举出比较社会学的研究。在他们研究"原始分类体系"的权威著作中，涂尔干先生和莫斯先生指出了中国分类体系与某些原始体系的相似之处，汉语文献材料已经足以让我们做出推测，中国的分类体系也有着类似的起源。见《社会学年鉴》（*Année sociologique*）第6卷。

聚居地成为可能时，社会结构也随之发生了变革。

我们尚未发现有迹象表明，曾经有城邑是不受领主统治的，封建王朝的创立始终是以城邑的营建为标志的。① 正是这种永久聚居地，第一次使人们有可能在彼此间直接发展出日常关系。当社会活动变为日常生活时，为了维护秩序，只靠远距离的节庆来定期地更新人们对社会组织的受惠之感，已经远远不够了，而直接控制成为必要之举：在城中过日子的人们需要接受统治。实施统治的君主成为社会秩序的原理，恰如昔日的节庆；君主的统治力被赋予了与古老节庆同样的威严，他拥有调节的力量，并施及人类与万物。君主之神圣，光被四表，泽及臣僚，赐予他们治国之才：这样，随之形成了由官员组成的贵族阶层。君主的神圣也延及他的居住之地，那里变成了举办集会和各种交换的圣地。君主在那里立庙、建市。因此，就如人类活动以前集中在集会圣地一样，如今又集结在君主的周围。与此同时，这类活动依然遍及全年，也依然保留着某种定期的性质。拜见诸侯的宫廷集会、集市上的庙会，再次在相同的时间出现，让社会生活变得有节律，只不过，这种生活如今已经具有了永久性的新特征，于是，所有制度都从此改变了。

两性对立依然是社会的基本法则之一，但采取了新的形式。尤其是那些君主周围的男性活动，并没有失去其高贵特征。不过，当男性频繁受召参加宫廷集会时，女性却通常被排除在外。

---

① 注意，当一个王朝走向衰微，希望赓续天命时，会营造一座新都以确保成功。见《大雅·公刘》（顾赛芬译本，第360页）。

结 论

她们幽居在闺门之内[①]，埋首家务，远离庄严的公共生活。两性对立虽然依旧相当强烈，如今却取决于男女的不同价值。两性接触越来越令人忧虑，因为男性觉得接近女性似乎有损威严。随着女性隔离于公共生活，她们被认为是不洁的，从而失去了参与公共生活的权利。这种不洁特征使得强加给她们的蛰居生活也变得越来越严厉了。男女聚会中的习俗被视作为了抵消女性的有害影响而做的补救措施；性仪礼也从宗教庆典中销声匿迹了，只能在一些多少残留着巫术特征的仪式中才能看到些许痕迹。[②]最后，女性也不再参加公共祭祀，只在极少情况下还有残存，比如，充任"上林"祠的女巫。[③]她们只是在祭祖中扮演一个角色，而这几乎是私人性质的祭祀了。[④]

由于这种对称的演化，婚姻几乎不再是一桩公共事务。当古老的共同体不再只有内部的、不变的政治，君主们开始各怀心思，灵活地调整外交政策。他们利用婚姻同盟，拉拢外交盟友，增强斗争实力。故至少在贵族阶层中，婚姻结合不再遵从传统规则，而取决于家族首领的临时决策。婚姻不复缔结于庄严仪式和共同体的约束之下，而是服从于政治形势，其缔结日期也取决于外交，而且，为了避免性行为的危险，还采取了必

---

① 家务是女子之职，男人则忙于室外的所有工作。女子被局限在闺门之内，见《礼记·内则》（顾赛芬译本，卷一，第659页）。
② 例如，祈雨的巫术仪式，参见《礼记·檀弓》（顾赛芬译本，卷一，第261页）。
③ 参见《史记·封禅书》（沙畹译本，卷三，第452页）。
④ 在这种祭祀中，主妇是主角。我们还要注意，男女仍然不得接触。参见《礼记·祭统》（顾赛芬译本，卷二，第339页）。

要的防范手段。

那些在传统联盟以外缔结的婚姻,尤其是不守外婚制的结合,依然被认为是有害的。我们可以从中辨识一些君主覆亡的深层原因。但君主的婚姻显然要重于该国所有臣民的婚姻。正如过去节庆的神圣力量现在全都集中于君王之德,君主的婚姻也像以前的全面约婚仪礼那样对国家生活有着重大的影响。①宫闱争宠与忌妒造成的纷争无非是封建外交策略之争的折射,成为社会紊乱和失序的祸乱之源。正如妇人本性是有害的,除非君主有足够的德行感化后妃,才能改变其本性,并匡正全国风俗,否则,她们很有可能成为祸国之源。

一旦贵族阶层和贵族习俗形成,那种将女性隔离于所有公共生活的轻蔑感以及对接触妇女的恐惧感,就会变成一种强烈的动机,将年轻人的节庆贬为庶民风俗。②除此之外,这些节庆从前承担的职能也归于君主。最初,节庆的多重赐福力量是与其传统的祝祭场所融为一体的。人民的协和、婚姻的福祉与多产、每年的繁荣,都是从这些地方中产生的。这些场所主宰着人类与自然的生活,将新生儿赐予家庭,将雨露和阳光布给禾稼。万物都来自守护它们的力量,人们虔诚地相信自己也降生于这些祖先中心。嫡系后裔拥有神圣的谱系,让他们继承了先祖的赫赫声誉,成为天命望族,其领袖与圣地共同分享着支配人类与万物的德行。他们通过对圣地的崇拜而保有这种德行,并献祭臣民之贡

---

① 参见《礼记》"大昏"(王侯的婚礼)注释(顾赛芬译本,卷二,第367页),以及(五六)《关雎》注释。

② 此为《周礼》与郑康成之见解。见本书边码第132页。

结　论

物而滋养圣地。不过，为了永久的统治，他们需要一种比定期的山川节庆更直接的日常祭礼，以恢复调控力量。在他们的周围，那些负责宗教事务的专家最终在早期时代的整体活动中走向了分化的道路。这样，他们找到了分裂祭仪的方法，在城邑中建立各种庙宇，以便经常恢复自身的威望。圣地仍然是其权力的外在中心，他们依然与圣地共命运。随着王族的衰落，有些圣地变成了庶民朝圣之地；而随着王朝的崛起，另外一些圣地则变成了国家祭祀的对象[①]——由于宗教思想也会区分山川，这些国家祭祀有时在名山，有时在大川。[②]

　　没有哪个君主没有城邑，也没有哪座诸侯城邑没有集市、宗庙和社坛[③]，这都是城邑从乡村圣地继承而来的。集市是交换之地，这给年轻人的节庆蒙上了一层市集的色彩。值得注意的是，集市依然是约会的场合[④]，正如没有人的交换，也就没有经济的交易。宗庙祭祀表明了人类社会成员间的关系。祖先是社会秩序的守护神：祖先可以通过尸祝，帮助子孙做出重要的生活决策；婚姻与结盟也在他们的注目之下，生儿育女就更不用说了。[⑤]虽然土地神（社）已经削弱并脱离了原来的土壤，但仍然直接继承了圣地的神

---

　　① 见《史记·封禅书》所载，秦君祭拜圣地，并将之升格为国家祭祀（沙畹译本，卷三，第422页）。
　　② 例如，泰山祭祀。参见沙畹《泰山志》；《鲁颂·閟宫》（顾赛芬译本，第457页）。
　　③ 见《诗经》中纪念创建都邑的诗篇（《大雅·韩奕》和《大雅·公刘》，顾赛芬译本，第403、360页）。
　　④ 参见（六三）《东门之枌》和（六四）《野有死麕》。请注意，高禖节庆在都邑南郊举行，也是平时贸易之所。
　　⑤ 见孔子诞生的故事，它表明了由旧俗向新俗的转变过程。参见《史记·孔子世家》（沙畹译本，卷五，第289页）。

圣力量，树林之繁盛便是明证；它大约先是栖居在圣林，再是圣树，最后才栖居于一块带有神圣属性、可移动的木碑①，君主可将之安放在居室附近。人们向社坛祈祷，保障季节正常交替，惟其如此，社会才能存在。有些诉讼案件，尤其是涉及两性问题时②，要在社前辩论（这是古老赛会的遗留），然后做出裁决：例如，召伯曾在一棵众所尊崇的树下，听断一桩婚姻诉讼的两造轮流唱和陈述。

于是，这种具有宗教性的整体活动，在以前是与一年中的特定时期和疆域内的特定场所密切相关的，到了如今，已经无关乎时间与空间环境——它已脱出了共同体的范围，转由专门机构掌管。一旦失去了丰富性，经济也如政治那样部分地走向了世俗化，虽然仍然可以说是宗教活动，但如今越来越不依赖于社会事实的整体，而服从于经学家团体的分析，逐渐适用于各种特别的目的。如此一来，仪礼技术（technique rituelle）随之形成了。古老的习俗因其本质各有不同，它们的效验原本是不定的；而如今，由于学者们有系统的分类工作，这些习俗的每一种都被赋予了特别的用途；于是，古代节庆最终简化为一堆仪礼，由不同的宗教思想系统将之分配到历法之中。③

---

① 参见《周礼·地官》和《论语·八佾》："夏后氏以松，殷人以柏，周人以栗。"

② 参见（十一）《行露》及《召南·甘棠》（顾赛芬译本，第20页）。参见附录一。

③ 我们发现，原始的仪式整体实际上是逐渐崩坏的，其中的各种习俗分别演变为独立的仪礼。它们的日期根据各种原则固定下来。有时候，它们附着于太阳日，有时候附着于循环日（干支日），有时候又是纪念日（如三月三日，参见《荆楚岁时记》）。节庆时间在缩短，而数量却增多了。在节庆解体后，其仪式分散到各个月份，恰如众多假日一样。这种大致合理的仪礼分配是与其整体崩解相一致的。例如，九月九日变为登高之日（参见高延：《厦门节令志》，

结 论

在王侯的宫廷里，那些宗教传统的守护人采取了双管齐下的做法，让人们同时在信仰和仪式两个方面感受到宗教。一方面，根据宗教释经派的推究，他们对原始阴阳观念的分析提供了在确立仪式技术时作为秩序原则的知识源泉。另一方面，古代信仰受到社会新秩序的直接影响。人格（personnalité）是封建组织的基础，并且与祖先崇拜共同发达起来，如今得到了极大的张扬，这最终导致人格化宗教力量观念在信仰领域的兴起。于是，山川便以公、侯等英雄面目出现在人们头脑之中。[①]而世系谱法（l'art des généalogies）是封建政治必不可少的，此时也应运而生，用以营造地方崇拜的历史，当然，这是出于外交的目的，并且采取了英雄传说的形式。这方面的证据，我们可以举出以神异诞生为主题的传说。与这种传说相关的事实总是成对出现，且更富有教益，因为它们表明，将王族与英雄起源关联起来这一点有多么重要，不止如此，这也为系谱学家的想象提供了方案。在神异观念方面，不外乎以下几种[②]：女主人公受孕有身，归功于她目睹一颗流星，或履巨人之迹，或吞一枚鸟卵，或是一朵花、一粒种子甚至在梦中与祖先沟通都会得孕。在这些类型的传说中，全部或至少有两个是与山川节庆有关联的。可以肯定，在简狄受孕或兰

第530页），五月五日是在水上仪式之日（同上书，第346页）。但登高仪式不是只在秋天，在春天也有（七月七日和十四日，参见《荆楚岁时记》）。举出这些简略的例证，我想已经足够了：对于那些打算依据在节庆举足轻重的日期或仪式来寻求节庆之起源或意义的人，这算是一些慎重的忠告吧。

① 参见本书边码第194页。
② 参见本书边码第200页。这是最具原初意义的传说，履足迹而受孕之观念似乎与圣地（圣石）有着某种关系。

中国古代的节庆与歌谣（新译本）

伯诞生的系谱传说中，几乎每个细节都源于古老节庆的习俗和与祖先中心有关的古老信仰。①

即便在封建宗教以外，由于这种神圣力量人格化的需要，也从古老的民族风俗中挑出了一些民间神话。这些神话堪称活力十足，即便没有官方崇拜的帮助也能存活下来。我们看到，在那些古老的节庆里，年轻男女们在雨季或水中对唱，这种彬彬有礼的赛会以男女结合而告终。正是从这些节庆中，产生了那些主雨之龙争斗并结合的神话。②直至我们这个时代，年轻人节庆的基本仪礼依然以星辰神话即织女故事的面目风行于远东地区。③在中国④和日本⑤，女性向织女星乞巧、求子。在一年当中，织女都住在银河对岸，过着孤独的劳动生活，而等到七月七日，这位天上的贞女，就如一个地上终于熬够日子的农妇一样，要渡过天河会牵牛（牛郎）。⑥

---

① 参见本书边码第166页、200页及以下。

② 参见本书边码第159—160页。鲁国仪礼和郑国信仰十分明白地体现了这个神话与古老节庆之关系。

③ 对于这个故事，在我看来，有一种最危险的诠释，高延《厦门节令志》第436—444页即是一例。

④ 在中国（见《西京杂记》和《荆楚岁时记》），有将小儿像置水上漂走的习俗（参见郑国的礼仪，本书第158页）。参见高延：《厦门节令志》，第443页。《西京杂记》提到了在百子池畔举行的仪式。这都是祛除仪式。

⑤ 在日本，在举行盂兰盆会这天，夫妇要在草间唱歌（参见附录三，本书第279页），即在7月中旬。数日前就是拜织女之日。在中国，佛教盂兰盆会仍然是在这一天举行的。还应提到，7月第14天（两个7天）是古代举行秋禊献祭的日子，与春禊（三月三日）是相对的。

⑥ 她随喜鹊渡过天河。喜鹊是婚姻之象征（参见[九]《鹊巢》）；高延：《厦门节令志》，第440页；《风俗记》："七夕，织女当渡河，使鹊为桥。"见本书所附年画《天河配》形象。

天河配

《诗经》征引篇目对照表

	诗经次序	顾赛芬本页码	理雅各本页码	本书编号	篇 名
周南	1	5	1	五六	关雎
	3	8	3	五八	卷耳
	5	10	11	六	螽斯
	6	10	12	一	桃夭
	8	12	14	一九	芣苢
	9	13	15	四六	汉广
	10	14	17	四七	汝坟
召南	1	16	20	九	鹊巢
	3	18	23	五九	草虫
	6	20	27	一一	行露
	8	23	29	一四	殷其雷
	9	24	30	二二	摽有梅
	10	25	31	六七	小星
	12	26	34	六四	野有死麕
	13	27	35	五	何彼襛矣

《诗经》征引篇目对照表

续表

诗经次序	顾赛芬本页码	理雅各本页码	本书编号	篇 名
邶风	6	35	48	六八	击鼓
	9	38	53	五〇	匏有苦叶
	10	39	55	四九	谷风
	16	48	67	一二	北风
	17	49	68	三九	静女
鄘风	4	55	78	四四	桑中
	5	56	80	七	鹑之奔奔
	7	58	83	一六	蝃蝀
卫风	4	67	97	六六	氓
	5	70	101	四五	竹竿
	7	72	104	四八	河广
	10	75	107	二八	木瓜
王风	8	82	120	一八	采葛
	9	83	121	四三	大车
	10	84	122	二七	丘中有麻
郑风	2	86	125	四〇	将仲子
	7	92	133	三二	遵大路
	8	92	134	四二	女曰鸡鸣
	9	93	136	三六	有女同车
	10	94	137	三一	山有扶苏
	11	95	138	一五	萚兮

续表

诗经次序		顾赛芬本页码	理雅各本页码	本书编号	篇 名
郑风	12	95	139	三〇	狡童
	13	96	140	五一	褰裳
	14	96	141	三五	丰
	16	98	143	一三	风雨
	17	98	144	三八	子衿
	18	99	145	三三	扬之水
	19	100	146	二三	出其东门
	20	101	147	一〇	野有蔓草
	21	101	148	五二	溱洧
齐风	4	105	153	四一	东方之日
唐风	5	124	179	六一	绸缪
	10	129	185	二六	有杕之杜
	11	130	186	三七	葛生
秦风	4	137	195	五四	蒹葭
	7	141	200	五七	晨风
陈风	1	145	205	六二	宛丘
	2	145	206	六三	东门之枌
	3	146	207	二四	衡门
	4	147	208	二九	东门之池
	5	148	209	四	东门之杨

《诗经》征引篇目对照表

续表

诗经次序		顾赛芬本页码	理雅各本页码	本书编号	篇　名
陈风	7	149	211	三四	防有鹊巢
	10	151	213	五五	泽陂
桧风	3	154	217	二	隰有苌楚
曹风	1	155	220	二五	蜉蝣
	2	156	222	一七	候人
豳风	1	160	226	二一	七月
	3	167	235	八	东山
	5	170	240	六五	伐柯
小雅·三	2	199	279	五三	菁菁者莪
小雅·七	4	298	391	六〇	车舝
小雅·八	2	307	411	二〇	采绿
小雅·八	4	310	414	三	隰桑

附录一 《行露》注释

（十一）行露

1.厌浥行露，	(le garçon) — Les chemins ont de la rosée:	（男）潮湿路上有露水。
2.岂不夙夜？	Pourquoi donc ni matin ni soir ?	为何非早也非晚？
3.谓行多露。	(la fille) — Les chemins ont trop de rosée !	（女）道上露水何其多！
4.谁谓雀无角？	(le garçon) — Qui dit qu'un moineau est sans bec?	（男）谁说麻雀无有嘴？
5.何以穿我屋？	Comment percerait-il mon toit?	怎会穿破我屋顶？
6.谁谓女无家？	Qui dit que tu es sans mari?	谁说你无有夫家？
7.何以速我狱？	Comment t'en prendrais-tu à moi ?	怎能召我来应讼？
8.虽速我狱，	(la fille) — Bien que tu t'en prennes à moi,	（女）就算召我来应讼，

284

附录一 《行露》注释

9. 室家不足！	Le mariage n'est point fait!	还是不能把婚成。
10. 谁谓鼠无牙？	(le garçon) — Qui dit qu'un rat n'a pas de dents?	（男）谁说老鼠无有牙？
11. 何以穿我墉？	Comment percerait-il mon mur ?	怎会挖穿我屋墙？
12. 谁谓女无家？	Qui dit que tu es sans mari?	谁说你无有夫家？
13. 何以速我讼？	Comment t'en prendrais-tu à moi?	怎能召我来应讼？
14. 虽速我讼，	(la fille) — Bien que tu t'en prennes à moi,	（女）就算召我来应讼，
15. 亦不女从！	Quand même je ne te suis pas!	还是不能把你从！

《序》："《行露》，召伯听讼也。衰乱之俗微，贞信之教兴，强暴之男不能侵陵贞女也。"

召伯是与周文王、殷纣王同代的圣贤。纣王是天下祸乱和风俗沦丧的罪魁，诗中男子之强暴即是一例。文王却能以美德再造风俗，其教化之功可见于诗中女子之贞信（参见《郑笺》）。

1、2和3．"厌浥，湿意也；行，道也。"（《毛传》）"夙，早。"（《郑笺》）

成婚的前五礼在黎明举行，后六礼则在黄昏举行（《仪礼·士昏礼》）。

露表明日期是在仲春之月。（《郑笺》）（参见［一〇］《野有蔓草》第2句、［五四］《蒹葭》第2句）季秋之月（植物生长周期的结束),露变为霜,故秋露在八月(仲秋之月),而春露标志着二月(仲春之月),霜变为露(植物生长周期的开始)。

《郑笺》:"二月中,嫁取时也。"

《毛传》对这三句作如下解释:旅人怕(在露水中走路)湿,所以都不在早晨、晚上走路。同样,由于礼仪不能履行,女子也不能成为强横男子之妻。怕在露水中行路,象征着担心礼仪不足(参见《孔疏》*)。

《郑笺》(认为二月为嫁娶之时)解释道:年轻人的出现已经是露水很多的时候(三月或四月),但是,没有备全婚姻礼仪而触犯了女子。**

7. "速,召。狱,埆也。"(《毛传》)

9.《毛传》认为是结婚仪礼不足,即币不备。《郑笺》:"室家不足,谓媒妁之言不和,六礼之来强委之。"

该诗的难点在于第4—7句和第10—13句,其间的类比不明确。

注疏家们认为,这些推论是一位女子之作,她在表示拒绝的理由。因此,诗中的推论应做如下理解,女子说:"你召我来诉讼,人们会认为,你和我已经有约,已经许下了婚约('似有

---

* 《孔疏》:"毛以为厌浥然而湿,道中有露之时,行人岂不欲早夜而行也。有是可以早夜而行之道,所以不行者,以为道中之露多,惧早夜之濡己,故不行耳。以兴强暴之男,今来求己。我岂不欲与汝为室家乎?有是欲与汝为室家之道,所以不为者,室家之礼不足,惧违礼之汙身,故不为耳。"
——译者

** "二月中,嫁娶时也。言我岂不知当早夜成昏礼与?谓道中之露大多,故不行耳。今强暴之男,以此多露之时,礼不足而强来,不度时之可否,故云。"——译者

室家道于我'），但这样归纳是不对的。这好比看到屋顶上有一个洞，就据此认为，那只穿洞的鸟一定是有角的。同样，你来召我诉讼，也好比男子与约婚的对象诉讼。但是，'有似而不同'。事实上，我们没有婚约。"

但这种解释在两点上说不通：（1）诗中推论使用了表示"夫"之意的"家"这个字。因此，这种推理只能是男子的叙述，并且有利于他；（2）这种推论不能说明第二个类比，如果老鼠穿墙，那恰恰是因为老鼠有牙。（有些近代注释家巧妙地解释说，这很可能是指没有犬齿的啮齿动物；因此，这种类比仍然是错的。但这种挖空心思的解释显然是让人无法接受的，有其他证据表明，这一定是男子所言。）

我认为，只有将之理解为男子的类比推理，这个类比才能成立。故我将"角"解作"嘴"，而不是"角"。当然，这只是一个假设，但这明显比将"角"解为"牙"合理多了。我根据"家"一词将第4—7句和第10—13句解作男子之歌，又据"从"字（"从"只能为女性使用，是女性必须服从的命运）将第14—15句以及与之相对应的第8—9句解作女子之歌。因为露是春季的表征，故起头两句是男子的劝诱，而第3句则是女子的遁词。

以我之见，本诗显然是一场对话。

考异：浥、挹；穿、窀；女、尔。参见《皇清经解续编》，卷千百七十一，第15页。

春天约会的主题。天气的主题。

注意："讼"与"颂"（参见《诗经》第四部分）、"诵"（参见《大雅》的《崧高》和《烝民》，然而又被解为一般的刺诗。参见《左传·襄公四年》和《大雅·桑柔》第4章）同音。

据《周礼·地官·媒氏》载："凡男女之阴讼，（媒氏）听之于胜国之社。"（参见《大车·序》）社稷与这些神树的关系是公认的。召伯是我们现在考察的这桩讼案的仲裁人。他坐在一棵众所崇敬的树下，听断双方的风俗之讼（参见《召南·甘棠》）。如果我们还能想起媒氏是主持春季节庆之官（《周礼·地官·媒氏》），并且所有这些都是在神树下进行的，那么我们便不能不承认，风俗争讼中运用的司法程式套语与赛会中即兴创作的歌谣之间是有密切关系的。

《荆楚岁时记》记载了正月七日登高的仪礼。人们登山诵诗，即"登高赋"，在中国人的观念中，这种习俗仍然与巫术咒语有关联。

最后，在我看来，第7—8句的意思是：用诗歌比赛向我挑战；第13—14句的意思是：用巫术咒语召唤我。这种交互的咒语构成了一场诗歌竞赛。

"狱"与"语"同音（仅有声调不同），而"语"即对话。参见（二九）《东门之池》第8句。

最后，我认为，第7—8句的"速我狱"有一种对歌的召唤意味，而第13—14句的"速我狱"则有一种咒语召唤的意味。整篇诗歌就是描写这种交互咒语的对歌比赛。

我们可将本诗与《小雅·无羊》比较。参见《鄘风·相鼠》（顾赛芬译本，第59页）。

这首诗殊为难解。只有在有所保留的情况下，我才做了如上

附录一 《行露》注释

翻译并做出解释。注疏家正确地承认，这是发生在男女之间围绕着一桩事先酝酿的婚姻而发生的口角：男子想成婚，而女子予以婉拒。但他们均相信这是一桩真实的讼案，前两章虽然表达了男子的想法，不过整首诗却是女子的辩护之词。恰好相反，在我看来，这是一场纯粹形式上的争讼，整首诗十分简洁地呈现了情歌竞赛，在全篇十五句诗中贯穿的对话正好表明了男女青年是如何在春季约婚中相互示爱的。且容我陈述理由。

人们承认，"室家"可按衍生义解作"成家"和"成婚"（参见［一］《桃夭》第4—8句）。在我看来，"家"（第6—12句）也可按衍生义理解。但如果"家"意味着"夫"，那么含有"家"的诗句以及这些诗句所插入的那些部分，必是男子之语（第4—7句、第10—13句）。另一方面，"从"以及它前面的第14句，只能是女子之语，故第15句和前面第14句必是女子之语。我也认为，出于对称的考虑，第8—9句也必是女子之语。这就是全篇诗句的分配情况。

而全诗的思想主线大致如下：（1—2句）男子邀请女子一同参加春天节庆：正当其时（第1句，"露"，参见［一〇］《野有蔓草》），为什么不在适当的时间里一起参加呢？（第2句，"夙夜"，参见［四］《东门之杨》、［四一］《东方之日》及《仪礼·士昏礼》）女子则予以拒绝：太晚了，时间已经过去了（第3句，"露水太多了"［行多露］，参见［一〇］《野有蔓草》第1—2句）；（第4—7句）男子想说服她，（第8—9句）女子再次拒绝，（第10—13句）围绕一个新话题再次口角，（第14—15句）再次拒绝。

诗歌的这种排列表明，这两个年轻人都认为错在对方（男子：第7、13句；女子：第8、14句）。如果这是一场发生在原告和被告之间的真实争讼，那么不可能出现上述情况。相反，如果这原本是一场爱情口角，便很好解释了。

他们争论的意义何在？男子满足于重申："你是拒绝了，但我们一直在绕着我说的话争来论去，这就证明我们还是有商量余地的。"这种推理方式与我们的谚语是非常相似的："无火不起烟。"这个论点堪称有力，故女子只能简单地重申自己的决心。对于这样一种辩论的效力，只有一种合理的解释：这两个年轻人实际上已经约婚了，谁也没有质疑将来必定要成婚的结局。注疏家们也没有提出质疑。正如他们所言，女子之所以拒绝，只是考虑到成婚之礼尚不足，草草完婚有损于她的名声（参见［六四］《野有死麕》第9—11句）：她的拒绝表明了她的价值，这是因为，虽然最终的结果是毫无疑问的，但争论时间的长短对双方的自尊却绝不是无关紧要的。对女子一方，要尽量延缓自己的允诺，而对男子一方，则要尽快地得到对方的允诺，这才是双方争论的唯一目的：其利害根本不在于争论的结果，而在于争论的过程本身。

故从根本上说，这场爱情之争不是一桩真实的讼案：结果是早已定好的，两造只是为了荣誉，而且是彬彬有礼的。即是说，他们的冲突无关乎利害；这是一场游戏，一场竞赛。正如年轻的苗人男女们在约婚前要花时间玩抛球游戏一样，诗中的女子当然不是真的不想在露水中行走，对于朋友向她发出邀请的歌句，她就要以拒绝的歌句做出应答（一个男子拒绝女子的相反例子，可

附录一 《行露》注释

参见［五二］《溱洧》第5—7句）。而如果诗歌仍然以拒绝为结尾，那么就意味着像在安南土佬人中间那样，还得经过长时间的反复，男子们要多次尝试，才能赢得女子的允诺。

既然比赛结果不是关键，而年轻男女们也最终一定会如愿成婚，也就没有必要变换争论的内容，只需稍作改动，不断重复就够了——就如两队必须将彩球来来回回抛够次数一般。这便是何以年轻人只需重复同样的推理，而所谓技巧也无非是变些新花样儿。

如果我的分析是确当的，那么，我们研究的这首诗恰好就是一个促成爱情的诗歌赛会的极好例子。它向我们表明了求爱的本质，也就是说，求爱是一项强加给个人的义务，这种情感是从个人的头脑中唤起的。

恋爱之争是从男子的一般断言开始的。现在正是约婚的春季节庆：这不是我们成婚的时间吗？对此，女子只答以一句简单的托辞：时间太晚了（试与一段非常类似的对歌开头比较一下，见［六六］《氓》第7—10句）。赛歌就从这第一轮挑战开始了，接下来进入一系列非常相似的问答（这篇歌谣中展现的两组几乎是完全一样的）。男子引用一条谚语（proverbe），然后在一条无可辩驳的公理和他主张的论题间确立对应关系，并反讽地邀请女子驳斥他的双重命题。女子却什么也不反驳，只以决不服输来招架搪塞。

第一个论据（argument）的力量来自这一事实，即这是一条历法古谚：作为从季节仪式中借来的一个象征程式，它有一种强制力。无论谁引用这种古谚，都会难住对手，赢得胜利，但也不会立刻取胜。作为一种非个人的法则,历法古谚不会形成一种直接影响个人的论据。而为了做到这一点,就得有一些中间环节,比方说运用次级论据。这些论据能够在他主张的论点(thèse)和一条谚语公理(axiome proverbial)间确立平行对应的关系。有了这种对应后,他的结论也就有了俚谚的权威。俚谚所指的自然事实具有必然性的特征,当然也会证实那些与之相关的结论。男子在迫使女子无法否认雀有嘴或鼠有牙的同时,也等于让女子无法否认她有一个已经许婚的丈夫(他本人)——正如他给女子指出路上多露,象征着到了春天节庆的时节,便已经反驳了女子坚持说尚未到结合之时。但是,历法古谚是某种确定的社会法则的象征程式,带有一种不可变更的意义,而俚谚只是一个传统的说法,与这个说法所涉及的自然事实相关的道德含义既不明确,也不固定。俚谚并不意味着必然而庄严的复现(récurrences),是寻常可变的,可用于各种与道德秩序有关的推论:与历法古谚相比,显然更灵活,更变通,故更易用于具体的例子和个人的目的。这就是它的用处。俚谚是用来从象征程式中包含的前提(prémisse)中得出所需结论的手段。通过赋予结论以一种受人尊崇的自然对应,结论的权威性也得到了巩固。而历法的象征程式是真实的指令:但仅有这些程式还不够,因为法律文本并不能构成辩护。一个由个人观察记下的意象,一个由个人创造的譬喻,并不足以支撑一种观念,因为它们是个人独创的,缺少足够的威望。相反,谣谚(locutions proverbiales)则提供了一些古老的意象,从而确保赢得歌谣竞赛:谣谚之所以令人尊崇,是由于它们被认为与象征程式有关,也由于它们可以灵活地运用,故可充当象征(emblème),支持人们想要证明的特定命题。谁善用俚谚说话,谁就是恋爱之争的赢家。

运用神圣譬喻将个人的论题与不可辩驳的真理关联起来,没有技巧是不行的:要想恰到好处地将定律为己所用,手法必不可少。要善于掩盖聪明的步骤,隐藏技巧,才能更好地运用质问的形式。我方以质问的形式同时提出自己的论题及其自然对应,开始连续发问,将对手逼到理屈词穷的地步,除了我方想要的那个答案,对手不管如何回答都是荒谬的。因此,对手不仅无法摆脱谚语类比的压迫之力,还得承受反讽的强制之力。这种力量从何而来呢?这不单单是善用语言技巧的结果。如果发问方的反讽质问迫使对手陷入困境而无法自如回答,恰恰是因为对手实际上没有受到质问,是因为我方抛出的质问超出了对方个人而指向了公共意识(conscience commune)。召唤这种意识,是发问方为了保证己方论据的合法有效性,因而任何相反的论点听起来都是谬论、矛盾或歪理。这好比我们为了说服某人,不会引用缺乏权威性的个人论据,而会从没有争论余地的公共领域借用主题一样;同样,要想赢得对手的允诺,也不需要他自愿认输,而是借助共识(opinion commune)的压力。就像俚谚一样,反讽的强制力之所以可以用作一种补充武器,来自于以下事实——即,以质问形式出现的程式,不论在形式还是内容方面,都足以在人们心中唤起对公共智慧的尊崇之感。

正是通过不断质问,堆砌俚谚,在运用反讽类比后,对方才不得不做出允诺。值得注意的是，在我们研究的这个例子中，进攻一方并没有回答对手的反击。其中一方仍然是被动的，只有另一方在使用谚语和反讽作为武器。因而，这场歌谣争斗只是采取了一方吁请的形式，不时被抵抗一方仍在坚持的简单声明打断。这难道不恰恰是因为，根据诉讼的条款规定，只有一方有权使用反讽和谚语吗？既然婚姻是早已定好的，那就只剩下一件事，即如何说服对方尽快完成这桩婚事，因此，在诗歌竞赛中最根本的事情就是尽快击败对方的抵抗，赢得对方的允诺。尽管女子充分运用矜持和爱情的传统游戏规则，尽可能地推托拒绝，男子却运用古典说服话题的技巧，迫使女子不能过度延长拒绝的时间。于是，他确立了优胜地位，并最终促使她做出允诺。最娴熟地运用反讽与谚语之强制力的恋人会最快达到目的：也就是说，最娴于公共智慧的人，才是最值得爱慕的。迫使对方做出爱情允诺的是非个人力量，也是让人们陷入恋爱的非个人特质。如果求爱是在以讽喻的口吻演唱谚语类比的过程中完成的，那是因为，爱情并不是由于对个人品性突然产生了敬慕之感，而是由于强制情感胜过了私人感情。在求诸公共智慧时，俗谚好似咒语，成功地压制了小团体精神（esprit de corps）（家庭团体和性别团体）的情感，压制了矜持和荣耀的情感，于是最终促成了爱情的觉醒：这是一种与所有本位主义恰好相反的情感，是融汇与协和的源头，是公共秩序的起源。

如果我们将《行露》与尚波澜（Jean Paulhan）所编《梅里纳民歌》（*Les Hain-teny Mérinas*）中第39、115页（尤其是第123页）、183页处马达加斯加歌谣比较一番，那就更加有用了；

附录一 《行露》注释

参见同书《序》,第52页及以下和58页及以下。下面就是一个例子(参见该书第39页):

(男子作歌曰:)
谁谓庞然巨石者,纵有凿子破不散?
谁谓庞然巨石者,纵有流水滴不穿?
谁谓干枯荆条丛,纵有烈火也不燃?
谁谓五彩打卦鸡,纵对黑铁也自安?
谁谓粘土公牛儿,赳赳双角无人攀?
何处曾见打铁人,不遭炉中火星溅?
何处曾见取水人,不是背上水涟涟?
何处曾见钻火人,不是淋漓汗满面?
何处曾见旅途人,不觉风尘行路难?

须臾,女子答歌曰:

——噫!
千般拒绝厌此身,
将心今日许与君。

二人遂携手搅腕,如野渡无人之木舟,不知往何处去矣。

试比较同样有争讼形式和连祷风格的欧洲歌谣,如马加利

中国古代的节庆与歌谣（新译本）

（Magali）歌谣。

按：当我写这篇文字时，我对中国类型的马加利主题还是一无所知。直到1919年3月，我在北京，出于种种机缘巧合，竟然有幸观看了一幕非常奇妙的中国戏剧，是铎尔孟先生（André d'Hormon）使我注意到了它。这是一幕很少在舞台上演出的戏剧，但录于《戏考》，题为《小放牛》，曾被译成法语，虽然译文不甚精确，却非常巧妙（佚名译，刊于法文报《北京新闻》[*Journal de Pékin*] 1919年2月8日，标题为"夜观京戏"（Une Soirée au Théâtre chinois）。这是一幕田园芭蕾舞式的戏剧，有简单的长笛伴奏。中国人认为这是一部纯粹虚构的作品，但它实际上表现出与赛歌几乎完全一致的风格。

主角是一位牧童，他在野外放牛时遇到的一位村姑。牧童借口向她索酬，让村姑唱小曲儿给他听，她答应了，但要他帮腔才行。于是求爱过程开始了。这幕戏剧总共分成三个部分：

（1）村姑唱了一首小曲儿，歌词内容不过是应付音乐伴奏。"二郎爷爷身穿黄。"牧童却在音乐的掩护下，突然向她表白："爱你的小脚脚。"姑娘让他娶自己。他说要告诉妈妈。村姑催他马上做决定，但要让他先打锣。牧童先是婉言拒绝，然后又同意了。这幕场景要重复两次。

（2）然后，牧童给村姑出了四组谜语。村姑全猜出来了。

（3）他们随即结束了这种谈话，开始对唱，这是中国版本的马加利歌谣。他们配合默契。

附录一　《行露》注释

　　下面是这部戏剧后半部分的译文,是依照我在翻译《诗经》时遵循的原则译出的,也力求符合长笛伴奏的韵律。普罗旺斯民歌以彬彬有礼的情歌调子和基督教观念底色而闻名遐迩,在中国歌谣中却混合了佛教信仰和相当朴野的猥亵风格。"学一个张生戏红娘"这句唱词,指一部有名的爱情戏《西厢记》的两个主角,红娘是侍女,而张生是原本出身官宦之家的贵公子。

丑：姐儿门前一座桥,
　　有事无事走三遭。

旦：休要走来休要跑,
　　我男儿怀揣着杀人的刀吧咿呀咳,
　　我男儿怀揣着杀人的刀吧咿呀咳。

丑：怀揣杀人刀,那个也无妨。
　　去了头首冒红光,
　　纵然死在阴曹府,
　　变一个灵魂儿扑在你身上吧咿呀咳,
　　变一个灵魂儿扑在你身上吧咿呀咳。

旦：扑在奴身上,那个也无妨。
　　我家男儿是个"阴阳",
　　三鞭两鞭下了你,
　　将你抛在大路旁吧咿呀咳,
　　将你抛在大路旁吧咿呀咳。

丑：抛在大路旁,那个也无妨。
　　变一个格针在桑中藏,

但等姐儿来采桑，

桑格针抓破你的衣裳吧咿呀咳，

桑格针抓破你的衣裳吧咿呀咳。

旦：你破奴衣裳，那个也无妨。

我家男儿是个木匠，

三斧两斧破下了你，

将你抛在了养鱼塘吧咿呀咳，

将你抛在了养鱼塘吧咿呀咳。

丑：抛在养鱼塘，那个也无妨。

变一个小鲤鱼在水边藏，

但等姐儿来打水，

学一个张生戏红娘吧咿呀咳，

学一个张生戏红娘吧咿呀咳。

旦：张生戏红娘，那个也无妨。

我家的男儿会撒网，

三网两网打着你，

吃了你的肉喝了你的汤吧咿呀咳。

吃了你的肉喝了你的汤吧咿呀咳。

丑：吃肉又喝汤，那个也无妨。

变一个鱼刺碗边藏，

但等姐儿来喝汤，

鱼刺扎在你嗓子眼儿上吧咿呀咳，

鱼刺扎在你嗓子眼儿上吧咿呀咳。

旦：扎在嗓子上，那个也无妨。

附录一 《行露》注释

　　　　我家的男儿他会开药方，
　　　　三方两剂打下了你，
　　　　将你拉在臭茅房吧咿呀咳，
　　　　将你拉在臭茅房吧咿呀咳。
　丑：拉在臭茅房，那个也无妨。
　　　　变一个蜜蜂儿茅房里藏，
　　　　但等姐儿来小解，
　　　　蜜蜂钻在你的底衩上吧咿呀咳，
　　　　蜜蜂钻在你的底衩上吧咿呀咳。
　旦：钻在我的底衩上，那个也无妨。
　　　　我家的男儿会扎枪，
　　　　三枪两枪扎死了你，
　　　　管叫你一命见阎王吧咿呀咳，[①]
　　　　管叫你一命见阎王吧咿呀咳。
　丑：我命见阎王，那个也无妨。
　　　　阎王爷面前诉冤枉，
　　　　纵然死在阴曹府，
　　　　转一世来也要配成双吧咿呀咳，
　　　　转一世来也要配成双吧咿呀咳。

---

① 阎王，又名阎罗王，是佛教地府中最著名的判官。

附录二 《蝃蝀》注释
——关于虹的信仰

272　　《蝃蝀》一诗的经典注解建立在如下假说之上，即虹是当有淫奔之时显现的"天气之戒"（《毛传》，第1—2句）。这意味着，虹本身被认为是一种异象，是自然的一种失序状态，而正如人们不敢正视淫奔之女那样，也无人敢伸手对虹指指点点（《郑笺》，第1—2句）。

　　另一方面，虹还为历法提供了两个主题。其一是在季春三月（《礼记·月令》，顾赛芬译本，卷一，第346页），"季春之月……虹始见"。其二是在冬季的第一个月即十月（同上），"孟冬之月……虹藏不见"。由此可见，从三月到十月，虹的出现是正常现象，或至少在三月和十月是正常的。难道在这个时期内有淫奔现象是正常的？是否这些现象在二月之前或十月之后就不会发生了？

　　虹通常都用两个字表达，如蝃蝀、螮蝀或虹蜺（见《说文解字》，《皇清经解续编》卷六百五十一，下，第11页，及卷六百五十三，第4页；霓与蜺同音）。学者认为，其中一个字（如蝃、螮、虹）表示彩带中较亮的部分，而另一个字（蝀、蜺）则表示彩带中较暗的部分。无论彩带是明是暗，都是蒸气或积气，明者为雄，为阳；暗者为雌，为阴："虹双出，色鲜盛者为雄，雄曰虹；阇者为雌，雌曰霓。"（《尔雅·释天》疏）故，虹为天地之阴、阳二气所发。虹也被认为是"阴阳交之气"。还有，虹不会见于十月以后，此时为天地休息之期。（《礼记·月令》；顾赛芬译本，卷一，第393页）地气不腾，天气不降；阴阳不相交，彩虹不见。（《孔疏》："纯阴纯阳，则虹不见。"）但它在春季重新出现，此时地气上腾，天气下降，二气相交。（《礼记·月令》；顾赛芬译本，卷一，第336页）

阴阳对立与交合产生季节之轮替。如果虹为阴阳相交所致，那么它又如何成为无序的淫奔之象征呢？中国学者们明确地意识到了这个困境，让我们看一看他们是如何处理的。

第一种解释从"虹"与"攻"相似之处开始。"虹"是"纯阳纯阴气"相攻所致（见《尔雅·释名》卷一）。在必要时，可以从相攻的观念引出无序的观念。但这样说仍然存在困难，如果失序是阴阳过激相交所致，那么，能否说这是世界秩序中的必然现象？

第二种解释更加似是而非。不是每种彩虹都意味着失序，只有某些彩虹才是失序的标志。虹一定要随太阳之升落而出现于东方或西方。（朱熹注："虹随日所映，故朝西而暮东也。"）在早晨，虹一定要出现在太阳照亮的西方，而在下午则一定要出现在太阳照亮的东方。若在早晨，虹见于东方（如本诗所言），乃不吉之兆。此外，我们可以很容易理解虹何以是淫奔之女的真正象征。程子云:"蝃蝀,阴阳气之交,映日而见,故朝西而暮东。在东者,阴方之气就交于阳也。……夫阳倡而阴和,男行女随,乃理之正也。今阴来交阳,人所丑恶,故莫敢指之。……女子之奔,犹蝃蝀之东。"故有不同的虹。如果虹发自阳和照亮的一边,那就是正当的,可以接受的:它象征着正当的结合(就如可与诚信男子结交一样),可以伸手指点。

如此一来,《蝃蝀》一诗的《郑笺》和《毛传》看似是非常合理的,很好地解决了它造成的天象的和玄学的困扰。只不过,还有一个烦恼:这样建构的学说与注疏家试图使之可接受的观点是正相抵牾的。这些注疏家确信每种虹无疑均是淫奔的征兆,是一种禁令的标志,他们根本没有说,连诗歌也没有说,人们不敢指点的虹会在早晨现于东方。

出于更好地注解诗歌的需要,人们才求助于天象学和玄学,这很有启发意义;这恰恰让我们怀疑,关于虹的所有学说是否无关乎诗歌讲述的故事。

情歌的意象素材是在季候节庆中建立起来的,田园主题是从这些节庆所在的固定场景元素中借来的。然而,节庆在冬季的开始和结束时举行。在冬季和旱季,虹不会出现。但当冬天过去,男男女女们来在野间相会,他们会看到挂在天边的彩虹。那在他们结合的神圣时刻深深地打动他们心灵的意象,当然会变成一种征象。于是,虹便与男女结合的观念密切关联起来了。

节庆的规律节奏引发了人们如何想象自然之道:人们以人类习俗为模式来想象自然的习惯。地方共同体举行的约婚需要在自然中找到一种对应现象:虹恰好满足了这种需要。作为男女结合

附录二 《蜘蛛》注释

之征象，它本身就被视为一种婚媾。但这里庆祝的究竟是何种婚媾呢？

在寒冷的季节里，人们在封闭的家室中过着隐居的生活。到了夏天，他们又散处在野间，在辛勤的劳作中费时费力。在他们看来，两种主宰着生活节奏的原理必定也主宰着季节的变换。一名为阳，是动、光明和扩张的原则——阳主夏；一名为阴，是静、黑暗和蛰居的原则——阴主冬。此为中国人最古老的万物运行观念，可见于《书经》保存的古老神秘历法。（参见《史记·五帝本纪》；沙畹译本，卷一，第43页及以下）二者是所有人类知识皆须遵从的框架。

万物都是两两相对的，分属阴阳范畴。冷与热、明与暗、天与地、日与月等，均源于这两个范畴。这两个范畴除了可用于分类事物，还可以用于分析、解释现象。它们是宇宙论原理，世界万物皆由此而生。在春、秋两季的性爱节庆中，由自然主宰的两性结合是阴与阳的结合。在这些由阴阳分别主宰的季节之间的过渡期，它们既相"攻"，又相"会"，恰如两性团体先在赛会中彼此对立，又在约婚中完成结合。彩虹亦然①，天地因彩虹而交接；即是说，天发阳气，地散阴气。这些自然的节庆，这些庄严的婚姻，不由不让人肃然起敬。正如在今天，人们仍然不敢手指神鬼所居之东北方*，何况是在古代，又有谁敢指点彩虹呢？当贵族

---

① 亦起于雨中。龙相斗与结合的主题。

* 此处所说不以手指东北方向之俗，出处待考，暂引王充《论衡·订鬼篇》为一例："《山海经》曰：沧海之中，有度朔之山，上有大桃木，其屈蟠三千里，其枝间东北曰'鬼门'，万鬼所出入也。上有二神人，一曰神荼，一曰郁垒，主阅领万鬼。恶害之鬼，执以苇索，而以食虎。"——译者

习俗的威望判定下层民众保留的古老风俗既粗野又不道德时,当周文王、卫文公这样的贤德之君开始施行教化时,乡间的约婚便被视为下流的风俗而遭到鄙视。但是,阴阳交会仍然继续用于学术解释:如今作为士人思维工具的天文实体,阴阳的抽象交会是不会伤及贞洁的;此外,更精细的规则(天象家的计算)主宰了阴阳交会。然而,虽然虹曾是阴阳交会之表现,是一个与民间欢庆紧密相关的意象,如今却与这些欢庆一道背负了恶名。如田园节庆由神圣而沦为丑秽一样,虹也不再神圣,而变为淫邪之物。当虹所象征的性爱节庆遭到禁止,虹也随之变为犯禁结合的象征。职是之故,人们必须挖空心思地发现,虹何以是阴与阳的不伦媾和。显然,阴阳交会之所以是不伦的,是由于同样不伦的事件造成的,根据新的律法,正是这些事件判定某桩婚媾是非法的。在新的法规看来,没有什么事件能比那些外出迎会情郎的女子更不知廉耻了。虹只能是阴主动挑起的媾和。有一篇古老文献说,虹见于东方。我们得承认,这是早晨的虹,因此它是从太阳照不到的地平线部分出现的,这证实了以下结论,即虹是由于阴即黑暗原则的淫亵挑衅而产生的,故也是一种异常而无耻之虹。最终,从所有围绕原文而做出的不合逻辑的推理中,从建立在最不科学的学说之上的所有推论中,在天象家那里,却产生了对虹在一天不同时间内现身的精确观察;他们运用的是假想的原理和错误的推理,却发现了经验的真相。

说到信仰,如果人们对虹的情感发生了变化,这要归结于如何看待神圣与不贞的关系,注意到这一点是饶有趣味的。可以想象变化究竟是如何发生的。虹通常都在雨后出现,是停雨的标志。这应该就是何以当历法越来越精密后,均将虹的时历主题放回春秋雨期结束之时,即三月和十月,春分或秋分之后。然而,在严密的天文学体系中,只有春分和秋分才是实际现身的时刻,才是阴阳交会的正常时刻。同样,当人们将某些固定日期分配给节庆,也意识到无法根除古老的风俗时,就努力着手调整日期,于是,由媒氏在其中掌管乡村男女结合的节庆便定在春分之日。另一方面,紧接在男女结合的欢庆之后,是一个全面禁止男女相接的时期。在秋天成婚立家后,夫妇要分居一段时间。同样,在春天约婚结束后则是田间劳作的季节,两性团体必须分开生活,因此这也是一个约会之期,那些已经订约的男女们只能在晚上瞒着父母偷偷地相会,当然也不能结合。在新历中,古谚得到了系统分类,分配至各个确定的日子,显而易见,禁止两性相接的日期与以雨虹主题为标志的日期是一致的。这大概可以解释,为什么原是男女结合之征象的虹,如今反倒变成了禁期之结合的标志,象征着禁忌的、不吉的和不贞的结合。且看看证据:《月令》将春分定为庆祝玄鸟回归的王室仪式之日(同样,《周礼》将春分定为成婚节庆)。但《月令》又说,在春分过后,有公人奋木铎以告兆民:"雷将发声,有不戒其容止者,生子不备。"若在春天节庆后违反禁令,可能会遭流产之厄。如果在《月令》中以雷之主题表示禁令,那么,在《汲冢周书》中,流产则与虹之主题发生了关联,即是说,与虹所示日期的季节准则关联在一起。故在这种历法中,虹标志着春天的禁令。我认为,这解释了虹是如何变为禁忌结合之象征的。

附录三　民族学注释

278　　卡尔·弗劳兰兹："日本古代诗歌"（R. Karl Floranz, *La Poésie archaïque de Japon*. Premier Congrès international des Études d'Extrême-Orient, Hanoï, 1902, p. 41 sqq. Compte rendu analytique.）

　　日本最古老的诗歌保存于《古事记》（公元712年成书）和《日本书纪》（公元720年成书），大约总有二百首。这些诗歌都插在历史叙事当中，但插入顺序与创作顺序并不一致。大体上说，作于公元5到7世纪间。……最常见的主题是肉欲之爱。……常见的表现形式是明喻。作为后世日本语言之基础的诗歌象喻还未出现。最常见的诗歌表现形式是明喻，但讽喻也出现了。另一方面，抽象观念和个人情感则很少见于古代诗歌。……长歌的典型特征是短句与短句对仗，与古希伯来人的诗歌很是相似。但除了那些对所有语言都通用的形式外，日本诗歌还有三种独特的修饰手法，即枕词、序和兼用言。枕词是定型的形容词，就像荷马史诗的形容词一样，固定地附着于特定的词语。它们与这些词语的关系往往是难以理解的，至少在现代诗歌中如此。序是发

附录三　民族学注释

达的枕词，有时候贯穿于数章。兼用言则是有双重意义的词语，连接两个不同的短句。我们把这种技巧归于词语游戏的范畴，在日本诗歌中有时能造成十分优雅的效果。头韵法也见于古代诗歌。

有一种特别值得一提的习俗，名曰"歌垣"，又名"嬥歌"。两群人聚集在公共场所，面对面排成队轮流合唱，合唱不时被即兴歌谣打断。先是某队中有一个人站出来，向对方即兴唱一首歌，而对方也会有一个人站出来应答。年轻人用这种办法向意中人示爱或求爱。而她也以歌应答。有时这会演变成对立双方间的一场赛歌：最广为人知的一场赛歌见于《日本书纪》，公元498年，仁贤天皇的太子（后来的武烈天皇）*和名叫志毗的贵族为了争夺美人而进行了一场赛歌。虽然后来贵族阶层因受中国思想影响而放弃了歌垣之俗，但这种习俗仍可见于乡村的盆舞，盆舞是在佛教盂兰盆会上表演的舞蹈。

《古事记》张伯伦译本（B. H. Chamberlain, trans. of the R. Asiantic Soc.）

第20—21页——交合前之对话：

---

*　这是《日本书纪》所载故事系统，仁贤天皇去世之际，武烈天皇还是太子之身。他想聘娶大臣物部麁鹿火的女儿物部影媛，但影媛曾与平群真鸟的儿子平群鲔（Heguri no Shibi，Shibi汉字也可写作志毗）有婚约，便委婉请求武烈天皇来海柘榴市见面。武烈天皇与平群鲔围绕影媛对歌。当晚，武烈天皇即发兵杀死平群鲔。平群鲔死后，影媛为之歌哭、收尸。随后不久，武烈天皇又派兵平定平群氏，诛杀平群真鸟，并以此为契机正式践位。至于《古事记》所载故事系统，见后文第310页，注释1。——译者

279

307

——"嚱,诚俊男也!"
——"嚱,诚丽人也!"

第22页——

——"嚱,诚丽人也!"
——"嚱,诚俊男也!"*

第99页及以下——恋爱问答的结局:"其夜者未合,而于次夜者。"沼河姬唱道:

八千矛神且听之,
妾本弱女如纤草,
妾心一似沙洲鸟,
今为水鸟且自由,
日后从君为庭鸟。

参见《邶风·谷风》第6句和《周南·关雎》第1句。
第95页——婚姻纠纷。

---

* 这两次赞美辞是在伊邪那岐命与其妹伊邪那美命间进行的。第二次之所以要颠倒过来,是因为他们前两次都生下了"不良子"水蛭和淡岛,遂请示于天津神。天津神占卜后告诉他们,这是因为女人(伊邪那美命)先开口说话。于是,两人回去后再行赞美,由男子(伊邪那岐命)先开口。——译者

第155页——

有赤玉于此,
其索亦光明。
然比白玉者,
我君之姿容,
何其贵且雅!

280

尔时,夫君乃作答歌云:

海上水鸟群集而翔,
野鸭随波而降岛,
与我共枕之妻,
终不能忘怀之,
直至此生方终了。

第179—180页——

倭国之高佐士野上,
有七媛女共游行,
将与何女而共眠?

接下来是三首唱和歌,然后:

苇草原上之小屋，
污秽且凌乱。
有菅席垫于其上，
心乃得清净，
我二人共寝。

第267页——

于是献大御食之时，其美夜受比卖捧大御酒盏以献。尔，美夜受比卖其于意须比之襴，着月经。故见其月经，御歌曰：

久远之天之香具山，
有嘈杂锐鸣之白鹄飞渡。
汝之皓腕，如白鹄弱细，
我虽欲为枕，与汝共眠，
却见月亮，现汝衣襴。

尔，美夜受比卖答御歌曰：

日光高照，日之御子，
统御八方，我之大君。
待之复待，年过年逝，
待之复待，月过月逝，
其如之何，其何如之？

附录三 民族学注释

候君之来，待之不及，
是以妾襴，现有月亮。

故尔御合。

第308—309页——对答

远地古波陀，有彼少女矣，
其名久听闻，传响似雷鸣，
共寝枕玉腕。

又歌曰：

远地古波陀，有彼少女矣，
柔顺且不拒，与我共寝眠，
此诚善且愉！

第530页及以下——为争夺一位美人，清宁天皇*与志毗臣

---

* 这是《古事记》所载故事系统，但此处有误，"清宁天皇"当作"显宗天皇"。且清宁天皇"无皇后，亦无御子"，没有与人赛歌之记载。参见《古事记》第十九章"清宁天皇和显宗天皇"、第二十章"从仁贤天皇到推古天皇"等各处。平群氏祖先有一个人叫作志毗臣（Shibi no Omi），在歌垣场上当众牵了一个女孩子的手。这个女孩子是菟田首的女儿大鱼，已与显宗天皇有婚约。当时显宗天皇也在歌垣场，于是两人斗歌，一直斗到天亮。随后，显宗天皇与仁贤天皇两兄弟杀死志毗。

对比《古事记》与《日本书纪》两书所载的故事，可知两者的框架大致相似：某太子与一个叫Shibi的贵公子因美人相争。王子斗歌处于下风后，利用权势杀死了贵公子。但在故事的细节与对歌内容方面，则有较大差异。两书展现了不同的故事传承，但都有对歌之情节。不过原作者在引述《日本书纪》的记载时，似乎并未发觉二者人物与时间的不同。——译者

311

歌唱竞争——见关于对歌秩序的注释。

吕推编、李默德:《北亚科学考察报告》第二部分（F. Grenard in Dutreuil de Rhins, *Mission scientifique dans la Haute Asie*, 2^e p. — Le Turkestan et le Tibet）

第357页——（在西藏）他们喜欢男女二重唱，面对面站成两队，彼此应答，伴着音乐节奏，进退有序。他们大都在春天举行这样的活动，到处笼罩着一种肃穆的气氛。时间是早已定好的；所有参加的人都得事先沐浴，穿上干净的衣裳，像参加宗教典礼一样庄重。如果跳舞只是想找找乐子，不守规矩，那是十分不体面的。藏人习惯于在耕地、播种和收获的劳动中唱歌。

第352页——（婚礼）以盛大宴会和青年男女轮流进行的合唱结束，轮到谁不能唱出歌来的，要受一点惩罚（同样的习俗也见于哈萨克人中间）。

第402页——许多湖、山都有圣洁的性质，并受到人们的祭拜。……每个山谷，即使无人居住，也都有守护神。邪神则住在洞穴和山岩。……泉水和河流有人首蛇身之神（lmi-klou）守护，这使我们想起那伊阿得（Naiads，水泉女神），佛教徒将之与吠陀神话中的那伽龙王（naga）联系在一起。在所有这些神灵之上的，是天龙。天龙是云彩的人格化身，或更一般地说，是黑天的人格化身。它刮暴风，施甘雨，发洪水，降疫病。这正是汉人和蒙古人的龙，赤虎与之为敌。

第403页——九月举行沐浴节；在此期间，水是有灵性的；

每个人都到河中沐浴,他们相信这样可以延年益寿。

第401页——为了抚慰未经正常丧礼的鬼魂,喇嘛有时会向河泉抛撒糌粑,散与所有孤鬼游魂分食。

罗歇:《中国云南省》(E. Rocher, *La Province chinoise de Yun-Nan*, Paris, 1879, 2v. in-8)

第二卷,第13页——(在罗罗人中,当插秧时)每天晚上,在干完一整天活儿后,他们不是想着好好休息,将养精神,好做第二天的活计,男男女女反倒结伙到草地上跳舞,用六弦琴和响板伴奏。他们的舞蹈非常独特,花样也多,与印度舞很是相似。跳舞的人围成一圈,按当地习俗,每个跳舞的女子要选一位男子,给他献上一小杯米酒。当他饮完后,她也自饮一杯。每一对男女都要这么做,直到所有人都饮了酒。欢快的气氛逐渐高涨,在乐器伴奏下,且歌且舞,这种乡间之乐一直持续到深夜,这就是春夜的快活。最后,每个人都怀着热切的心情回家去了。

吕真达:《远西的中国人:我在四川的两年》(A.-F. Legendre, *Le Far-West chinois, Deux ans au Setchouen*, Paris, 1905)

第292页——(在富宁的罗罗人中)我因测量他们的头形指数而浑身疲倦,于是走出村子,走进一个幽深的山谷。山谷两侧都是险峻的高山,在陡坡上散放着许多山羊和绵羊。放羊的男女一边照看羊群,一边以歌声应答。那简单的放羊小调既活泼又嘹亮,非常悦耳,在山谷间回荡着。在山谷的寂静中,在大自然的怀抱中，倾听着那纯净的心灵用歌声表达最亲密的情感，此中之乐，足可忘忧。

第295页——当夜幕降临，晚饭过后，Gué-leou-ka以及附近村庄的人都聚集到一起，为了表达欧洲人和罗罗人的友情，每个人都用同一根吸管从一个坛子里喝酒。就像红发印第安酋长的烟管一样，吸管也在所有人中间依次传递使用，大家依次表示善意。这场小聚会以唱歌结束。男人们开始唱的时候，音调低沉，又突然拔高，在我们的小屋里听起来很不协调。……然后是女人们在一个大屋里唱。……各种低沉的、高亢的调子，汇成一种和谐的旋律。

第480页——那些姑娘和小伙子们高高兴兴地唱着歌走了，每人腰里都别着一把镰刀，到灌木丛里去砍柴。

卡拉布里埃神父：《罗罗人》（Crabouillet, *Les Lolos*, Missions catholiques, t. V, 1873, p.106）

新年从十一月底开始，至于具体哪一天，各部间皆不相同。在新年的前一天，男女青年组成一队，爬到山上去砍柴割草以备点火。这个任务是有条不紊地完成的。他们对面排成几队，一边随口唱歌，一边砍柴割草。这些朴野的声音非常动听，极富魅力……回村后，每人都把砍来的柴火堆放好。到了新年的晚上，他们点起许多篝火。家家户户都在火把的照耀下一片通明，焰火让整个村庄都笼罩在一片欢腾之中。节日在一片乐陶陶的气氛中结束。

附录三　民族学注释

德布莱尼：《中国商业考察里昂使团旅行记》（Deblenne, in *Mission lyonnaise* [*Récits de voyage*], p. 249 sqq.）

在一年中的某些时候，那些比邻而居又属于同一部的苗人，都要集合到一处过节。每个村庄都过新年。但他们的新年和汉历年不在同一天，要稍晚一点。在新年期间，男女青年都要集合在一起，庆祝与广西苗人一样的节日。广西苗人的节日，高奋云（M. Colquhoun）曾有过记录，而比耶医生（A. Billet）也曾在他对（越南）高平地区的精彩研究中以"土佬年轻人的节日"（fête de la jeunesse des Thos）为题描述过苗人的节日。他们穿着最漂亮的衣裳，戴着首饰，男女青年们在一块选好的场上集会。他们手拉手、面对面站成两队，在手鼓和芦笙的乐声中翩翩起舞。每一队都挑战对方，那些结成对的男女青年随口对歌。这通常是一个约婚的节日。小伙子们在这个场合向意中的姑娘求爱，如果姑娘也有意，他们会征求双方家庭的同意，考虑订婚的事宜。然而，正像比耶医生指出的，在有些地方，这些节日不过是放纵的借口，至于说到促成婚姻，则从来也没有听说过。在这些赛歌中的失败者都得喝酒，胜者坚持让失败的对手喝，一直喝到酩酊大醉。

殖民地步兵上尉西尔维斯特："白泰人"（Silvestre, « Les Thai blancs de Phong-Ho », *B.E.F.E.-O*, 1918, t. 18, No. Ⅳ）

第25页——在一天的田间劳动结束后，漫长的月夜就在游乐中度过。在双亲自顾自地睡下以后，小伙子们唱着歌，向姑娘求爱，姑娘也要以歌作答。

315

第29页——在两家开始交涉前,两家儿女一等到干完白天的稻田活计,到了晚上,即从三月到九月,便跑出来幽会。在晚上,双亲在楼上安然入睡,姑娘和小伙子则在楼下相会。姑娘们手中纺着线,情郎坐在脚边,一边唱着情歌,姑娘也以歌作答。这些歌谣对我们没有什么意义,但给他们带来了极大的欢乐。他们时不时笑出声来,在相互的应答中心满意足。有时,这些歌谣是真正的情歌,两人互相许下山盟海誓:这是真正的约婚。但很少有人会滥用这种自由。

第30页——当一个姑娘在月夜让一个青年小伙儿明白,他的真情已经打动了她时,小伙儿就回家告诉双亲。如果双亲赞成,会请两个媒人去向女方父母求婚。

第24页——泰人的女子一旦结婚,便不再唱歌。

第26页——成年男子在一处进餐,年轻的小伙儿和孩子则与女人们在一处吃饭。

第25页——在新年期间,姑娘和小伙子们在一起抛接飞纮。飞纮是一个用布包的果子,再用布做成一码左右的飘带,上面缀满了布条,像风筝一样。他们用手掌击球。每个输掉的小伙儿都要让对手使劲拧一下耳朵。

第47页——正月十五的节日。在十五日这天,所有拥有"色恩"(Seng)的人都要做礼。"色恩"是在香蕉干或树干中找到的一种极少见的石灰质结石,人们相信它会带来好运。在做礼时要推选一位老人主持,他从急流中汲一大罐水,放在棚屋的窗边。他将各种花朵放进水中,用这水洗"色恩",一边对着"色恩"念如下简单的祷词:"正月十五,主人心诚,采摘百花,香水洗净，保佑主家，家人安平，财物不失，百病不生。"然后，用一块红布擦干"色恩"，放进一个盛有一只刚会打鸣的小公鸡和花朵的盘子上。然后，上场玩游戏。男女面对面站成两排，尽力将球从悬于中间之木板的洞里抛过。男子取胜，奖以金钱，女子取胜，则奖以戒指。然后，男女分两队比赛拉绳。女子向村内拽，男子则向村外拽。若女子一方取胜，则为吉兆。相反，若强壮男子一方取胜，则是大大的不吉。失败者被判罚喝下大量chum-chum酒，还得被胜方臭骂一顿。每个人都参加抛球游戏。失败者总是要被迫喝得酩酊大醉。

第48页——花节只能由女子参加。

比耶："在上东京湾（高平地区）的两年"（A. Billet, « Deux ans dans le Haut-Tonkin [région de Cao-Bang]», in *Bul. Scient.*, t. XXVIII, Lille, 1895）

第87页及以下——（亡人节）在三月举行，与安南历法是一致的。在这一天，死者亲友整修坟墓，献供鲜花，坟前挂青（白纸串）；坟墓很简朴，只是一个小土堆，有时在坟前竖一座碑。

其他节日，如新年和土主节以及特殊的童子节（像我们的圣诞节和圣尼古拉斯节一样，在这天也要送玩物和糖果）也能在土佬人中间看到。

然而，也有安南和中国都没有的节日。如我们下文举出的"人棋"，这个节日必定是这块土地的原住土佬人古老习俗的遗留。我在此描述的这个节日是年轻人的节日，在新年之后数天举行。在这几天,姑娘和小伙子们穿上最好看的衣裳,戴着首饰,聚集在一大片开阔的平地上,通常都在佛塔近旁,在神明庇护下尽情地游玩。小贩们在四周摆摊,出售一些食物、水果、点心和糖果。这时也出售用彩纸做的小鼓,小鼓边上还用线系着两个小圆果,手柄用细竹竿制成。摇动手柄,小圆果就不断地敲打鼓面,咚咚作响。小伙子们很快选好了女伴,然后开始在我们外国人看来有些滑稽的奇异场面。他们成双成对地散落在野外的竹林、柚树和榕树的阴影下,背靠着背,就像《格罗斯-勒奈和玛丽奈特》的场景那样,用土佬民歌特有的那种带有浓重鼻音和哀怨的调门不断地吟唱一些忧伤的歌子。等到中午时分再次集合起来,这次他们面对面地分成两队,相距约五十步远,看起来就如妖怪四对舞(quadrille monstre)。每个小伙子手里都拿着一个系着长索的彩球,投向中意的姑娘。如果她接住绣球,或从地上拾起来,那就表明投球人很令她中意,在节日余下的时间里,她是他的"战利品"。相反,如果姑娘把球抛回去,意味着她没有相中对方。于是,这位失败的求爱者继续唱歌,继续抛他的绣球,直到姑娘满意为止。当然了,姑娘通常很快就会答应。

在大多数村庄中,这实际上是一个约婚节。但在有些地方,却是一个放纵的借口,根本看不到婚姻的影子。在高平地区,人们在普安大岛上过节举行,附近有一座古老的佛塔,塔中供奉着许多保存完好的佛像。每年都有大批年轻人和爱热闹的人从附近村庄赶来参加,从高平到 Nuoc-Hai 和 Mo-Xat,甚至从 Luc-Khu 和 Tap-Na 山区。

附录三　民族学注释

在节日的玩乐和游戏中，可以看到安南和中国的影响。这在新年节日（Tet）中尤为明显。这个节日从二月初开始。一个更叫人惊讶的事实是，有些游戏与我们的游戏很相像，比方说玩球、打嘎儿骨、抽陀螺、放风筝或踢毽子。与中国人一样，他们也用娴熟的脚法踢毽子，还有掷骰子、纸牌和多米诺游戏。但还有一种叫作ba-kouan（一种奇偶游戏）的博戏，他们会花光所有的赌注，甚至不惜扒下身上的衣裳。

除了这些从中国和安南传入的游戏外，还有两种游戏是当地土佬人独有的，其中一种叫秋千会，与我们自己在游乐场中玩的秋千很相像，但有一点是不同的，土佬人的秋千是全用竹子做的，绳索也用坚韧的藤条制成。

另一种游戏在三角洲很少见，但在暹罗非常流行，甚至可以说是土佬人独有的。说得广泛一点，就是我们自己玩的象棋。但有一点是完全不同的：王、后、相、马等棋子全由活人扮演，玩家根据玩法移动这些活棋子。……这些扮演棋子的人都是当地的名门子弟。能入选为棋子，是无上的荣耀。这种人棋一年中只能玩一次，而且是在过新年的两三天里。在另外的特殊场合，也只能在七月十四日这天玩一次。

卜尼法西："泰人的Ho-bo节"（Bonifacy, « La fête Thaï de Ho-bo », *B.E.F.E.-O.*, 1915, No. Ⅲ, pp. 17—23）

在1915年4月和5月，卜尼法西先生目睹了三个有名的地方节日，分别在平辽、同中和纳属这三个地方举行。此外，他还从别人那里听到了在保乐举行的集会。这些节日叫作Ho-bo。据卜尼法西本人的意见，指的是混交、乱交的意思。每个年轻姑娘和年长的妇女都要分开，这里面丝毫也看不出外婚制的迹象。女人们结队走在一起，男人们也是一样；在成功地相互挑逗后，他们跑到丛林里发生性关系；这并不必然伴随着婚姻。

卜尼法西的意见是，这些节日具有农业的特征，性爱仪礼会对当年的丰收产生巫术效力。

卜尼法西毫无批评地接受了原始乱交的假说，但他忽略了一个事实：到他观察到这些节日的时代，节日形式早已经由于外来的影响而发生了极大的变化。他记下的一个事实是极为重要的，外来人（例如安南士兵）可以参加这种放纵活动，但他又说到："这些安南狙击手就算抓住了机会，也只能讨得老女人的欢心！"正如《诗经》注疏家只看到了山川节庆的衰落形态一样，卜尼法西也只看到了泰人节日的衰落形态。

高奋云：《横穿克里塞：从广州到曼德勒》（A. R. Colquhoun, *Across Chryse*, éd. Angl., II, p. 238. [*Autore du Tonkin*]）

罗罗人在正月初过节。他们挖空一棵大树作"槽"。男女坐在一处用竹棍敲击。树干发出的声音和鼓声非常相像。男女相互用胳膊搂住对方的腰，节日以性放纵结束。

同上书，卷一，第213页。——描述了苗人的坡会（Hoignam）（该词颇有淫猥的意味）。在新年的第一天，男女集中在一条幽谷里，男子站在一边，女子站在另一边。他们一直在对歌，如果哪个男子用歌声打动了一位女子，她就会抛一个彩球给他。附近有圩场，有情郎可以在那里给情人买些礼物。

于雅乐（Imbault Huart）：《台湾岛史述》

第248页——如果一个青年男子看中了哪位姑娘，想向她求婚的话，他会经常带上乐器到她家门前去；如果这个姑娘也中意，她会出门和他相会。若是两情相悦，便告诉各自的双亲。婚宴在新娘家里举办。在婚后，丈夫继续住在这里，不再回到父家。从此以后，岳父家就是他的家。

宋嘉铭：《南诏野史》译本（C. Sainson, *Histoire particulière de Nan-tchao* [in Publ. de l'Éc. des Lang. or. viv.], 1894）

第93页——"素兴（公元1041—1044年在位）年少好佚游，广营宫室于东京，筑春登、云津二堤，分种黄、白花。春登堤上多种黄花，名'绕道金棱'，云津桥上多种白花，名'萦城银棱'。每春月，挟妓载酒，自玉案三泉，溯为九曲流觞，男女列坐，斗草簪花以为乐。时有一花，能遇歌则开，遇舞而动。素兴爱之，命美人盘髻为饰，因名'素兴花'。"

第69页——"浴于水，感金龙与交。"

第86页——"往……水边，触一浮木，有感而妊。"

第188页——"（苗人）每岁孟春跳月，男吹芦笙，女振铃唱和，并肩舞蹈，终日不倦。或以彩为球，视所欢者掷之，暮则同归，比晓乃散，然后议婚。节序击铜鼓，吹唢叭，聚赛神。"

第183页——"（嫚且）以丑月（即十二月）为正月。性好饮，男女皆同。男吹芦笙，女弹口琴，欢饮竟月。过此则终岁忍饥，野菜充腹而已。"

第178页——"(卡隋)性顽钝,喜歌舞。男女多野合。婚娶通媒妁之日,议聘金。"

第176页——"(猓㑩)婚配先野合。"

第171页——"(黑乾夷)婚配,男吹芦笙,女弹口琴,唱和调悦。先野合,后媒妁。"

第164页——"(蒲人)婚娶长幼跳蹈,吹芦笙为孔雀舞。婿家立标竿,上悬彩绣荷包,中贮五谷银钱等者,两家男妇大小争缘取之,以得者为胜。"

第173页——"(阿成)婚用牛羊,(男)至女家,以水泼女足为定。"

第264页——"(杨慎诗)正月滇南春色早……艳李夭桃都压倒……采架秋千骑巷笊……二月滇南春嫌婉,美人来去春江暖,碧玉泉头无近远。……沽酒宝钗银钏满,寻芳争占新亭馆,枣下艳词歌纂纂……(三月)罗天锦地歌声应……(九月)鬓插茱萸歌献寿……十月滇南栖暖屋。"

莫朗(G. S. de Morant)、张翼枢(Tchang Yi-Tch'ou):"云南的归化蛮族","滇系"一章(Les barbares soumis du Yun-nan [Chapitre du Tien hi], *B. E. F. E. -O.*, t. Ⅷ, pp. 333 sqq.)

第371页——"(麽些)闲则歌男女相悦之词,曰'阿舍子',词悉比体,音商以哀,彼此唱和,往往奔合于山涧深林中。"*

第353页——"(窝泥)饮酒,以一人吹芦笙为首,男女连

---

* [清]余庆远:《维西见闻纪》,"夷人""麽些"条。——译者

手周旋跳舞为乐。"*

第343页——"(妙罗罗)男女俱跣足,每至踏歌为乐,则着皮屦。男吹芦笙,女衣缉衣,跳舞而歌,各有其拍。"**

第344页——"婚姻庆事,结松棚为宴乐。"***

第378页——"(栗粟)采山中草木为和合药。男女相悦,暗投其衣,遂奔而从,跬步不离。"****

第336页——"(罗罗蛮)以腊月为春节,竖长竿,设横木,左右各坐一人,以互落为戏。"*****

第349页——"(僰夷)俗尚奢侈,孟春作土主会,称贷以炫其饰,倍出息偿,人不惜。又有秋千会,男女杂坐。"******

第375页——("那马)人与其女通,父母不之禁,而不敢令其兄知,知则杀其通者。"*******

第360页——"(蒲人)婚,令女择配。"********

第350页——"(僰夷)男女先通而后娶。"*********

第348页——"旧俗不重处女,如江、汉游女之习,及笄始

---

* [明]刘文征:《滇志》卷三十《羁縻志》第十二"种人""窝泥"条。——译者

** 同上书,"妙罗罗"条。——译者

*** 同上书,"罗婺"条。——译者

**** [清]余庆远:《维西见闻纪》,"夷人","栗粟"条。——译者

***** [明]刘文征:《滇志》卷三十《羁縻志》第十二"种人""爨蛮"条。——译者

****** 同上书,"僰夷"条"其在禄丰、罗次、元谋者"。——译者

******* [清]余庆远:《维西见闻纪》,"夷人""那马"条。——译者

******** [明]刘文征:《滇志》卷三十《羁縻志》第十二"种人""蒲人"条。——译者

********* 同上书,"僰夷"条"十八寨者"。——译者

禁足。今则此俗渐革矣。"*

第361页——"婚用牛羊,(男)至女家,以水泼女足为定。"**

第355页——"(卢鹿蛮)夫妇昼不相见。"***

博维:"龙州土人风俗记"(Beauvais, « Notes sur les coutumes des indigènes de la région de Long-tcheou», B. E. F. E.-O., t. VIII, pp. 265 sqq.)

据《龙州纪略》载:"每年三四月间,乡村男女赛歌为戏,且有从邻县裹粮而来者,每场聚集不下千人,年纪皆二十内外。土人佥云:'若停禁此戏,年谷不登,人多瘟疫。'"

此书又有一段文字说:"男女踏歌为戏,乃陋风也,粤西在在有之。"

博维补充道:"这些集会通常不过是约婚的借口。青年男女面对面地对歌示爱。我们不得不承认,这些集会确有放纵之情形,那些彼此相中的男女隐入附近的树林或草丛里,先提早把蜜月度了,可以说司空见惯。汉官无法禁止这些习俗,一旦如此,一定会引起骚乱。"

卜尼法西:《东京蛮族民歌研究》,(A. Bonifacy, Études sur les chants et la poésie populaire des Mans de Tonkins, p. 85 sqq.

---

* [明]刘文征:《滇志》卷三十《羁縻志》第十二"僰夷"条。——译者
** 同上书,"僰夷"条"在姚安者"。——译者
*** 同上书,"爨蛮"条。——译者

Premier Congrès International des Études d'Extrême-Orient, Hanoï, 1902, Compte rendu analyt. Hanoï, 1903）

（这些歌谣皆采用汉语。）这些诗句的优雅在于脚韵和某些句子的复沓。其文学内容包括：（1）采取对话形式的四句头山歌；（2）神歌；（3）传奇故事。在唱四句头时，男女交替对唱。神歌用于请神，伴随着舞蹈，表现战争或其他事迹；也用于驱邪，但在献祭时不准唱；可在丧礼上演唱，不过并非在所有部族中都是如此。传奇故事在用韵方面与我们古老的武功歌颇多相通处。

婚礼歌（Man quan coc）

耳听歌声见伊人，
席上拴着四福钱，
四福钱在席上拴，
四福之上又有梅。①

恋爱歌（Man cao lan）

《叹穷贱》
穷在大路不敢问，
愧见才女与富男，
穷贱怎敢把你攀！

---

① "梅"是贞洁之象征。

卜尼法西:"上东京湾拉噶人和罗罗人的风俗研究"（Bonifacy, « Études sur les coutumes et la langue des Lolo et des La-qua du haut Tonkin », *B.E.F.E.-O.*, Ⅷ, pp.531 sqq.）

第537页——（拉噶人）未婚男女都很自由，可以上山唱歌，但同村男女间是绝对禁止交往的。这无疑是原始外婚制的遗留。

（罗罗人）未婚男女都很自由。虽然他们同属一个村庄，但可以在一起唱歌。在整个正月里，青年男女间都忙着搞私情，他们是完全自由的。这就是Con-ci节（参见*B.E.F.E.-O.*, Ⅷ, p. 336），但随部落的不同而有所不同。

第538页——拉噶人非常喜欢唱歌，他们的歌谣往往是男女对唱的。他们的歌谣在结束时伴随着一声喊叫：pi houit！但歌词都是泰语，这一点颇令人奇怪。拉噶人不能逐字逐句地说出歌谣的意思，如今也只能知道这些大概的意思。罗罗人不像拉噶人那样经常唱歌，至少在陌生人面前是这样的。

拉噶歌一例（泰语）

此地从未见生人，
这个生人从哪来？
这个生人好迷人，
我们唱歌祝福他。
哪里来的美男子？
他是从河那边来？
见过几多河与地？

穿过几多深水河?
翻山涉水多英武!

罗罗歌一例

男子:姑娘你从何方来?
姑娘家住在何方?
我虽从未见你面,
如今一见我倾心。

女子:阿哥话儿最动人,
阿哥心思说分明。
要想与妹配成双,
先让妹来看个真。

第545页——(在罗罗人和拉噶人中间)年轻人先要相互了解,然后男子告诉父母,由父母委派媒人到女方家中去。参见第536页。

第545页——(在罗罗人的婚礼上)他们假装抢劫新娘,一边嘴里还要唱着歌。

邓明德:"罗罗人",《中国东方研究》第四章"罗罗人的诗歌和文学"(P. Vial, *Les Lolo*, in *Études Sino-orientales*, fasc. A, p.16 sqq., Chap. IV, La littérature et la poésie chez les Lolos)

罗罗人的文学就像汉人的文学一样,有基本的句法和冗长的复沓，但其魅力不在于措辞的韵律或节奏，这些总是一样的，其魅力在于观念或情感的纯真。……比兴经常突如其来。……重复是常见的手法，当作者想表达同样的观念时，就使用同一些短句：直到第五个字，才算完整表达意义。……这条法则是诗歌必须遵守的，韵律或谐音只是稍加变化，这也是诗歌的显著特点，因诗歌通常都是三音节或五音节的。……不是每个字都有意义：有些词只是为了让诗歌朗朗上口，或让诗句在第五个词处结尾……

他们每天都唱歌。无论什么事情都可用歌唱出，都可拿来即兴作歌。……姑娘们尤其善于表达心绪。……可与词句的简单相匹配的，是曲调的简单：抑扬、唏嘘、眼泪和叹息，总是同样的眼泪，总是同样的唏嘘。

第31页——描述了撒尼人和阿细人的摔跤比赛，这可与我们的Pardons节*相比。

一旦本地庄稼歉收，或死人过多时，村庄头人们便碰面商议，许愿举行一两天或三天的比赛。……当比赛的日子到来时，要专门清出一块场地，专用于摔跤，这个地点是不能变更的。……跤手们只在下身穿一条裤子。双方先伸双臂拥抱一下，然后抓把沙子擦擦手，就开始准备比赛。……比赛以祈祷结束。

第35页（引自鲁神父［P. Roux］的观察）

贵州仲家子非常喜欢唱歌。他们唱的都是忧郁而悲伤的情

---

* Pardons节是法国布列塔尼地区的一种朝圣仪式，在起源上可能与5世纪凯尔特传教士在本地的布道活动有关，现在则与爱尔兰、纽约等地的圣帕特里克节相似。——译者

歌。他们没有舞蹈，但很注重音乐。山上的男女赛歌会仍然存在，但正在逐渐消失。

第26页——据邓明德神父说，"在罗罗人中间，姑娘和妇女从不跳舞。年轻男子们整夜整夜地谈天、弹琴、吹笛、摔跤或跳舞。风气放纵，还不是一般地放纵。但放纵归放纵，他们并没有逾越我所说的'异教徒的诚实'品格，说实话，除了激情，还有率真。"

第20页——哭嫁歌

1

阿妈，女儿伤心啦，　　　　　Ema, neu cha la,
您走了三天啦；　　　　　　　Se gni ta tche ra;
阿妈，您快回来吧，　　　　　Ema, tcho kou ja,
阿妈，想你啦，想你啦。　　　Ema, ga leu leu.

2

阿妈，女儿伤心啦，　　　　　Ema, neu cha la,
树干枯了，树根活，　　　　　Se che, ke ma che;
树根活着，树叶干，　　　　　Ke che, chia qui mè:
阿妈，女儿伤心啦。　　　　　Ema, neu cha la.

3

风吹树叶沙沙响，
阿妈的女儿多伤心，
树叶子还有再活时，

女儿哪有下辈子。

4

阿爸狠心嫁女儿,
换回一瓶烧刀子,
我也不得喝一滴:
女儿伤心一辈子。

5

阿妈狠心嫁女儿,
换回一笼白大米,
我也不得吃一粒:
女儿伤心一辈子。

6

阿哥狠心嫁妹子,
换回一头大牯牛,
我也不得用一次:
女儿伤心一辈子。

7

他们睡了我醒着,
好像我是一个贼。
他们起床我没起,

好像身上染瘟疫。

8
每天出去采野菜,
一天采了三捆整,
三天采下九整捆,
他们说话仍难听。

9
阿妈的女儿好伤心,
伤心就到树林里。
树林里边有什么,
知了在林里唱歌子。

10
阿妈的女儿好伤心,
伤心就到地里边。
野地里边长小草,
小草有小草来做伴。

11
阿妈的女儿好伤心,
女儿没有伴伴陪;
翻来覆去都在想,

女儿心里多伤悲。

（这首歌谣一定不乏变体。）

比较《王风》第7篇《葛藟》，顾赛芬译本，第81页。

297　　欧德理：《客家民族志略》（E. J. Eitel, *Les Hak-ka*），英文版由杜穆梯耶（G. Dumoutier）译出（*Notes and Queries*, in Anthropologie, t. IV, 1867）

客家山歌选*

1

日头一出在东边，
深山树木怕藤缠。
番船又怕狗庆打，
十八亚妹又怕好汉连。

2

日头一出半天高，
叠叠连妹三两朝。

---

* 葛兰言在书末做了一些勘误，译者均已核对原文，包括葛氏未能改正的误引等，均已据以改正。惟附录（三）歌谣部分之勘误，需稍作说明。作者说："对于这些错讹之处，我必得感谢伯希和先生给予的校正。"对于《客家山歌选》，作者又说："由于对这部作品的完成和印行情况，我们几乎一无所知，故对于杜穆梯耶先生所译的欧德理原文，我们没有办法校正，但其中必有不少误解。"对于那些疑心有误的翻译，葛兰言逐一做了注释。因本书所引客家山歌大多已查得原文，故舍去葛氏所作注释。——译者

两人当天发过誓,
妹子断情雷火烧。

3
日头一出炳忽忽,
小妹门边种坜葱。
日里愁来冇葱摘,
夜里愁来冇老公。

4
日头间炳望云遮,
田中冇水望踏车。
田中冇水车来踏,
亚妹冇郎望那啜。

5
有好日头冇好天,
有好花木冇好园。
有好禾苗冇好谷,
有好女子冇人连。

6
落水淋漓莫怨天,
记得介年大旱天。

三百六钱籴升米,
饿死几多嫩娇连。

7
我香烧了一炉灰,
灯草烧了又冇灰。
连妹爱连两姊妹,
大价做开细价来。

8
送郎送到石仔岗,
石头刺脚血亡亡。
妹扯衫裾咾郎札,
咱郎痛肉妹痛肠。

9
哩只妹子唔好连,
哪块岭冈冇坳湾。
哪块山坑冇水浸,
衹边不连介边连。

10
世道大不如以前,
新打戒指像门环。

早先首饰要一个,
今日妹仔索金钱!

11
亚哥眼撮妹鼻抽,
两人约定去背夫。
若者有人来遇到,
拗枝树杈诈猎猪。

12
门前狗子吠沉沉,
房中听见嫩娇莲。
狗子莫咬接出来,
手攀颈斤进里间。

采茶歌选

1
正月里来桃花开,
旧年过去新年来,
寒风吹起鹅毛白,
帘内女儿望郎来。

2

二月里来柳花开,
小芽抽出小叶开,
柳叶尖尖招露水,
手攀柳枝望郎来。

3

三月里来梨花开,
妹话摘桃入园来,
入园唔系摘桃子,
手摘茶叶望郎来。

4

四月里来榆花开,
榆树开花一身白。
冷肉冷酒吮味道,
梳妆台前望郎来。

5

五月里花满院开,
燕子又寻旧巢来。
双双对对飞上下,
亚妹摘花望郎来。

6

六月里来禾花开,
禾花开后禾穗来。
禾穗尖尖结成谷,
十指尖尖望郎来。

7

七月菱角花又开,
谁家女儿出院来。
手提衣篮塘边来,
塘边洗衫望郎来。

8

八月里来野花开,
旧年要迎新年来。
亚哥似蝶四处飞,
翻山越海望妹来。

9

九月里来菊花开,
手提烧酒进房来。
冷茶冷饭寡公佬,
冷板冷席望妹来。

中国古代的节庆与歌谣（新译本）

10

十月里来纸花开，
房中剪出纸花来。
剪出好花街上卖，
街头街尾望妹来。

11

十一月里雪花开，
手拿扫子扫雪来。
手拿扫子扫把雪，
扫开大路望妹来。

12

十二月只有枕花开，
亚哥双枕床头摆。
鸳鸯枕上无双对，
头枕鸳鸯望妹来。

男女对歌举例。男子先唱一节，然后女子再对一节。

13

女：我有一千又一文，
　　问你几人分得匀，
　　每人唔多也唔少，

附录三　民族学注释

有人把钱分得匀,
你我成亲要媒人。

14

男：一七得七,一人百文共七人,
　　四七二十八,各拿四十七人分。
　　三七二十一,一人再拿三个文。
　　共合一千又一文,一共七人分得匀。
　　算完难题叫一声,你我成亲要媒人。

15

男：妹子生得样咁靓,
　　好似天上五彩云,
　　阿哥看见心火起,
　　世上万物随你挑。

16

女：要是亚哥係真心,
　　两只汕头云角鞋。
　　还要广西麦秆帽,
　　骨牌大小金一块。

17

男：为你花光万千钿?

339

>　　为得芳心卖良田？
>　　卖田惹得老父怪？
>　　妻子儿女泪涟涟？

18

女：日夜烧香拜老天，
　　保佑咱郎多赚钱，
　　赚得铜钿千千万，
　　卖出良田再买还。

附文：

中国上古婚俗考

卢梦雅　蒯佳 译

译者按：本文是葛兰言最早的一篇汉学研究文章，1910—1912年旅居北京期间撰成，刊于《通报》（M. Granet, «Coutumes Matrimoniales de la Chine antique», *T'oung-Pao*, Vol. XIII, 1912, pp. 517—558.），实可视作《古代中国的节庆与歌谣》的雏形。后者的方法论（如语文学和年鉴派社会学）、文明史（论）视野以及历史结构论的开启之功等，在本文中都已有显示。举其大要者，如（1）以欧洲（荷马）诗歌为参照而比较审视《诗经》篇章形制，（2）以整个远东文明为总体场景而确定《诗经》所述社会事实之一般意义，以及（3）在从庶民婚俗向贵族婚礼的转变过程中考察中国封建社会之具体而微的形成过程，等等。但这不是说，本文只有《节庆与歌谣》之前身的价值。如在上述第（3）方面，对于庶民"夏日禁忌"与贵族婚后三月隔离期的结构性赓续与革新之分析，堪称神来之笔，这一点在《节庆与歌谣》中反而没有展开论述。故本文实有其不可泯灭的独到贡献与价值。

中国古代的节庆与歌谣（新译本）

本文旨在通过《诗经》展现民间婚姻的古老形式。[①]在阐释个人观点之前，我们首先来看看古代经学家如何理解这些风俗，何以他们的研究收获甚微，随后探讨应该采取何种方法，借助何种手段才能更好地理解这些诗歌。此外，尽管我的研究目的不在于中国文学史，但在论述过程中，仍会剖析民间诗歌的创作手法，以重新认识这些诗歌的创作环境。

在探讨这个问题之前，我们先看一下经学家是如何理解《诗经》的。

一

大致在秋冬时节，中国城市里会出现抬着轿子的迎亲队伍，红绿各一队，吹奏着乐器，举着牌子，打着灯笼，这便是当地结婚的盛况。在解释这种习俗时，有一种常见的说法是：婚礼忌秽，不能在属"阳"的时节操办"阴"事，选在秋冬季节操办是由于此二季属"阴"。

习俗一般配合有仪式传统。《家语》云："霜降而妇功成，嫁娶者行焉。冰泮而农桑起，昏礼始杀于此。"王肃在注释中引《诗经》的诗句为佐证（"将子无怒，秋以为期""士如归妻，迨冰未泮"），并作注曰："季秋霜降，嫁娶者始于此。……正月农

[①] 除个别情况，本文先把《诗经》中关于贵族习俗放在一旁，不做单独分析。在采集这些歌谣的时代，贵族阶层也拥有独特的婚姻观念，这在一些十分古老的仪式中可窥见一斑（详见下文）。本文主要参考了顾赛芬《诗经》法译本，因为该译本忠实反映了经学家的传统注解；所引注释均依据《宋本诗经》。本文还参考了《皇清经解》《皇清经解续编》，包括《夏小正》。

342

附文：中国上古婚俗考

事起，蚕者采桑，婚礼始杀，言未止也"；又引《周礼》加以补充："至二月农事已起，乃会男女之无夫家者，奔者期尽此月。"可见，王肃认为，婚期可以一直延续到仲春，又大概从秋分开始至再年春分左右结束。然而，不同经学家可能有完全不同的解读。据《周礼·地官》，媒氏之职是"仲春之月，令会男女"，郑玄注曰："仲春阴阳交，以成婚礼，顺天时也"，认为仲春才是举行婚礼的适宜时节。① 对此，《夏小正》可与《周礼》互证："二月绥多士女"；《月令》亦载："仲春之月……玄鸟至。……以大牢祠于高禖。"可是这样一来，我们要重新审视王肃的观点了：他认为仲春是成婚及约婚时间的下限（"昏礼始杀于此"）。

的确，现代人在秋冬成婚，但我们知道，爱情的萌发却无关乎秋冬。在文学作品中，举凡爱情之主题全与"春"字有关。那么婚嫁之事究竟是在什么季节呢？事实上，从《诗经》不少的注疏中均可见到春季成婚或秋冬成婚之争，《国风》中那些表达爱情或婚姻的诗歌，无不为郑玄或王肃援引以各抒己见。无论观点如何，对这些汉儒来说，《国风》中的歌谣首先是道德教化之作，因为是由大教育家孔子删选成集的。

何为道德？在中国，公共道德是一项政府职能。人类之道与自然之道（天人之际）均是"道德"之结果，是帝王德泽远被之所致。帝王授后妃以德，以保障德施道行，维护男女伦理。后妃之德在于不妒忌——其他妃嫔所生之子亦为整个王室的子嗣，只要后宫有法度，本国子民也会遵法度而以时成婚。假如帝王与后

---

① 我们在下文会看到，郑玄作为一个注疏家，他十分敏锐地意识到，在很长一段时期内婚礼实际上是分为两个部分举行的。

妃不能起到良好的教化作用，君王无德，后妃无度，那么百姓也会坏了男女结合之法度，或失时成婚，这就是最早的《诗经》注疏者毛苌在诗《序》中所注之义。

何谓婚姻"以时"或"失时"？这关乎男女双方的年龄或者成婚的季节吗？《礼记》载："三十曰壮有室""女子二十而嫁"，但是经学家对这些记载的注解不尽相同。王肃和《家语》以此为婚龄之上限，因"《礼》言其极"*；郑玄则认为，必须在这两个年龄结婚。①无论如何，男子年过三十仍未成婚，则称"鳏"。对此，王肃一派解为："失时"即是女子到了20岁、男子到了30岁仍未成婚，强调《毛序》所述，如后妃有德，则子民会守时成婚，不会有鳏民出现，并援引郑玄关于《周礼·媒氏》之注解"令男三十而娶，女二十而嫁"为证，由此推论：人们一般于秋冬之季成婚，若仍有女二十、男三十而未婚者，则命其以第二年仲春为最后的成婚期限。**

然而，这并不能削弱郑玄的主张，他认为"失时"即是错过季节。但是，既然必须在女二十而男三十的节点上成婚，那

---

* 参见《家语·本命解》："闻礼，'三十而有室，女子二十而有夫也，岂不晚哉？'孔子曰：'夫礼，言其极也，亦不是过。'"——译者

① 可见我们使用这些经学家注解时必须慎之又慎：他们各自有一套理论，对某个文献的注解，都与对其他一些性质迥异又相当重要的文献之注解息息相关。因此，为了弄清楚事实，必须梳理这些零碎的解释并找出各派经学家的理论。只有在这种条件下，我们才能够利用各种文献的注疏及训诂进行研究。

** 参见《周礼注疏》。王肃曰："《周官》云：'令男三十而娶，女二十而嫁'，谓男女之限，嫁娶不得过此也。三十之男，二十之女，不待礼而行之，所奔者不禁，娶何三十之限。……然则三十之男、二十之女，中春之月者，所谓言其极法耳。"——译者

附文：中国上古婚俗考

么，"失时"也就意味着错过成婚的年龄。故郑玄的意见可以总结为：仲春二月，掌管户籍的媒氏要宣布适龄男女的名单，命其成婚。只不过，《诗经》里那句"秋以为期"让他为难，他对《邶风·匏有苦叶》注曰："八月之时，阴阳交会，始以为昏礼，纳采，问名。"可见，郑玄认为婚礼分为两季进行，春分和秋分——均是阴阳相交之时。*

对这个问题的解释一直没有多大进展。清代学者颇感左右为难，因为他们注意到《左传》中有各种季节成婚的情况，于是干脆快刀斩乱麻，结论为：一年中各个时间均可结婚，但在民间或许不是如此，[①] 然后就这么敷衍过去了。

以上是经学家的大致意见。尽管他们客观、清晰、具体、巨细无遗地治学，解决了词汇和句法上的所有难题，用广博可靠的学识进行了有益的分析，让我们可以读懂这些晦涩的文献，但终究只是一种狭隘的训诂，始终无法正确地阐释文献。他们似乎认为，习俗是依照文字记载而实行、安排的，可事实上恰恰相反，习俗可以有助于理解文献，是文献记载了习俗。[②]

当然，怀疑这些注释的最主要理由，是因为经学家们还是史

---

* 该文应断句为"八月之时……始以为昏礼纳采、问名。"即郑玄认为秋天订婚、春天成婚，而非婚礼分为两季举行。后来在撰写《中国古代的节庆与歌谣》时，葛兰言更正道："郑玄认为，最后的仪式（成婚仪式）是在春分。"但是我们可以推测，是郑玄的注解使葛兰言意识到中国古代结婚分为订婚和婚礼两个步骤这个关键问题，且分别在两个农闲季节进行。——译者

① 由于本文对贵族习俗和民间习惯加以区分，此处仅研究民间风俗，故暂不考虑《左传》记载。
② 见下文《汉广》的例子。

学家和卫道士。他们热衷于追溯事件的年份，并将一切改造为周代某国编年史上有关重要人物的历史轶事。为了表明某首歌谣是在"美"或"刺"某位君主，他们毫不犹豫地用最冠冕的象征主义方式解读这些诗歌。尤其他们还是卫道士：尽管中国人的传说中遍布开明的英雄人物，儒家仍然认为，所有礼仪沦丧的罪恶是社会衰落的结果。[①]另外，由于中国伦理中最为严苛的一项规定是男女授受不亲。以当时上层社会的这种道德观，经学家无法认识到，古代习俗中的两性伦理与他们眼中男女苟且的淫泆之举完全是两回事，于是，但凡涉及歌谣的两性伦理时，他们必然会加以政治历史性的解释。

既然经学家无法正确解释这些见证风俗的歌谣，我们又该怎么做呢？必须重新解读《国风》。

我们将利用经学家的训诂成果，逐字分析诗歌。一旦确立了这些字义，要牢记研究对象是真实的民间歌谣。我们应当认识到，假如这些字义在今天看来十分晦涩，那是由于语言和风俗习惯改变了，而在上古中国的村落里唱起这些歌谣时，人人都懂得其中的意思。必须把难懂的官方象征主义解释搁置一旁，遵循诗句中最简单，也是最宝贵、最具启发性的意思。在这项歌谣的研究中，思维的联想必不可少。如果我们认真审视诗节长度的匀称和诗句的对称，便会很容易看出其中的主题和含义。下文我将分

[①] 经学家有一种道德使命感：他们认为子民只会在社会崩坏情况下道德沦丧，违背仪礼。同时，他们坚定地相信文明已经渐兴，政府有责任将人们从野蛮状态中解救出来。

析若干首诗歌[1],只是恐怕这些例子不够多,因为孔子大量删减了这部诗集。

二

幸好,我们可以从与民族志资料的比较中得到援助。

比如卜尼法西(Bonifacy)上校和博维(Beauvais)先生在《法国远东学院学报》发表的对龙州土人和东京湾罗罗人风俗的辑录。[2]借助这些中国境内和边疆地区的民族风俗来理解中国上古风俗是十分合理的。龙州土人结婚或罗罗人的丧葬信仰,向我们展示了这些风俗与汉地习俗的密切关联。这些民族以前采纳了中国上古文明,并且比汉人更忠实地将这些惯俗保留下来。因此,我们有必要进行这样的比较。

---

[1] 为了进行这些研究,需要在译文中保留中文诗句的韵律(体现在韵脚上)。因此,我将有三、四、五个汉字的诗句,翻译成六或八个音节的法语诗句。汉语的紧凑给翻译工作带来了困难。于是我借鉴了法国古老诗歌的简洁句法,这样翻译不会违背原作。我的原则是句对句的翻译。我只会在出于译文清晰和韵律的需要以及保证押韵的前提下,才对中文诗行进行拆分。我还将谨慎地略去复唱的诗句,仅保留有意义关联的双行诗。

[2] 参见卜尼法西:"上东京湾拉噶人和罗罗人的风俗研究",载《法国远东学院学报》(Bonifacy Ct, « Notes et Mélanges [Etude sur les Lolo et les Laqua du Haut-Tonkin] », in *Bulletin de l'Ecole française d'Extrême-Orient*, Tome 8, 1908, pp. 531—558);莫朗、张翼枢:"云南的归化蛮族",载《法国远东学院学报》(Georges Soulié, Tchang Yi-Tch'ou, « Les barbares soumis du Yunnan [Chapitre du Tien hi] », in *Bulletin de l'Ecole française d'Extrême-Orient*, Tome 8, 1908, pp. 333—379);博维:"龙州土人风俗记",载《法国远东学院学报》(Beauvais, « Notes sur les coutumes des indigènes de la région de Long-tcheou», in *Bulletin de l'Ecole française d'Extrême-Orient*, Tome 7, 1907, pp. 265—295);唐再复:"滇南土族婚俗记",载《通报》(T'ang Tsai-Fou, « Le mariage chez une tribu aborigène du Sud-Est du Yun-nan», *T'oung Pao*, 1905, pp. 596—598)。

这些文章还告诉我们，在这些地区，春天的两性仪式往往与严格的成婚规矩并存，这些规矩与中国古代的婚礼极为相近。在龙州，我们可以看到媒人提亲、算八字、占卜、送聘礼的婚嫁习俗。人们在送亲途中倍加小心，新娘在婚后独居三天才能见舅姑。看上去似乎结婚是件很可怕的事情，人们把两个原本分开生活的男女结合起来好像得冒不少风险。

而博维先生观察到的风俗却极为自由。他引用了清人著述《龙州纪略》中一段意味深长的话："男女踏歌为戏，乃陋风也，粤西在在有之。"此书中又有一段文字说，"每年三四月间，乡村男女赛歌为戏，且有从邻县裹粮而来者，每场聚集不下千人，年纪皆二十内外。土人金云：'若停禁此戏，年谷不登，人多瘟疫。'"博维先生还提到："这些集会通常不过是约婚的借口。青年男女面对面地对歌示爱。我们不得不承认，这些集会确有放纵之情形，那些彼此相中的男女隐入丛林或草丛中，先提早把蜜月度了，可以说司空见惯。汉官无法禁止这些习俗，一旦如此，一定会引起骚乱。"于是，这些乡村仪式便成为婚礼的序幕，似乎是国泰民安的必要条件，并不会遭到公共道德的指摘。

我们再来看罗罗人。他们也有媒妁之俗，但只是在年轻人们约定以后。婚姻也似乎充满危险，接亲如抢亲，新婚夫妇最初也须分睡；在苗人那里，为盛大婚礼而做准备的定亲阶段非常长，期间订婚的两个人不得交谈；在拉噶人（La-qua）中间，女子若未婚先孕，原则上要被处死。[①]

---

① 参见卜尼法西："上东京湾拉噶人和罗罗人的风俗研究"，第531—558页。

附文：中国上古婚俗考

然而，年轻人们会上山唱歌。整个阴历一月份都在谈情说爱，这是个盛大的节日，人们以对歌形式歌唱。卜尼法西注意到：每个对歌的人都视对方为陌生人。因为至少在拉噶人那里，同村年轻人不得同场对歌。一位中国民族学家提供了麽些人的类似习俗："闲则歌男女相悦之词……彼此唱和，往往奔合于山涧深林中。"①

这里文章没有明确说明这些乡间野合是否属于一种约婚形式，但卜尼法西强调了同村伴侣之间不得对唱，由此可以窥见原始的外婚遗迹。②可见，春天的聚会就是一系列联姻仪式。在这些地方，情侣之间通过赛歌的形式相互挑选，然后约婚，而约婚需要通过两性的结合和春天乡间的庆典来完成，并且要采取一系列措施来减少婚前性行为可能导致的严重后果。

三

有如上准备之后，让我们再来读《诗经》中的情歌。

我们从《郑风·溱洧》开始，不必理会《序》所言"刺乱"之旨以及因兵戈不息造成男女相弃、淫风大行的解释。③

---

① 莫朗、张翼枢："云南的归化蛮族"，第371页。
② 参见卜尼法西："上东京湾拉噶人和罗罗人的风俗研究"，第537页。
③ 仅有一位清代学者注意到郑玄将《诗经》中的乡间水边聚会与《周礼》记载相较，得出这种聚会是完全正常和规律的。（参见李黼平：《毛诗䌷义》，《皇清经解》卷千三百三十五："《笺》云：《周礼》仲春之月令会男女之无夫家者，此方涣涣兮。《笺》云：仲春之时，冰已释水，则涣涣然。《笺》举仲春，盖亦以礼许相奔者矣。"——译者）

中国古代的节庆与歌谣（新译本）

| 溱洧 | La Tchen |

溱与洧， 1. La Tchen avec la Wei

方涣涣兮。 2. Viennent à déborder!

士与女， 3. Les gars avec les filles

方秉蕳兮。 4. Viennent aux orchidées!

女曰：观乎？ 5. Les filles les invitent:

    — Là-bas, si nous allions?

士曰：既且！ 6. Et les gars de répondre:

    —Déjà nous en venons!

且往观乎？ 7. — Voire donc, mais encore,

    là-bas, si nous allions,

洧之外， 8. car la Wei traversée,

洵訏且乐。 9. s'étend un beau gazon!

维士与女， 10. Lors, les gars et les filles

伊其相谑， 11. ensemble font leurs jeux;

赠之以勺药。 12. Et puis elles reçoivent

    Le gage d'une fleur!

    * *

溱与洧， 13. La Tchen avec la Wei

浏其清矣。 14. D'eaux claires sont gonflées!

士与女， 15. Les gars avec les filles

附文：中国上古婚俗考

殷其盈矣。　　　　　16. Nombreux sont assemblés!

这些诗句告诉我们，男女一起采花与河水上涨有关。郑玄解释道，此时"仲春之时，冰以释"，这些未婚的年轻男女"各无匹耦，感春气并出，托采芬芳之草，而为淫泆之行。"这些芬芳的花草是为何物？《康熙字典》"蕳"字之释义①，亦借《溱洧》一诗告诉我们此草可以"杀虫毒，除不祥"②。有什么不祥需要避讳呢？

《毛传》指出："蕳"通"蘭"。《夏小正》指出，在阴历五月，人们采摘的是"蘭"（"五月……蓄蘭"），且佩在腰间；《礼记·内则》记载，已婚妇女、年轻女子，甚至未冠男子均在腰间配香囊③；且妾室在与丈夫同房前，亦须在腰间系以香囊，用香草规避媾和可能带来的风险。

配备香物后，人们开始以对歌相互挑逗。郑玄注意到诗中女子的主动和坚持，而由男子做决定："士与女往观，因相与

---

① 《康熙字典·草部·十二》："蕳：……《诗·郑风》士与女方秉蕳兮。《传》蕳，兰也。……《盛弘之·荆州记》都梁县有山，山下有水清泚，其中生兰草，名都梁香，因山为号。其物可杀虫，毒除不祥。故郑人方春三月，于溱洧之上，士女相与秉蕳而祓除。"

② 在另一首情歌《陈风·东门之枌》中，年轻人互相送以一种香草"椒"，用以请神降临。（见马瑞辰：《毛诗传笺通释》卷十三，《皇清经解续编》卷四百二十八："'贻我握椒'，《传》：椒，芬香也。瑞辰按：椒亦巫用以事神者，《离骚》：'巫咸将夕降兮，怀椒糈而要之。'王逸注：'椒，香物，所以降神。'是也。《诗》言'贻我'者，盖事神毕因相赠贻耳。"——译者）

③ 已婚妇女所系香囊称"缨"，年轻女子所系香囊称"容臭"。妾也要洗漱打扮，洁净内外，换好合适的衣服，系上香囊（衿缨）。参见《卫风·伯兮》："岂无膏沐，谁适为容？"

戏谑，行夫妇之事，其别，则送女以芍药，结恩情也。"难以确定"勺药"究竟是何种花类*，但是该植物扮演的角色是很明确的——尤其是如果我们与经学家一样，将"勺"与"约"相通的话**——在这里就是作定情之用。①如果男子将花送给女子是按照他们刚刚达成的"调和"***，那么花便意味着约婚，中国人称之为"结亲""结言"，总之，这些说法的意思都是约婚。当然也要注意，一旦送出这种花，年轻人们就要暂时分别，于是人们也呼之为"离草"。****

这样，郑国的年轻人与土人、罗罗人一样，在成群结队地相聚歌唱之后，便双双离去，作为约婚仪式在田野中结合。他们很少去"树林深处"，而是前往洧水边的茂盛草地（"洧之外"），或如我所译的"涉过洧水"。毕竟渡河是《诗经》情歌的主题之一，也是最为重要、最具意义的主题。

同在《郑风》的《褰裳》一诗，"序"指出："狂童恣行，谓突与忽争国，更出更入，而无大国正之。"但还是让我们读一读诗句吧："子惠思我，褰裳涉溱。子不我思，岂无他人？狂童之狂也且！"从这样的诗句中，除了能读出一个女子挑逗男子以

---

* 历代文献对芍药定义不同，参见马瑞辰：《毛诗传笺通释》卷八，《皇清经解续编》卷四百二十三。——译者

** 马瑞辰："以勺与约同声，故假借为结约也。"——译者

① 在一首优美的诗歌《邶风·静女》中，我们同样感受到了这种定情的重要性："自牧归荑，洵美且异。匪女之为美，美人之贻。"这首诗启发了我，这种定情之物的赠予应该是相互的，而不是我在翻译《溱洧》时所遵循的郑玄的意见（即单向赠予——译者）。

*** 马瑞辰："勺药又为调和之名。"——译者

**** 马瑞辰："《释文》引《韩诗》曰：'勺药，离草也。言将离别赠此草也。'"——译者

附文：中国上古婚俗考

外，还能读出其他别的意思吗？

再看《邶风·匏有苦叶》*，《序》云："刺卫宣公也。公与夫人并为淫乱。"①

匏有苦叶	La courge
匏有苦叶，	1.La courge a des feuilles amères,
济有深涉。	2.et le gué a de profondes eaux.
深则厉，	3.Aux fortes eaux, troussez les jupes!
浅则揭。	4.Soulevez-les aux basses eaux !
有瀰济盈，	5.Voici l'eau du gué qui vient haute
有鷕雉鸣。	6.et la perdrix qui fait son chant:
济盈不濡轨，	7.Hautes eaux les essieux ne mouillent;
雉鸣求其牡。	8.perdrix cherche un mâle en chantant.
雝雝鸣雁，	9.Oies sauvages qui se répondent,
旭日始旦。	10.c'est sitôt le soleil paru!
士如归妻，	11.Quand l'homme s'en va chercher femme,
迨冰未泮。	12.c'est avant les glaces fondues!

---

* 参见顾赛芬《诗经》译本第38页。葛兰言后来在《中国古代的节庆与歌谣》中的译文与此有所不同有较大改动，参见本书（五〇）《匏有苦叶》译文。——译者

① 参见顾赛芬《诗经》第38页。

353

中国古代的节庆与歌谣（新译本）

招招舟子，	13.Le batelier appelle, appelle!
人涉卬否。	14.Les autres passent: moi, nenni!...
人涉卬否，	15.Les autres passent: moi, nenni!...
卬须我友。①	16.Moi, j'attendrai le mien ami!

郑玄认为，该诗描写的是秋天的场景：因为叶子苦（枯）了。对于这个观点，本人不敢苟同：很明显，鹭雉不在秋天求偶②，河水上涨、女子与男子过河的季节也不是秋天，而是春天。

那么，诗中为什么会提到"匏"？这肯定是与"匏"剖为两半用于合卺礼有关。③这首诗中出现的婚礼细节并非仅此一处。赠雁之俗确如《仪礼》所记，用于多道订婚之礼（六礼），均在日出之后即刻进行，只是结婚当晚由新郎送出。④在郑玄看来，"士如归妻"也可以理解为订婚之礼的"请期"（人们需要提前定下结婚日期）。这句诗殊为难解。"归"字，意为"往"，一般指婚嫁庆典，并与新娘有关。比如，我们常看到这些婚姻诗歌中

---

① 若要证明经学家道德教化式注释的不良后果，只需将我逐字翻译的版本与顾赛芬忠实于传统注释的译本对比一下即可。差异是显而易见的。另外，第7、8行是经学家解释得最差劲的。

② 第二段的两个对偶句明确指出了河水上涨与鸟鸣是两个有关联的事件，第1、2句均以"有"开头。

③ 经学家没有注意到其间的联系——尽管用词是一样的（参见郑注《仪礼·士昏礼》）。郑玄注意的不是"匏"，而是"苦叶"。他们认为，这首诗歌意思是葫芦瓢已经没用了，如果已生苦叶，就不可食用，但可以用来渡水。如果一定要解释"苦叶"的话，我的意见是：葫芦瓢已生苦叶，不能用于婚礼了，也就是说举行婚礼的时间还未到。但我更愿意在这种表达（如"雝雝鸣雁"）中看到一种荷马式的比喻。

④ 参见《仪礼·士昏礼》。"有鹭雉鸣"的表达让我看到了中国人将大雁作为结婚赠礼的原因之一，他们认为一对大雁，一雄一雌，一前一后，一叫一答。

354

附文：中国上古婚俗考

有"之子于归"的说法，意思是这个女子前往新郎家，这个女子成婚了。郑玄赋予"归"字使动意义"使之归于己"（让女子来他家），暗示这是一道定亲之礼，而非成婚之礼。故此，我译为："当男子前去寻找女子。"

还有一句诗也难以理解："雉鸣求其牡"。"牡"一般注为四足雄兽。经学家便在此做文章。顾赛芬依据传统注释译为："雉鸣，而被匹配以牡。"显然，这种译法完美地符合伦理，却没意识到该句与末句"卬须我友"的对应："女子像母雉一样，寻求伴侣；同时也像母雉一样歌唱着等待她的朋友"，是为"雉鸣求其牡"之真义。①这里出现了一个情歌的新主题——春天的鸟鸣，尤其是仓庚的鸣叫，实际上与婚礼有关。"仓庚于飞，熠熠其羽"（《豳风·东山》），"春日载阳，有鸣仓庚"（《豳风·七月》），在古历法中，仓庚鸣是春天来临之征信。《夏小正》云："仲春二月……有鸣仓庚。"《礼记·月令》曰："始雨水，桃始华，仓庚鸣。"因此，在年轻女子们走向田野，"放纵自我"之前，唱着一些描绘婚礼习俗的歌。如果说春天的这些相会不像其他仪式那样必不可少的话，这种行为就实在解释不通了。

《周南·汉广》更难以被经学家确切地解读。"序"云："汉广，德广所及也。文王之道，被于南国，美化行乎江、汉之域，无思犯礼。"假如经学家少一些道德主义而多一些民间观察，便会

---

① 需要注意"其牡"与"我友"的对应。严格对照翻译的话，应为："母雉寻找公雉与之成对——我等待友人与吾成双。"《小雅·鹿鸣之什·伐木》一诗也有类似的字眼："求其友声"，意思是鸟通过歌唱寻找伴侣。在《匏有苦叶》中，"卬须我友"的"友"指女子所待之人，而"雉鸣求其牡"的"其"即指雌雉。

中国古代的节庆与歌谣（新译本）

知道云南的僰夷有不在意是否处女之俗。一位中国民族学家写道："旧俗不重处女，如江、汉游女之习，及笄始禁足。"[1]诗引如下：

汉广	La Han
南有乔木，	1. Vers le Midi sont de grands arbres,
不可休息。	2. on ne peut sous eux reposer;
汉有游女，	3. Près de la Han sont promeneuses,
不可求思。	4. on ne peut pas les demander.
汉之广矣，	5. La Han est tant large rivière,
不可泳思。	6. on ne peut la passer à gué;
江之永矣，	7. Le Kiang est tant immense fleuve,
不可方思。	8. on ne peut en barque y voguer.
翘翘错薪，	9. Tout au sommet de la broussaille,
言刈其楚。	10. j'en voudrais cueillir les rameaux;
之子于归，	11. Cette fille qui se marie,
言秣其马。	12. j'en voudrais nourrir les chevaux.
汉之广矣……	13. La Han est...
翘翘错薪，	17. Tout au sommet de la broussaille,

---

[1] 莫朗、张翼枢："云南的归化蛮族"，第338页。

356

言刈其蒌。	18. j'en voudrais cueillir les armoises;
之子于归，	19. Cette fille qui se marie,
言秣其驹。	20. j'en voudrais nourrir les poulains.
汉之广矣……	21. La Han est...

与《匏有苦叶》一样，渡河与春天主题和结婚习俗密切相关，《汉广》更加上了婚礼的车马。在我看来，这首诗更像是婚嫁歌，而不单是春天颂歌。《汉广》与同样提到"之子于归"的《鹊巢》一样，主题是送嫁的队伍。如果我没弄错的话，这首诗与女子所唱的《匏有苦叶》相呼应，是一首毫不避讳地歌唱春天仪式的嫁娶之歌。

另外，我们在《汉广》中看到两个新的主题：城南的树林和束薪（树枝堆）。

年轻人们似乎喜欢在城墙东边或南边背阴的土丘上约会。这种情况也见于《陈风》的《宛丘》《东门之枌》和《郑风》的《东门之墠》《出其东门》。在这些地方，人们清晨起舞，结伴漫步、歌唱，最后互赠花束。"束薪""束草"常见于结婚主题的歌谣：《唐风·绸缪》的"束薪"将这一主题表达得更为明显。理解这一主题指代的意象并不简单：这些"束薪"是马匹的草粮，还是婚礼的火把，这些解释都不尽如人意。

既然"结"在"结恩情""结亲""结言"中都是订婚的意思，可否将之视作缔结婚姻的象征呢？这是有可能的，因为"薪"和伐薪之"斧"常与媒人有关，但这种象征意义很可能是后来才出现的。我更倾向于另一种推断:"言刈其蒌"中蒌草不是普通之物,而是用来祭祀祖先。而且,中国人还有挂蒌辟邪之俗,一些经历了可怕之事如分娩的妇人,要被避讳并以特定物品标示(古人会在产房门口悬张弓矢或巾帕)。那么,束薪会不会也对婚房起保护或者标识作用呢?①

让我们看看《召南》第12篇《野有死麕》②:

野有死麕　　　　　　　**La biche morte**

野有死麕,　　　　1. La biche morte est dans la plaine;③

白茅包之。　　　　2. d'herbe blanche enveloppez-la!④

有女怀春,　　　　3. Le printemps est au cœur de la fille;

吉士诱之。　　　　4. bon jeune homme, demandez-la!

林有朴樕,　　　　5. Dans la forêt sont les arbustes;⑤

野有死鹿。　　　　6. et dans la plaine est le faon mort!

白茅纯束,　　　　7. Enveloppez-le d'herbe blanche!⑥

---

①　我找到的这篇《野有死麕》包含"薪"的两种意义(草捆和柴捆)。表示一个男子成年(在这个语境下"成年"意味着到了婚龄),人们可用"能负薪"来表达(《礼记·曲礼下》);一位士告谦不能参加射礼,亦曰:"某有负薪之忧。"(有病的谦词,意指背柴劳累,体力还未恢复。)这段话在《礼记·郊特牲》亦有呼应:"士使之射,不能则辞以疾,县弧之义也。"

②　参见顾赛芬《诗经》译本第26页。

③　我以 la biche(母鹿;轻浮女子)来译"麕"字(一种胆小的鹿)以及第6行"野有鹿",因为这种动物主要指一种用于祭祀的鹿。

④　《仪礼·士昏礼》记载呈上鹿皮时并未提及以白茅包裹。

⑤　再次出现"柴薪"主题。

⑥　经学家指出"包"与"纯束"意思相同。(《毛传》:"纯束,犹包之。"《郑笺》:"纯,读如屯。")

有女如玉。	8. la fille est telle un diamant!
舒而脱脱兮，	9. Tout doux, tout doux, point ne me presse!
无感我帨兮，	10. Ma ceinture, n'y touche pas!①
	11. Ne t'en va pas faire de sorte,
无使尨也吠。	12. Surtout, que mon lévrier aboie!②

在本诗中，"春"的用法与现在的意思十分相近——心中有春天，郑玄解释为"有贞女思仲春以礼与男会"，说明仲春是恋爱的季节。如此一来，这首歌谣的意思十分明了：春天节日一过，女孩便要求情郎以鹿（肉或皮）向父母提亲（"诱"*），但在提亲仪式之前，女孩拒绝了情郎的急切举动。

我将"帨"译为束带。这是一项很重要的女性习俗，生女时须"设帨于门右"；女子出嫁时，母亲会给新娘"结其缡"，《仪礼》告诉我们这是最重要的教育时刻："母施衿结帨"。当新婚夫妇更衣时，女师将佩巾交予新妇"以洁清"，这是郑玄的解释。所以，此句的意思是：不要动我的腰间佩巾（"无感我帨兮"）——这还不是洞房的时候。③

《卫风·氓》有着相同的情况。这是一首浪漫的抒情歌谣，

---

① 为了便于西方读者感受到原文的意义，我用"宝石"翻译"玉"，用"腰带"翻译"帨巾"。

② 我用两行法文翻译"无使尨也吠"，以凸显"也"在原文诗行中造成的优美韵律效果。

* 《毛传》："诱，道之。"《郑笺》："吉士使媒人道成之。"——译者

③ 郑玄将如玉之女解释为"贞女"，而在上文提到的"静女"也是同样的意思。尽管她们在秋天之前必须安分守己，不许约见情郎，但这并不妨碍她们在春天的聚会中与心上人互赠花朵。

中国古代的节庆与歌谣（新译本）

讲的是弃妇之怨。

<table>
<tr><td>氓</td><td>**Le Rustre**</td></tr>
<tr><td>氓之蚩蚩，</td><td>Un rustre à l'air simple</td></tr>
<tr><td>抱布贸丝。</td><td>venait torquer sa toile pour du fil.</td></tr>
<tr><td>匪来贸丝，</td><td>Il ne venait pas torquer sa toile;</td></tr>
<tr><td>来即我谋。</td><td>il venait pour m'enjôler.</td></tr>
<tr><td>送子涉淇，</td><td>Avec lui je passai la K'i,</td></tr>
<tr><td>至于顿丘。</td><td>et j'allai jusqu'au tertre Touen.</td></tr>
<tr><td>匪我愆期，</td><td>Je ne veux pas retarder le moment;</td></tr>
<tr><td>子无良媒。</td><td>mais tu n'as pas d'entremetteur,</td></tr>
<tr><td>将子无怒，</td><td>je te prie de ne pas te fâcher;</td></tr>
<tr><td>秋以为期。</td><td>l'automne sera le moment.</td></tr>
<tr><td>乘彼垝垣，</td><td>Je montai sur un mur croulant</td></tr>
<tr><td>以望复关。</td><td>et je regardai vers Fou kouan.</td></tr>
<tr><td>不见复关，</td><td>Tant que je ne vis rien vers Fou kouan</td></tr>
<tr><td>泣涕涟涟。</td><td>je pleurai toutes mes larmes.</td></tr>
<tr><td>既见复关，</td><td>Quand je le vis vers Fou kouan</td></tr>
<tr><td>载笑载言。</td><td>alors de rire et de parler.</td></tr>
<tr><td>尔卜尔筮，</td><td>Consulte la tortue, consulte l'achillée</td></tr>
<tr><td>体无咎言。</td><td>et si le sort n'est pas mauvais</td></tr>
</table>

附文：中国上古婚俗考

以尔车来，	viens t'en avec ta voiture,
以我贿迁。	nous y porterons mon trousseau.

"秋以为期"表明成婚是在秋季，那么，前面的场景是在什么时节呢？

郑玄依据《月令》，认为四月开始卖丝，而《月令》只是记载养蚕于四月结束，需要以茧上税。另外，织布时间也是个问题：《月令》记载夏季第三月才开始染布，实际上，顾赛芬的词典在解释"丝"字时引用了《幼学》："二月卖新丝"；《陈风·东门之枌》也表明：为了赶赴春天之会，女子们停止制丝（"不绩其麻"）。故此诗第一段描写应是早于秋天相当长的时间，第二段的"愆期"，意思是需要等待很久。

其实能确定时间的是至丘约会主题（"送子涉淇，至于顿丘"）以及渡河[①]（"淇水汤汤，渐车帷裳"）主题——正是在春天，当人们结束了室内劳作，走出家门，开始四处"抱布贸丝"，邻村的年轻人们[②]就见面了。女子听从外村年轻男子的建议（"来即我谋"），跟着去参加春天聚会（"送子涉淇，至于顿丘"），然后他们（由于开始新一年的劳作）必须分开，一直等到过了夏

[①] 同样的表达也出现在上文分析的《匏有苦叶》和《汉广》中，另一首关于婚姻不幸的诗歌《邶风·谷风》中也出现了类似的渡河诗句（"就其深矣，方之舟之。就其浅矣，泳之游之"），这是极具意义的。

[②] 这让我们联想到，在今天，拉嘎人不允许本村男女同场唱歌，这是外婚制造成的结果。

天，男子才能请"良媒"前去请期。①女子等得迫不及待。幸好情郎忠于承诺，等待秋天的到来（"将子无怒，秋以为期"），女子如愿以偿地登上了婚车（"以尔车来，以我贿迁"）。

这首诗歌清晰地呈现了春天的自由约婚和随后在秋天成婚的传统仪式。除此之外，这首诗歌还有一个重要价值，即让我们注意到了农业生活的节律。

《家语》曰："霜降而妇功成，嫁娶者行焉。冰泮而农桑起，昏礼始杀于此。"只需读一下《月令》便可知道，中国人在不同季节有迥然相异的社会生活。两个不断争议的日期就是秋分之后和春分。这两个时节的标志是出现露和霜。直到今天，霜降仍是中国二十四节气之一，露水则是爱情和婚姻诗歌的主题之一。当田间作物开始蒙受露水滋润，女子们开始与情人相会②；而当露水渐渐布满路上，自由约会就会受到婚约习俗的制约，必须遵循传统的时间规范。③

因此，同现在的罗罗人和土人一样，中国古人一年的农业生活始于乡间的盛大节日，届时纷纷缔结婚约。等到土地肥沃起来④，人们开始劳作，男子下地种田，女子在家制丝。这时候，忙

---

① 罗罗人的习俗是由双方家族派中间人而不是请撮合男女的媒人，也就是一方向另一方派出使者，但在这之前，两个年轻人已经交往。郑玄曰："能通二姓之言。"《齐风·南山》表明了这个过程：年轻人们告诉父母他们的想法，然后家里派去了中间人（"取妻如之何？必告父母。……取妻如之何？匪媒不得"）。

② 参见《郑风·野有蔓草》。

③ 参见《召南·行露》。关于露和霜，又见《秦风·蒹葭》。

④ 没有文献指出春天聚会是为了保证土地肥沃，但毫无疑问，古代中国人认为性关系关乎植物生长。因此，在后宫保存种子（用于宫廷耕种），预示着后代繁衍，并在初春时，由六宫之首种下各种谷物。见《周礼注疏》卷第七："上春，诏王后帅六宫之人而生穜稑之种"，《郑笺》云："古者使后宫藏种，以其有传类番孳之祥。"

附文：中国上古婚俗考

于农业生产的男女两性暂时分开。临近九月霜降之时，人们停止劳作，回到家里（"皆入室"），连蟋蟀也躲入床下①，男女双方再次相聚，得以成婚。

就这样，从春天缔结婚约到最终结合之前，年轻人们度过了漫长的田间劳作时节。为什么会出现将双方分开如此之久的订婚过程呢？

首先，这种准备可以减少两性结合带来的危险。年轻人们第一次在神圣的节日里相见，尽管获得庇佑，却仍心怀畏惧。至于恐惧到何种程度，只要想想待嫁之女在婚前那些繁冗的准备步骤，想想土人女子待嫁时的哀哭②，正如《礼记》所言："昏礼不用乐，幽阴之义也"，并且"嫁女之家，三夜不息烛，思相离也"，我们便可理解婚礼前的祓除和斋戒仪式以及女子对结婚的焦虑。另外，在心理上也需要时间慢慢适应如此庄严重大的事件。对于男子娶妻这件事来说，个人私下缔结的婚约无论多么神圣都不够，还需要家族的同意和一连串公共仪式，让社会和新人双方熟悉这种身份的变化。其次，节日庆典之外的媾合被视为不洁，而庆典仅在春秋两季举行。媾合不能玷染盛大之事，如劳作。③因此，农忙时节不结婚，结婚之时不劳作；官员"三年之丧与新有昏者，期不使"；新妇"三月庙见然后执妇功""未三月

---

① 参见《礼记·月令》《豳风·七月》及《唐风·蟋蟀》。但是这里唱到"岁聿其莫"，历法的难点困扰着注疏者（见下文分析）。
② 参见博维"龙州土人风俗记"，1907年，第215—216页。
③ 《月令》记载：结婚庆典之后，令官以振铃警告：此时媾合十分危险。（"仲春之月……以大牢祠于高禖……奋木铎以令兆民曰，雷将发声，有不戒其容止者，生子不备，必有凶灾。"）

未成为妇",限期一结束,新妇终于洁净,便可以劳作,也可以入夫家宗庙了。[①]

以上就是古人春天订婚、秋天结婚的原因。

四

基于以上对《诗经》文本的分析和与其他民族习俗的比较,我们获得了与经学家不同的结论。他们失败的原因主要是儒家伦理的训化——更确切地说是封建上层的伦理道德;此外,我们还要指出两性风俗在封建礼教的影响下是如何发生改变的。

首先,民间农业仪式很快就被视为封建迷信活动:丰收庆典只给我们略微详尽地展示了其中一个"八蜡"节,表达措词还相当隐晦。封建集权和帝制使天子成为最高的宗教领袖:天子主持各种丰收仪式。人们很快产生这样的信念:自然之道系于天子一身之德行。经学家也深受此种思想之左右,无法洞察春季庆典的涵义,更何况其中还掺杂了性爱仪式,以经学家的道德观,又如何能容忍!

其次,经学家推崇贵族阶层的道德标准。祭祀祖先并将其作为崇拜对象是高尚的行为,道德的实质便是源于祖先崇拜的礼制。故贵族婚礼不同于庶民婚礼,包括夫妇双方必须前往宗庙拜祭祖先。成婚之前,女子须"教于宗室",在此期间,"未有大故,不入其门"。名门望族的女子"深宫固门,阍寺守之",不可

[①] 正如郑玄注《邶风·谷风》《魏风·葛屦》。只有嫁女才可称为"妇",详见附论。

附文：中国上古婚俗考

参与社会交往，安分守己、隐居闺门才合乎礼数。因此，人们恪守男女有别的戒律。《王风·大车》中唱道："榖则异室，死则同穴"。自古，两性对立让两性之媾合令人生畏，因此"男女非有行媒，不相知名"。保持贞洁和隐居深闺如今成为婚前正确和必要的准备，而在这之前，先民却是通过春天放纵的结合来减轻对成婚之恐惧的。

习惯于新规则的经学家，怎会理解以前无拘无束的约婚仪式呢？

职是之故，在《诗经》中，人们只读到了更为壮观的贵族婚礼，因为这些仪式是由位高权重者实行的，自然也认为上古婚礼与今无异[1]，春天的奔放之举当然会被视作失仪。

其三，经学家深深陷入了中央集权的原则，这便能解释他们何以对《周礼》深信不疑，以致得出谬误的结论。《周礼》编纂的官方性质足以说明其成书年代之晚近，此书应由朝廷有关机构的专家编成，而且其态度极为果决强硬。《周礼》记载媒氏"令会男女"，很难读出这句话与习俗有关[2]而非一则法

---

[1] 例如，经学家一看到"士如归妻"的说法，就立刻想到与当时的某个仪式对应起来。根据从中看到的定亲仪式或者重要庆典，经学家建立起了我们现在所看到的关于婚礼时间的论断。事实上，《诗经》中的"归"字或"之子于归"的表达不足以证明这是在唱成婚之礼，因为无论是春天的仪式还是秋天的飨宴都只是婚姻缔结过程中的一部分，当人们举行其中一道仪礼时，在歌唱时自然会想到另一道仪礼。

[2] 与夏朝历法《夏小正》相较，便能看出《周礼》的官方特征。《夏小正》载："二月绥多士女"，此句为主谓倒装，实为"二月士女绥多"。相反，《周礼》的措辞是"令会男女"，意指官方干预。可能这是出于《周礼》编写的考虑，但也很可能是由于这种不可打破的习俗后来被官方法令化了。

令。①对此,郑玄认为掌管户籍的官媒有责任在合适的时间将适龄男女聚在一起,而王肃认为他监管的应该是那些不服从婚姻义务的单身男女。("谓男女之限,嫁娶不得过此也。")

可见,经学家争论的唯一问题就是应当在什么季节结婚。他们深知历法对于国家至关重要,因此,导致他们错误的原因还有一个——历法的变化。帝制时代的文人官员只知道以天文学为基础的官方历法,是文人的历法;思想家们以阴阳论来解释这些原始分类的玄妙。然而,《诗经》中使用的是农业历法,根据农民的观察标记日子,且各个季节的区分也不精确。农业劳作时间可能大大超过季秋(九月)②,定亲的仪式也可能在晚春时候才举行。③

事实上,重要的日期是通过节日庆典来标记的,比如前文所述春天节日,以及《月令》记载的孟冬"劳农以休息之"的时节。经学家将农闲和农忙的季节、城里人生活和乡下人休息的季节以阴阳论对立起来,庆典举行之时是他们眼中的阴阳交会之际,这正是问题关键之所在。当人们已经觉察不到这些先民知识与它们所表达的社会节律之联系时,阴阳论便成为各派思想家推

---

① 汉代也有类似的法令,见《前汉书·惠帝纪》,惠帝六年诏令:"女子年十五以上至三十不嫁,五算。"根据大清律例,奴仆须在二十三岁之前由主人嫁出——参见黄伯禄:《中国婚姻律》(Pierre Hoang, *Le mariage chinois au point de vue legal*),"汉学丛书"第14号,上海土山湾印书馆,1898年版,第226页。关于女子出嫁对于国家的重要性,本篇暂不讨论。
② 而季秋(农历九月)已经超过了秋分时间。
③ 王肃为证秋冬季节(属阴)结婚的主张费了不少劲。他认为,秋分(按照官方历法秋季开始后近两个月)之后必须开始结婚,按照官方历法,春天开始后两个月(属阳)必须结束。

附文：中国上古婚俗考

断问题的主导原则，以这种原则来解决婚礼季节的问题，因为他们觉得先民也是依照历法举行仪式的。然而，这些推测建立在阴阳观之上，丝毫没有考虑其中内容的古代表现形式，只不过是使用了已经学术化的天文学方法。①

于是，在了解经学家为什么运用这种理论进行诠释的同时，我们也了解了中国古老婚俗的变迁史。这可以用"奔"的字义变化来总结——《王风·大车》中出现了"畏子不奔"。这首诗唱的是巡视官员负有在民间化成人文、匡正风俗之职。当他来到民间，年轻女子哀叹不能再与男子们相约了，说的就是春天的约会。"奔"，意为"相约于田野"。从词源来看，"奔"字写作一个人在草中：犇，这是极富意义的。《周礼》中有相同的意思，媒氏在"仲春之月，令会男女"后，"于是时也，奔者不禁"②，但这种行为明显是不予提倡的。《礼记·内则》中也出现了这个字："二十而嫁……聘则为妻，奔则为妾"，意思是野合不合于礼仪，尤其是无媒人的结合，不具婚姻效力。但在《毛诗序》和传统注释中，这个字均解为年轻人的"淫奔"。

五

分析过上述整体事实后，我们可以对中国上古的婚俗做一总

---

① 故与郑玄的意见相比，王肃显然离事实更远。但阴阳论并不是二人依据的唯一原则，他们都陷入了自己的猜测。王肃注释和《家语》告诉我们，农业耕作与休息季节相对立；郑玄的推论让我们注意到关键时节的重要性。

② 这句话让我们相信，这曾是一种惯俗，后来不再允许乡野约会，除非在官方指定的时间内。

体的陈述了。

仲春二月，阳气上升，天气渐暖，燕子回归，冰雪消融，河水初涨。作物上的白霜化作露珠，早春的花朵在湿润的角落里悄悄绽放，鸟儿们开始鸣唱、求偶；人们纷纷走出家门，女子们停下手中的织工，男子们穿梭于村落之间，交易丝布。在春天的感召下，年轻男女成群结队来到城南或城东，在树荫之下、小丘之上翩翩起舞。随后，他们沿着盈满春水的河川，在草地上挑选芬芳的花朵。这是一种会散发香气、祛恶辟邪的花朵，人们将它装入佩带腰间的香囊。年轻男女们以歌唱相互挑衅，彼此选择。然后卷起下裳涉河，躲进隐蔽之处，如注疏家所说"行夫妇之事"。临别之前，女子收下男子赠送的花作为日后结合的信物，这就算是定亲了。

但是，他们不得不在夏天分开，回到各自村子里务农劳作。到了秋天，男子的双亲因事先已得其子之禀告，遂委派一位媒人，在清晨时分前往女方家中，呈送一只野雁、一对鹿皮（俪皮）。在以龟甲或蓍草卜定的吉日里，母亲为即将出嫁的女儿在腰间系上帨巾。黄昏时进入婚车，之后要与新郎用两瓣葫芦瓢双双饮酒。

于是，当严寒迫使人们停止劳作、返回家中之时，婚礼便在这时举行，人们堵上门窗缝隙，生起炉火。而定亲发生在播种之时，在草长莺飞的时节，年轻男女们躲进草丛或灌木丛中媾合。直到今天，广西境内的少数民族仍然相信这样有利于万物生长。在这吉利的季节里（属阳），一些香草的气息足以祛除交媾的风险。野合之举因节日的庆典而圣洁起来，因为这本就是庆典的主要部分。度过夏天的隔离期之后，距离成婚不过是若干仪式的事了。

附文：中国上古婚俗考

比起庶民的婚姻，对于讲究伦理道德、敬拜祖先的贵族阶层，两家子女的结合是一桩严肃的事情。为使结合神圣化，必须举行庄严的礼仪以疏解两性对立，以礼仪的神秘力量将新娘纳入家族祭拜之中。当农家的准新娘们在田间开始新一轮劳作时，贵族的准新娘们却要在家族祭坛旁拜祭祖先。同样是为了应对可怕的成婚仪式，前者通过放纵性欲做准备，后者则受到严格的约束。

人们想当然地以为，只有帝王才能德威远被，泽及庶民习俗。与此同时，只有通过皇家的祭祀活动才能保佑大自然的风调雨顺，粗鄙无文的贫民得向达官显贵学习家庭生活的规范准则。官员们巡视民间以确保男女两性是否分居，并按照贵族习惯，夫妻到死才能同穴——因为只有死亡才可消除男女之别，妻子死后方可位列五伦。农民在野间的结合不再被视为一种缔结婚姻的仪式，而被贵族称为最令人不齿的媾合。于是，春天的节庆被看作不道德的陋俗，仲春二月，剩下要做的事仅就是责令年纪过大的剩男剩女们即刻完婚。

于是，经学家们解释说，如果《诗经》确有春季情歌，那也是孔子出于对君王们的劝诫而有意保留的淫歌艳曲。不管怎样，孔子接纳了这些歌谣，而我们也在这些曾被看作是文人创作的诗歌中，发现了其民间歌谣的源头——这些被认定为淫秽的歌唱恰恰诞生于神圣的节日庆典。

附　　论

在附论中，我不打算讨论贵族阶层的婚期问题。关于贵族的婚俗，待我研究《仪礼·士昏礼》和《礼记》的相关段落之后才能得出结论。我希望阐述的是，为什么贵族婚俗会让我们联想到民间"夏日禁忌"的意义，特别是在相同实质的情感下，从庶民婚俗到贵族婚礼是如何过渡的。

贵族女子要在婚后三个月内独居，完成仪礼的学习后，再行斋戒，以祭祀自己的祖先：因为在此之后的盛大婚礼意味着她将离开自己的家族。然后斋戒，以祭祀丈夫的祖先，至此才得以进入丈夫的家族。婚礼之前称待嫁之"女"，婚后三月内称"妇人"或"来妇"，祭祀祖先之后则称"成妇"（《礼记·曾子问》）。此时，女子才完全融入了新的家族，会与丈夫合葬，夫家也会为她服丧。

这三个月的独居难道不是从一种生活中剥离然后又融入另一种生活的过渡吗？实际上，尽管婚宴使夫妻终于走在一起（"亲之"），夫妻之间的亲属关系却只是在三个月之后才确定。若此间妻死，只有丈夫按照相应的礼仪为她服丧（《礼记·曾子问》）。

有经学家认为必须在婚礼三个月之后才算成婚。[1]另外，他们更加关心的是：诸侯士大夫们有特别的结婚之礼吗？《诗经》中有四首诗，《关雎》《采蘩》《草虫》《采蘋》，均透露了新妇与祭祀祖先的关系。根据传统注疏，《关雎》讲的是"后妃"，《采蘩》讲的是"公侯夫人"，《草虫》和《采蘋》讲的是"大夫妻"。仔细读来，这种意见未必不可信。但是《关雎》，尤其是《草虫》之"序"却备受质疑（"草虫，大夫妻能以礼自防也"），未讲到

---

[1] 指刘寿曾：《昏礼重别论对驳义》，《皇清经解续编》卷千四百二十三。但是该派学者对这个问题处理得含糊不清。

任何祭祀之事，后来的经学家却根据《序》的意见把《草虫》这首诗解释复杂了。

《草虫》共有三段，每段七行，其中五行是复唱。后两段的前两句都谈到了采摘用以祭祀的植物，前两句讲的是草虫鸣叫、阜螽跳跃。郑玄认为："异种同类，犹男女嘉时以礼相求呼。"草虫确可指代两性结合，然而，为什么在这样的开场白之后，出现"未见君子，忧心惙惙。亦既见止，亦既觏止，我心则说"的复唱？

郑玄不认为后两段的开头与第三月的祭祀有关，他对复唱部分做出以下解释："未见君子者，谓在涂时也。在涂而忧，忧不当君子，无以宁父母，故心冲冲然。是其不自绝于其族之情。"但这种解释不足以让我们理解复唱部分，为什么女子一见到她的夫君，就会"我心则悦"？《郑笺》云："'既见'，谓已同牢而食也。'既觏'，谓已昏也。"郑玄认为，这首诗里的"见"意为男女双方一起用餐；"觏"释为遇见，意味着成婚。《易经》曰："男女觏精，万物化生"，证明这个字有性交的含义。如此一来，复唱诗句的意思便十分明确了：女子感到忧伤，是因为未见到夫君，而待到同房之后，她便喜悦无已了。由此，我们也理解了开头两句影射草虫之欢的用意。于是，离开父母的忧伤便退居其次，全诗表达的主要情感是盼望圆房的急切心情。

最难解释的是"采其蕨""采其薇"，对此郑玄完全没有注解。我们只能通过对比邻近的两首《采蘩》《采蘋》以及另一首《关雎》来理解了：采摘植物应当是关乎祭祖仪式，且女子嫁入夫家不到三月，还未同房。然而，对于那些认定要到第三个月才能成婚的学者，最大的困扰在于，《仪礼·士昏礼》中有诸多细节告诉我们迎亲当晚就要同房。由此我们猜测诸侯大夫们的仪礼比较特殊。那么，一般士族必须在祭祖之后成婚又该如何理解呢？

在我看来，只有一种方法可以让诸说成立：贵族女子由媒人作介，未睹夫君之面，成婚当日才与夫君相见、共食并"合体"①，然后分别三月，不能相见，也禁止同房。于是，女子"心伤悲"，正如《豳风·七月》所唱，希望春天快快过去，"殆及公子同归"。贞洁的三个月过去了，新妇终于能够奠菜祭祖，成为夫家的"成妇"，得以在真正意义上完婚，即"成婚"。

如果我的假设成立，也就意味着春季庆典给庶民们创造了初次结合的机会，此后的分离期减轻了两性结合的危险，而封建贵族的"二度蜜月"（时隔三个月）恰恰对应了庶民在春秋两次节庆之间的"夏日禁忌"——夏季农忙。当然，我们承认在第一次结合后的三月禁忌可能只是普遍的一种做法，或者三月后才成婚仅适用于封建上层社会。无论如何，在完成将双方合二为一的宗教仪式之后，仍然需要一段时间的分离。这种习俗并不会让民族志学者感到惊讶，比如在前文提到的罗罗人那里也是如此，在印度吠陀时期也有婚后三日不同房的惯例。②

我很愿意相信这种习俗是遍行于古代中国的。但是与罗罗人

---

① 参见《礼记·昏义》："共牢而食，合卺而酳，所以合体同尊卑以亲之也。"

② 参见赫尔曼·奥登堡：《吠陀宗教》（Hermann Oldenberg, *The Religion of the Veda*, Motilal Banarsidass Publishers, 1894）。

附文：中国上古婚俗考

一样，中国古人的性禁忌时间应当很短（三日），此后新娘便可足够贞洁地拜见舅姑（因为第三日贵族新妇"降自阼阶，以著代也"）。三日之禁在贵族婚姻那里变成了三月，因为在宗教历法计算中，重要的是数字（三）而不是计量单位（天/月）。贵族婚姻是为了强强联合，巩固势力。通过媒人的订亲并没有让准新人准备妥当，为了庙见先祖，女子必须处于比面见在世的舅姑更加纯洁的状态。随着家族崇拜的发展，似乎只有在祠堂拜祭先祖才足以完婚。

　　婚礼的首要目的还是为了使两性结合神圣庄严，而不仅仅是为了给祖先们送一位新奴仆，因此，渐渐地，禁忌只表现在祭祀和劳作而非性爱方面，毕竟，对于新妇来说，融入新的家族要比得到丈夫的认同重要得多。这便解释了从农民仪式到贵族仪式的过渡。

图书在版编目（CIP）数据

中国古代的节庆与歌谣：新译本/（法）葛兰言著；赵丙祥译. —北京：商务印书馆，2022（2023.10重印）
（法国汉学经典译丛）
ISBN 978-7-100-20842-0

Ⅰ.①中… Ⅱ.①葛…②赵… Ⅲ.①《诗经》—诗歌研究②节日—风俗习惯—研究—中国—古代 Ⅳ.
①I207.222②K892.1

中国版本图书馆CIP数据核字（2022）第041913号

权利保留，侵权必究。

法国汉学经典译丛
中国古代的节庆与歌谣
（新译本）
〔法〕葛兰言 著
赵丙祥 译
卢梦雅 校

商务印书馆出版
（北京王府井大街36号 邮政编码100710）
商务印书馆发行
北京新华印刷有限公司印刷
ISBN 978-7-100-20842-0

2022年6月第1版　　　开本880×1230 1/32
2023年10月北京第2次印刷　印张12 5/8
定价：69.00元